해방기 북한문학예술의 형성과 전개
북한문학예술의 지형도 3

▌저자소개(게재순)

김성수(성균관대 학부대학 교수)

유임하(한국체대 교양과정부 교수)

이상숙(가천대 교수)

오창은(중앙대 교양학부대학 교수)

오태호(경희대 후마니타스 칼리지 교수)

남원진(가천대 글로벌교양학부 연구교수)

김민선(동국대 박사 수료)

마성은(인하대 석박사 통합과정)

김정수(단국대 연구교수)

배인교(단국대 연구교수)

홍지석(단국대 연구교수)

해방기 북한문학예술의 형성과 전개
북한문학예술의 지형도 3

인 쇄 2012년 2월 28일
발 행 2012년 3월 5일
지은이 남북문학예술연구회
펴낸이 이대현
편 집 박선주
디자인 이홍주
펴낸곳 도서출판 역락
        서울 서초구 반포4동 577-25 문창빌딩 2층
        전화 02-3409-2058(영업부), 3409-2060(편집부)
        팩시밀리 02-3409-2059
        이메일 youkrack@hanmail.net
        등록 1999년 4월 19일 제303-2002-000014호
ISBN 978-89-5556-973-5 93810

정 가 25,000원

해방기 북한문학예술의 형성과 전개

북한문학예술의 지형도 3

남북문학예술연구회

역락

서문

김정일 위원장의 급서 이후 남북한의 관계가 어느 때보다도 혼돈 속에 빠져드는 형국이다. 그 원인의 한 부분은 지난 4년간 이명박 정권이 내세운 대북 정책에서 연유한다고 말할 수 있다. 지금의 남북 관계는 신냉전의 시기로 회귀하며 퇴행이라는 말이 적절할 만큼 답보 상태를 면치 못하고 있다. 그간 연평도 포격이나 천안함 사태와 같은 혼돈스러운 군사적 대결 국면은 북한문학연구자들에게는 착잡한 심경에 빠지게 만드는 데 충분했다. 이들 일련의 사태는 이명박 정권의 출범 이후 4년의 기간이 경과하면서 보여준 남북 대결 국면의 비극이었기 때문이다. 두 사건으로 인해 김대중 정부의 햇빛정책과 노무현 정부의 유연한 대북 정책은 다시 과거의 냉전적 상황으로 회귀했다는 말이 가능하다. 김정일 사후 북한에 대한 남한과 국제사회의 관심은 김정은 후계체제에 대한 정치적 예견들로 범람하고 있지만, 우리 사회의 총선과 대선, 더 나아가서는 세계 전체에 EU발 경제위기에다 커다란 변동기를 맞이한 형국이다.

북한 사회에 대한 그 어떤 전망도 섣부르다고 할 만큼 새로운 불투명성으로 가득한 지금의 현실에서, 북한문학예술연구회는 지난 일 년 동안 함께 읽고 고민해온 학문적 결과물을 제출한다. 특히, 이번 연구 결과물은 분단 체제의 성립기인 해방 직후부터 1950년 6·25전쟁 전후까지를 대상으로 삼은 값진 성과들로 채워졌다. 전년도부터 우리 연구회가 해방 직후 북한문학에 대한 정밀한 독해를 위해 선택한 문건은『문화전선』을 비롯하여 해방기에 잠시 발간되었던『조선문학』을 거쳐『문학예술』에 이르고 있다. 이들 잡지를 읽으면서 회원들은 납활자와 질 나쁜 종이에 나쁜 인쇄 상태에서 격변의 아우라를 충분히 느낄 수 있었다. 거기에다 학문이 시대를 넘어서 관류하는 이치와 형세에 대한 통찰이라고 할 수 있고 이것이 연구자의 몫임을 충분히 절감할 수 있었다. 우리 연구회는 분단의 시발점에서부터 남북한이 분단의 형세 속에 어떤 문학적 시원을 마련해 나갔는지 그 구체상을 살펴보고자 노력했다.

이번 책자에 수록한 논문들은 합의를 거쳐 얻은 성과는 아니지만 충분한 토론을 거쳐 학계에서 발표한 것이어서 성원들의 합의에 육박하는 내용이라고 해도 그리 틀리지 않는다. 이번 성과에서는 북한문학에만 한정되지 않는다. 문학사적 조감을 비롯하여 소련과의 연관, 비교문학적 조감, 남북한 문단과의 영향관계, 북한 시학의 형성, 미학적 정치성, 시의 개작 과정과 소설 속 소련상, 해방기 남북한 소설의 자전성과 자기고백적 양상이 북한문학에 관련된 논의들이라면, 연극, 음악, 미술의 조소 교류 등 예술 전반에 걸친 전문 연구자들의 논의가 더해져서 생동감을 준다. 그러나 연구자들의 일관된 관심의 방향은 해방 직후 북한문학예술의 성립과정으로 모아진다. 이들 논문에서 발견되는 북한 초기 문학예술의 양상은 남한의 문학예술과의 차별화를 위해 어떤 이념을 내세우며 새로운 정체성을 마련해 나갔는지에 대한 큰 조감의 틀과 세부적인 면모에 이른다.

주지하듯이 우리 민족의 8·15해방은 축복이었음에도 미래까지도 보장해준 것은 아니었다. 일제의 사슬에서 풀려난 해방이 곧 민족의 주권을 되찾는 것을 뜻하는 것은 아니었기 때문이다. 한반도는 미소 강대국에 의한 지리적 분할과 함께 국제 정치의 강제에 의한 새로운 혼돈으로 빠져들었다. 단일한 국민국가의 꿈이 사라지는 것은 해방된 지 불과 4개월도 지나지 않아 비등한 신탁통치 정국과 함께 불투명한 미래상으로 다가왔다. 찬탁과 반탁을 두고 남한 사회는 좌우의 진영화와 그에 따른 대립 갈등을 가파르게 분출했다. 오늘의 관점에서 '빨갱이'를 거론하는 냉전적 인식과 정서의 구조는 사실 이때 마련되어 뿌리내린 것임을 잘 알고 있다.

북한 사회 또한 이같은 현실에서 크게 벗어나지 않았으나 남한보다는 상대적으로 수월하게 체제 수립의 절차를 마련해 나갔다. 북한에 진주한 소련 군정은 간접적으로 좌익 정파에게 주도권을 부여했기 때문이다. 해방 직후 북한 사회에서도 해방과 함께 민족 독립의 열기는 드높았다. 우선 주목해볼 점은 좌우 정파의 합작이 전개되었다가 신탁 정국과 함께 파탄되고 그 이후 급속하게 좌익 정파에게 주도권이 이양되었다는 사실이다. 이런 정치적 상황에서 북한의 문학예술은 '당(黨)의 문학'으로서의 정체성을 빠르게 장착해 나가기 시작했다.

민족문학론이 분출하는 해방 직후의 남한 문단의 현실에서 백철을 비롯한 중간파가 헤게모니를 장악하지 못한 채 계급에 기초한 좌익 진영과 대립각을 세운 『신천지』와 『문예』를 거점으로 삼은 청문협 일파가 보수 진영의 주도권을 장악하면서 분단문학의 기점이 마련되는 것으로 본다. '적색분자로부터 조국을 구한 애국문학의 담지자'를 자처한 청문협은 해방 직후 소수파에서 문단 권력으로 나아가고 당대 문단을 정치주의 문학과 순수문학으로 구도화하는 일련의 프로세스는 익히 알려져 있다.

반면 북한문학의 정체성 형성에 결정적으로 영향력을 행사한 것은 소군정 하의 소련문화의 수용이었다. 해방 직후 38선 이북 지역에서 자생적으로 생겨난 문학 유파들의 존재방식이 친목단체 수준의 지역적 자율성을 존중하는 수준에 있었다. 북한문단의 좌경화에 결정적인 분기점은 1945년 10월 10일부터 13일에 걸쳐 진행된 '서북5도 당 책임자 및 열성자대회'였다. 이 대회는 '조선공산당 북부조선분국의 설치'를 결정하면서 문화단체의 조직화를 시대적 과업으로 제시했다. '조선공산당 북부조선분국'의 설치와 함께 자생조직이었던 문예단체들은 1946년 3월 '북조선예술총연맹'을 출범시키기에 이른다. 문학단체의 통합과정에서 보여준 소군정의 통치는 북한 정권 등장에 주도적 역할을 좌익 정파에게 부여하는 간접적인 방식을 취했다. 이로써 북한문학과 제도는 소련의 문학 문화의 제도 일반을 수용하며 당 문학으로서의 정체성을 주조해 나갔다.

총론에 해당하는 김성수의 「통일문학담론의 반성과 분단문학의 기원 재검토」는 바로 이 지점, 해방 직후 남북한문학 장의 역학 변화를 문제 삼는다. 그는 통일문학사를 상정하며 남북한문학사의 전개과정을 통합적으로 볼 것을 일관되게 주장해온 바 있다. 그러나 이 글에서는 이전의 주장을 변경하지 않고 『문화전선』이라는 텍스트를 통해 분단문학의 기원을 세밀하게 되짚어보는 방식을 취하고 있다.

이 책의 진가는 『문화전선』이라는 북한 초기의 문단지에서 길어 올린 유의미한 맥락들을 문제 삼은 각론에서 찾아진다. 남북한문학의 분화를 보이는 지점으로부터 북한의 문학예술이 초기에 어떻게 그 정체성을 마련해 나갔는지에 대한 족적을 탐색하고 있기 때문이다. 소련의 문학 제도의 수용, 비교문학적 관점에서 본 외국문학 수용의 현황, 시 문학과 비평, 소설문학, 연극, 음악과 미술, 해방기 남북한 문단의 비교론 등에 이른다.

유임하의 「북한 초기문학과 소련이라는 참조점」은 북한 초기문학이 마르크스 레닌주의에 입각한 민족문화의 향방을 놓고 전후 소련에서 등장한 즈다노프의 문예정책을 참조점으로 삼은 것을 주목한 경우이고, 마성은의 「1940~1950년대 조선문학의 비교문학 논의」는 북한문학이 50년대까지 보여준 세계문학에 기여하려는 포부와 성과에 주목한 경우이다. 또한, 이상숙의 「북한 시학의 형성과 '문화전선'」은 초기 북한의 시학이 정론성과 풍부한 서정성을 함께 구비하고 있었다는 점에 주목한 경우이다. 이는 북한문학사에서 사후적으로 기술된 김일성의 영도와는 다른 자유롭고 다양한 시적 양상의 층위를 구비하고 있다는 매우 시사적인 논의에 해당한다. 또한, 오태호의 「해방기 남북한 문단과 '『응향』결정서'」는 백인준의 '응향결정서'를 정밀하게 분석하면서 결정서에 나타난 시집 『응향』의 텍스트를 재구하는 한편 이것이 어떤 측면에서 북한 문단과의 결절점을 이루었는지, 더 나아가 「결정서」가 남한문단에 어떤 파장을 불러왔는지를 검토한 경우이다. 오창은의 「해방기 북조선 시문학 형성과 미학의 정치성」은 새롭게 발굴된 『관서시인집』을 통해 황순원을 비롯한 북한 초기문단에서 배제된 시편들과 대립각을 세운 평론의 정치성을 새롭게 논의한 경우이다.

김정수의 「북한 초기 연극계의 흐름과 연기술 논쟁」은 해방 직후 연극계의 흐름을 조망하는 한편 6·25전쟁 직전까지 전개된 일본 가부키의 신파조 연기술의 청산과 새로운 연기술의 정립 문제를 다룬 작업이며, 배인교의 「북한 초기음악계의 동향과 교성곡 '압록강'」은 조기천의 장편서사시 『백두산』을 교성곡으로 만든 김옥성의 「압록강」의 음악사적 의의를 다룬 경우이다. 홍지석의 「북한 초기 미술과 소련 미술의 교류」는 북한의 초기 미술이 수용한 소련미술의 궤적과 영향관계를 미술사의 관점에서 다룬 작업이다.

남원진의 두 글 「개작과 발견-리찬의 '김일성장군의 노래'」, 「한설야 '모자'와 해방기 소련 인식」은 자칫하면 놓칠 수 있는 개작에 따른 판본 문제와 김일성 우상화의 시적 성과, 소련 인식의 주요 문제를 다루는 한편, 이를 통해 북한문학 연구에 내재한 문제점을 성실하게 다룬 작업으로 당대에 간행된 판본의 비교, 대조를 통해 실증적 논의의 수준을 한 단계 높였다. 김민선의 「해방기 자전 소설의 고백과 주체 재생의 플롯」은 해방 직후 등장한 자전적 소설에 나타난 자기고백의 양상을 채만식의 「민족의 죄인」과 이기영의 「형관」의 대비 분석을 거쳐 '주체의 재생'이라는 유의미한 결론을 이끌어내고 있다.

해방 직후 남북한의 문학예술의 현실은 식민 유제로부터의 해방과 함께 근대국가의 수립이라는 과제에 직면했고, 그에 따라 어떤 국가와 문화를 수립해야 할 것인가를 고심해 나간 열정적 자취들로 가득한 보고에 해당한다. 80년대 후반 휩쓸고 지나간 해방기 문학에 대한 논의가 성글게 보이는 것은 우리 연구회가 『문화전선』을 비롯한 다양한 잡지들의 독해를 거쳐 얻은 결론이자 진전에 해당한다. 총론에서부터 각론에 이르는 논의가 비록 그 체제에 있어서는 분야의 불균형을 면치 못했으나 심화된 논의를 이끌어내며 새로운 연구 성과를 이루었다는 말은 해도 될 듯싶다. 특히, 이번 책에 수록된 필자들의 글은 해방기의 남북한문학예술에 걸쳐 있다는 무언의 합의와, 공동 연구자로 살아오고 있다는 존재 증명을 이룬 셈이다. 연구회는 새로운 학인(學人)들을 영입하면서 문학에만 국한되지 않고 연극, 음악, 미술에 이르는 분야로 확장된 성과를 제출할 수 있었다는 점만큼은 분명한 성과이다.

2004년부터 시작된 연구 모임이 2007년 연구회로 도약하기까지, 회원들은 학문적 열정 하나로, 매월 모임에서 이른 저녁부터 늦은 밤까지 이어진 발표와 토론을 이어왔다. 벌써 8년의 성상을 맞고 있다. 여기에는 초기 회장이었던 김재용 원광대 교수와 성균관대 김성수 교수, 전영선 교수, 이상숙 교수, 오태호 교수, 남원진 연구교수, 오창은 교수, 임옥규 연구교수를 비롯한 초기 회원들의 합심과, 마성은 예비박사, 김민선 예비박사를 비롯하여 신임총무인 김정수 연구교수, 배인교 연구교수, 홍지석 연구교수 등에 이르는 필진의 도움이 컸다. 또한 어려운 출판 여건에도 선뜻 용기를 내어 간행을 도와준 역락출판사 이대현 사장님께도 고마움을 표한다.

2012년 봄
필진을 대표해서
유임하 삼가 쓰다.

차례

머리말

통일문학 담론의 반성과 분단문학의 기원 재검토

김 성 수*

1. 문제 제기

이 글은 남북한의 통일 문학사 또는 문학사 통합 서술이 '과연' 가능한지 되새겨보자는 문제의식에서 출발한다. 이러한 문제 제기는 문학사 서술 같은 거대담론 자체에 대한 회의가 대세인 2010년대 학계의 최신 동향과는 거리가 먼 '낡은' 의제(agenda)이며 예상되는 결론조차 그리 긍정적이지 못한 것이 솔직한 심정이다.

남북한처럼 이질적인 두 체제, 두 국가의 통일 문제에서 동질성이란 공동체를 형성하는데 필요한 사회적 경제적 문화적 유사성과 관련된다. 공동체는 종족적 동질성으로 형성될 수도 있고 문화적인 동질성으로 이루어질 수도 있으며, 정치적 이데올로기나 신념 또는 종교적인 동질성으로 성립될 수도 있다. 그러나 어떤 속성이 동류의식을 느끼게 하는데 가장 큰 역할을 하고 어느 정도까지 동질적이면 정치적 단위로 통

* 성균관대 학부대학

합시킬 수 있는가를 측정하는 것은 어려운 문제이다.[1]

분명 남북한 사이에는 혈연, 종족, 언어, 관습 등에서 2천 년 이상 공유한 역사적 공통점이 있다. 반면 분단 65년의 세월이 지나간 만큼이나 서로 다르거나 적대적이기까지 한 역사의식, 가치관, 신념체계의 차이 또한 엄존한다. 이 글에서는 이러한 전제 하에 언젠가 쓰여질 '통일된 민족문학사'[2]를 서술하기 위한 기초 설계의 일환으로 필자가 지난 10여 년간 제안했던 통일문학 담론을 반성적으로 보고한다. 나아가 통일문학의 거울로서 분단문학의 기원을 재검토하기 위하여 북한문학이 한반도 이북에서 독자성을 확보하는 과정을 재조명하고, 아직까지 실체적으로 규명되지 않은 1945~48년 북한문학의 독자성 확보 담론을 정리할 생각이다.

이는 남북한문학이 소통하고 교류하여 궁극적으로 통일문학사를 통합 서술하기 위한 실질적 노력에 경주하기는커녕 서로 백안시하는 2010년 현재의 분단 및 적대 상황이 고착화된 현실과 무관하지 않다. 통일문학을 향한 마땅한 타개책이 잘 보이지 않기에 고육책으로서 1945년 분단문학의 기원으로 돌아가 문제를 다시 보자는 것이다. 그를 위해 해방 직후 북에서 처음 조직된 북조선문학예술총동맹 기관지 『문화전선』(1~5집, 1946. 7~1947. 8)에 나타난 북한문학의 형성 담론과 그 결

---

1) 여기서 '통합'이란 어떤 공통의 가치를 통합에 참가하는 모든 정치단위의 관련 계층이 함께 보여하고 있어야 한다는 신념을 바탕으로 하고 있다. 예를 들면 공통의 역사의식, 공통의 언어, 공통의 관습, 공통의 문화, 공통의 가치 등을 말한다. 오기성, 『남북한 문화통합론』, 교육과학사, 1999, 75쪽 참조.
2) '통일된 민족문학사'란 무엇인지도 문제이다. 남북이 분단/분열된 2010년 현 단계의 남북한문학사를 통합적으로 서술하는 방도를 일컫는 것인지, 아니면 분단문학이 엄존하는 지금 현실에는 존재하지 않지만 언젠가는 지향/지양해야 할 이념형으로서의 '통일문학사'란 의미인지, 그도 아니면 먼 훗날 정치적 통일이 이루어진 후에 비로소 서술될 1945~통일 시점까지의 문학사를 지칭하는지 간단치 않다.

과 실체화된 분단문학의 기원에 대한 분석을 수행할 것이다. 이는 그동안 지지부진했던 통일문학 담론을 근본부터 반성하고 "처음부터 다시 시작하자"는 생각에서 민족문학의 균열과 분단문학의 기원을 재조명하려는 의도에서 나온 것이기도 하다.

2. 통일문학 담론의 자기 반성

필자는 지난 10여 년간 몇 차례에 걸쳐 우리 학계에 통일문학 담론을 의제로 올린 바 있다. 예를 들어 2000년 이후 남북한문학의 위상과 통일문학사론을 다음과 같이 정리한 바 있다.[3]

남북의 당대 문학사를 보면 대부분 상대를 원천적으로 배제한 채 '한국문학사·조선문학사'를 서술하고 있다. 하지만 남북이 상대의 대표 작가, 작품을 인정하지 않는다면 우리 근대의 문학사 유산은 '뺄셈의 문학사'가 되어 실상보다 훨씬 축소 왜곡된다. 따라서 과도기적이나마 남북한문학사 병렬 서술이 필요하다.[4]

우리 문학사 서술에서는 북한문학을 원천 배제하거나 기타 동양문학으로 취급하는 것이 통념이자 현실이다. 하지만 언젠가는 통합적으로

---

3) 2000년 이후 필자가 제창한 통일문학 담론의 중간 결론은 다음 글의 총론에 있다. 김성수, 유임하, 오창은 공동집필, 「북한문학사의 쟁점」, 민족문학사연구소 편, 『새 민족문학사 강좌 02』, 창비사, 2009, 454~456쪽 참조.

4) 남북한문학사의 병렬적 서술의 예로는 최동호 편, 『남북한 현대문학사』나 김병민, 김춘선의 '조선－한국문학사'가 있다. 조동일은 『한국문학통사』 제4판 제1권에서 둘의 통합을 '우리문학사'로 쓸 것을 제안한 바 있다. 최동호 편, 『남북한 현대문학사』, 나남출판사, 1995 ; 김병민·최웅권 외, 『조선－한국 당대문학사』, 연길 : 연변대학출판부, 2000 ; 김춘선, 『한국－조선 현대문학사』, 월인, 2001 ; 조동일, 『한국문학통사』 제4판 제1권, 지식산업사, 2005. 서문 참조.

인식해야 할 우리 근현대문학사의 하위범주로 재규정해야 '상호 이해
-교류-협력-공존·동거-통일-통합' 등 단계론적 통합논리를 찾을
수 있다. 북한문학을 아예 무시하거나 '기타 문학'으로 별종 취급하는
자기중심적 단계에서 벗어나 남한문학의 일부 내지 부록으로 포용하는
중간단계를 거쳐 '북한문학' 대신 '제2기 남북국 시대의 조선문학'을
사용할 정도로 상대를 배려하는 전향적 자세도 필요하지 않을까. '한국
문학/조선문학'의 공존을 인정해야 그 기반 위에서 '남측문학/북측문학'
의 실질적인 교류와 협력을 늘여나갈 수 있다.

　　가령 『(새) 민족문학사 강좌』 2권(2009)의 「북한문학사의 쟁점」은 비
록 부록 수준의 문학사 편제에 머물렀지만 내용상으로는 병렬 단계의
전향적 시각을 일정 정도 담으려고 하였다. 즉, 한반도의 이북지역 문
학을 이남과 하나로 전제하고 '이북의 지역문학, 지방문학'과 동거함으
로써 통일문학을 구체적으로 인식하는 단계까지 상정해본 것이다. 남북
한은 서로 국가가 다른 지역이면서 동시에 동일한 국가 내의 지방으로
보는 이중성이 존재한다고 할 수는 없을까. 영국의 웨일즈, 스페인의
카탈로니아, 프랑스의 브르타뉴, 독일의 바이에른, 이탈리아의 롬바르
디아, 우리나라 제주도 등이 오래전 별개 국가였다가 지금은 지방인 것
과 같은 이치이다. 이런 논리를 적용하면 남북한 지역도 한때 별개 국
가였다가 언젠가는 하나의 국가 내 지역으로 위상을 재정립할 수 있다
는 착상이다. 그런 점에서 남북한문학은 그 자체로 '근대문학'이며 '한
반도문학의 일부인 지역·지방문학'으로 볼 필요가 있다.[5]

---

5) 물론 이때 남한문학이 중심이고 북한문학만 지역·지방문학이라는 '중심/주변부'
　의 이분법적 구도나 '서울중심주의'는 경계해야 할 터이다. 이 점은 민족문학사연
　구소 심포지엄에서 논평자 임형택 선생의 지적이 있었기에 이를 받아들여 '남북
　한문학'은 각각 '(이념형으로서의) 한반도문학의 지역·지방문학'이라는 논리로 재
　규정한다.

　이렇게 한반도적 시각을 가진다면 북한문학에 대한 단순한 이해로부터 출발하여, 다음 단계로 교류와 협력을 상정하고 나아가 '남북문학의 공존과 동거-남북문학의 통합-통일된 민족문학'이라는 역동적 구상을 가시화할 수 있지 않을까. 오랜 기간 지속된 남한문학의 자기중심주의에서 벗어나 북한문학을 이해하되, 성급하게 당장 통일문학을 이루자는 비현실적 구호만 단순 반복하지 말고 중간 단계에 '남북문학의 협력, 동거' 상황을 설정하자는 것이다.

　그 구체적인 방도로서 2000년 여름 '6·15 남북공동선언'의 성과를 토대로 한 통일문학사론의 제안이었다.[6] 졸저『통일의 문학, 비평의 논리』(2001)는 남북한문학사의 통합이 필요한 시각에서 남북한문학의 미적 원리를 비교하여 공통점을 추출함으로써, 1920~90년대 리얼리즘문학의 원리와 역사를 남북 문학사 통합 서술의 한 대안으로 모색한 것이었다.

　　남북한 문화적 통합에는 상대방의 문화를 인정하고 문화적 차이를 수용하려는 문화적 상대주의 관점에 대한 제고가 필수적이다. 서로의 문학에 대한 특수성이 먼저 연구되어야 할 것이며 그 다음에는 공통항을 기준으로 남북 문학사에서 이루어놓은 각각의 성과에 정당한 몫을 부여하여 화학적 통합 서술로 나아가야 할 것이다. 물론 이러한 착상은 가설인만큼 현실 적용까지 적잖은 단계를 거쳐야 하고 걸림돌도 많다.

　　남북 문학사를 통합하는 방법은 무엇일까? 단순히 남한문학에 북한문학을 끼워넣거나, 시대별로 구분하여 남북을 따로 기술해서는 안

---

6) 엄밀하게는 통일문학사론이라기보다는 그 이전 단계인 문학사 통합 서술의 전략 정도이다. 김성수, 「통일 문학사를 위한 남북한문학 통합논리」, 이선영 외 편,『문학사 어떻게 쓸 것인가』, 한길사, 2001.(=『통일의 문학, 비평의 논리』, 책세상, 2001. 재수록) 논문 발표는 2000. 8. 11.

될 것이다. 화학적 결합과 상호상승식 통합(win-win 전략)이 필요하다. 상호상승식 통합이란 무엇인가? 민족문학과 리얼리즘의 대의에 따라 어떤 시기에는 북측 성과를 강조하고, 어떤 때에는 남측 성과를 강조하는 방식이다. 예를 들면 대하 역사소설을 기술할 때 1930년대의 홍명희의 『임꺽정』을 그 정점에 놓고 그 문학사적 지류가 북한에서는 1960~70년대 『두만강』, 『대하는 흐른다』, 『갑오농민전쟁』으로, 남한에서는 1980~1990년대 『토지』, 『장길산』, 『태백산맥』으로 흘러갔다고 보는 관점이다. 1950~60년대는 이북문학의 비중이 크고, 1970~80년대는 이남문학의 비중이 클 것이다.

이는 남북중심주의에 대한 비판 논리의 연장선에서 '통일문학사를 위한 남북한문학의 통합논리의 구체적 방도로 '상호상승식 통합론'을 제안한 것이다. '상호상승식 통합론'은 남한 중심의 북한문학사 흡수통합이 분단구조를 고착화시키는 남한중심주의의 흡수통일론을 그대로 반영한 것이라는 비판적 인식에서 비롯된다. 다만 분단의 역사에 응전하면서 민족적 정체성을 추구한 다양한 문학적 양식을 전체로써 포괄하기 어렵고 결과적으로 남한문학에 비해 미학적 완성도와 보편적 미학성이 현저히 달라진 북한의 수령 문학 등 공식 문학 상당 부분에 대한 자리매김을 하기 어렵다는 점에서 그 나름의 한계를 지니고 있다고 비판받을 수 있다.[7]

그럼에도 불구하고 북한문학을 건국 담론으로 정리한 신형기, 오성호의 『북한문학사』(2000)[8]나 김용직의 반공・반북주의적 『북한문학사』

---

7) 홍용희, 「통일시대를 향한 북한문학의 이해−민족통합을 위한 문학적 탐색을 중심으로」, 『2003년 한국문학연구학회 학술대회 자료집』, 한국문학연구학회, 2003. 2. 참조
8) 신형기・오성호, 『북한문학사』는 북한문학의 형성과 발전을 건국신화와 영웅설화라는 이야기의 역사라는 착상을 논증하고 있다. 김용직의 문학사는 북한문학을 김

(2008)와는 입론과 시각이 다르다고 생각한다. 다만 이제 10년이 지나 남북 문학의 통합 프로세스를 중간 점검한 결과 성급한 낙관론에 근거한 선취된 이념형의 발상이었다고 자기비판하지 않을 수 없다. 즉, 2005년의 민족작가대회와 2006년의 6·15민족문학인협회 결성 및 기관지『통일문학』의 창간이라는 현실적 기반을 과잉 평가한 낙관적 발상이었다는 것이다.

낙관적 전망의 결과 한때는 남북 문학의 단순한 교류 차원을 넘어서 공존과 동거 다음 단계인 통합 프로세스를 제안하기까지 한 바 있다. 2007년의 남북정상회담 시기에 맞춰 '북한문학' 연구가, '남북문학·통일문학' 연구로 내포와 외연을 심화, 확대할 시점이라 생각했기 때문이다. 그에 따라 남북한 지역문학의 통합도 '정책, 조직, 언어의 통일'이라는 제1단계와 '사상, 이념, 정서의 통합'이라는 제2단계를 구분하여 중간에 여러 세부과정을 두고 그때그때의 역동적 상황에 유연하게 대처하자는 착상을 제안한 바 있다.9) 참고로 남북 간의 단계별 사회문화 통합프로세스(안)를 소개하면 다음과 같다.10)

> 1단계 교류와 협력단계 : 남북 화해 분위기 정착, 상대 문화 접촉기회 확대를 통한 상호 이해 증진 등에 주안점을 두고, 국가보안법 등 교류 저해 법령 개폐, 저작권 등 관련 법령 정비, 남북문화협정 체결,

---

일성·김정일 찬양 일변도나 주민을 세뇌하는 정치 도구 정도로 전제한 냉전이데올로기나 반공·반북적 접근법을 보여 연구사를 퇴행시켰다. 신형기·오성호,『북한문학사』, 평민사, 2000 ; 김용직,『북한문학사』, 일지사, 2008.
9) 김성수, 「북한 현대문학 연구의 쟁점과 통일문학의 도정-민족작가대회의 성과를 중심으로」,『어문학』91집, 한국어문학회, 2006. 3 ; 김성수, 「문학적 통이(通異)와 문학사적 통합」,『한국근대문학연구』19집, 한국근대문학회, 2009. 4. 참고. 이를 바탕으로 민족문학사연구소,『새 민족문학사 강좌 02』의 북한문학 총론을 썼다.
10) 백낙순·이우영 외,『남북 사회문화교류 중장기 로드맵 설정 및 추진 전략 연구』(정책보고서), 통일부, 2007. 11. 30, 170~191쪽 참조.

사회문화교류 창구 정비, 사회문화교류협의(가칭) 발족 등의 제도 정비. 북한문화 저작물의 출판 사업, 교류행사(음악회, 전람회 등), 분야별 공동 학술연구, 방송, 인터넷 등의 교류 활성화를 통한 기술교류.

2단계 공존과 동거단계 : 사회문화교류의 양적 확대 및 정례화 추진, 남북한 주민의 공동체 의식 함양, 통일문화 실현 준비, 사회문화교류지원법 제정, 사회문화교류 지원기금 확충, 문화유통기구 설립, 사회문화교류 지침 작성 등의 제도 정비. 각종 교류행사의 정례화 추진, 남북 공동주최 행사 확대, 국제기구에 남북한 공동 진출, 국제대회의 공동개최, 민족문화사 복원을 위한 공동연구, 공동 창작, 문화예술인의 상대 지역으로의 상호 연수.

3단계 남북 연합/연방단계 : 사회문화 관련 공동 조직 구성, 사회문화 통합에 대한 실질적 대비, 사회문화 관련 공조직의 남북공동조직 구축, 사회문화 관련 법령 및 제도 전면적 정비 등의 제도 정비. 사회문화 관련 각종 통합조직과 단체의 설립, 남북통신망 구축, 각종 문화행사의 단일화 추진, 통일문화사 추진, 언어[11] 등 각종 부분의 표준화.

4단계 남북 통합 이후 : 실질적인 통일문화 구축, 일상생활의 사회 통합, 각종 사회문화적 갈등의 최소화. 사회문화 관련법의 통일, 교육을 포함한 제도 통합, 통일문화 교육프로그램 구축, 각종 단일조직 구성 및 운용, 사회문화 갈등 해소 프로그램 구축, 지나간 분단시기의 문화사 정비.[12]

---

11) '겨레말 큰사전' 남북공동편찬사업회의 편찬사업이 바로 이 단계를 앞당겨 수행하고 있다고 할 수 있다. http://gyeoremal.or.kr : 8080/navigator?act=index

12) 김성수, 「축제로서의 남북 문학 교류를 위하여-2007년 남북정상회담과 남북문학의 통합프로세스」, 『시인』 제8권, 시인사, 2008. 1, 203~204쪽. 이는 남북한문학사 통합의 기초 설계도를 거시적으로 제안해본 것으로 문예지의 평문이라 학술적 엄밀성이 부족하다. 이우영의 남북 통일 관련 문화 통합 프로세스의 시나리오는 다

이렇게 거시적인 문화통합 담론을 전제해보면, 문학사의 경우 남북한의 기왕의 반쪽짜리 문학사를 단순하게 산술적으로 합해놓았다는 수준이 아니라 화학적 통합이 되는 플러스 알파 효과로써 세계문학사에 주목받을 성과를 내게 되고 민족문학의 세계화까지도 이룩할 수 있다는 논리였다.[13] 하지만 급변하는 객관적 정세와 문학적 현실은 이러한 원론적 탁상공론이나 근거 없는 낙관에 기댄 중장기적 프로세스를 실현시키기엔 너무나 냉혹하다. 2008년 집권한 이명박 정부의 대북인식과 남북관계의 추이를 보면 위 구상이 공허한 이상에 그칠 것 같은 예감이 든다. 현 정부의 대북정책 원칙 '비핵·개방·3000'과 슬로건 '상생과 공영의 대북관계'는 남북통합을 지향한 실질적 구체적 진정성 없이 악의적 무시나 흡수통일론을 연상시키는 냉전시대로의 퇴영적 산물임이 확인되고 있기 때문이다.

다시 묻건대 흡수통일론에 기댄 남한 중심의 문학적 통합은 어떤 문제를 초래할까? 한쪽의 일방적 우위에 근거한 양 국가, 두 체제의 통일을 서둘 경우 흡수통일론은 문제가 많다. 사회학에서 지배모델이라 불리는 통합론은 서로 다른 두 개의 문화 가운데서 강자의 문화가 약자

음 보고서를 참고했다 : 이우영, 「북한의 개혁개방 전망과 남북문화교류」, 『최근 10년간 북한문화예술의 흐름과 남북문화교류 전망』, 한국문화관광정책연구원, 2004, 100쪽 ; 백학순, 이우영 외, 『남북 사회문화교류 중장기 로드맵 설정 및 추진 전략 연구』, 통일부, 2007, 165쪽 표(14) 참조.

13) 다만 문학사를 통합해서 서술한다는 것이 원론적, 현실적으로 가능한가 하는 점은 그것대로 여전히 문제로 남는다. 원론적으로 말해서 문학사 통합와 통일문학사 서술이란 과연 아래로부터의 문학적 소통의 최종심급인가, 아니면 위로부터의 정치적 통일 문화적 통합의 연장인가 하는 점부터 문제가 된다. 가령 단순히 남북의 문학적 성과를 몇 편씩 모아 편집해서 선집을 만든 <통일문학전집>(한국문화예술위원회, 2003. 미 배포 시디롬타이틀)이나 문예지로 인쇄 배포한 6·15민족문학협회 기관지 『통일문학』의 편집과 유통과정을 보면 별별 난제가 다 놓여 있음을 절감하지 않을 수 없다.

의 문화를 지배하고 그 위에 군림하는 방식을 말한다. 지배모델의 가장
현실적인 사례는 동서독의 통합을 보는 서구사회의 관점에서 볼 수 있
다. 서구사회에서 자유민주주의에 기초한 서방체제의 우월성을 동독의
폐쇄적인 사회주의체제의 몰락과 대비시키고 있다. 동독의 붕괴와 함께
사회주의적 문화제도가 동독에서 모두 무너지고 새로운 서구적인 문화
의 지배가 이루어지고 있다. 이처럼 지배모델은 어느 일방의 붕괴 또는
몰락을 전제하는 것이기 때문에, 통합의 과정 자체에서 야기되는 갈등
을 제대로 수습하지 못할 경우 엄청난 혼란을 감당해야 한다.[14) 때문에
현 단계는 냉정하게 말해서 통일문학사론이나 문학사 통합 전략을 논
하기보다 이질적인 것 사이의 소통이란 의미의 '통이(通異)'가 오히려
절실한 시기라 아니할 수 없다. 현재 시각에서 '통일문학사(또는 문학
사 통합)'는 이념형에 불과하다고 아니할 수 없다. 그럼에도 불구하고
현재의 남북 양측의 일방적 무시나 상호 소원 국면의 전환점으로 비정
부기구 중심의 민간 교류를 꾸준하게 시도하는 작업을 멈출 수는 없다.

3. 통일문학의 거울, 분단문학의 기원 재검토
　　—『문화전선』(1946~47)을 중심으로

1) 남북한문학의 공통인식과 북한문학의 독자적 표상

지금까지 통일문학 담론을 반성적으로 정리하였다. 20여 년간 북한
문학을 공부했고 10년 넘게 통일문학 담론을 제창한 필자로서 2010년

---

14) 권영민, 「문화통합 : 통일 충격을 줄이는 하나의 민족문화로」, 『2000년에 열리는
　　통일시대』, 동아일보사, 1993, 129쪽.

현 단계의 중간 결론은 별다른 대안을 새롭게 제시할 수 없다는 것이 솔직한 고백이다. 통일문학을 향한 마땅한 타개책이 잘 보이지 않기에 고육책으로서 1945년 분단·분열문학의 기원으로 돌아가 문제를 근본부터 다시 보는 것은 어떨까 한다. 그를 위해 해방 직후 북에서 처음 조직된 북조선문학예술총동맹 기관지 『문화전선』(1~5집, 1946. 7~47. 8)에 나타난 북한문학의 형성 담론과 그 결과 실체화된 분단문학의 기원에 대한 분석을 시도할 것이다.

해방 직후인 1946년 3월 25일 전국적인 문예조직으로 결성된 북조선예술총연맹(조선문학예술총동맹의 전신)15)은 7월에 기관지인 『문화전선』을 창간하였다. 상임집행위원회 명의의 「'문화전선' 발간에 제하여」를 보면, "북조선예술총연맹은 북조선 내의 민주주의 문학자, 예술가들이 결집된 통일전선인 동시에 조선 민주주의문학예술 건설의 주력부대이"며, 『문화전선』이 문학자, 예술가들의 창조의 열매로 인민에게 복무하고 인민대중의 광범한 문화적 계몽과 육성을 위하여 발간한다고 되어 있다.

북한문학이 처음 출발할 때 전국적 단체 조직 및 이론적 근거를 마련한 이데올로그들은 '민주주의문학예술'이라는 자기정체성을 두고 고민과 논란이 많았을 것이다. 그 고민은 해방 직후 소련군이 진주한 북한 사회가 아직 사회주의체제가 토대로 이루어지지 않았다는 현실과 무관하지 않다. 그래서 사회주의체제라는 토대 위에서 이루어질 사회주의 리얼리즘론을 문예정책, 노선, 미학으로 받아들일 수 없었기에 '민주

---

15) 조선문학예술총동맹은 1945년 11월의 평남예술연맹을 모태로 해서 1946년 3월 25일에 북조선예술총연맹으로 출발하였고, 1946년 10월 13일 북조선문학예술총동맹(약칭 '북문예총')으로 되었다. 「제2차 북조선예술총연맹 전체대회 초록」 중 「북조선 예맹대회 결정서」, 『문화전선』 3집, 1947. 2. 25, 86~94쪽 참조.

주의문학예술' 담론을 대안으로 제시한다. 이런 고민은 안막의 글에 잘 나타나 있다.

> (우리는-인용자) 식민지적 반봉건적 사회를 개변시키고 독립적 민주주의 조선사회를 건설을 위해 민족 투쟁을 수행해 왔지만 해방된 지금에도 그 임무가 완성되지 못했으므로 문학가 예술가들은 현 단계 조선혁명의 역사적 임무를 정확히 이해한다. 민주주의 문화는 내용에 있어서는 민주주의적, 형식에 있어서는 민족적 문화이며, 사회주의 문화는 내용에 있어서는 민주주의적, 형식에 있어서는 사회적인데 아직 사회주의 문화는 아니다. 따라서 조선민족은 "내용에서 있어서 민주주의적, 형식에 있어서 민족적" 문화 예술의 건설, 이것이 현 단계 조선 문학자, 예술가 앞에 놓여 있는 기본적 임무임을 명확히 인식하고 실천에 있어서 완전히 집행하여야 한다. (…중략…)
>
> 새로운 민주주의문화는 조선민족의 영토, 생활환경, 생활양식, 전통, 민족성 등의 '민족형식'을 통하여 형성되고 발전됨으로써 '내용에 있어서 민주주의적 형식에 있어서 민족적' 문화라 할 수 있으며 사회주의 사회에 있어서의 '내용에 있어서 사회주의적 형식에 있어서 민족적' 문화는 아직 아닐 것이다. 그러나 '내용에 있어서 민주주의적 형식에 있어서 민족적'이라는 것을 우리는 문화-예술의 내용과 형식과의 기계론적 분열로써 해석해서는 안될 것이요 그 변증법적 통일 속에서 이해하여야 한다.16)

안막이 제시한 예술문화 건설의 민주주의노선을 위한 담론은 사회주의 리얼리즘 일반이론인 스탈린의 정식화를 북한적 특수성에 맞춰 '내용에서의 민주주의적, 형식에서의 민족적'으로 변개한 것이다. 즉, 사회

---

16) 안막, 「조선문학과 예술의 기본 임무」, 『문화전선』 1집, 1946. 7, 3~6쪽. 현대어 표기. 이하 같음.

주의 사회에서나 가능한 "내용에 있어서 사회주의적, 형식에 있어서 민족적"인 스탈린식 문화는 아직 도래하지 않았다는 것이다. 당시 북한의 민주주의문화는 민족의 영토 생활환경 생활양식 언어습관 전통과 민족성에 의하여 민족형식을 통합함으로써 "내용에 있어서 신민주주의적, 형식에 있어서 민족적"이라는 모택동식 신민주주의문화론에 더 적합하다는 인식의 산물이다. 당시 북한에 건설될 신민주주의문화란 '무산계급과 무산계급문화가 영도하는 인민대중의 반제국주의적 반봉건주의적 문화'이기에 무산계급만이 영도할 수 있는 것이고 자산계급이 영도하는 문화는 인민대중에 속할 수 없다고 한 것이다.[17]

해방 직후 북한에 건설될 신문화는 "무산계급이 영도하는 인민대중의 반제 반봉건의 문화이며" 그것은 세계무산계급의 사회주의적 문화혁명의 일부분이란 주장은 거의 공식화된 것으로 평가된다. 왜냐하면 윤세평, 이청원 등도 "우리가 건설할 민족문화는 민족적 형식 위에 인민의 민주주의적 내용이어야 한다."는 주장을 반복해서 싣고 있기 때문이다.[18]

북문예총을 중심으로 한 북한문학의 이념 담론은, 서울과 해주에 근거지를 둔 임화 등 남로당계 문인이 아닌 안막, 안함광, 한효 등 평양에 근거를 둔 비평가와 한설야, 이기영 등 일찌감치 월북(일부는 재북)한 프로문맹 출신 작가들이었다. 이러한 인적 구성은 일종의 '서울 중심주의'에 대한 평양 중심주의의 대타의식 내지 반론의 성격이 강하다. 어쩌면 다음과 같은 한설야의 주장이야말로 북한문학의 형성 담론의 이

---

17) 안막, 「조선 민족문화 건설과 민주주의 노선」, 『해방기념평론집』, 1946. 8. 이선영 외 편, 『현대문학비평자료집』 1권(이북편 1945~50), 태학사, 1993, 107~117쪽.
18) 윤세평, 「신민족문화 수립을 위하여」, 『문화전선』 제2집, 1946. 10, 51~58쪽 ; 이청원, 「조선 민족문화에 대하여」, 『문화전선』 제2집, 1946. 10, 42~50쪽 참조.

론적 근거가 되었는지도 모른다.

　　우리는 이제 조선의 예술운동의 본질적 방향과 그 발전을 위하여
상식론적 현상추수론에서 배태되는 가장 큰 두 개의 경향에 대해서
약간 이론적 해명을 가지려는 것이다. 즉 그 하나는 북조선 예술운동
의 독선적 경향이요, 그 둘째는 예술운동에 있어서의 '서울중심주의'
다. (…중략…)

　　북조선예술운동은 곧 이러한 남북정세의 차이를 일단 고소에서 한
개의 통일적 전체적 방향으로 이끌어 나가야 할 것을 자체의 임무로
하지 않으면 안되었으니 여기에 실로 북조선예술운동의 조선예술운
동에 있어서의 중심적 주동적 임무와 성격이 결락되어 있는 것이다.

　　따라서 우리는 남조선 예술운동에 대한 주관적 말살과 또는 전체
적 인식에서의 유리로 오직 북조선 예술운동만의 유일전선을 주장하
는 독선적 태도를 엄계하지 않으면 안될 것이다. 이것은 운동의 통일
성, 전체성을 파괴하는 것이요, 운동을 분파적 방향으로 인도하는 결
과를 가져오게 되는 것으로 예술운동 통일전선에 있어서의 한 개 극
좌적인 과오인 것을 우리는 인식하지 않으면 안되는 것이다.

　　북조선에서의 예술운동이 특히 유리한 환경 속에서 보다 강력히
또는 보다 민주주의적으로 발전하면서 있다 하더라도 그것이 전조선
민족 내부에서 일어나는 예술운동 전체를 포섭하지 못하는 이상 그
것은 아직 한 개의 불구를 명치 못하는 것이다. (…중략…)

　　지금 남북의 유기적 연결이 차단되어 있는 것은 사실이요 또 북에
서 적의한 방법으로 촉수를 남에 찌르고 있지 못한 것도 사실이다.
그러나 이것으로 조선예술운동의 남북 분리를 단정하고 실망하는 것
은 한 개 피상적인 현상추수론에 불과한 것이다.

　　한 개의 교통기관이나 몇 사람의 내왕 연락이 운동의 통일과 전체
성을 보장해주는 것은 아니다. 언제든지 운동의 본질적 파악에서 오
는 방침과 방향이 그것을 결정하는 것이다. 즉 엄격히 대중의 이익과

대중생활의 요구에 대답하고 거기에 상부하는 구체적 현실적인 내용을 가지는 때 대중은 그리로 모이는 것이요 따라서 운동은 그 대중 전체를 운동의 대상으로 할 수 있는 것이다. (…중략…)

서울이 해방 전까지 좋은 의미에서겠든 나쁜 의미에서겠든 조선문화의 중심지인 것은 사실이나 그러나 여기에 이르는바 문화의 거의 전부가 이조의 봉건문화와 침략자 일제문화와 그 가운데서 이루어진 부패한 시민문화인 것도 또한 사실이다. 그러므로 오늘 막연히 문화의 중심을 서울이라고 하는 문화에 있어서의 서울 회향주의는 이를 테면 이조나 일제의 문화적 구관과 구래의 시민문화를 그대로 잉용하고 답습하고 계승하자는 가장 무서운 반동적인 사상과 그 어디서든지 일맥상통하는 흐름을 가지고 있는 것이다. (…중략…)

세계의 진보적 민주주의의 최량의 접수지대인 북조선인 것이다. 또 북부조선은 금후의 조선민주문화에 있어서의 전형적 환경인 동시 조선민주문화의 전형적 성격의 중심적 대표적 주동적 발전지인 것이다.[19)]

8·15해방 1주년에 나온 한설야의 주장은 흥미롭게도 필자가 제안한 '지역·지방문학으로서의 남북한문학' 규정에 영향을 미치고 있다. 즉, 남한이 국가 경쟁력 상 절대 우위에 있는 2000년대 시점에서 보면 '북한문학' 대신 '제2기 남북국 시대의 조선문학'을 사용할 정도로 상대를 배려하는 전향적 자세가 필요하다고 필자가 제안한 것처럼, 64년 전 한설야는 북조선이 민주주의적 민족문화의 중심이지만 남북이 서로 왕래가 되지 않더라도 전 조선적으로 사고하고 전체운동을 실행하자고 했던 것이다. 지금 '한국문학/조선문학'의 공존을 인정해야 그 기반 위에

---

19) 한설야, 「예술운동의 본질적 발전과 방향에 대하여-해방 1년간의 성과와 전망」, 『해방기념평론집』, 1946. 8. 이선영 외 편, 『현대문학비평자료집』 1권(이북편 1945~50), 태학사, 1993, 19~33쪽.

서 '남측문학/북측문학'의 진정한 교류와 협력을 할 수 있다는 필자의
논리처럼, 당시에도 비록 남북 분단이 되었어도 "조선예술운동의 남북
분리를 단정하고 실망하는 것은 한 개 피상적인 현상추수론에 불과"하
다고 비판하고 있다. 이를 보면, 60년이 지나도 분단체제와 분단문학의
본질은 변하지 않았으며 당시 북에서 원칙을 세우되 남측을 포용하려
했던 것처럼 현 단계는 우리가 원칙을 세우되 최대한 포용해야 하는
역사적 정당성이 다시금 확인되는 지점이라고 할 수 있다.

다만 이 순간 주의해야 할 점이 있는데, 당시 문예총 기관지『문화전
선』등에 드러난 문화적 표상을 섬세하게 파악할 필요가 있다. 즉 1946
년 당시에 남북한의 공통항이 태극기, 애국가로 표상된 지점이 있었는가
하면, 반대로 이미 북한 독자성의 표상으로서 김일성의 우상화가 현실화
되었다는 '상치되는 정치적 표상의 공존'에 주목해야 한다. 가령『문화
전선』2집에 실린 이경희의 시「귀환—김일성 장군을 맞으며」를 보면
만주에서의 독립투쟁을 이끈 전설적인 청년 장군 김일성을 맞이하기
나간 군중의 한사람인 시적 화자가 "태극기 쥐고 웃고 갔나니"란 표현
이 있다. 군중대회 환영식에 인공기가 아닌 태극기가 등장하고 있는 점
은 아직 분단이 고착화되지 않았다는 주목할 증거라 하겠다.[20]

또한, 이듬해 나온 안함광의 평문을 보면 1930년대부터 활발한 창작
활동을 벌였던 월북작가 유항림의 소설「휘날리는 태극기」에 대한 평
이 나온다. '유항림 씨의「휘날리는 태극기」'를 두고 동해안 남행 열차
지붕에서 해방을 맞는 인민들의 심경을 사실적으로 묘사함으로써 해방
의 감격을 표현하긴 했으나 여행 스케치 수준이라 전형성을 얻지 못해

---

20) 이경희,「귀환—김일성 장군을 맞으며」,『문화전선』2집, 1946. 11. 또한 이 시의
   창작 시기는 1946년 10월 31일이 아닌 30일로 추정된다.

아쉬움을 표한 비평이다. 유항림의 작품을 찾아 읽지는 못했으나, 훗날
의 모든 문학사에서 당대를 대표하는 작품으로 고평되는 이기영의 「개
벽」을 두고 "작가가 생활을 통한 산 감정으로서 작품을 창조하지 못하
고 한낱 관념적 조작으로서 제작하고 있다… 인물 안배의 공식성과 단
조성을 지적"하지 않을 수 없다고 할 정도의 신랄한 비평을 할 정도에
함께 언급될 정도이니[21] 그 작품 가치가 문학사에서 다시 거론되지 못
할 정도로 형편없는 것이라고 단정할 수는 없다.[22] 아마도 '태극기'란
표상이 문제였을 것으로 짐작된다.

　1946~7년의 북한 상황은 아직 국가 만들기의 문화적 기획이 실행되
기 이전이었을 것으로 판단된다. 반면『문화전선』을 보면 김일성에 대
한 우상화가 1945년 당시엔 미약했고, 1960년대 후반 '주체사상의 유일
사상 체계화' 과정에서 '나중에 만들어진 전통' 쯤으로 예상했던 것도
선입관에 기인한 오해임이 드러난다. 해방 직후의 창간호에서 김일성
우상화가 등장하는 것은 정치적인 의미로서의 선택과 이에 의한 창작
내지는 아래로부터의 자발적인 움직임의 산물임을 부인할 수 없다는
것이다. 즉, 문예지임에도 불구하고 표지 다음 목차 앞에 「김일성 장군
의 12개조 정강」이 자리 잡고 있으며 내표지에는 다음과 같은 「김 장
군의 노래」가 실려 있는 것이다.

---

21) 안함광, 「북조선 창작계의 동향」,『문화전선』3집, 북조선문학예술총동맹, 1947. 2.
　　25, 12~29쪽 참조. 해방 직후(1945~46) 북한문학 주요 작가와 작품에 대한 본격
　　비평의 모음이다.
22) 안함광이 태극기가 등장한 유항림 소설 「휘날리는 태극기」는 자세히 비평하면서,
　　"김구와 이승만과 미군정의 충복"으로 시위를 진압하려다가 시위대에 의해 쓰러
　　지는 광주경찰서장 능식이의 시선으로 8·15 기념시위를 진압하려는 친일 민족
　　반역자의 모습을 풍자한 소설 「개」(『문화전선』2집, 1946. 11)를 평문에서 거론하
　　지 않은 것이 그 간접적 증거이다. 우리가 예단하는 당시의 정치적 분위기라면 당
　　연히 「개」를 중시했을 터이다.

(1절) 장백산 줄기줄기 피어린 자욱 / 압록강 굽이굽이 피어린 자욱
/ 오늘도 자유조선 꽃다발 우에 / 력력히 비쳐주는 거룩한 자욱 / 아
그 이름도 그리운 우리의 장군 / 아 그 이름도 그리운 김일성 장군 //
(2절) 만주벌 눈바람아 이야기하라 / 밀림의 긴긴밤아 이야기하라 /
만고의 빨치산이 누구인가를 / 절세의 애국자가 누구인가를 / (후렴
생략) // (3절) 로동자 대중에겐 해방의 은인 / 민주의 새 조선엔 위대
한 태양 / 이십 개 정강 우에 봉접(蜂蝶)도 뭉쳐 / 북조선 방방곡곡 새
봄이 온다 / (후렴 생략)23)

『문화전선』이 북문예총의 기관지이자 당 검열을 거친 문예지임을 감
안한다면 당시의 실상은 양가적이다. 한편으론 남북한의 공통항이 태극
기, 애국가로 표상된 지점이 있는가 하면, 반대로 당시부터 이미 북한
독자성의 표상으로서 김일성 우상화가 현실화되었음을 증명하기 때문
이다. 서로 공존하기 어려운 정치적 표상의 일정한 공유가 해방 직후
북한문학의 일면적 실상을 보여준 만큼, 언젠가는 펼쳐질 문화적 통합
노력의 주요한 근거로 작용할 수 있을 터이다.

2) '『응향』 사건'과 북한문학의 배타적 정체성

1945년 해방 직후 북한에서는 남북의 공통 표상도 통용하고 북한 독
자적 표상도 내세우는 중첩적 현실이 한동안 이어졌다. 하지만 이러한
이중적 현실이 착종되는 과도기를 거쳐 1948년 이후 태극기, 애국가라

---

23) 리찬, 「김 장군의 노래」 『문화전선』 창간호, 1946. 7, 내표지. 「김일성 장군의 노래」
류 최초본인 이 텍스트의 제3절 3행의 '봉접(蜂蝶)도'는 후대 판본에 '모두 다'로
수정된다. 자세한 것은 남원진, 「리찬의 「김일성 장군의 노래」의 '개작'과 '발견'
의 과정 연구」, 『한국현대문예비평연구』 32집, 한국문예비평학회, 2010. 8. 참조.

는 한민족 공통의 표상을 버리고 '김일성 장군의 노래'와 인민공화국기 및 새 애국가(박세영 작사)를 만들어 국가 만들기의 문화기획을 수행하였다. 특히 문예당국은 1948년의 정권 수립 이전부터 이미 마르크스레닌주의 미학에 기초한 사회주의 리얼리즘 문학론을 창작과 비평의 유일한 공식원리로 채택하려는 노력을 다각도로 시행하였다. 그 과정에서 결정적인 계기로 작용한 것이 1946년 가을의 저 유명한 '『응향』 사건'이다.

북조선예술총연맹 산하 원산문학동맹에서 나온 시집 『응향』에 관한 북조선문학예술총동맹 중앙상임위원회의 결정서에 따르면, 『응향』 수록 시의 태반은 당시 현실에 대한 회의적, 공상적, 퇴폐적, 현실 도피적, 심하게는 절망적인 경향을 가졌다고 한다.[24] 결정서의 이론적 근거 구실을 한 구체적인 작가, 작품평을 쓴 백인준은 「문학예술은 인민에게 복무하여야 할 것이다—원산문학동맹 편집 시집 『응향』을 평함」에서 강홍운, 서창훈, 구상 등의 시 텍스트를 일일이 인용하며 자구까지 비판하고 있다.[25] 그에 근거한 문예조직 결정서의 구체적인 작품 비판도 다음과 같이 전개되어 있다.

> 강홍운 작 「파편집 18수」는 모두 현실 진행으로부터 멀리 떨어진 포말을 바라보는 한탄, 애상, 低廻, 劣情의 표백인 외에 아무 것도 아니다. 구상 작 「길」, 「여명공」은 현실에 대한 그로테스크한 인상에서 오는 허무한 표현의 유희며 「밤」에서는 낙오자로 죽어져 가는 애상의

---

24) 「시집 『응향』에 관한 북조선문학예술총동맹 중앙상임위원회의 결정서」, 『문화전선』 3집(북조선문학예술총동맹, 1947. 2. 25), 82~85쪽. 같은 글이 두 달 후 서울의 조선문학가동맹 기관지 『문학』 3호(1947. 4. 15), 71~73쪽에 실렸다. 이 사실은 해방기 민족문학운동이 남북한 사이에 일정 정도 교류되었고 단정으로 분단되기 직전까지 통합적으로 작동했단 정황 증거라 주목할 만하다.
25) 백인준, 「문학예술은 인민에게 복무하여야 할 것이다—원산문학동맹 편집 시집 『응향』을 평함」, 『문학』 3호, 조선문학가동맹 중앙위 서기국, 1947. 4. 15, 74~82쪽.

표백밖에 찾아볼 수 없는 것이다. 서창훈 작 「해방의 산상에서」는 무기력한 군중에게 질서 없는 수다한 슬로건을 강요하였고 「늦은 봄」은 여러 가지 의미로 반동적인 사상과 감정의 표백이라 아니할 수 없다. 이가민 작 「3·1폭동」은 이 역사적 사실을 민족해방투쟁으로서의 한 전형으로 묘사하지 못하고 「송 5·1절」역시 이 노동자의 국제적 행사를 우리의 당면한 현실과 결부해서 묘사하지 못했을 뿐 아니라 시로써 예술성, 형상성을 가지지 못한 것이다.26)

안막, 백인준으로 대표되는 문예당국에 따르면 이들 시인, 작가들의 반동적 퇴폐적 경향은 비상한 속도로 건설되어가는 북한 현실에 대한 인식 부족에 기인하며, 현실을 미처 따르지 못하는 낙오자에게 필연적인 감정인 한탄을 표출한 것에 불과하다. 거기에는 현실과 부딪치며 현실과 싸우려는 단결정신과 현실을 바른 길로 추진시키려는 건설정신이 없으니 문제라 한다. 이러한 정치적 무사상성은 '나라 만들기'의 방향을 모색하는 북한문학 대열 내에 '예술을 위한 예술, 인민과 분리된 예술, 인민의 요구에 배치된 예술'의 잔재가 뿌리 깊이 남아 있음을 말함이며, 이 시기 북한문학가, 예술가들이 '고상한 사상으로 무장되지 못하였'음을 반증하는 것이라 한다. 따라서 이들 작품집을 당장 발매 금지하고 검열원을 파견, 편집 발행 경위를 조사하며 편집자와 작가들과의 연합 회의를 개최하고 작품의 검토 비판과 작가의 자기비판을 가지게 한 후 책임자 또는 간부를 경질하게 된다.27)

---

26) 「시집 『응향』에 관한 북조선문학예술총동맹 중앙상임위원회의 결정서」, 『문화전선』 3집, 83~84쪽 요약 인용.
27) 이상의 서술은 「시집 『응향』에 관한 북조선문학예술총동맹 중앙상임위원회의 결정서」, 『문화전선』 3집, 1947. 2, 82~85쪽 ; 「북조선문학예술총동맹 제1차 확대상임위원회 결정서」, 『문화전선』 4집, 1947. 4. 20, 170~173쪽의 해당 부분을 요약한 것이다.

그런데 흥미로운 것은 결정서 기초에 관여했을 것으로 짐작되는 비평가 안막, 백인준의 작품 평이 도식적, 감정적이라는 점이다. 백인준은 시 평가의 잣대를 "일반 인민대중을 위해서 썼는가"에 두고 강홍운, 박경수, 구상 등의 시가 '末世紀的, 퇴폐적 感傷的 回憶'이고, '주관적 감각적 현실도피적'이라 해방을 맞은 조선 현실을 담기에는 반인민적이라고 재단비평을 한다.28) 안막은 서창훈 시 「해방의 산상에서」의 "고요한 사막의 첫새벽 / 나는 설레는 가슴을 안고 / 마음은 지향을 얻지 못하고 // 너는 광명을 찾아 / 이국의 길을 떠난다 / 네가 온 밤중 흘린 눈물은 / 얼마나 나를 안타까웁게 하였으리."를 두고, 남한을 '광명의 이국'으로 여겨 탈북하려는 '반동지주의 낡은 사상의 표현임에 불과한 것이'라 비평한다. 이러한 시 해석은 문학비평이 아니라 예술적 상상력이 극도로 편향되거나 아예 부재한 공안검사식 정치적 몰아세우기처럼 해석된다. 아마도 다음에 나오는 구상, 강홍운, 황순원의 월남에 대한 선입견이 다른 작품 해석에까지 영향을 미친 모양이다.

> "메길 도가에서 화장한 상거의 곡성에 흐르고 / 아 이 밤의 제곡이 흐르고 / 묘소를 지키는 망부석의 소리처럼 쓰디쓴 고독이여 / 서거픈 행복이여"
>
> 이 시는 『응향』에 있어서의 구상이란 시인의 무기력한 우수와 숙명의 노래였다. 같은 시집 속에서 강홍운이란 시인은 "끓는 물 한 말 들여마시고 세상사 모도 잊어버리고 싶을 때" 그는 어떻게 생각을 했는가 하면 "세상에 몸을 두고 세상 밖에 뜻을 두고 하늘에 구름같이 떠나시며 사오리" 이것은 결국 "북조선에 몸을 두고 북조선 밖에 뜻을 두고 민주건설 다 버리고 떠다니며 사오리"라는 그러한 노래로밖

---

28) 백인준, 앞의 글, 75~81쪽 참조.

에는 들리지 않는다. (…중략…)

(『관서시인집』의 — 인용자) 「푸른 하늘이」라는 시의 작자 황순원이
란 시인은 이 시에서 암흑한 기분과 색정적인 기분을 읊었던 것이며
그러다가 이 시인은 해방된 북조선의 위대한 현실에 대하여 악의와
노골적인 비방으로밖에 볼 수 없는 광시를 방송을 통하여 발표하였
던 것이다. "비록 내 앞에 불의의 총칼이 있어 / 내 팔다리 자르고 /
내 머리마저 베혀버린대도 / 내 죽지는 않으리라." (…중략…)

여기에 있어서 이 시인은 북조선에 있어서 민주개혁의 우렁찬 행
진을 '불의 칼'로 상징하였던 것이며, 반민주주의 반동파들이 민주
주의 조국 건설을 노기를 가지고 비방하며 파괴하려는 썩어져가는
무리의 심정을 이 작품에서 보여주었던 것이다. 이 시를 발표한 지
얼마되지 않어 이 시인이 북조선을 도피해간 것도 결코 우연한 일이
아니다.29)

작품에 나타난 부르주아적 미학사상의 평가 차원이 아니라 작가의
탈북 등 정치적 이념적 행위에 따른 공안검사식 매도가 『응향』 사건의
또 다른 일면임을 논증하는 대목이라 아니할 수 없다. 게다가 『응향』
사건이 한반도 문학 분단의 기원을 밝히는 과정에서 특히 주목되는 이
유는 이것이 지방에서 나온 시집 한 권의 필화사건으로 그치지 않고
북한 전체의 문예노선과 조직 개편의 결정적 계기로 작용했다는 점이
다. 즉, 『응향』 『관서시인집』뿐만 아니라 함흥에서 나온 『문장독본』 『써
클 예원』 『예술』 등을 묶어 '예술을 위한 예술, 인민과 분리된 예술, 인
민의 요구에 배치된 예술'이라는 부르주아사상미학의 잔재로 규정하고
검열체제에서 이를 걸러내지 못하고 이를 허용한 원산 『응향』 발행 책

---

29) 안막, 「민족예술과 민족문학 건설의 고상한 수준을 위하여」, 『문화전선』 5집 북조
선문학예술총동맹, 1947. 8. 1, 8~12쪽 참조.

임자 박경수, 박용선, 이종민를 경질하고 함흥의 모기윤 저 『문장독본』을 발금 조치하였으며 『써클 예원』 3집과 『예술』 3집의 현상시 「오후」 등의 편집진 전원을 경질했던 것이다.

게다가 북문예총의 첫 결정서의 경고에도 불구하고 두 번째 결정서가 곧바로 이어 나온 점이 주목된다. 『응향』뿐만 아니라 『문장독본』, 『써클예원』, 『예술』 등까지도 "주위의 옳지 못한 판매 결정에 타협하고 더욱 중앙에까지 문제화하지 않은 미온성을 지적한다."고 비판하고 있는데, 이는 아마도 원산 지역 『응향』의 일벌백계에도 불구하고 함흥 등 다른 지역에서 서정적이고 낭만적인 문학작품이 여전히 창작, 발매, 유포되었다는 반증이기도 하다. 지역 등 문예조직 하부단위에서 알아서 자발적으로 '부르주아적 퇴폐' 작품을 창작, 유포하지 말았어야 했는데 현실은 그렇지 못했던 모양이다. 그래서 발매 금지와 검열체제 강화만으로는 사태 수습이 어려우니까 원산, 함흥 등 지방 문단의 지역적 자율성을 없애고 중앙집권적 문예조직으로 일원화하게 된다. 게다가 관련 작가들뿐만 아니라 모든 문학자, 예술가들을 '건국사상총동원운동'과 결부하여 정치적 사상적 교양사업 강화에 동원하고 농촌, 공장, 광산 등지에 '현지 파견'하기도 하였다.[30]

이렇게 하여 '『응향』지 필화사건'을 통해 북한에서는 '예술을 위한 예술'이나 문학주의적 의미의 순수문학은 아예 설 자리를 잃었다. 나아가 남한의 민족주의문학, 또는 순수문학 전체를 미제의 사상적 문화적

---

30) 「북조선문학예술총동맹 제4차 중앙위원회 결정서」, 『조선문학』 2집(북조선문학예술총동맹, 1947. 12.), 214~220쪽 참조. 참고로 북 문예총의 기관지 『문화전선』은 5집으로 폐간되고 6집 원고가 새로 창간된 『조선문학』 1집에 실렸으나 이것도 2집으로 단명한다. 이후 『문학예술』지가 1948년 2월 창간되어 1953년까지 월간지로 나오다가 1953년 10월에 새로 창간된 『조선문학』(조선작가동맹 기관지, 1953~1960 시기엔 문예총 해체기였다.)으로 이어져 현재까지 발행되고 있다.

침략으로 이루어진 부르주아적 사상미학의 잔재로까지 규정하게 되는 것이다.[31] 이는 당(黨)문학으로 일원화된 북한문학의 자기정체성 확립 과정이기도 하지만 결과적으로 배타적 정체성에 머무름으로써, 궁극적으로는 북한문학이 남한문학과의 지리적 분단을 넘어서서 이념적 단절과 심정적 결별까지 선언하는 의미를 지닌 것이기도 하다. 물론『응향』 사건 결정서가 북한의 『문화전선』과 남한의 『문학』지에 거의 동시에 게재되었다는 사실은 해방기 한반도문학이 남북 '단독정부' 문학으로 분단되기 직전까지 통합적으로 전개되었다는 정황 증거라고 할 수 있다. 하지만 한설야, 안막 등의 북한문학 독자성 담론이나 배타적 문예조직의 형성은 결과적으로 남북 '단독정부론'의 문학적 외연으로 작용될 것이며, 이는 분단문학의 기원을 밝히는 중요한 대목이라 아니 할수 없다.

3) 남한의 좌우익 문학 논쟁과 분단문학의 또 다른 기원

1945~48년 남한문학의 현실은 어떠했을까? 8·15 전후 남북한문학의 이상은 식민지 잔재를 청산한 토대 위에서 자주적 민족국가(또는 국민국가)를 건설하고 그 토대 위에서 통일된 민족문학을 실천하는 일이었다. 문제는 민족문학의 실질적인 내용이 서로 달랐다는 점이다.[32] 해

---

31) 이에 대해서는 김재용, 「북한문학계의 반종파 투쟁과 카프 및 항일혁명문학」,『북한문학의 역사적 이해』, 문학과지성사, 1994 참조.

32) 해방 직후의 문학운동과 문학논쟁에 대한 남한 학계의 연구성과를 모은 대표적인 논문집으로, 이우용 편,『해방공간의 문학 연구』1·2권(태학사, 1990)을 들 수 있다. 참고로 이 시기 북한문학의 동향을 정리한 북한 학계의 연구성과를 모은 것으로 안함광 외,『문학의 전진』(문화전선사, 1950) ; 안함광 외,『해방후 10년간의 조선문학』(조선작가동맹출판사, 1955) 등을 들 수 있다.

방공간의 남한 문단에서 벌어진 좌우익 문학 논쟁의 본질은 표면적으로 민족문학(화)을 외쳤음에도 불구하고 그 실제 내용은 '계급문학론과 순수문학론의 대립 투쟁'이라는 것이 후일 북한 비평가의 인식이다.[33] 이 논쟁은 문예의 계급적 성격과 정치적 기능을 주장하는 좌익의 견해에 맞서 작품 중심적 문학주의를 표방한 우익 인사들이 순수문학적 민족문학의 구호를 들고 나온 데서 벌어진 이론투쟁이었다. 임화, 김남천, 이원조 등 좌익의 진보적 이론가들이 민주주의 민족문학을 건설할 것을 주장한 데 반하여 김동리를 비롯한 우익 민족진영 이론가들은 참다운 민족문학은 정치주의문학에 맞선 순수문학이어야 한다고 반론을 폈던 것이다.

특히 1946년 초 결성된 진보적 문인의 최대 조직인 조선문학가동맹은 민주주의적 민족문학을 공공연하게 주장하였다. 일제의 식민지 지배에서 벗어난 자주적 독립국가를 만들어야 한다는 역사적 조건과 근대적 문학예술의 합법칙적인 발전방향에 비추어볼 때, 그 내용은 당연히 일제 잔재를 반대하고 민족 구성원의 다수를 점하는 민중의 이익에 전적으로 복무하는 민주주의 민족문학을 건설하는 길로 나아가야 할 것이라는 것이 핵심적 주장이다.[34] 그러나 그들 대부분이 월북하고 나머지 사람들은 체포, 투옥되거나 지하로 잠적하여 논쟁은 더 진전되지 않았다.

해방 직후 좌우익 사이에 격렬한 이데올로기 논쟁이 벌어지고 난 뒤

33) 한중모, 「1970년대 남조선에서의 민족문학론의 전개와 민족자주의식의 형상적 구현」, 『통일문학』(계간) 29호, 평양출판사, 1996. 6, 343쪽.
34) 이러한 내용은 조선문학가동맹 서기국 편, 『건설기의 조선문학』(조선문학가동맹, 1946)에 실린 임화, 김남천의 보고문에 주로 기초한 것이다. 이에 대한 자세한 분석 평가는 이우용 편, 앞의 책에 실린 윤여탁, 임규찬, 임헌영, 서경석 등의 논문을 참조할 수 있다.

단정 수립 후의 이른바 '전향'공간을 경과하면서 문학 장(場)의 주류를 차지한 것은 극우파 문학가들의 순수문학론이었다. 『예술조선』, 『백민』, 『문예』 등을 중심으로 이루어진 우익 진영의 주장에 따르면 좌익 진영은 문학예술의 자율성과 순수성, 존엄성을 무시한 채 문예를 정치적 선전도구로 전락시켰다는 것이다. 해방 직후 공산당의 조종을 받은 좌익의 정치주의문학에 맞서 '민족문학 즉 순수문학'을 지켜냈다는 조연현의 인식35)은 주목할 만다. 실은 여기서 남북한문학의 분단과 분열의 단초가 남한에서 현실화되었다고 할 수 있기 때문이다.

백철 등 월북하지 않은 남한 내 중도파가 '비좌비우(非左非右)'의 다양한 노선을 통합하여 문화적 담론으로 이론화시키려 했으나36) 현실적 설득력을 얻지 못한 것이 사실이다. 대신 김동리, 조연현 등 청문협 출신의 극우 보수파가 당시 최대 매체인 『신천지』 편집권을 주도하고 『문예』지를 주 발표 무대로 삼는 등 이념적 구호뿐만 아니라 발표지면이

---

35) 이에 대한 당대 인식은 조연현의 다음 글이 대표적이다. 조연현, 「해방문단 5년의 회고」, 『신천지』, 1949. 10~1950. 2. 최근의 대표적인 연구성과로는 이봉범, 「단정 수립 후 전향의 문화사적 연구」, 『대동문화연구』 제64집, 성균관대 대동문화연구원, 2008. 12. ; 이봉범, 「해방10년, 보수주의문학의 역사와 논리」, 『2010년 상반기 한국근대문학회 학술발표회 자료집』, 한국근대문학회, 2010. 6. 12. 참조.

36) 백철, 「현상은 타개될 것인가─주로 기성작가의 전향에 대한 전망」, 『경향신문』 1949. 1. 5 ~1. 12(6회 연재) (=『백철문학전집』 2권 신구문화사, 1968. 재수록) 이 글을 면밀하게 분석 평가한다면, 백철 스스로 해방공간에서 다수를 점하는 중간파를 자임하되, '기회주의자, 좌익적 중간, 문맹 편'(조연현, 「해방문단 5년의 회고」 참조)이라는 식으로 일종의 정치 이념적 공세를 펴는 '민족문학=순수문학'진영의 '낙인 찍기' 비판을 의식해서 '신현실주의파'로 자기규정(명명)을 시도하고 '현실의 구체성'에 근거한 실제적인 작가, 작품평을 통해 이론적 정식화를 시도한 것이라 할 수 있다. 다만 중간파문학의 존재증명, 인정투쟁의 안간힘이 '신현실주의파(신현실파)', '新리얼리즘' 등의 명명법으로 확인되지만, 그 실체와 내용이 모호하고 무엇보다도 현실적 위력이 미약하다는 점이 문제이다. 가령 주요섭, 이무영을 비판하는 백철의 "현실에 대하여 확고한 세계관적인 신념을 갖지 못한 소극성의 표시"라는 규정이 중간파 전체의 본질과 무관하지 않은 듯하다.

라는 물적 토대까지 마련한 후 문단 헤게모니를 실질적으로 장악함으
로써,37) 이른바 '적색분자로부터 조국을 구한 애국문학의 담지자'로 자
처할 수 있게 된 것이 역사적 실상이다. 기실 김동리, 조연현의 담론은
해방공간에서 처음엔 소수파였다가 결국 문단 권력을 장악한 청문협
출신 극우파들이 당대 문단을 '정치주의문학 대 순수문학' 구도로 정리
함으로써 문단사 중심의 문학사를 당연시하는 헤게모니 쟁투에 이론적
근거를 확보하려는 노력의 산물이라 하겠다. 이후 6 · 25전쟁을 거치면
서 청문협 출신의 소수파가 문필가협회 등 다수파를 제치고 남한 문화
예술계를 대표하게 된 '1955년 체제'의 확립 이후까지 영향력을 미쳤다
는 점에서, 조연현의 문단사 구도는 남한 문단 권력의 상징이자 이른바
'문협 정통파'의 영구집권의 이론적 기초 구실을 했다고 할 수 있다.38)

　해방기 남한의 좌우익 문학 논쟁을 두고 훗날 북한 학자들은 남한의
진보적 문학은 부분적으로 긍정하고 대다수 순수문학은 극단적으로 비
난하고 있다. 즉, 순수문학 담론이 이른바 '색정과 퇴폐주의, 친미사상'
등을 선전하면서 미국의 남한 강점과 식민지 예속화정책을 공공연히
비호하는 사상 문화적 침략의 도구로 전락되었다고 비판하는 것이다.
북한 어느 학자의 주장에 따르면, 남한의 순수문학은 미국의 식민지 예
속화 정책을 합리화하기 위한 반공사상과 이른바 '숭미(崇美) 사대주의
사상'을 사람들의 의식 속에 부식시키는 역할을 했다는 것이다.39) 해방

---

37) 이 과정에 대한 자세한 논증은 이봉범, 「단정 수립 후 전향의 문화사적 연구」 ; 김
　　준현, 「단정 수립기 문학 장의 재편과 <신천지>」, 『비평문학』 35호, 한국비평문
　　학회, 2010. 4. 참조.
38) 김철, 「한국보수우익 문예조직의 형성과 전개」, 『한국전후문학의 형성과 전개』(『문
　　학과 논리』 3호), 태학사, 1993 ; 서경석, 「전후문단의 재편과정과 그 의의」, 『한국
　　전후문학의 형성과 전개』 ; 이봉범, 「해방10년, 보수주의문학의 역사와 논리」 등
　　참조.
39) 강석희, 『조선에 대한 미제의 사상문화 침략사』, 과학백과사전출판사, 1987, 95쪽

직후 남한문학의 순수주의가 과연 미국 등 제국주의의 사상 문화적 침략의 도구로 사용되었는지는 의문이다. 더욱이 식민지 예속화 정책을 합리화하기 위한 반공사상과 '숭미(崇美) 사대주의사상'을 세뇌했다고 하는 것은 일방적 매도라고 생각한다. 오히려 해방 직후의 혼란상 속에서 현실을 제대로 비판하거나 올바른 역사의 방향을 읽어내지 못한 것이 순수주의의 한계일진 몰라도 친미와 반공이 아직 노골적으로 드러나지는 않았다고 하겠다. 만약 그런 사상이 적극적으로 노골화되었다면 이미 순수문학이 아니라고 할 수 있을 것이다.

남한문학의 순수주의에 대한 진정한 비판은 정치적 상황이 변했을 때 친체제적인 사상 전달의 수단으로 스스로 전락한 변신에서 찾을 수 있을 것이다. 마치 1930년대의 순수문학파들이 중일전쟁과 태평양전쟁 이후 이전처럼 현실을 떠나 정치적 거리를 지키지 못하고 군국주의 파시즘화된 일제의 주구가 되어 친일문학을 했듯이, 6·25 전쟁 전후에 순수주의를 지키지 못한 점이 문제라는 말이다. 북한에서 문제 삼는 것이 바로 이 점이었다. 전쟁을 전후해서 남한의 문인들은 이전까지 좌익에 대항할 때 사용하던 '예술의 초계급성'이니 '순수문학'이니 하는 슬로건을 버리고 갑자기 문학과 정치와의 밀접한 관련성을 강조하면서 반공적인 문예노선을 추구하였다는 비판이다. 그래서 전쟁 기간 동안에 전쟁을 합리화하고 남한 청년들을 전쟁터로 내몰았으며, 전쟁 후에도 문학작품의 가치 평가의 기준을 이승만 정권의 북진통일론 국책을 옹호하는 데 두고 반공 노선을 더욱 강화하였다는 것이 비판의 근거이다.[40] 하지만 문학의 본질에 대한 이러한 인식 차이야말로 바로 남북한

참조.
40) 김해균, 「남조선 문학이 걸어온 길」, 『조선문학』 1966. 1, 95~96쪽. 이상의 두 단락은 김성수, 「북한의 남한 문학예술 인식에 대한 역사적 고찰」, 『통일정책연구』

문학의 분단과 분열의 고착화를 가져온 주된 요인이라는 엄혹한 사실을 냉정하게 직시한 남북한 문인은 거의 없었다. 이제 남북한문학은 해방 직후 태극기와 애국가 등 정치적 표상을 잠시 공유했던 공통인식의 회복은커녕 문학관 의 근본적인 격차로부터 초래된 분단의 심연을 어떻게든 메워야 할 엄청난 과제에 직면한 셈이다.

4. 마무리

지금까지 최근 몇 년간 단절되다시피 한 남북한문학의 대화와 문학사 통합의 가능성을 새롭게 전망하기 위하여 통일문학 담론을 반성적으로 자기 비판하였다. 나아가 통일문학 담론이 심각한 위기에 봉착했다는 현실인식 아래 통일문학의 거울이자 그림자라 할 분단문학의 기원을 다시 살펴보았다. 특히 8·15 해방 직후 북문예총 기관지『문화전선』(1946~47)에 나타난 몇몇 문건을 분석하고 남한 내 좌우익 문학 논쟁을 바라보는 남북의 시선 비교를 통해 남북한 분단문학의 기원을 재검토하였다. 사실 어떤 문제의 기원에 대한 재검토는 현재 상황이 마땅한 타개책이 잘 보이지 않을 때 주로 시도된다. 남북한문학사를 통합적 시각으로 다시 본다고 할 때 서로 너무 멀리 떨어져버린 2010년 현재 시점보다는 아직 공통항이 훨씬 많았던 1945~48년 해방기의 북한문학 담론을 살펴본 이유가 여기에 있다.

8·15 해방 후 6·25전쟁을 거쳐 전후 복구시기, 주체사상의 유일체계화(1967)까지 북한문학의 역사적 흐름은, '사회주의 리얼리즘문학의

10-1, 통일연구원, 2001 참조.

역동적인 변모'보다는 '주체문학으로의 일방적 도정'으로 정리된다. 문제는 70년대 이후 40여 년간 남한 주민과 학자들에게 너무나 '불편한 현실'이 되어버린 북한문학의 특수성이다. 사회주의적 당(黨)문학의 보편형을 한참 지나서 북한 고유형이 되어버린 '주체문학'과 '수령(형상)문학, 선군(先軍)문학'은 쉽게 받아들이기 어렵다. 더욱이 『문화전선』에서 출발한 북한 문예지의 2010년 현실을 보면 진정한 교류와 공존은커녕 이해나 가능할까싶다.

해방 직후의 활발한 문학 담론이 만개했던 『문화전선』과 비교할 때 그 적자라 할 북한 유일의 최장기 문예 월간지 『조선문학』의 현실은 통합을 향한 지혜를 쉽게 찾기 어려울 만큼 참담하다. 조선작가동맹 기관지 『조선문학』 2010년 최신호의 실제 내용은 수령론과 선군사상에 강박된 주체사실주의문학이 전부이다. 64년 전 창간된 『문화전선』에 나타난 신민주주의문학이라는 이념과 리얼리즘 담론의 활성도, 다양한 담론 생산에 비해 수령론과 주체문학 담론이 동일한 매체전략과 편집 체재로 수십 년 넘게 반복되는 매너리즘에 빠져 있다. 이는 북한문학 장(場)이 60년 전 해방 직후보다 정체 또는 퇴행했으며 앞으로 북한 '인민'의 삶의 질이 결정적으로 나아지거나 그를 기반으로 하는 진정한 의미의 남북한 교류·협력이 쉽지 않겠다는 반증이기도 하다.

북한이 '선군사상·선군정치·선군문학'으로 체제 위기의 돌파구를 삼는다 해도, 인민의 삶을 보다 인간적으로 나아지게 만드는 문학의 방향이 '군대식 사업작풍'을 무매개적으로 예술 부문까지 전일화시키는 일방적 시스템 구축은 아니라고 생각한다. 2010년대 북한문학의 나아갈 방향은 주체사상이라는 유일사상체계가 주체문학예술로 '정치 미학화'했던 70년대에서 모범을 찾을 것이 아니라는 판단이다. 남북한문학의 진정한 소통을 위해서도 2010년대 북한문학의 새로운 방향은 다양한 인간사를 진실하게 그렸던 저 해방 직후 역동적 분위기로의 복귀에서 찾아야 할 터이다. 매너리즘에 빠진 수령문학·선군문학만이 아니라 홍석중의 『황진이』(2002)와 변창률, 남대현의 리얼리즘소설 같은 다양한 문학이 백화제방하길 기대한다.

북한 초기문학과 '소련'이라는 참조점

조소문화 교류, 즈다노비즘, 번역된 냉전논리

유 임 하*

1. 서론 : 해방 직후 북한과 '소련'이라는 참조점

북한 사회는 소련군의 진주와 함께 해방을 맞이했다. 당시 북한을 점령한 소련은 정치의 전면에 나서기보다는 친소 정권을 수립하는 데 간접적으로 지원하는 방식을 취했다.[1] 이는 제2차 세계대전이 종식된 지 얼마 지나지 않은 소련 내부의 정치경제적 부담도 상당부분 작용했던 것이지만, 무엇보다도 북한 사회가 자발적이고 주체적으로 소련문화를 수용하는 입장이었기 때문이다.[2] 한 증언에서 말하고 있듯이, 해방 직

---

* 한국체대 교양과정부

[1) 평남 지역을 제외한 함흥과 원산 지역의 자생적인 공산주의자의 세력이 비교적 견고했다. 건국준비위원회 산하의 임시인민위원회는 대부분 좌익 세력에 의해 주도되는 형국이었다. 예외적으로 평남지역은 전통적으로 토착 기독교 세력이 강세였으나 소군정은 물산장려운동을 주도한 정치적 명망가였던 조만식을 제거하면서 좌익 정파를 중심으로 한 인적 개편을 단행한다. 이후 1945년 10월 '조선공산당 서북 5도 책임자 및 열성자 대회'가 열려 북로당 계파의 수장으로 옹립된 김일성이 정치계의 중심으로 부상한다.

2) 북한의 소련문화 교류에 관해서는 강인구, 「1948년 평양 소련문화원 설립과 소련

후 북한 사회는 '인민의 힘'을 믿으며 토지개혁과 민주개혁 조치 등을 비교적 성공적으로 전개하며 '청년의 모습'을 지닌 사회적 활기를 띠고 있었다.3)

소군정하의 '청년' 북한은 사회주의 국가의 일반적인 경향처럼 문화와 선전, 교육이 하나로 융합된 전형적인 양상을 보여주었다. 이런 상황에서 북한 문단의 좌경화에 결정적인 분기점은 1945년 10월 10일부터 13일에 걸쳐 진행된 '서북5도 당 책임자 및 열성자대회'였다. 이 대회에서는 '조선공산당 북부조선분국의 설치'가 결정되었고 문화단체의 조직화가 시작되었다. 동년 10월 22일 김일성이 조선공산당 북부조선분국의 선전부장 김창만에게 문학예술단체 조직화의 필요성을 제기했던 것도 같은 맥락이었다.4) 그후 '조선공산당 북부조선분국'의 지시에 따라 프롤레타리아예술동맹은 평양문화협회와 통합을 제의하였고, 소련군 문화담당부의 중재 속에 1946년 3월 두 단체는 '북조선예술총연맹'으로 통합되었다.5)

의 조소문화교류 활동」,『한국사연구』90호, 한국사연구회, 1995 ; 임유경, 「'오뻬꾼'과 '조선사절단', 그리고 모스크바의 추억」,『상허학보』27집, 상허학회, 2009 ; 임유경, 「조소문화협회의 출판, 번역 및 소련방문 사업 연구−해방기 북조선의 문화, 정치적 국가기획에 대한 문제제기적 검토」,『대동문화연구』66호, 성균관대 대동문화연구원, 2009 ; 정진아, 「북한이 수용한 '사회주의 쏘련'의 이미지」,『통일문제연구』54호, 평화문제연구소, 2010 ; 이명자, 「해방공간에서 북한의 근대 경험 매개체로서 소련영화의 수용연구」,『통일문제연구』54호, 평화문제연구소, 2010 등이 있다.

3) 안나 루이스 스트롱, 이종석 역, 「북한, 1947년 여름」, 김남식 외,『해방전후사의 인식 5』, 한길사, 1989(2006), 502~505쪽 참조.

4) 김재용, 「민주기지론과 북한문학의 시원」,『분단구조와 북한문학』, 소명출판, 2000, 30~43쪽 참조.

5) 여기에 결정적인 역할을 한 이가 김파와 김창만이었다. 김파는 재소 조선인으로 소련군 하사관이고 김창만은 북로당 선전부장이었다. 김창만은 연안파 공산주의자로서 당시 문예정책을 좌우한 실권자였다. 그는 김일성의 문예정책 관련 문건을 담당했던 것으로 알려져 있다. 그의 존재감은 김일성의 문예정책에 대한 발언이

만나 대담하는 광경을 서술한 부분이다.[8] 여기에는 해방 직후 북한 사회에서 열풍처럼 불어온 '소련문화'에 대한 관심이 어느 정도였는지를 짐작하게 한다. 이들의 관심은 단순한 호기심이 아니었다. 소련작가들의 눈에 비친 북한문학예술인들의 모습은 '청년 북한'의 높은 열기 그 자체였다. 방문기의 맥락을 감안하건대, 북한문학예술인들의 관심사는 소련문학을 모델로 삼는 북한문학의 진로와 직결된 것이었음을 말해준다. 소련문학 전반에 대한 이들의 관심은 과거와 당대 소련문학의 차이, 작가동맹의 조직 구조, 작가들의 생계수단, 평론가의 임무, 작가들의 종군체험 등등에 이르고 있다. 당대 소련문학의 추세에 대한 궁금증만 해도 북한 초기문학이 모색하는 진로의 선진적 모델이 바로 소련문학이었음을 잘 보여준다. 또한 인용 대목에서는 1941년 9월부터 1944년 1월까지 벌어진 독일군의 레닌그라드 포위 공격에서 수많은 소련 작가들이 종군기자로 활약한 일화를 북한문학예술인들이 놀라워하는 반응은 특히 인상적이다. 북한의 문학예술인들이 방문한 소련 작가들로부터 전해들은 종군 일화에 대한 놀라움은 몇 년 뒤 6·25전쟁 발발과 함께 많은 작가들이 종군에 나서는 현실로 나타났다. 이런 점을 감안하면, 소련작가들의 종군 일화는 해방 직후 북한문학예술인들에게 국가 프로젝트 안에서 수행해야 할 문학예술들의 역할과 임무를 각인시킨 효과를 낳은 셈이다. 따라서 북한을 방문한 소련작가들에 대한 문학예술인들의 높은 관심은 향후 북한 사회에서 전개될 문학 이념과 제도, 정체성을 마련하려는 과정이었을 뿐만 아니라 신생국가의 설립과 함께 요구되었던 문학예술의 임무를 자각하게 만드는 상황을 보여준다.

---

8) 1945년 10월에 결성된 조소문화협회는 건국기 북한 사회에서 소련의 선진문화를 수용하는 주요한 통로였다.

북한 사회에 대한 소련의 지원은 우호적인 친소 정권의 탄생을 돕는 다는 취지에 따른 것이었는데9) 이같은 조소문화 교류를 주관한 민간단 체는 조소문화협회였다. 북한을 방문하거나 여행하는 소련 인사들의 안 내를 담당한 단체도 당연히 조소문화협회였다. 1945년 11월에 창립된 조소문화협회는 소련의 이데올로기와 문화를 전파하고 소련의 문물을 적극적으로 수용하여 제도로 안착시키는 전위 단체였다. "조선의 민족 문화를 창립하기 위하야는 위대한 선진국인 소련문화를 적극적으로 연 구, 섭취"10)하는 공식 기구로 출발한 조소문화협회는, "우리 민족의 위 대한 해방자이며 진정한 원조자인 쏘련 인민과의 친선을 강화하며 세 계에서 가장 선진적인 쏘련문화와의 교류를 활발히 함으로써 우리의 민주주의 민족문화 발전에 기여"하는 "기초조직"11)이었다. 북로당 선전 부, 문화선전성, 교육성 등과 함께 이 단체는 출판과 번역, 소련방문사 업, 소연방대회문화교류협회가 파견한 문화공연단의 순회공연, 소련에 서 발간된 자료와 문헌 번역 소개, 노어 강습, 강연강좌, 좌담회, 조쏘 반 운영, 써클 양성 외에 소련 문학작품의 번역과 출간을 전담했다. 이 를 통해 조소문화협회는 해방 이후 소련상을 새롭게 구성해 나갔다.12)

한편, 북한의 초기문학은 계급성에 바탕을 둔 민족문학을 표방하는 시대적 요구에 부응하면서 소련의 문학과 문화를 번역, 참조했다. 이기

---

9) 소군정에 의한 소련문화 전파는 1948년 소련군 철수와 함께 소련문화원의 활동으 로 일원화되었다. 소련문화원의 설립과 소련의 조소문화교류에 관해서는 강인구, 「1948년 평양 소련문화원의 설립과 소련의 조소문화교류 활동」, 『한국사연구』 90 호, 한국사연구회, 1995 참조.

10) 이강국, 「서」, 이태준, 『소련기행』, 북조선출판사, 1947, 2쪽 ; 임유경, 「조소문화협 회의 출판·번역 및 소련방문 사업 연구」, 『대동문화연구』 66집, 성균관대 대동문 화연구원, 2009, 489쪽 재인용.

11) 이기영, 「협회 사업의 앞으로의 발전을 위하여」, 『조쏘친선』 1, 평양, 문화출판사, 1950, 3~4쪽 ; 임유경, 앞의 논문, 같은 쪽 재인용.

12) 임유경, 앞의 논문, 485~486쪽 참조.

영, 이찬과 조소문화협회 일원으로 소련을 여행한 이태준은, 해방자의
차원을 넘어 사회주의의 이상을 실현한 국가로 간주했다. 오늘날의 관
점에서는 비판의 여지가 전혀 없는 것이 아니지만, 이태준의 『쏘련기
행』에서는 조소친선 도모에서 한 걸음 더 나아가, 약진하는 현실사회주
의의 이상향으로 간주하는 태도가 뚜렷하게 드러난다. 그 한 갈래가 해
방 직후 북한 사회가 소군정을 통해 소련문화를 수신하는 양상이다. 북
한 체제는 소련을 거울삼아 스탈린 우상화를 전유하며 김일성 우상화
에 매진하며 그를 정치적 상징으로 구축하는 작업에 박차를 가해 나갔
다. 이 과정에서 '즈다노비즘'으로 통칭되는 2차 세계대전 이후 소련의
교조화된 문화정책이 채택되었다.

  '즈다노비즘'은 동서 냉전논리에 바탕을 두고 문학을 당정의 통제와
검열체제하에 두는 특징을 보인다. 당대 소련문학이 레닌의 「당 조직과
당의 문학」을 새롭게 호명하며, 영미 제국주의와 맞서서 자본주의의 부
패와 부도덕한 상업주의에서 벗어난 국가주의 문학을 수립하려는 노력
은 북한 초기문학에서는 대단히 인상적으로 비추어졌을 터이다. 소련을
사회주의 선진대국의 이상향으로 보았던 이태준의 관점은, "인종과 민
족의 차별을 솔선 철폐"하고 "엄격한 법률과 교화로서 보장, 융화시킨"
나라로서, "유색장벽을 분쇄하고 세계만민의 형제적 친화의 수범을" 보
이고 "인류평화에 기여"[13]했다고 판단한 데 있다. 김사량의 「칠현금」에
서도 소련은 휴머니즘을 체현하는 인간미의 본향(本鄕)으로 그려진다.
작품에서 병자인 '원주'를 고쳐주기 위해 평양을 방문한 소련의사는 선
진 의료기술자이자 휴머니즘의 화신으로 등장한다. 이렇듯 소련은 당대
북한 사회가 모범으로 삼은 문화와 사상의 선진국으로 간주되었다.[14]

---

13) 이태준, 『소련기행』, 이태준 문학전집 4권, 깊은샘, 2001, 141쪽.

소련문학 일반은 북한 사회에서 사회주의 체제를 축조하는 과정에서
폭넓게 참조되었다. 북한의 소련문화 수용은, "보편적 중심(모스크바)에
서 지역적 특수(평양)로 뻗어나가는 소련의 문화적 경계 확장"을 자발적
으로 수용함으로써 강제성을 치환하는 이중의 절차를 보여주었다.15) 당
대의 북한문학 또한 소련문화를 수용하는 현상은 소련의 적극적인 영
토 확장이면서 동시에 '쏘련의 원조하에 예술 전반의 주체적 조건을 마
련하고 이를 통해 민족예술'을 창조하려는 의도와 목적이 절묘하게 맞
아떨어진 것이었다.16) 이렇게 보면, 북한 사회가 소련의 후원을 수락하
면서도 건국의 내부역량을 키워야 하는 절실한 상황 속에 사회주의 문
화의 수용과 함께 민족문화를 재정비해야 하는 이중의 과제를 수행하
고 있었던 셈이다.17)

3. 즈다노비즘의 수용과 냉전논리

하지만 북한의 초기 문단이 수용한 당대 소련의 문학제도는 1930년
대 중반 이후 등장한 사회주의적 사실주의 미학의 전통이었음이 분명

---

14) 「칠현금」에 관해서는 유임하, 「해방 이후 김사량의 문학적 삶과 '칠현금' 읽기」, 『한
   국문학연구』 32집, 동국대 한국문학연구소, 2007 참조. 소련을 소재로 한 소설의
   특징에 관해서는 신형기·오성호, 『북한문학사』, 평민사, 2000, 105~108쪽 참조.
15) 임유경, 앞의 논문, 489쪽.
16) 윤광, 「조쏘문화교류의 3년간과 앞으로의 전망」, 『문학예술』 1호, 북조선예술동맹,
   1949. 1, 3~11쪽. 임유경, 앞의 논문, 489쪽.
17) 임유경은 조소문화협회의 활동이 가진 의의를 소련의 원조 속에 내부적 역량을
   키우며 1) 조선에 민주진영의 노선과 가치를 수용할 시스템 구축, 2) 각 분야에 걸
   친 문화번역사업으로 소련문화의 대중화와 함께 민족문화의 기반 확립, 3) 인민대
   중의 조선민족문화에 대한 계몽과 자각, 4) 문화적 교양 함양 등으로 정리하고 있
   다. 임유경, 앞의 논문, 489~490쪽 참조.

하지만, 이에 대한 좀더 명확한 이해가 필요하다. 잘 알려져 있는 것처럼 1940년대 중반 이후 소련문학은 제2차 세계대전의 종전과 함께 급격히 교조화된다. 사회주의적 사실주의는 스탈린 치하의 제1차 작가동맹회의(1934)에서 채택되면서 사회주의 문화의 정치적 도구화의 길을 걸어왔다. '위로부터의 혁명'과 '아래로부터의 혁명'을 함께 용인했던 레닌의 문학예술 정책과는 달리, 스탈린 치하의 문학예술정책은 아래로부터의 문화 창달을 정치적으로 규제하기 위해 1922년 레닌 치하의 검열총국에 이어, 제2차 세계대전 이후에는 무대 상연을 검열 통제하는 글라블레뻬르뜨콤을 창설하기에 이른다.18) 그러나 1934년 제창된 사회주의적 사실주의는 전시 기간 동안 다소 완화되었다가, 종전 직후 '느슨한 애국적 결속과 환희의 시대'를 마감하고 공산 교리에 입각한 문학예술정책을 표방해 나갔다.19)

　스탈린의 지시에 따라 당서기를 역임한 안드레이 즈다노프(1888~1948)는 1934년 사회주의적 사실주의를 천명한 인물이었으나, 1945년 전 연방 공산당중앙위원회에서는 검열과 통제를 강화하는 문학예술 정책을 시행하는 결의안을 채택했다. 이 결의안, 「잡지 '별' 및 '레닌그라드'에 관한 쥬다노-브의 보고」에서, 즈다노프는 「이반대제」를 만든 영화감독 아이젠슈타인과 모더니즘 경향의 작품들을 강도 높게 비판하며 예술의 당파성과 대중성을 강조했다. 또한 그는 잡지 『별(즈베즈다)』과 『레닌그라드』를 정치적으로 단죄하며 해로운 작품을 방조한 혐의로 『별』의 인적 개편과 『레닌그라드』를 폐간하는 조치를 내렸다. 그 희생양은

---

18) 장실, 「소련 문화정책의 현대적 좌표」, 『슬라브연구』 6호, 한국외대 러시아연구소, 1990, 192~193쪽 참조.
19) 이하 내용은 마르크 슬로님, 임정석·백용식 공역, 『소련현대문학사』, 열린책들, 1989, 27장 '전쟁의 여파—즈다노비즘의 시대'(304~318쪽) 참조했음.

안나 아흐바또바와 미하일 조시첸코였다. 아흐바또바가 청년세대에게 끼친 영향을 문제삼으며 그녀의 문학을 색정적이고 퇴폐적인 것으로 규정하였고, 이들을 작가동맹에서 제명했다. 1945년 이후 소련 문화정책이 보여준 일련의 조치들은 사회주의적 사실주의의 교조화로 치닫는 새로운 조류이기도 했으므로, 이전의 사회주의적 사실주의와 구별해서 '즈다노비즘'이라고 명명한다.

즈다노프는 레닌의 「당의 조직과 당의 문학」(1905)에서 거론된 '순문학', '예술을 위한 예술'에 대해 무사상성과 비정치성을 배타적으로 비판하는 논조를 다시 불러내어 '당에 의한 문학'과 '문화 통제'를 강조했다. 즈다노프의 연설에서 주목해볼 대목은 레닌의 문건을 통하여 순문학과 예술지상주의적 경향에 대한 비판의 근거로 삼는 부분이다. 여기에는 세계대전 이후 전개된 세계정세에 대하여 사회주의 종주국으로서의 자부심을 과시하며, 이와 함께 냉전적 사고에 입각하여 '인민을 위한 예술'만을 용인하는 교조적인 색채가 두드러진다.[20] 즈다노프가 제기한 사회주의적 사실주의 원리 강조와 통제, 검열체제의 구축은 전후 소련문학의 다양성을 크게 위축시켰다. 그럼에도 불구하고 고리끼를 비롯한 소련문학의 약진상은 북한 초기 문단에서는 매력적인 참조사항이

20) "레닌주의는 19세기의 노서아의 혁명적 민주주의들의 우수한 전통 가운데서 구현되었고 쏘베트문학적 유산을 비판적으로 개조한 것이 기초가 되여 발생되고 발전하게 되었고 개화하게 되었다. (…) 베린쓰끼를 비롯하야 로시아의 혁명적 민주주의 인떼리겐씨야의 모든 우수한 대표자들은 소위 '순문학'과 '예술을 위한 예술'을 인정하지 아니하였고 인민을 위한 예술과 그의 고상한 사상성과 사회적 의의를 크게 부르짖었다. 예술은 인민의 운명과 분리할 수가 없다. 인민의 사업을 배반하고 황제의 편으로 도라서려고 한 고고리에 대하여 자기의 가진 열성을 다하여 비판한 비평가 베린쓰키의 유명한 고고리에게 보내는 서한을 회상하여 보라. 레닌은 이 편지를 오늘에 있어서도 거대한 문학적 의의를 가지고 있는, 검열이 없이 나온 민주주의출판물의 우수한 작품 가운데의 하나라고 칭하였다." 쭈다노푸, 「문학운동에 대한 소련당의 새로운 비판」, 『문학』 3호, 1947. 4, 43쪽.

되었다.[21]

즈다노프의 이같은 단죄는 전쟁 이후 유연해지리라는 소련문학의 조류를 일순간 바꾸어놓았다. 즈다노프는 형식주의자들만이 아니라 유미주의, 부르주아적인 코스모폴리탄에 이르는 반동적인 문학 조류가 '위대한 사회주의 시대'에 어울리는 예술이 아니며 인민의 이익에 봉사하는 사실적인 예술의 방향과 배치한다고 보았다. 문화당국자의 비타협적인 태도와 실질적인 조치는 나프가 환생한 것처럼 국가에 의한 통제와 억압을 초래했고 그러한 문화예술정책의 기조는 스탈린이 사망하는 1953년까지 지속되었다. 즈다노비즘이 횡행한 1946년부터 1953년에 이르는 시기는, 러시아 문학사가인 마르크 슬로님에 따르면, "유럽과 미국의 몰락을 그리는 반서구문학이 목적"이었고, "(서구문학의－인용자) 파멸의 장면은 항상 '소련의 꿈'과 소련 국민의 찬양"이 뒤따랐다.

즈다노프는 소련문학의 당대적 사명과 목적을 "소련인과 그들의 도덕성을 힘차고 완벽하게 묘사하는 것"에 두었다. "이러한 임무를 수행하기 위해서 문학은 순수성을 유지하고 '서구 부르주아와 예술의 해로운 독기'에 대항하여 스스로를 보호해야만 했"고, "소련인은 영웅, 이상적인 인간성을 지닌 모범, 그리고 새로운 사회의 최상의 꽃으로 제시되었다."[22] 즈다노비즘이 불러온 소련문학의 폐해를 지적한 마르크 슬로님은 소련문학의 암흑기로 칭할 만큼 교조적인 입법비평이 횡행했다고 비판했다. 즈다노비즘에 입각한 문화정책은 스탈린 체제하에서 소련 농촌의 재건, 콜호즈의 증산 목표를 완수하는 주인공들의 '고상한' 성공

21) 즈다노프의 문건은 이득화의 번역으로 『잡지 '별' 및 '레닌그라드'에 관한 쥬다노－브의 보고』(조소문고 32집), 조소문화협회중앙본부에서 1947년 6월에 간행되어 북한의 문학예술정책에 중요한 참고자료가 된다.
22) 마르크 슬로님, 앞의 책, 310~311쪽.

담만을 주된 내용으로 다루도록 통제하면서 도식성을 초래했다.

북한 초기문학이 수용한 소련문학이 '교조화된 사회주의적 사실주의' 곧, 즈다노비즘에 국한되지는 않는다는 점만큼은 분명해 보인다. 일제를 경험한 문학예술인들이 이미 1930년대 중반부터 소련의 사회주의적 사실주의를 접한 경험을 가지고 있었다는 점도 그 방증의 하나이다.23) 하지만, 그렇다고 해서 즈다노비즘의 폐해가 비판적으로 수용되었다고 확언하기는 어렵다. 소군정하의 북한 사회가 소련을 이상화하며 참조한 것은 문학만이 아니었기 때문이다. 참조의 대상과 범위는 건국에 필요한 체제와 이념, 제도 일반에 이르렀다. 때문에, 소련의 문화예술정책은 북한의 초기문학에 '계몽과 선전'을 주된 임무로 하는 '당의 문학'의 전범과 문학적 검열과 통제장치의 참조점을 제공했다.24) 그 대표적인 사례의 하나가 백인준(1919~1999)의 경우였다. 훗날 '수령형상문학의 대부'이자 '조선의 마야코프스키'로 칭송받은, 그는 즈다노프의 방식을 전유하여 「시집 『응향』에 관한 결정서」를 작성했다. 그의 평문 「문학예술은 인민에게 복종하여야 한다」(『문학』 3호, 조선문학가동맹, 1947. 4)에 담긴 논리는 즈다노프의 결정서를 그대로 반복한 것이었다.

---

23) 사회주의적 사실주의를 처음 소개한 이는 안막이다. 안막에 관해서는 이주미, 「추백의 프로문학 비판과 안막의 예술전략」, 『국제어문』 41집, 국제어문학회, 2007 ; 조미숙, 「불우한 신동, 강점기 젊은 예술혼의 방황」, 『한국문예비평연구』 32집, 한국문예비평학회, 2010 참조.

24) 알렉산더 알렉산드로브, 박화순 역, 「고르끼와 사회주의 리얼리즘」(『문화전선』 4집, 북조선문학예술총동맹, 1947. 4)나 아. 파제에브, 강정희 역, 「쏘련 쏘베트작가동맹 중앙본부 제11차대회 보고문」(『조선문학』 2호, 북조선문학예술총동맹, 1947. 12.)에서 볼 수 있듯이, 북한 초기 문단은 당대 소련의 문학예술 정책의 동향과 작가대회를 주시하고 있는 상황이었다. 이미 즈다노브의 결정서와 보고가 단행본으로 간행된 것도 이러한 점을 반증한다. 쥬다노-브, 이득화 역, 「잡지 '별' 및 '레닌그라드'에 관한 쥬다노-브의 보고」, 조소문고 32집, 평양 : 조소문화협회중앙본부, 1947.

백인준의 평문과 결정서와 함께 조선문학가동맹 기관지에 수록된 점도 정황상 유의해서 살펴보아야 할 부분이다. 그의 글이 『문학』 3호(1947. 4)에 수록된 것은 북한 문단이 북조선인민위원회의 출범과 함께 동년 3월에 공식화한 '고상한 사실주의'[25]를 남측의 진보적 문학단체가 수용한 것임을 강력하게 시사해준다. 그 정황은 즈다노프의 「문학운동에 대한 소련당의 새로운 비판」과 소련당 중앙위원회의 「잡지 '별'과 '레닌그라드'에 관한 결정서」가 게재된 점 외에도, 김남천의 해제가 달린 레닌의 「당의 조직과 당의 문학」에 실려 있는 점에서도 충분히 유추 가능하다. 요컨대, 이들 문건과 평문을 수록한 사실은, 남북을 막론하고 진보적이거나 좌익 이념을 지향하는 문학단체가 교조적인 사회주의적 사실주의 원칙을 따른다는 응답이었다고 해도 과언이 아니다. 특히 『문학』 3호 권두언이 '문학주의와의 투쟁'이라는 것도 눈여겨볼 대목이다. 이 글은 남한의 순수문학 진영에 대한 강도높은 비판을 넘어 문학과 정치를 일치시킨 남북한의 좌익 문학 노선이 냉전논리에 기반을 둔 문학 노선으로 일원화, 진영화되는 맥락을 엿볼 수 있게 해준

---

25) '고상한 사실주의'라는 명명은 북한 초기문학에서는 1946년 이후에 등장하는 것으로 보인다. 이 용어는 '좌우합작'을 표방하는 시기에 사회주의 미학으로 이행하기 전 단계, '사회주의적 사실주의'을 지향하는 전 단계의 미학을 가리키는 것으로 볼 수 있다. 이는 당시 중국사회에서 사회주의 이행 전 단계로 설정한 신민주주의론과 밀접하게 관련되는 것으로 보인다. 모택동이 1940년 1월에 제창한 신민주주의론은 1945년 7월 제7차 당대회에서 보고된 『論聯合政府』에서 중국혁명을 신민주주의혁명과 사회주의혁명 단계로 구분하고 신민주주의 혁명이 전국에서 완수된 이후 사회주의사회로 곧장 이행하는 것이 아니라 신민주주의사회라는 특수한 역사적 과정을 거친다고 주장했다(손재현, 「'학습'을 통해 본 중화인민공화국 건국 초기 신민주주의에 대한 인식」, 대구사학 94호, 대구사학회, 2009, 154쪽 참조). 이런 관점에서 보면, 북한 사회에서 곧바로 사회주의 국가 설립으로 이행하지 못한 상황에서 소련의 사회주의적 사실주의를 미학적 기본 원리로 채택하기에는 부담이 있었을 것이다. 따라서 이행 단계에서 사회주의의 이상을 실현하는 주인공의 현실을 '고상하게' 반영하는 전단계로 설정한 것이 바로 '고상한 사실주의'라는 표현이었다고 할 수 있다.

다.[26)]

'시집 『응향』 사건'을 전후로 한 사정은 북한 초기 문단에서 자연발생적으로 다양한 문학의 유파가 존재했음을 일러준다. 뿐만 아니라 이 사건은 당문학을 표방하는 당의 문학예술 정책의 일대 변화가 통제와 검열체제로 전환되었음을 뜻한다. 좌익 문학단체의 조직화가 급속하게 진행되었던 것도 당정책의 통제, 검열체제가 가동되기 시작하면서 생겨난 자연스러운 현실이었다.

이같은 정세 변화는, 북한 초기문단에서 1945년 8월 이후부터 1946년 3월에 출범하는 북조선예술총동맹을 떠올려보면, 불과 6개월 사이에 일어난 급속한 상황이었다. 북조선임시인민위원회 체제가 1947년 2월, 북조선인민위원회를 새로이 출범시켰다. 이는 북한 정권의 탄생이라고 해도 과언이 아닐 만큼 국가권력이 탄생한 것을 의미했다. 이 새로운 정치적 변화는 북한 초기 문학의 성격과 제도를 결정짓는 하나의 분기점을 이루었다. 이때 채택된 문학예술정책의 방향은 당대 소련을 참조하여 통제와 검열체제를 가동하는 상황이었다는 추정이 가능하다. 앞서 발생한 '응향 사건'은 당의 검열과 통제가 가동되는 첫 번째 모멘텀이었던 셈이다.[27)]

다음 장에서는 1945년부터 1947년에 이르는 짧은 기간 동안, 초기 북한문학이 형성되는 결정적인 계기를 짚어보며 가파른 변화의 한 단

---

26) '응향 사건'의 결정서를 언급한 안함광의 경우, '암담하고 부정적인 생활을 노래한 시인의 자기비판적인 문서를 놓고 자기 생활이 구차한 환경에서 연유한 것'이라는 시집 『응향』의 수록 시인들의 변명을 '생활의 진실이 보편성을 가진 현실적 역사적 각도에서 이해하지 못한 주관주의의 탓'으로 규정, 비판하고 있다. 안함광, 「의식의 논리와 문학창조의 본질적인 제 문제」, 『문화전선』 4호, 1947. 4, 19쪽.

27) 1947년 2월 이후부터 해방 이후 분출되었던 다양한 민족문학 담론이 사회주의적 사실주의의 미학적 원칙 아래 '고상한 사실주의'가 강조되면서 일원화된다는 점에서 그러하다. 김재용, 『북한문학의 역사적 이해』, 문학과지성사, 1994, 16쪽.

면을 살펴보기로 한다. 부분적이기는 하지만, 『문화전선』을 중심으로 냉전논리가 안착하는 과정을 안막의 평론에서 검토해고자 한다.

4. '당의 문학'과 냉전논리의 안착

해방 직후부터 1947년 이전까지만 해도 "초기 북한문학의 첫 단계는 과거 일제하 프로 문학 운동에 대한 비판적 계승"[28]을 표방했다. 이는 북한의 초기문단이 다양한 각도에서 민족문학 및 문화의 비판적 계승을 주장하며 자생적인 문학과 문화의 모색을 시도했다는 뜻이다. 그러나 민족문화와 문학 담론의 다양성은 1947년 이후 사회주의적 사실주의에 입각한 '고상한 사실주의'의 천명과 함께 그 자취를 감춘다. 앞서 언급했듯이, 1947년 2월 북조선인민위원회의 출범과 함께 문학예술정책은 당의 문학을 표방하며 통제와 검열체제를 가동했고, 사회주의적 사실주의 원칙에 입각한 새로운 문학 이념을 천명했던 것이다. 이러한 면모를 확인해볼 수 있는 자료는 난립한 문학단체가 통합 재정비된 직후 등장한 북조선예술총동맹의 기관지 『문화전선』이다.[29] 이 잡지는 소련문학을 적극적으로 참조하며 향후 북한문학이 구비할 정체성과 이

---

28) 김재용, 앞의 책, 19쪽.
29) 『문화전선』은 북조선예술총동맹 기관지로 발간되었으며 창간호, 1946. 7), 2호, 1946. 11), 3호, 1947. 2), 4호, 1947. 4), 5집(1947. 8)에 그쳤다. 창간호의 발행인은 한설야였다. 그러나 창간호에 게재한 「모자」가 소련군을 부정적으로 묘사했다고 하여 소군정의 항의를 받은 뒤 2호부터는 잡지 발행인은 이기영으로 교체된다. 북조선문학예술총동맹으로 재편된 뒤 기관지는 제호를 『조선문학』으로 바꾸어 창간호, 1947. 9)와 2집(1947. 12)을 발간하였고, 그 뒤 『문학예술』로 제호를 바꾸어 창간호, 1948. 4)와 2호, 1948. 발간월 미상)를 발간하고 나서 3호, 1948. 11)부터는 월간으로 체제가 바뀐다.

넘, 제도를 구축해 나가는 면모를 부분적으로 확인해볼 수 있는 중요
자료이다.

　해방 이후 출현한 문학단체[30]의 통합과 함께 출범한 북조선예술총동
맹은 문학동맹, 음악동맹, 사진동맹 등 7개의 하부조직을 두고 있었으
나 각 부문별 동맹은 평양과 지방에 정치 분파를 이루고 있어서 조직
정비에 박차를 가하는 상황이었다. 문학의 경우, 철원의 이기영, 함흥의
한설야, 해주의 안함광·박팔양·박세영·윤기정·안막, 연안에서 돌아
온 김사량 등이 합류하며 조직은 보다 공고해졌다. 1946년 3월 25일에
는 평양에서 북조선예술총연맹 전체대회가 개최되었고, 대회 폐막과 함
께 연맹 강령이 채택되었다. 강령에서는, 1) 인민 민주주의에 입각한 민
족문화예술의 수립, 2) 조선예술운동의 전국적 통일조직의 촉성, 3) 일
제적, 봉건적, 민족반역적, 파쇼적 모든 반민주주의적인 반동예술의 세
력과 관념의 소탕, 4) 인민대중의 문화적 창조적 예술적 계발을 위한
광범한 계몽운동의 전개, 5) 민족문화유산의 정당한 비판과 계승, 6) 민
족예술문화의 국제문화적 교류 등이 천명되었다.[31]

---

30) 해방 직후 북한 문단은 평양예술문화협회, 평남지구 프롤레타리아 예술동맹, 평남
　　인민위원회 문화과, 소련군 문화담당부 등으로 포진하고 있었다. 해방기 남북한문
　　학단체의 조직화에 대한 보다 상세한 설명은 김승환, 『해방공간 현실주의 문학연
　　구』, 일지사, 1991, 67~106쪽 참조할 것. 해방과 함께 가장 먼저 결성된 평양예술
　　문화협회는 1945년 9월, 최명익·전재경·오영진·한태천·김조규·황순원·남궁
　　만 등이 참여해서 출범한 문학단체였다. 이 단체는 특정한 노선을 취한 것이라기
　　보다는 친목단체에 가까웠고 정치적인 색깔로는 건국준비위원회의 조만식 지지파
　　에 해당했다. 곧이어 결성된 평남지구 프롤레타리아 예술동맹은 인민위원회의 지
　　지를 받으며 북조선노동당 하부조직으로서 문화 부문의 실권을 장악해 나갔다. 이
　　단체는 평양시 문화부장이었던 고일환·이석진·심삼문·한재덕·남궁만 등이 주
　　축을 이루었다. 또다른 조직으로는 평남 인민위원회 문화과가 있었는데, 전재경,
　　양재문 등이 주축이 된 사교구락부였다. 이밖에도 소군정에서 문화업무를 담당한
　　문화부가 있었다. 문화부 책임자인 꾸세프 중좌는 '조선의 역사적 인물을 영웅적
　　으로 작품화할 것과 부르주아 민주주의 혁명단계의 예술활동을 수행하도록 요구
　　하며' 문단 분위기를 고조시키는 데 적극적으로 관여했다.

그러나 이 강령은 표면적으로 1945년 7월 서울에서 임화, 김남천이 주도적으로 조직한 '조선문학건설본부'의 지향과 큰 차이를 보이지는 않는다. '조선문학건설본부'는 남로당의 8월테제가 표방했던 '부르주아 민주주의 단계론'에 따랐고 북조선예술총연맹 또한 애초에는 이와 공동보조를 취했다가 남북한의 정세 변화와 함께 입장을 달리해 나갔기 때문이다.32) 북조선예술총연맹에서 내세운 '인민민주주의적 민족문화예술의 수립'은 계급 간의 연대와 과도적 단계를 강조한 '부르주아민주주의론'과 비교할 때 그리 많은 차이를 보이지는 않는다. 그 차이는 남로당과 북로당의 노선차를 보여주기는 해도 계급에 반동예술세력과 관념의 일소, 민족문화 유산의 정당한 계승과 국제문화교류를 통한 민족예술문화의 확립이라는 대의에서 편차를 거의 보이지 않기 때문이다.

그럼에도 불구하고, 북한의 초기 문단이 남로당 산하의 문학조직과 변별되는 외적 요인이 있다. 그 하나는 서두에서 언급한 바와 같이 1945년 10월 10일부터 나흘간 진행된 '서북5도 당 책임자 및 열성자대회'에서 결정된 '조선공산당 북부조선분국의 설치'와 그에 따른 문화단체의 조직화가 중요한 요인이었다. 이 대회 이후 문학단체의 통합과 조직 재편이 빠른 속도로 진행되었다. 또하나의 요인은 1947년 2월, 북조선인민위원회의 출범이었다. 북조선인민위원회의 출범과 함께 문학의 환경과 제도는 당이 문예정책을 주도하는 형국으로 바뀐다. 그와 함께 북조선예술총동맹의 논조 역시 1947년 2월 전후로 크게 차이난다. 앞서 거론한 두 가지의 문학 외적 요인을 감안하더라도, 북한 초기문학이

31) 『문화전선』 창간호, 1946, 88~90쪽 참조.
32) 해방 직후 좌익문단의 전개과정에 관한 상세한 논의는 김윤식, 『해방공간의 문학사론』, 서울대출판부, 1989, 1장 '해방공간의 남북한문학단체 변화과정'(1~54쪽) 참조.

소련문학을 번역, 참조하며 수용하는 과정은 미세하지만 결정적인 변화를 보여준다.

먼저, 『문화전선』에서 감지되는 소련문학의 수용상을 살펴보기로 한다.[33] 『문화전선』 전호에 걸쳐 번역 소개된 소련문학과 문화 관련 글은 「소연방에 잇어서의 사회주의문화의 개화」에서 볼 수 있듯이, 소련문화가 인민이 주권을 가진 사회이며, 10월 혁명 이후 인민대중의 문화수준이 향상되었다는 점을 소개하는 총론 성격이 강한 경우도 있다. 하지만, '사회주의 문화'의 특성과 '인민성'에 기반을 둔 예술적 특징을 소개한 글에서부터 저명한 작품을 사례로 한 사회주의 리얼리즘 문학의 성과를 짚는 글, 계획경제와 문화 발전의 상관성을 서술한 글, 레닌과 스탈린의 문학관과 그 전범으로 고리키와 톨스토이의 문학을 소개한 글 등, 소비에트 문학의 발전과 관련된 문제를 소개한 경우가 대부분이다.

사실 소련의 문학과 문화에 관한 글과 도서의 번역 양상에 비하면, 북조선예술총동맹의 기관지인 『문화전선』 안에 번역 소개된 글의 양은 극히 부분적인 것에 불과하다.[34] 하지만 소련문화의 번역 소개가 주체적인 것임을 언명하고 있다는 점은 매우 흥미롭다. 한설야가 언급하고 있듯이 소련과의 문화교류는 소련군이 북한 사회에 진주하고 있기 때

---

33) 「소연방에 잇어서의 사회주의문화의 개화」(아에꼬린/김동철 역) ; 「승리한 소련인민의 예술」(에흐라림챈코/이득화 역) ; 「쏘베트문학의 저명한 작품」(낄포틴/기석영 역) (이상, 『문화전선』 1호) ; 「신오개년계획에 잇어서의 문화발전」(이렬쓰키, 이득화 역) ; 「레닌, 스딸린과 꼬르끼」(이 트즈제프, 기석영 역) (이상, 『문화전선』 2호) ; 「알렉쎄이 톨스토이」(알렉산드르 잇치, 이휘창 역) (『문화전선』 3호) ; 「고르끼와 사회주의 리얼리즘」(알렉산더 알렉산드로브) (『문화전선』 4호) ; 「쏘베트 문학의 발전과 제문제」(빅토르 니콜라이예프, 박화순 역) (『문화전선』 5호)

34) 소련문헌의 번역 출간의 경우, 1945년부터 8월부터 46년 8월까지 551,871부, 46년 8월부터 47년 8월까지 614,901부, 47년 8월부터 48년 8월까지 744,460부에 이르는 것으로 나타난다. 이에 관해서는 정신문화연구원 편, 『해방 전후사 사료연구 2』, 도서출판 선인, 2002, 162~172쪽. 임유경, 앞의 논문, 486쪽 재인용.

문에 정책적으로 문화를 수용하는 것이 아니며, 소련문화의 우위성, 진보성, 지도성에서 제기된 것이라는 관점이 바로 그것이다. 한설야는 "노서아의 문학, 예술이 자연주의 문예사조 이후에 공전의 발전을 수(遂)한 것은 그 국내에서 민족문화의 상호적 교섭과 융화와 또는 각 민족문화를 조장 계발하는 데서 온 정당한 민족문화교섭에 있는 것"[35]이라고 천명한다. 이런 점을 감안할 때『문화전선』이 단순히 일방적인 소련문학의 수용에 그쳤다고 보는 것은 피상적인 판단에 지나지 않는다.

『문화전선』에서 발견되는 소련문학의 수용 태도가 어떤 추이를 보이는지는 안막의 평론을 통해 좀더 면밀하게 확인해 볼 수 있다.[36] 안막이『문화전선』에 게재한 평문은 모두 3편으로, 「조선문학과 예술의 기본임무」(1호), 「신정세와 민주주의 문학예술 전선 강화의 임무」(2호), 「민족예술과 민족문학 건설의 고상한 수준을 위하여」(5호) 등이다. 이들 평문에는 세계정세에 대한 동서냉전적 관점, 순문학 및 예술지상주의에 대한 비판이 정세 변화에 따라 논조의 미세한 단절과 변화의 궤적이 고스란히 드러나 있어서 주목해볼 만하다.

「조선문학과 예술의 기본임무」에서, 안막은 식민 구제(舊制)와의 결별을 강조하며 북한문학예술의 건설방향을 "내용에 있어서 민주주의적 형식에 있어서 민족적"(『문화전선』 창간호, 6쪽)이어야 한다고 규정한다. 이같은 문학예술의 성격 규정은 소련 문예정책에서 추구한 '내용에서

---

35) 한설야, 「국제문화의 교류에 대하야」, 『문화전선』 1호, 35쪽.
36) 안막(1910~?)은 김기진의 대중화론을 형식주의로 비판하였고 「창작방법문제의 재토의를 위하여」(1933)에서 새로운 창작방법론으로 사회주의 리얼리즘을 처음 소개한 카프의 주요 이론가였다. 해방 후 그는 북조선예술총동맹 상임위원 겸 상임부위원장, 중앙당 문화선전선동부 부부장의 직책을 가지고 있었고, 1949년 평양 국립음악대학 초대학장으로 부임할 만큼 해방 이후 이기영, 한설야와 함께 부상한 문화권력자의 한 사람이었다. 이런 점을 상기해 보면 『문화전선』에 게재된 그의 문학적 발언이 가진 무게감은 결코 가볍지 않다.

는 사회주의적, 형식에서는 민족적'이라는 전제에서 출발하여, 당대 북
로당이 조선민주당과 좌우합작을 표방하며 내세운 '인민민주주의 노선'
과 결부시킨 것임을 알 수 있다. 안막은 당대 문학의 지향점을 '반민족
적 반봉건적 세력과 문화사상과의 투쟁'으로 결론짓고 이를 '조선인민
에 복무하는 모든 문학자, 예술가들의 기본 임무'라고 표현한다. 그는
또한 당대문학의 과제를 일본 제국주의 통치에 대한 투쟁이자 반민주
적 파쇼적 문화 반동에 대한 투쟁이라고 명시하면서, 10월혁명과 독일
파시즘과의 대결에서 위대한 문학과 예술을 창조한 소련문학과 함께
대일 항전을 통한 민족해방 투쟁을 감행한 중국문학에서도 배울 점이
있다고 기술하고 있다(3쪽). 그는 소련문학의 수용만큼이나 중국문학도
참조해야 한다는 관점을 취하고 있는 셈이다. 이러한 논지는 앞서 거론
한 한설야의 주장처럼 소련문학의 일방적인 수용보다도 주체적인 관점
에서 문화적으로 다양한 참조사항으로 삼는 태도와 멀지 않다. 안막은
오늘의 민족문학예술이 정치와 예술의 결합에 있고 작가는 선전자, 선
동자, 조직자로서의 임무를 가지고 있으므로 국제문화의 섭취가 시대에
뒤떨어진 서구의 외국문학에서가 아니라 소련의 선진적인 문학예술을
참조하여 민족문학예술 전통을 새롭게 수립해야 한다고 주장했다.[37]

　하지만 1946년 10월 발생한 '대구사태'('10월 인민항쟁') 이후 안막의 논
조는 강경해진다. 「신정세와 민주주의 문학예술전선 강화의 임무」(『문화
전선』 2호)에서 그는 "일본제국주의를 반대하고 봉건세력을 반대하는 빛
나는 민족해방투쟁에 있어서 발현한 우리 문학자 예술가들의 애국적
전통"(2쪽)에도 불구하고 "국제정세는 또다시 조국을 강점하려는 새로운
침략자에 대하여 맞서야 하고 민주주의 조선독립국가 건설을 위하여

---

37) 안막, 「조선문학과 예술의 기본임무」, 『문화전선』 창간호, 1946. 7, 13쪽.

투쟁"해야 하는 상황에 처했다고 본다. 그가 판단한 국제 정세는 2차 세계대전 이후 소련인민과 붉은 군대의 결정적인 역할로 세계 민주주의 역량이 승리하며 일제와 독일 파시즘의 붕괴로 끝났으나, 국제 파시즘의 잔존세력이 영미 국제 독점자본과 야합하여 반민주주의 반동전선을 형성했다는 것이다. 이러한 세계정세 때문에 작가의 임무는 '세계민주주의 역량과 반민주주의 반동세력 간의 첨예한 투쟁'의 현실에서 "사회주의 체제와 몰락하는 자본주의 체제의 투쟁인 동시에 인류 역사의 새로운 발전을 놓고 벌이는 투쟁", "민주주의적 문화사상과 노예적인 문화사상과의 투쟁", "민족적 협동 문화사상과 민족적 증오문화사상과의 투쟁"(4쪽)을 수행해야 한다고 주장한다.38) 안막은 남한에서 미군정의 거듭된 실정(失政)과 좌파 탄압을 가리켜 "국제민주주의 반동파들의 일환"이라고 보았다. 그는 남한의 현실이 "북조선과 같은 '토지개혁' 대신에 강도적 토지수탈을, '노동법령' 대신에 약탈 형식의 강화를 '남녀평등권에 대한 법령' 대신에 갖은 형태의 여성의 노예화를, '중요산업의 국유화' 대신에 식민지적 독점을 강행하고 있으며 조선민족의 애국사상의 파괴와 정신적 예속을 위하여 조선민족문화 발전의 자유로운 창조의 길을 가로막고 있"다고 보면서 "남조선은 오늘날 새로운 제국주의 침략의 위기에 놓여 있"(6쪽)다고 주장한다.

당면한 현실에서 안막이 내세운 문학예술인의 "기본적 투쟁임무"(8쪽)

---

38) 당대 좌파 지식인들의 세계 인식은 안함광의 경우도 흥미롭다. 그는 「민주문화의 창건과 문화 파류의 문제—일본문화의 비판을 중심으로」(『문화전선』 2호)에서, 1차 세계대전 이후 서구문화의 위기의식은 서구 제국 전체에 걸쳐 생산력과 자본주의적 생산체계와의 모순과 갈등에 따른 문화 자체의 갈등과 모순으로 나타났고 급기야 수습될 수 없을 만큼 자기모순이 발전하면서 문화의 존재이유가 사라졌다고 본다. 일본에 들어온 서구문화도 그러하기 때문에 조선은 일본문화의 병폐와 함께 서양문화의 병폐를 이어받았다고 본다. 안함광, 앞의 글, 12~13쪽 참조.

은 다음과 같이 서술된다.

여기에 있어서 북조선의 문학예술가들은 북조선의 민주주의 문학
예술 역량이 민주주의 조선독립국가 건설을 위한 주동적 문학예술부
대임을 깊이 인식하고 보다 광범한 연합과 통일적인 행동을 가짐으
로써 북조선의 민주주의 문학예술전선을 더욱 확대강화하여 민주주
의 민족문학 예술 건설사업을 더욱 전진시킴으로써 우리들의 역량이
그야말로 위대한 북풍이 되어 오늘날 새로운 제국주의의 침략의 위
기하에서 영웅적으로 투쟁하고 있는 남조선의 문학자 예술가를 원조
하며 격려하여 그들과 더부러 전조선적인 통일적 민주주의 문학 예
술전선을 수립하고 반민주주의 반동파들과 그 문화사상을 분쇄하므
로써 문학과 예술의 위대한 개화를 가져올 수 있는 민주주의 현실을
하루속히 전조선적으로 세워놓아야 한다.

『문화전선』 2호, 7쪽

안막의 발언에서 두드러지는 것은 소위 '평양중심주의'이다. 서울과
평양을 동서 냉전의 대치지점으로 설정한 그는 북한의 체제와 문학예
술의 임무가 위중한 정세 앞에 전선에 선 자들의 것임을 부각시키고
있다. '문학예술부대', '문학예술전선', '영웅적 투쟁' 등의 표현에는 발
견되는 것은 문화를 정치 선전과 선동의 주요수단으로 간주하는 소련
의 문학예술정책이 가진 군사적 레토릭이다. 반복해서 등장하는 군사용
어는 문화를 국가 산업의 프로젝트로 간주하는 즈다노비즘의 영향하에
놓여 있음을 말해준다. '제국주의 침략의 위기' 속에 '영웅적으로 투쟁
하고 있는 남조선의 문학자 예술가를 원조 격려'하고 '문학과 예술의
위대한 개화'를 낳는 '민주주의 현실'을 마련하는 의미론적 지평은 "소
련문학에서 사회주의 사실주의 문학이 절정일 때 (…) 광범위한 관료적

개입과 함께 표준적인 공식에 따라"[39] 생산되는 공학적 비유와 군사적 비유들인 셈이다. 『문화전선』이라는 제호조차 소련의 문화정책에서 사용된 수사의 하나임을 상기해 보면 이러한 표현이 즈다노비즘의 영향 관계를 어렵지 않게 유추해낼 수 있다.

안막은 정세 판단에 이어 북조선예술총동맹의 조직 확대강화를 향후 문제로 제기한다. 그는 북조선 유일의 민주주의적 문학예술통일조직이 "후원자 붉은 군대와 "우리의 태양 김일성 장군의 문학과 예술에 대한 거대하신 고려"를 통하여 "민주주의 민족문학 예술건설의 노선"이 정확히 설정되었고, "예총의 매개(?)조직원들이 열성을 다하였기 때문에 (…) 급속하고도 찬란한 발전"(8쪽)이 가능했다고 주장한다. 그는 "'예총'이 중앙으로부터 면에 이르기까지 일개의 위대한 '나사'와 같이 전투력"을 발휘하려면 조직 강화가 필요하다고 역설한다. 그는 조직 강화가 "문학자, 예술가를 조직의 틀에 메여놓고 그들의 자유로운 문학적 예술적 재능을 저해하는 것"이 아니라 촉진하는 것이라고 주장한다(9쪽). 그의 주장 안에는 문학자, 예술가들의 이질적인 집단성, 사상적 기술적 편차를 인정하는 태도가 담겨 있으며 일사불란한 통합을 이루기 위한 노력이야말로 조직 강화의 목적임을 밝히고 있는 셈이다. 안막은 위대한 문학예술의 창조를 위해 사상적 무장과 기술적 무장이 필요한데, 이를 위해서는 "북조선의 민주주의적 현실의 발전이 바로 거대한 소재"이기 때문에 "'혁명적 눈'을 보유하고 영웅적으로 투쟁하는 조선 인민

---

39) 찰스 암스트롱, 앞의 책, 270쪽. 암스트롱의 관점에서 보면 안막이 당대 문학의 기본적인 역할을 식민구제의 낡은 것과의 대결로 규정하는 방식이나 '전쟁과 군사동원의 은유'를 차용하는 방식은 "스탈린 치하의 소련에서 '문화전선'의 구성원이 작가, 예술과 그리고 선동가"(암스트롱, 같은 책, 같은 곳)들로서 작가들을 '인간 영혼의 기사'로 표현한 레토릭 자체가 소련문학의 논조의 수용임을 어렵지 않게 파악할 수 있다.

대중을 정확히 표현하는 것"(10쪽)이야말로 이 시대 작가들의 임무라고
결론내리고 있다.

앞서 검토한 안막의 논조에서 『문화전선』 1호와 『문화전선』 2호 사
이에 놓인 논리적 간극이 희미하게 드러난다. 그 하나는 소련문학 수용
에 대한 관점에서는 중국문학 또한 참조가능하다는 단서가 사라진 점
이며, 그 자리에 대구사태와 같은 남한의 가파른 정세변화에 대응하는
진영(陣營)적 사고가 등장한다는 점이다. 안막이 '남조선과 대비되는 북
조선의 체제 우위논리'는 서울중심주의에 대응되는 평양중심주의로도
설명되지만, 냉전구도의 어느 한쪽에 진영에서 발화된 것임을 잘 보여
준다. 또하나의 간극은 소련군과 김일성의 지도에 대한 찬사, 예술단체
의 조직화, 약진하는 사회변화상에 대한 소재화를 역설하는 데 있다.
이는 중국과 일본을 포함한 국제문화에 대한 다양한 참조점이 하나로
단일화되었음을 뜻한다. 나아가 그 참조점은 문학예술이 당의 문학이라
는 차원으로 복속되기 직전 상황으로까지 진행되었음을 시사해준다.

참조점의 집중에 따른 논리 변화라는 측면에서, 「민족예술과 민족문
학건설의·고상한 수준을 위하여」(5호)는 북조선인민위원회의 출범(1947.
2) 이후 교조화된 사회주의적 사실주의, 즈다노비즘에 입각한 당의 통
제와 규율체제를 발언한 글임을 특기할 만하다.[40] 이 글은 8·15이후
문학건설 분야를 개관하며 북한의 초기문학이 거둔 성과를 평가하는
한편, 진영화한 문학 장에서 반동적인 조류를 강도높게 비판하고 있는
점이 주목된다. 안막은 서두에서 해방 직후 북한의 문학예술을 개관하
고 내리는 총평은, "새로운 조선민족예술과 민족문학을 재건키 위한 노

---

40) 이 글은 문예총 창립 1주년 기념대회 보고와 문예총 주최 문예강연회에서 발표한
강연원고를 줄인 것임을 밝히고 있다. 『문화전선』 5호, 16쪽.

력과 투쟁이 자연발생적 분산적 운동"(3쪽)으로 일어났다는 것이고, 예술가 문학가들이 "자기의 운명을 인민의 운명"(4쪽)과 분리시키지 않았다고 본다. 하지만 그는 북한의 "민주주의민족예술과 민족문학 건설사업은 2년이 채 못되는 짧분 기간에 거대한 승리"(4쪽)를 했으나 "나어린 예술과 문학이며 아직도 그 잠재력을 전적으로는 발양식히지 못하였"으며 "반민주주의반동파들이 여하히 부정할여 하여도 부정할 수 없는 사실"(4쪽)이라고 본다. 또한 그는 해방 이후 북한문학의 성과를 가리켜 "우리 정권이 (추진한) 민주주의적 고상한 사상으로써 인민들에게 높은 자각성과 문명성을 주입하면서 인민 속에서 실시한 광범한 교양사업과 문화건설사업의 결과"(4쪽)라고 총평하고, 이어서 '무기로서의 문학예술', "작가는 인간 정신의 기사"라는 스탈린의 언명과 함께, 작가들이 "민족의 보배"라는 김일성의 발언을 상기시킨다. 이와 함께 그는 "조선예술과 조선문학은 조선인민들의 도덕적 통치적 통일성을 촉진시키며 그들을 민주주의 조국건설을 위한 영웅적 노력과 투쟁으로 고무하며 조직하는 강력한 무기"(5쪽)가 되었다고 설파한다. 덧붙여 그는 문학예술 수준의 빈곤함을 지적하면서 "조선 인민의 성장된 사상적 문화적 수준"에 비해 "조국과 인민에게 복무하는 조선문학과 예술의 거대한 임무로부터 현저히 낙후"(6쪽)한 상태라고 규정하면서, 그 원인을 '예술가 문학가들의 낮은 예술적 창작적 일반수준, 사상무장의 부족, 예술적 수단의 빈곤, 긴장한 창조적 노력의 결핍'(6쪽)에서 찾고 있다.

또한 안막은, 희곡 「해방된 토지」, 「부러라 동북풍」 등에 등장하는 잘못된 무의미한 인간, 허수아비 주인공들의 낡은 인간상이 전형적인 인물 형상으로는 실패한 것이며(7쪽), 시집 『응향』 『예원써클』 『문장독본』 『관서시인집』, 극장 방송 등에서 드러나는 무사상성과 정치적 무관

심성이 가진 반동적인 문학의 흐름을 비판한다. 그 흐름이야말로, 즈다
노프 결정서의 어투를 빌려, '예술을 위한 예술', '예술의 순수', '예술
의 자유 신봉자들이 조국과 인민에게 배치되는 예술', '조선예술문학에
적합하지 않은 낡은 예술문학'의 신봉자들이 잔재한 사례로 적시한다
(8~9쪽). 그는 또한 즈다노프의 어투를 빌려, 이들 반동적인 사조가 민
주주의적 조선민족문학예술과 대립되는 "일본제국주의의 노예사상의
잔재의 산물"이자 "조국과 인민에게 해독을 주는 낡은 사상"이라고 규
정하고 "낡은 신봉자들에게 북조선의 예술문학의 자리와 출판물 극장
방송들을 제공한 것은 우리 북조선문화전선의 큰 수치"(9쪽)이라고 역설
한다. 안막은 시집 『응향』에 수록된 서창훈, 구상의 시와, 『관서시집』에
수록된 황순원의 시를 낡은 사상의 과거 유물로 거론하며 예술의 순수
성을 유해한 것으로 타자화한 다음, '조선민족 문학예술 유산을 정당하
게 계승하고 쏘련을 위시한 선진적 외국예술과 문학을 적극적으로 섭
취하기 위한 구체적 사업'의 강력한 전개가 필요하다고 역설한다(12~13
쪽). 이는 「응향 사건 결정서」의 내용을 반복한 것으로 그치지 않고 북
한 초기 문단에서 교조적인 문학예술의 지침이 작동하는 지점으로 볼
필요가 있다. 안막이, "일부 문화건설자 가운데 자기의 민족문화유산을
(…) 우수한 것까지 정당히 계승발전 식힐 줄 모르는 옳지 못한 사상"
을 가리켜 "일본제국주의가 조선민족문화 전통의 말살을 위한 노예적
문화정책이 남기고 간 해독"(이상 14쪽)이라고 규정하는 방식 또한 즈다
노프의 결정서에서 잡지 『별』과 『레닌그라드』에 대해 내린 편집위원
교체 같은 인적 쇄신과 잡지 폐간이라는 극단적인 통제와 닮아 있고,
다양한 비정치적 문인들에 대한 '노예적인' 부르주아 예술의 추종으로
단정하는 논리와 그리 다르지 않다. 안막의 이러한 논리 적용방식은,

규범의 잣대로서, '세계적인 문학예술 수준으로 급속히 발전하려면 소련문화의 적극적인 섭취가 필요하다'(15쪽)는 주장을 역설하는 데서도 소련 당대문학이 보여준 즈다노비즘의 검열과 통제방식을 그대로 답습하고 있음을 말해준다.

　지금까지 보았듯이, 『문화전선』에 수록된 안막의 평론에서는 북한 초기문학의 다양한 문화적 참조점이 차츰 일원화하는 경로 하나가 발견된다. 애초 그는 민족문화 건설을 위한 외국문화의 주체적 수용에 유용한 참조점으로 소련과 중국만 내세웠던 것이 아니라, 일본으로부터도 비판적인 이해를 구해야 한다고 주장했다. 그러나 이같은 다채로운 참조방식에서 벗어나 소련문화를 적극적으로 섭취해야 한다는 논리로 축소되고 있는 것이다. 더구나 그의 논조에서 발견되는 군사적 레토릭은 즈다노비즘이 횡행하는 전후 소련문학을 발신지로 삼고 있음을 보여준다. 안막이 전유한 '고상한 사실주의'는 해방 이후 전개된 동서 냉전논리 위에 문학의 당파성과 인민성, 문학예술에 대한 당의 검열과 통제를 강조한 즈다노비즘의 다른 이름이었다. 그의 '고상한 사실주의론'은 1930년대 중반 소련의 사회주의적 사실주의의 긴 행로에서 제2차 세계대전 이후 등장한 즈다노프의 문화정책이 보여준, 낙후한 사상적 대중적 관점을 넘어서는 단계론에 입각해 있다. 이는 당의 검열과 통제방식을 통해 당과 정치에 복속된 문학의 정치화를 천명하는 한편, 남북정세의 급변과 함께 북한 내에 자생해온 예술지상주의와 순문학을 배제, 축출하고 새로운 사회주의적 인간상을 담아내기 위해 내세운 '당의 문학'에 대한 미학적 명칭이었던 것이다. 이 과정에서 북한 초기 문학은 세계 냉전구도의 한 축을 수용하면서, 훗날 북한문학이 다양성을 상실하고 당의 문학으로 안착하는 절차를 매우 압축적으로 보여주었다.

4. 결론 : 냉전논리의 번역과 수용

해방 직후 북한의 초기문학은 식민지적 질서로부터 벗어나면서 다양한 문학이 공존하는 상황이었다. 그러나 1945년에서 1947년에 이르는 짧은 기간 동안 북한문학은 문학단체의 통합과 함께 '당의 문학'으로 쇄신되는 절차를 거친다. 이 과정에서 첫 분기점은 1945년 10월 '서북5도 당 책임자 및 열성자 대회'와 조선공산당 북조선분국 설치'였고, 두번째 분기점은 1947년 2월 북조선임시인민위원회가 북조선인민위원회로 새롭게 출범하게 되는 상황이었다. 첫번째 분기점이 문학단체의 통합을 통한 당 문학으로의 제도적 재편으로 이어졌다면, 두번째 분기점에서는 문학의 공식 이념인 사회주의적 사실주의가 미학적 절대 이념으로 채택되었다.

이 두 번의 결절점은 북한의 초기 문학이 당 문학으로서의 정체성을 구비하는 결정적인 조건이었다. 특히 사회주의적 사실주의를 표방하는 흐름은 당대 소련에서 횡행한 즈다노비즘을 전유하며 교조적인 당 문학의 정체성을 구비하게 했다. 사회주의적 사실주의 미학이 북한문학에서 안착하는 일련의 프로세스는 다종다양하게 모색되었던 민족문학과 문화에 대한 담론을 폐기하고 이를 단일화하며 북한문학의 공식 이념으로 뿌리내리는 경과를 보여준다.

'시집 『응향』 사건'은 그 와중에 발생한 이질적인 문학사조의 적대적 배제논리의 적용이었고 이로써 남한의 보수문학 진영과 더욱 적대적인 냉전논리로 대립하는 파장을 불러온다. 하지만 다른 각도에서 보면, '시집 『응향』 사건'은 북한 초기 문학이 당의 문학으로 재편되어가는 과정에서, 2차 세계대전 직후 즈다노프가 관료적으로 개입한 소련의 문학예술정책을 전범으로 삼은 첫 사례였다고 할 만하다. 북한의 초기문학이 남북한의 진보적인 문학단체를 아우르며 사회주의적 사실주의 미학 아래 '당의 문학'이라는 정체성을 구축하는 과정에서 빼놓을 수 없는 요소는 소련문학의 수용이었다. 하지만 북한문학은 즈다노프의 문화정책을 전유하며 반서구적인 냉전논리를 전제로 한 일원화된 사회주의 미학을 채택했다. 안막의 평문에는 초기 북한문학이 보여준 다양한 참조점이 사라지고 소련 중심의 문학제도 일반이 구축되는 경과가 잘 드러나 있다.

북한 시학의 형성과 『문화전선』

이 상 숙*

1. 서론

이 논문은 1945~1948년을 북한시학 형성기로 정하고, 문예지 『문화전선』을 통해 북한시의 양상을 살펴보는 것을 목적으로 한다. 북한시가 김일성 부자 찬양 문학이며, 정치 선동의 구호일 뿐이라는 것은 일반의 상식이지만, 이 상식이 언제부터 그리고 어떻게 드러났는지를 실증한 연구는 많지 않았다. 북한의 시가 김부자 찬양과 체제 선전 일색의 정치 문학으로 자리 잡는 과정은 인간의 감정과 정신이 정치적 목적을 위해 도구화되는 과정과 다르지 않을 것이다. 남한의 연구자들은 이 과정에서 일어났을 문학계의 혼란, 충돌, 고뇌를 확인하고 싶어 한다. 하지만 북한문학 연구는 드러나는 부분을 의심하고 경계하여 드러나지 않은 부분을 추측하여 반증하는 과정이며, 결과보다는 은폐된 변화를 설명해야하는 과정이기 때문에 그것이 무엇이든 확증하는 것은 쉬운 일이 아니다. 다만, 문헌 하나하나를 살피고 문헌과 작품들 사이의 연관성과 차이를 조망하는 것으로 그에 다가갈 뿐이다.

북한시는 주제의식이 매우 선명히 드러나지만, 창작 의도와 배경, 창작의 과정에 대해서는 추측만이 가능하다. 드러난 결과를 대상으로 삼는 연구는 손쉽고 명료하나 평면적일 수밖에 없고, 비정상적인 북한의 폐쇄성은 추측마저도 신빙성 없는 논의로 만든다. 이는 북한문학의 사적 진행 과정에서 더욱 심화된다. 1950년대 후반까지의 북한문학에서 서정성과 우리문학 고유의 형식적 전통을 찾을 수 있다는 것이 그간의 연구로 밝혀졌다. 이후는 주체문학으로 경직되고 그 정도는 수령문학, 선군문학 등으로 점점 심화되었다는 것도 여러 연구로 확인되었다.

이 논문은 1946년 7월에 창간되어, 북한의 문예지로서는 선구적이라 할 수 있는 『문화전선』에 나타난 시와 평론을 통해 북한시 초기의 모습을 살펴보고자 한다. 북한문학 연구에서 『조선문학』, 「문학신문」 등은 주요한 연구 대상이었지만, 해방기 문예지인 『문화전선』, 『문학예술』, 『문학』 등은 본격적인 연구 대상이 되지 못했다. 당시의 문학적 상황이 매우 복잡하여 일목요연한 접근이 어려웠고 연구 성과를 축적시킬 연구자가 많지 않았기 때문이다. 그러나 이 시기는 북한시는 물론 북한문학 초기의 모습을 설명하기위해서는 필수적으로 점검되어야하고 그 성과 위에서 북한문학 논의는 좀 더 실증성과 타당성을 부여받게 될 것이다. 여기에 이 논문의 목표를 설정하려한다.

북한 시 연구는 북한문학 연구사와 다르지 않으나 상대적으로 연구자가 소수인 까닭에 본격적 연구 경향을 형성하지는 못하는 것이 사실이다. 북한문학 연구는 주로 1988년 월북 문인들에 대한 해금 조치 이후 수행되었다. 해금 이전에는 정부와 관변 단체의 자료 협조를 받아

제출된 몇몇 연구서가 있으나 이들은 냉전주의적 시각의 한계를 가지고 있고, 해금 조치 이후 월북 문인과 북한문학에 대한 연구가 본격적으로 진행되어 최근에 이르기까지 꾸준히 축적되어왔다.[1] 해금이후에도 한정적으로 공개된 자료만 볼 수 있었고, 복잡한 열람 절차는 여전해서 북한문학 연구는 매우 어렵게 수행되었다. 북한문학에 대한 개괄적 설명과 작품 소개가 주를 이루었지만 그 가운데서 나름의 방법론을 제시하고 남북한문학의 통합적 조망을 시도하는 등의 의미있는 연구들이 제출되었다.

　민족문학, 리얼리즘, 역사주의적 시각 등이 북한문학 연구의 관점으로 제시되었고,[2] 통일 문학사를 위한 남북한문학의 통합적 시기 구분을 시도한 연구도 있었다.[3] 또 북한문학사를 근대성의 관점에서 고찰한 연구,[4] 이야기 혹은 신화화된 역사로서 북한문학을 규정하고 방대한 시, 소설 작품의 인용과 분석을 통해 남한 연구자의 시각에서 북한

---

1) 최근까지의 북한문학연구 중 대표적인 것만을 소개하면 다음과 같다. 권영민 편, 『북한의 문학』, 1989 ; 민족문학사연구소 편, 『북한의 우리문학사 인식』, 1991 ; 김재용, 『북한문학의 역사적 이해』, 1994 ; 『분단구조와 북한문학』, 2000 ; 김윤식, 『북한문학사론』, 1995 ; 이명재 편, 『북한문학사전』, 1995 ; 최동호 편, 『남북한 현대문학사』, 1995 ; 신형기, 『북한소설의 이해』, 1996 ; 『민족 이야기를 넘어서』, 2003 ; 『이야기된 역사』, 2005 ; 박태상, 『북한문학의 현상』, 1999 ; 『북한문학의 동향』, 2002 ; 『북한문학의 사적 탐구』, 2006 ; 김종회 편, 『북한문학의 이해(1~4)』, 1999, 2002, 2004, 2007 ; 신형기・오성호, 『북한문학사』, 2000 ; 김성수, 『통일의 문학, 비평의 논리』, 2001 ; 목원대학교 국어교육과 편, 『북한문학의 이해』, 2002 ; 장사선, 『남북한문학평론 비교 연구』, 2005 ; 김용직, 『북한문학사』, 2008 ; 홍정선, 『카프와 북한문학』, 역락, 2008 ; 이화여자대학교 통일학연구원 편, 『북한문학의 지형도(1~2)』, 2008, 2009 ; 강진호 외, 『총서 '불멸의 력사' 연구(1~3)』, 2009 등이 그것이다.
2) 김재용, 『북한문학의 역사적 이해』, 문학과지성사, 1994 ; 『분단구조와 북한문학』, 소명, 2000.
3) 최동호 편, 『남북한 현대문학사』, 나남, 1995.
4) 김윤식, 『북한문학사론』, 새미, 1995.

문학사를 완성한 통일문학사,5) 남북한문학 통합논리로서 '민족문학
적·리얼리즘적 시각'을 제기한 연구6) 등으로 전개되었는데 모두 북한
문학을 문학사적으로 집성하는 소중한 연구들이다.

월북 문인 연구 중심이었던 초기의 북한문학 연구는 문예이론, 문학
사, 작품론, 작가론, 시기적 특징과 사적 변화 연구, 미학 논쟁, 북한문
학계 진단 등 다양하게 세분화되고 정치, 경제, 교육, 문화, 아동, 공연
예술 등 다른 분야와 결합하여 통일교육, 탈북주민 교육 등으로 연구의
저변이 확대되었다.

꾸준히 제출되는 학위논문과 학술 논문이 이러한 성과를 보이고 있
지만, 여전히 북한문학 연구는 제한된 연구자군, 시의성에 민감한 연구
성향, 텍스트 자체의 문학성 부족 등으로 활동적이고 생산적인 연구 분
야라고 할 수는 없다. 북한문학 연구의 한 분야인 북한시 연구 기반은
북한문학 연구 전반의 상황에 비해 더욱 취약하다.

북한시는 북한문학의 한 장르로서 소개되거나 북한문학사의 각론으
로 서술되었다. 북한시에 관한 연구는 소설이나 문예론에 비해 상대적
으로 많지 않다. 김대행, 신형기, 오성호 등의 단행본과7)과 우대식, 김
경숙, 이상숙, 이지순 등의 박사학위논문8)을 들 수 있다. 또 작품론, 문

5) 신형기·오성호, 『북한문학사』, 평민사, 2000.
6) 김성수, 『통일의 문학, 비평의 논리』, 책세상, 2001.
7) 김대행, 『북한의 시가 문학』, 문학과비평사, 1990 ; 최동호 편, 『남북한현대문학사』,
   나남, 1995 ; 이지엽, 『한국전후시 연구』, 태학사, 1997 ; 신형기·오성호, 『북한문
   학사』, 평민사, 2000 ; 김경숙, 『북한현대시사』, 태학사, 2004 ; 오성호, 『북한시의
   사적 전개과정』, 경진, 2010 ; 홍용희, 『통일시대와 북한문학』, 국학자료원, 2010.
8) 우대식, 「해방기 북한 시문학 연구」, 아주대학교 박사학위논문, 2002 ; 김경숙, 「북
   한현대시의 형성과 전개과정연구」, 이화여대박사학위논문, 2002 ; 이상숙, 「북한문
   학의 민족적 특성론 연구」, 고려대학교 박사학위논문, 2004 ; 이지순, 「북한 시문
   학의 이데올로기 담론 구조 연구」, 단국대학교 박사학위논문, 2005 ; 박순선, 「북한
   서정시」연구」, 성균관대학교 박사학위논문, 2007 ; 토시히로, 「초기 북한문단 성립

예이론, 작가론, 주제론을 다루는 일반 학술논문들이 꾸준히 발표되고 있으나9), 자료가 체계적으로 정리되지 않고 접근이 어려우며, 이미 공개된 자료에 국한하여 연구해야하는 문제는 여전히 연구자의 부담으로 남아 있다.

해방기에 간행된 북한의 문예지 『문화전선』에 대한 본격적인 연구는 매우 소략하다. 주로 논문의 각론으로 다루어지거나 부분적으로 인용되었는데, 이 또한 하나의 주제에 집중하여 접근한 경우는 많지 않다.

2. 북한시 형성기와 『문화전선』의 의미

이 논문은 북한시의 형성 과정 초기에 해당하는 1945년 해방 후부터 1948년 북한 정부 수립 기간에 발간된 『문화전선』을 통해 북한시 형성기의 일면을 확인하고자 한다.

해방 후부터 1948년은 북한문학사에서 따로 구분하여 논의되는 시기는 아니다. 북한에서 편찬한 문학사에서는 이 시기를 포함한, 1945년 8월 이후에서 1950년 6월 즉, 해방 후에서 한국전쟁 발발 전까지의 시기를 '평화적 민주 건설 시기'로 구분하고 있다.10) 남한의 연구자들은 다

과정에 대한 연구 : 김사량을 중심으로」, 서울대학교, 2007.
9) 홍용희, 「해방 50년 북한시의 역사적 고찰」, 1995 ; 오성호, 「북한 시의 형성과 전개」, 2001 ; 이상숙, "North Korean Lyric Poems and Nationalism in the North Korean literatureLiterature", *Korea Policy Review*, John F Kennedy School of Government Harvard University, 2008.8. ; 「북한문학 속의 백석」, 근대문학연구, 2008 ; 「'진달래' 이미지의 변화와 그 의미」, 통일정책연구, 2008 ; 최현식, 「북한문학에서 프로시의 위상과 가치」, 한국근대문학연구, 2010.
10) 『조선문학통사』, 과학원출판사, 1959 ; 『조선문학사』, 평양 : 과학백과사전출판사, 1981 ; 『조선문학개관』, 사회과학출판사, 1986.

른 명칭을 사용하기도 하지만11) 대개 이러한 시기 구분과 명칭을 따르고 있다. 이 논문에서는 '평화적 민주 건설 시기', '민주 건설기', '민주기지 건설기' 등으로 명명되는 이 시기 중 1945년 8월에서 1948년까지를 한정하여 논하게 되는 것이다. '평화적 민주 건설 시기', '민주 건설기', '민주기지 건설기'에 대한 평가는 연구자에 따라 다소의 차이는 있지만, 대체적으로 남북이 미·소의 정치적 행정적 물리적 원조 아래 각각의 정부를 수립하고 새로운 사회 건설을 준비하는 불확정성의 혼돈과 역동적 변화의 기대가 공존하는 시기라는 의견으로 수렴되고 있다. 각각의 정부 수립 전이고 왕래가 가능하였으므로 분단 전이라 할 수도 있지만, 분단의 조건이 형성되고 그 움직임을 차별화하는 구분의 시기일 수도 있다.

이는 문단에서도 마찬가지이다. 해방 기념시집 발행이나 문학단체 구성원이 좌우익을 넘나들며 인적, 물적으로 섞여 있는 시기인 동시에, 해방 직후 새로 생겨난 단체들이 짧은 시간 내에 통폐합되고 이에 따라 문인들은 이합집산하면서 남북의 문학이 서로 다른 방향으로 분기하는 시기이기도 하다. 북한의 문단은, 서울에 남아 있던 문인들이 평양으로 합류하고 국외 항일항쟁세력들이 귀국하면서 인적으로 풍부해지고, 전국에 남아있거나 새로 생겨난 문학 단체들이 조직화되면서 북한문학 초기의 특징을 형성하게 된다. 사회주의 리얼리즘과 카프 문학의 전통이 그것이다. 이후 북한문학은 카프의 재평가와 재해석을 통해 남로당계 문인들을 숙청하고, 일인 숭배 체제 구축을 위한 북한식 사회

---

11) 최동호 편, 『남북한현대문학사』(나남, 1995)에서는 남과 북의 통합된 시기구분을 시도하였는데, 1945~1959년까지를 분단체제 성립기로 정하였다. 신형기, 오성호는 『북한문학사』(평민사, 2000)에서는 이 시기를 '민주건설기'로 정하였다. 김용직은 『북한문학사』(일지사, 2008)에서 이 시기를 '민주기지 건설기'로 명명하였다.

주의인 주체사상과 주체문학을 만들게 된다. 이는 선군 체제, 선군문학
으로 변화하지만 이러한 변화의 과정에서도 일관되는 것은 당과 정치
옹호, 체제 선전, 지도자 숭배이다. 북한문학의 일관된 특징의 기원에
대한 의문을 풀기 위한 시작으로 이 논문은 혼용 속에서 차별성을 구
축해나가는 시기인 1945~1948년을 『문화전선』을 통해 살펴보고자 한
다. 물론, 문학의 추이와 변화를 일정 시점을 경계로 정하는 것이 타당
하지 않을 수도 있고 가능하지 않을 수 있지만, 정치성 강한 북한시 연
구에서 1948년 9월 조선민주주의인민공화국 수립을 유의미한 기점으로
눈여겨 보고자 한다.

　북한시가 김 부자 찬양 문학이며, 정치 선동의 구호일색이라는 일반
의 상식을 실증적, 체계적으로 혹은 순차적으로나마 자세히 살펴 볼 기
회가 많았던 것은 아니다. 이 시기를 다룬 최근의 연구로는 오성호,[12]
김용직[13] 등 북한문학사를 다루면서 해당 시기를 언급한 경우와 선우
상렬[14] 우대식,[15] 이상숙,[16] 이성천,[17] 홍용희[18] 등의 개별 논문과 평
문 등을 들 수 있다. 이 연구들은 해방 후 북한 문단의 상황과 시를 소
개하고 주제 분석하고 있어 당시의 북한 시에 대한 조망을 가능케 한
다. 이 가운데 당시에 발행된 문예지 『문학』, 『문학예술』, 『조선문학』
등과 함께 『문화전선』이 부분적으로 언급되고 인용되기는 하지만 『문화

---

12) 오성호는 신형기와 함께 펴낸 『북한문학사』(평민사, 2000) 중 시부분을 집필하였다.
13) 김용직, 『북한문학사』, 일지사, 2008 ; 홍정선, 『카프와 북한문학』, 역락, 2008.
14) 선우상렬, 『광복 후 북한현대문학연구』, 역락, 2002.
15) 우대식, 『해방기 북한 시문학사론』, 푸른사상, 2005.
16) 이상숙, 「해방공간의 이데올로기와 시」, 『서정시학』, 서정시학, 2005년 봄호.
17) 이성천, 「해방직후의 문단 동향과 문예지의 성격」, 김종회 편, 『북한문학의 이해 4』, 청동거울, 2007.
18) 홍용희, 「해방 이후 북한 시의 역사적 이해」, 『통일시대와 북한문학』, 국학자료원, 2010.

전선』을 집중적으로 연구한 경우는 찾아보기 어렵다.

북한 문단이 전국의 문학단체를 망라하고 관리하려 한 것은 조선문
학예술총동맹의 출범이 기점이라 할 수 있다. 1946년 3월 25일 출범한
이 단체는 1946년 10월 북조선 문학예술총동맹으로 확대되었고 산하에
문학, 음악, 미술, 연극, 영화 무용, 사진 등의 부문별 동맹을 두었으며
기관지 『문화전선』을 발간하였다. 김용직은 북조선문학예술총동맹이
북한 문단의 "인력과 행동 노선에 결정적 구실"을 했다고 판단한다. 그
는 북조선문학예술총동맹 발족 이전의 북한의 "예술과 창작 활동이 다
분히 자율적"이었는데, 이 기관의 발족 이후 자율적 활동은 "개인주의,
자유방종"행위로 간주되었으며, 총동맹은 예술가들에게 정책 방향을 제
시하고 예술가들은 과업 체제하에서 창작하였다고 한다.[19] 찰스 암스트
롱 역시, 1947년 이전의 북한 예술에서 드러나는 자율성은 상당한 것이
었다고 평가한다.[20] 이 때 1947년이란 1947년 2월 북조선임시인민위원
회를 지칭하는 것이다. 1946년 3월의 북조선문학예술동맹과 1947년 2
월의 북조선임시인민위원회의 발족은 북한문학의 표현의 자유와 창작
의 자율성을 규제하는 중요한 계기와 시점인 것은 분명하다. 두 단체의
통제아래 표현과 창작이 제한되고, 상명하달식 과업이 예술의 창작 동
기와 결과로 드러나는 북한문학 일반의 통제기제가 만들어진 것이다.
통제기제 아래 수령 숭배나 체제 찬양 등은 언제든지 삽입될 수 있는
주제 및 소재일 수 있다.

이 논문이 1945~1948년에 발간된 『문화전선』을 통해 북한문학형성

---

19) 김용직, 앞의 책, 38~39쪽.
20) 찰스 암스트롱 저, 김연철·이정우 역, 『북조선 탄생』, 서해문집, 2006, 265쪽. "1947
년 봄 새롭게 출범한 중앙의 인민위원회가 예술작품의 정치적 내용에 대한 엄격한
가이드 라인을 내세울 때까지 북한에서의 예술적 자유는 상당한 수준이었다."

기를 살펴보려는 이유 또한 여기에 있다.

당시 간행된 문예지로는 『문화전선』[21) 외에도 『문학예술』[22)(1948년 4
월 창간), 『조선문학』(1947년 9월 창간)[23)되어 등이 있으나, 시기적으로도
앞서 있고 북조선예술총동맹 기관지[24)로서 당시 북한문학의 대표적인
문예지라 할 수 있다. 1947년 8월에 발간된 5호를 마지막으로 종간되었
지만, 『조선문학』 2호(1947년 12월호)를 통해 6호가 예정되어 있었음을
알 수 있다. 『조선문학』 2호에는 1948년 2월에 출간될 『문화전선』 6호
목차가 예고되었으나, 결국 『문화전선』 6호는 나오지 않았으며, 두 달
후인 1948년 4월에 창간된 『문학예술』 창간호에는 앞서 『조선문학』 2
호에서 예고한 『문화전선』 6호 기사의 상당 부분이 실려 있었다.[25) 또,
『문학예술』의 간행 기관 역시 북조선문학총동맹이어서 연구자들과 북
한의 문헌은, 『문학예술』이 『문화전선』의 후신이라고 판단하기도 한다.
하지만 이 논문에서는 그에 대한 판단은 미루어두고 『문화전선』의 이
름으로 간행된 5권의 텍스트만을 대상으로 한다. 『문화전선』은 이름부
터 소련의 단체이름에서 기원했다고 한다.[26) 이 단체는 작가, 예술가,
선동가가 구성원의 중심이었으며 북조선예술총연맹은 그 용어를 기관
지 이름으로 사용하였다. 찰스 암스트롱은 여기에 소련을 소개하는 글
이 많다는 이유로 『문화전선』을 친소련계 잡지로 규정하면서도 한설야
「모자」와 같이 소련군의 행태를 조심스럽게 비판한 작품이 있어 『문화

---

21) 1946년 7월 창간되어, 1946년 11월에 2호, 1947년 2월에 3호, 1947년 4월에 4호,
　　1947년 8월에 5호를 마지막으로 종간됨.
22) 1948년 4월 창간이후 1953년까지 간행됨.
23) 1947년 12월에 2호로 종간. 1953년 10월에 재창간 이후 현재까지 간행중.
24) 창간호는 <북조선예술 총련맹>으로 간행됨.
25) 남원진, 「이북문학의 연구와 자료의 현황」, 건국대학교 HK 통일인문학 연구단 학
　　술대회 자료집, 2010 참조.
26) 찰스 암스트롱 저, 김연철·이정우 역, 『북조선 탄생』, 서해문집, 2006, 270~274쪽.

전선』이 맹목적인 친소련 성향을 가진 것은 아니었다고 판단한다.27) 소련군을 우회적으로 비판한 한설야의 「모자」28)를 둘러싼 논란은 점령당국에 의해 압수당하는 것으로 마무리되었지만, 『문화전선』이 친소련계 잡지로 소련의 입장 혹은 소련문학 소개에만 경도된 것은 아니었다. 당시의 친소경향은 『문화전선』이나 북한문학계만의 특징이 아닌 북한 전체의 주류적 특징이었으므로 이 잡지를 친소 잡지로 규정하는 것은 온당하지 않을 수 있다. 북조선문학총련맹의 기관지로서 대표성을 띠고 시기적으로도 가장 먼저 등장하여 북한문학의 구심점을 형성한 문예지로서 『문화전선』이 보여준 모습과 함의는 실증적 검토와 분석으로 좀 더 다면적으로 평가되어야 한다. 한설야의 소설 「모자」회수 사건, 「응향에 관한 북조선문학예술동맹 중앙상임위원회의 결정서」, 「응향에 관한 결정서」 등으로 대표되는 북한문학의 역사적 텍스트와 장면들을 확인할 수 있는 것은 물론이고 문예지로서의 안정적 구성을 보여주어 북한문학 초기 모습을 살필 수 있는 좋은 텍스트이기 때문이다.

3. '계몽'과 '건설', 평론의 효용

『문화전선』은 '평론/시/창작'으로 나눈 문학작품과 '현지보고 또는 특별보고' 등의 보고문, '수상(隨想)'의 수필, '특집'으로 묶인 해외문학 소

---

27) 찰스 암스트롱, 앞의 책, 274~275쪽. "북조선예술총연맹 잡지인 『문화전선』은 소련 용어에서 빌려온 제목인데, (…중략…) 『문화전선』의 친소련적 구성에도 불구하고, 조선 민족주의의 내용은 점령당국이 좋아할 만큼, 소련에 아부하는 것이 아니었다."
28) 한설야, 「모자」, 『문화전선』 창간호, 1946. 7, 198~215쪽.

개와 함께 '사고(社告)', 타 잡지 광고, 각급 위원회 결정서 등으로 구성
되었다. 1호에서는 문학작품을 '시/소설/희곡' 등으로 구분하였으나, 2
호부터는 '평론/시/창작'으로 구분하여 창작에 소설과 희곡을 배치하였
다. 또, 2호부터 '특집/특별보고'가 추가되었으며, 4호부터는 각 지역에
파견된 작가들의 현장 보고를 게재하는 '현지보고'가 추가되었다. 장르
구분, 기사 구성 등에서 다소의 변화가 시도되었는데, 이는 북조선예술
총동맹이 결성되고 안정되는 과정을 기관지『문화전선』도 함께 한 것으
로 이해할 수 있다. 북조선예술총동맹 산하에는 문학 외에도 음악, 미
술, 사진 등의 다른 예술 분야도 망라되었는데,『문화전선』에는 주로
문학 동맹의 활동이 두드러진다. 문예지로 발표 가능한 문학의 특성에,
상대적으로 문학 분야의 인적 구성이 풍부하고, 대중이 접근하기 쉽다
는 이유가 작용한 것으로 보인다.『문화전선』전 5호의 기사 구성을 살
펴보면 다음과 같다.

〈표 1〉『문화전선』수록 기사 분석

호	발행일	강령, 결정서, 보고, 고(社告) (편)	시(편)	소설(편)	희곡(편)	평론(편)	수필(편)	기타(편)
1	1946.7	4	11	2	2	12	1	개선기1 축하문1
2	1946.11	3	5	3	2	9	0	
3	1947.2	2	6	2	2	6	0	
4	1947.4	4	3	3	0	5	0	
5	1947.8	1	5	2	0	7	0	

위의 표에서 보듯『문화전선』에는 소설보다는 시가, 시보다는 평론
이 압도적으로 많이 게재되었다. 비교적 짧은 시의 문면 길이와 평론의
그것을 비교할 때『문화전선』에서 평론의 위상은 숫자 이상의 것임을

알 수 있다. 『문화전선』은 북조선총연맹(1946년 10월 북조선예술총동맹으로 개칭) 강령과 현지보고 등으로 문학의 방향을 지시하고 선도하고, 특정 작품에 대한 결정서를 통해 작가와 작품에 대한 직접적 제재와 지도, 검열을 제도화하였는데, 평론은 이를 작가들에게 직접적으로 전하는 첨병의 역할을 하였다. 평론은 작가와 작품을 직접 거론하며 찬사와 비판을 할 수 있으며, 창작의 방향과 방법론까지 거론하는 지도 비평을 할 수 있기 때문이다. 북한문학에서 평론은, 문학작품의 분석과 해석을 통해 새로운 관점을 제시하고 문예이론을 형성하고 발견하는 평론가의 문예 창작물이라기보다는, 당과 지도부의 이념이 관철되었는지를 평가하고 비판과 독려의 언설로 창작을 통제하는 통제기제 역할을 담당하고 있다. 이러한 성향은 북한문학 형성 초기인 1946년 『문화전선』에서 이미 확인할 수 있다. 결정서 및 기타 보고와 평론의 구체적 목록을 통해 『문화전선』의 구성을 좀 더 면밀히 살펴본다.

〈표 2〉 『문화전선』의 강령, 결정서, 보고, 사고(社告), 기타

1호	4편		김일성장군의 20개조 정강	
			8·15 해방 1주년 기념예총	
			북조선예술총연맹 강령	
		예총상임 위원회	문화전선 창간에 제하여	
2호	3편		북조선 각도 예술연맹 관계자 좌담회	
			민주전람회 건설기	특별보고
			인민(북조선임시인민위원회기관지)창간호 목차	부록
3호	2편		응향에 관한 북조선문학예술동맹 중앙상임위원회의 결정서	
			제3차 북조선예술총연맹 전체대회초록	

4호	4편		북조선문학예술총동맹 제1차 확대상임위원 회 결정서	
			동원작가의 수첩	현지보고
			생산과 문학	현지보고
			지방에 있어서의 문학예술운동에 대하여	현지보고
5호	1편	문예총 서기국	북조선문학예술축전에 관하여	

　창간호에는 1946년 3월 김일성이 북한의 정부의 성격과 기본 과업을
밝힌 「김일성장군의 20개조 정강」[29]과 함께 「북조선예술총연맹 강령」,
예총상임위원회 「문화전선 창간에 제하여」, 「8·15 해방 1주년 기념예
총」이 실려 있다. 이 중에서 눈에 띄는 것은 8·15 해방 1주년 기념을
행사를 위한 예총의 출판 사업 활동이다. 예총은 지방 조직과 서클 조
직을 주된 사업으로 추진하고 있으며 출판사업, 전람회, 음악대회, 연극
대회, 강연회 등을 추진하는데 이 중 출판 사업의 성과를 정리하면 다음
과 같다. 관련지(『문화전선』)과 함께 단행본『우리의 태양』(김일성), 소설집
1권, 희곡집 1권, 시집 2권, 평론집 11권이 그것인데, 시집과 소설집에 비
해 월등히 많은 수를 펴낸 것에서도 당시 북한문학계에서 평론에 대한
요구가 컸고, 활용도 또한 컸음을 알 수 있다. 「문화전선 창간에 제하여」
에서는, 북조선예술총동맹이 예술가들의 '통일전선인 동시에 조선민주

---

29) 김일성이 1946년 3월 23일 발표한 정강. 북한에 설립될 정부의 성격과 기본과업을
　　명백히 밝힐 필요가 있는 상황에서 김일성은 당의 정치노선을 구체화하여 인민정
　　권의 임무를 밝힌 11개조 당면과업과 20개조 정강을 발표하였다. 김일성은 20개
　　조 정강에서 사회생활의 모든 분야에서 일제의 잔재와 봉건유습을 숙청하고 민주
　　주의적 자유와 권리를 보장하며 정권기관을 민주주의적 선거에 의하여 더욱 튼튼
　　히 꾸리며 토지개혁, 산업국유화를 비롯한 제반 민주개혁을 실시하고 인민교육체
　　계를 확립하며 과학, 문화, 예술, 보건 등의 발전을 국가적으로 보장할 데 대한 과
　　업들을 20개조 조항으로 제시하였다.

주의 문학예술 건설의 주력부대'이며, 그 기관지인『문화전선』은 "인민 대중의 광범한 문화적 계몽과 육성을 위해 발간"되었음을 천명하였다. '건설', '계몽', '육성'이 예술의 목적과 효용이라는 사회주의 문학관이 그대로 나타나 있으며, 『문화전선』은 이러한 목적에 충실히 부합하였 다. '건설'을 선전하고, '건설'을 추동하기 위한 의식과 사상 '계몽'에 앞장서는 선전과 교육지의 역할이 시와 소설에서 잘 드러나고 있으며 이들을 수적으로 압도하는 평론은 작가, 작품의 '계몽'과 '육성'의 역할 을 수행하였다.

2호 이후의 각종 보고와 행사 예고가 이어지는데, 주로 지방 조직과 의 연계와 지원을 강조하는 내용으로 북조선예술총연맹이 발족하였으 나 아직까지 자연발생적으로 존재하던 문학단체와 임시 인민위원회 단 위의 단체들이 조직적으로 통폐합되지 않았고, 중앙에서의 지원 또한 원활하지 않았음을 알 수 있다.

3호에 실린「응향에 관한 북조선문학예술동맹 중앙상임위원회의 결 정서」는 북한문학사에서 매우 중요한 장면이다.[30] 표현의 자유가 침해 되어『응향』회원들이 제재를 피해 월남한 단순한 필화 사건에 그치지 않는다. 북한 혹은 북한문학 당국이 지양할 것과 지향할 것의 경계를

---

30) 응향 사건은 1946년 함경남도 원산의 원산문학가동맹(위원장 박경수)이 출간한 광 복 기념 시집『응향』(凝香)에 얽힌 필화 사건이다. 강홍운, 구상, 서창훈, 이종민, 노양근 등이 시를 실었고, 장정은 화가 이중섭이 맡았다. 시집에 실린 시 중 일부 의 '애상적', '허무주의'가 문제가 되어 1946년 12월 20일 북조선문학예술총동맹 상무위원회가 소집되었고, 상무위원회는 이 시집을 퇴폐적이며 반인민적인 것으로 규정한 결정서를 발표하였다. 이에 최명익, 송영, 김사량, 김이석 등이 검열원으로 파견되었다. 이 사건으로 시인 구상은 월남했다.
『문화전선』3호에 실린「응향에 관한 북조선문학예술동맹 중앙상임위원회의 결 정서」는 이후 조선문학가동맹의 기관지인『문학』에 1948년 4월에 게재되어 남한 문단에도 알려졌고, 이에 김동리, 조연현, 곽종원, 임긍재 등 우익 문인들이 반론 을 발표하기도 했다.

보여주어 향후 문학창작의 지침을 실천적으로 천명한 예가 되었기 때문이다. 또, 당시는 북조선예술총동맹이 있지만 아직 조직화되지 않아, 『응향』과 같은 문학써클들이 독자적으로 활동하는 상황이었다는 반증이기도 한데, 때문에 북조선예술총동맹은 조직 정비와 영향력 강화를 위해 의도적으로 『응향』에 대해 신속하고도 냉혹한 비판과 결정을 내린 것으로 보인다. 이 결정서는 원산의 『응향』, 함흥 『문장독본』, 『써클예원』의 무사상성을 비판하고 '인민과 분리되고 인민의 요구에 배치'되는 '예술을 위한 예술', '낡은 사상의 잔재'를 척결하기를 촉구한다. 그리고 이를 '건국사상총동원운동'과 결부하여 문학자 예술가들의 정치적, 사상적 교양사업 강화를 선언한다. 또 정치적·사상적 창작 활동을 강력하게 전개할 수 있도록 비평을 강화해야한다고 역설한다. 이를 위해 실제로 『문화전선』의 편집진에 안막, 안함광, 한효와 같은 평론가들과 리찬, 박세영 같은 시인을 새로이 임명한다.[31] 창작을 활성화하기 위해 평론을 강화한다는 논리에서 북한문학에서 평론이 감시와 검열, 사상지도의 도구로 쓰인다는 것을 재확인할 수 있다.

작가와 작품에 대한 감시는 결정서나 평론뿐 아니라 지방의 예술 활동 보고에서도 나타난다. '건설'과 '계몽', '육성'을 위해 지방에 파견된 작가들은 흥분과 감격으로 '건설'에 동참하는 대중의 모습을 전함과 동시에 아직도 개별적 활동을 하는 서클이나 중앙의 지원을 받지 못하는 현지 상황을 상세히 보고하였다. 선천중 자치회문예부 등사잡지 『불꽃』에 실린 허무적인 묘사의 시가 학생들에게 그릇된 영향을 준다며, 학교 내 서클에 대해 꾸준한 '지도와 검열'이 필요하다는 리정구의 보고도

---

31) 당시 북조선문학예술총동맹의 위원장은 이기영, 부위원장은 안막, 서기장은 리찬이었다.

찾아 볼 수 있다.32)

지도와 검열의 임무를 부여 받고 인적 지원까지 받은 평론은 예술계의 건설을 위해 선도적 역할을 하였다. 『문화전선』에 실린 평론은 문학창작론과 소련, 중국의 문학이론 및 작품을 소개하는 글로 나누어 볼 수 있다.

〈표 3〉 『문화전선』의 평론 목록
문학창작론 => 문, 국제문화교류 => 국

호	주제	편	필자	제목	비고
1 (46.7)	문	6	안막	조선문학과 예술의 기본 임무	
			안함광	예술과 정치	
			리기영	창작 방법상에 대한 기본적 제문제	
			태성수 외	예술가에 대한 나의 요망	
			박팔양	조선문학 유산의 계승에 관하야	
			리찬	문화영역의 심사와 그 뒤에 오는 것	
	국	6	한설야	국제문화교류에 대하야	
			뚜시크소좌	북조선 예술총연맹결성대회축하문	김동철 역
			아에꼬런	소련방에 있어서의 사회주의문화의 개화	김동철 역
			엠흐립챈꼬	승리한 소련 인민의 예술	이득화 역
			낄보찐	쏘베트 문학의 저명한 작품	기석영 역
			관기응	중국문화사업의 대혁명	류문화 역
2 (46.11)	문	5	안막	신정세와 민주주의 문화예술 전선 강화의 임무	
			안함광	민주문화 창건과 문화 파류의 문제	
			한효	창작방법론의 전제	
			리청원	조선민족문화에 대하여	
			윤세평	신민족문화 수립을 위하여	

32) 리정구, 「평북 지방 문예총 활동을 보고-〈보고〉 지방에 있어서의 문학예술 활동에 대하여」, 『문화전선』 4호.

호	주제	편	필자	제목	비고
2 (46.11)	국	4	이렬쓰끼	신5개년계획에 있어서의 문화발전	이득화 역
			이 트즈제프	레닌, 스딸린 꼬르끼	기석영 역
			한설야	꼬르끼의 예술	
			김호	인간 노신	
3 (47.2)	문	3	안함광	북조선 창작계의 동향	
			한효	현대조선문학의 사조	
			전원균	노래를 인민에게	
	국	3	전진	중국항전 8년래의 희극 창작	박무 역
			알렉산드르잇치	알렉쎄이 톨스토이	이휘창 역
			리찬	쏘베-트 작가 회견기	
4 (47.4)	문	4	안함광	의식의 논리와 문예창조의 본질적인 제문제	
			한효	현대 조선문학 사조	
			송영	생산과 문학	
			이정구	지방에 있어서의 문학예술운동에 대하여	
	국	1	알렉산더 알렉산드로브	고르끼와 사회주의 리얼리즘	
5 (47.8)	문	4	안막	민족예술과 민족문학 건설의 고상한 수준을 위하여	
			윤세평	신조선문화의 성격과 그 기반	
			안함광	내용과 형식	
			한효	현대조선문학의 사조	
	국	2	빅토르 니콜라이안	쏘베트 문학의 발전과 제문제	
			박석정	반동문화의 억압 속에서 투쟁하는 일본 민주주의 문화운동	

　　소련과 중국의 문학론과 작품을 소개하는 평론이 꾸준히 게재되었다. 친소정책의 영향도 있었지만, 소련과 중국은 새로 시작하는 북한의 사회주의 문학의 모델일 수밖에 없었을 것이다. 시와 소설의 작품보다 수

적으로나 문단의 위상면에서도 우위에 있던 평론은 '건설'과 '계몽'을 위한 역할에 충실하였다. 안막이 창간호의 「조선문학과 예술의 기본 임무」에서 주장한 핵심은 다음과 같다. 예술문화건설을 위해 민주주의 노선을 인식하고 집행하는 것, 일제 문화 사상과 결별, 비(非)맑스—레닌적 편향을 극복하여 진보적 민주주의 문학예술을 창조, 문학이 선전, 선동, 조직자가 되는 문제, 변증법적 유물론 입장 강조, 민족 파시스트 문화사상과 이별하는 것이 그것이다. 이후에 실린 안함광, 리기영, 한설야의 글은 안막의 총론을 예술과 정치, 창작방법론, 국제문화교류 등으로 나눈 듯 세부적으로 진행된다. 이 글들이 문예론과 개념의 층위에서 세심하게 조율된 것으로 보이지는 않지만 이후 『문화전선』 2~5호뿐 아니라 북한의 문예론에서 반복 확대 재생산되는 논의의 시작을 보여주는 듯 북한 평론의 각론을 망라하고 있다. 평론에 관해서는 다른 글에서 좀 더 세심하게 살필 필요가 있다.

4. '사상'과 '동원', 시의 임무

『문화전선』 총 5권에는 30편의 시가 실렸다. 1호에 가장 많은 편수인 11편이 실렸고 이후에는 5편, 6편, 3편, 5편이 실려 있다. 시인으로는 안룡만(2편), 백인준(2편), 리찬(2편), 리원우(2편), 조기천, 김상오, 안막, 박세영, 이원우, 민병균, 강승한, 김조규 등 당시 북한 시단뿐 아니라 향후 북한 시단의 대표적 시인들이 망라되어 있다. 이들은 비슷한 시기에 발간된 『문학예술』, 『조선문학』 등에 등장하는 시인들의 이름이기도 하다.

〈표 4〉『문화전선』 수록 시 목록

1호 (11편)	1946.07	백연	46년 평양의 봄
	1946.07	이경희	귀환
	1946.07	조기천	큰거리
	1946.07	안룡만	살구 딸33) 6월(六月)
	1946.07	김상오	길
	1946.07	정국록	나는 다시 조국(祖國)에
	1946.07	안함광	농군(農軍)의 아들
	1946.07	심삼문	채탄부(採炭夫)*(본문에는 炭採夫)
	1946.07	백인준	그날의 할아버지
	1946.07	안막	만리장성(萬里長城)
	1946.07	리찬	승리(勝利)의 기록(記錄)
2호 (5편)	1946.11	박세영	너이들도 조선사람이드냐
	1946.11	리정구	밤ㅅ길
	1946.11	리원우	불ㅅ길
	1946.11	박석정	딸에게 주는 시(詩)
	1946.11	안순일	농촌(農村)의 밤
3호 (6편)	1947.02	리찬	속(續)·쏘련시초(詩抄)(4편)
	1947.02	민병균	격(檄)
	1947.02	홍순철	연두송(年頭頌)
4호 (3편)	1947.04	리원우	황하수(黃河水)
	1947.04	강승한	북풍(北風)은 불어불어
	1947.04	이효운	북극(北極)의 태양(太陽)
5호 (5편)	1947.08	김조규	5월(五月)의 구도(構圖)
	1947.08	안룡만	사랑하는 안해에게
	1947.08	백인준	동지(同志)─농촌세포행(農村細胞行)
	1947.08	김귀련	조국어(祖國語)
	1947.08	이봉재	귀향(歸鄕)

전 5권에 실린 시들은 과거의 고난을 회고하고 해방의 기쁨을 노래한 시와 격변하는 현실제도를 홍보하고 새로운 사회에 대한 기대를 드러내는 시로 대별된다.

먼저, 과거의 고난을 회상하고 해방과 귀향, 귀환의 기쁨을 드러낸 작품과 일제강점기의 수난을 기록한 작품을 살펴본다. 당시 남과 북을

33) '딸'의 'ㄸ'은 'ㅅㄷ'로 표기되어 있음.

막론하고 발견되는 주제 경향으로 내용 또한 소련에 우호적이라는 점을 제외하고는 크게 다를 바 없다. 「46년 평양의 봄」, 「귀환」, 「살구 딸 6월(六月)」, 「길」, 「나는 다시 조국에」, 「승리의 기록」, 「귀향」에 드러난 해방의 기쁨은 삼천만 민족의 자유와 평화가 보장된 새날을 맞는 기쁨은 영탄과 찬양의 토로로 드러났으며, 「큰 거리」, 「너이들도 조선사람 이드냐」 등에 나타난 일제와 친일세력에 대한 분노와 배신감은 원색적인 비판으로 표현되었다. 일제에 대한 비판과 비례하여 소련과 중국에 대한 감정은 매우 우호적으로 드러나는데, 소련은 우리민족에게 '새날'을 열어 준 고마운 세력으로, 중국은 일제에 항거하며 고난을 함께한 이웃민족으로 칭송의 대상이 되었다. 「큰 거리」, 「나는 다시 조국에」는 소련을 자유의 낙원으로 찬양하고 새로운 시대와 나라를 소련이 이끌어 줄 것이라는 기대를 드러냈다. 대표적인 친소련 시인인 조기천은 「큰 거리」에서 '조선해방만세, '스딸린 대원수'를 외치고 있다. 이 외에 "地上 無二의 生의 樂鄕－大쏘聯邦의 위대한 품으로", "우라 쓰딸린! 우라 김일성!"(以上, 「속, 쏘련시초」), "스딸린 大元帥 / 눈동자처럼 아끼는 해방軍 아시아로 보내시니"(「황화수」) 등에서 볼 수 있듯 맹목적인 추앙과 감사의 감정이 그대로 드러나 있다. 이런 시들은 과거의 세계를 회고하고 그것이 해결된 현재 즉, '있는 세계'를 그린 것이다. 해결되어야할 질곡과 모순의 과거를 비판하고 그것이 해소된 현재에 열광하는 시편들에서 발견되는 맹목적이고 격정적인 찬양과 감격을 이런 시편들에서도 확인할 수 있다.

현실 제도를 홍보하고 새로운 사회에 대한 기대를 드러내는 시 또한 구체적인 제도를 소재로 하여 개인의 생각을 드러낸다는 차이가 있지만, 근본적으로 해방과 귀환의 시에서처럼 희망과 기대로 고조된 감정

으로 표현된다는 점은 다르지 않다. '있어야 할 세계'에 대한 동경과 기
대가 인식 주체의 것이 아니고, 위에서 만들어지고 기획된 것이라면 이
를 전파하기 위해서는 찬양과 격정의 수사적 수사가 필요한 것이 사실
이다. 해방기 북한에서 생산된 시들의 또 하나의 경향은 사상 교육을
통해 동원을 이끌어 내는 것이다.

해방 후부터 1947년까지 이년 남짓 되는 짧은 시간에 북한주민들이
경험한 새로운 것은 해방, 귀환, 소련군만이 아니었다. 각급 인민위원
회, 토지개혁, 남녀평등법, 산업 국유화, 북조선인민위원회, 각급 인민위
원회 선거, 현물세 납입, 애국미 헌납 운동, 건국사상 총동원 운동, 인
민경제 부흥 발전 계획 등등 수많은 제도와 조직이 새롭게 등장하였는
데,[34] 주민들은 이 제도와 조직에 적응하는 시간이 필요했고, 북한 당
국은 이 시간을 앞당겨 줄 계몽과 동원의 매체가 필요했다. 그 중 하나
가 창작 기간이 짧아 시의성을 담기에 적합하고 지문이 짧아 대중 및
매체 전파력이 탁월한 '시문학'이었고, 북조선문학예술총동맹 기관지를

---

34) 1945~1948년까지 북한에서 시행된 제도, 법령, 운동 등을 개략적으로 제시하면
　　다음과 같다.
　　1945년 8월 해방
　　1945년 8월 소련둔 제25군 북한 지역 진주
　　1945년 10월 김일성 입국
　　1946년 2월 8일 북조선임시인민위원회 설립
　　1946년 3월 8일 토지개혁 실시
　　1946년 6월 노동법령 통과
　　1946년 7월 30일 북조선남녀평등법령 발표
　　1946년 8월 10일 중요산업국유화에 대한 법령 발표
　　1946년 8월 28일 북조선공산당 창당
　　1946년 11월 도·시·군·인민위원회 선거
　　1946년 12월 임시인민위원회 건국사상총동원 선전 요강 발표, 운동 전개
　　1947년 2월 22일 북조선인민위원회 설립, 인민경제 부흥발전 계획
　　1948년 8월 25일 총선거
　　1948년 9월 9일 조선민주주의인민공화국 창건. 김일성을 대원수로 함.

통해 '인민 대중의 일상과 생활을 연구하는 문학', '문화인의 사상적 통일과 단결을 강화하는 문학', '인민대중을 교양, 선전하는 조직으로서의 문학'[35]이라는 미명아래 창작되었다.

1호에 실린, 「그날의 할아버지」, 「46년 평양의 봄」, 「농군의 아들」 등에는 토지개혁으로 대표되는 새로운 시대에 대한 희망으로 가득하다. 몇몇 시에서 김일성의 이름이 등장하지만 임시인민위원회 대표로서 거론되는 정도이며 이 역시 토지개혁의 성과에 감격하면서 임시인민위원회를 칭송하는 정도이다. 김일성에 대한 개인숭배나 사회주의에 대한 맹목적 찬양이 아닌 토지개혁이라는 친 대중적인 제도를 부각시키고 있는 것이다. 이는 2호 역시 마찬가지인데, 다만 1호의 주요 소재였던 토지개혁, 건국운동에 이어 예술공작대, 여성법령 선포, 친일파와 반민족행위자 척결 등의 당국 시책이 주요 소재로 드러나 있다. 3호 이후에는 인민경제계획, 여성동맹, 농촌세포행 등 구체적인 당국의 정책을 담은 시들이 더욱 많아진다. 임시 인민위원회 선거, 남녀평등법에 의한 각 세포 활동과 여성 동맹 활동, 건국사상총동원과 인민경제계획 등 북한의 정책들이 시에 실시간으로 드러나는 것은 물론 정책에 대한 호감을 선전하고 그것이 해방 후의 새로운 나라 새로운 시대로 나아가는 길임을 강조하고 있다.

북한의 정책과 정책 현안들이 북한 시의 소재로서 즉각적으로 반영되는 것은 당시 남한의 시문학과 비교할 때 특징적이라 할 수 있다. 남한이 북한에 비해 빠르게 조직화되지 못하고 민생현안들이 쟁점화되지 못한 점도 있지만 우리 시인들의 시는 개인적 차원이든 민족적, 사회적

---

35) 김일성, 1946년 5월 24일 각 도인민위원회, 정당, 사회단체, 선전원, 문화인, 예술인 대회에서 한 연설 「문화와 예술은 인민을 위한 것으로 되어야 한다」에서 강조한 문화예술 활동방향. 임영태, 『북한 50년사』, 들녘, 1999, 142쪽 참조.

차원이든 아직 해방의 감격과 새로운 나라 건설의 희망, 이념 대립과 민족 분단이라는 혼돈 안에 놓여 있었다. 북한의 시인 또한 다르지 않았을 것인데, 이렇듯 정치와 제도 현안에 대한 민첩한 반응은 다분히 정책적 지도에 의한 것이라 판단한다. 주체문학, 선군문학과 같이 아직은 사상적으로 강력히 편제된 문학이라 할 수는 없지만, 시인이 생활 감정에서 느끼는 바를 자율적으로 표현하였다거나, 새로운 시대와 사회주의 공산당에 대한 자발적 찬양의 언술이라고도 할 수 없다. 이는 해방과 귀환의 시에 나타난 즉각적인 감정과 격정의 토로와는 다른 것으로 보인다.

> 오늘 저녁 그대는 어린아이 업고
> 街頭細胞에 나아가 이야기에 꽃피웠다거니
> 시방 北朝鮮의 山河를 통터러 어느 한치 땅도 남김없이
> 두메에서 마을에서 工場거리에서
> 온 人民이 새나라 建設의 터전을 닦는 이일을 갖이고
> 불붓는 討議를 거듭하고 일에 옮겨가고 있는 것이지
> 그러기 밤느뚜 도라온 나에게 보내는 그대의 따뜻한 微笑
> 사랑에 넘치는 눈瞳子는 새 희망에 가득 찻드니라

　　　　안룡만, 「사랑하는 안해에게 ─인민경제계획에 바치는 노래」,36) 부분

　이 시에서는 새나라 건설이 인민경제계획과 동일시되고 가두세포, 인민위원회 토의 등의 사회적 활동이 가정의 행복과 아내의 미소로 직결된다. 일제 강점기의 민족적 수난은 군이 강조하지 않아도 자연스러운 감정의 고조를 얻은데 비해 이 시에서는 제도와 정책에 의한 생활

---

36) 『문화전선』 5호. 76~77쪽.

의 변화가 곧 마음과 감정의 변화라는 논리적 비약을 보일 뿐이다. 가두세포활동과 인민경제 계획이 대중의 생활뿐 아니라 섬세한 마음과 감정을 어떻게 바꾸었는지에 집중하지 않고, 생활 감정은 곧 사상이라는 비약의 논리가 당국과 북조선예술총동맹, 대중의 사상적 계몽을 강조하는 평론, 평론의 논리를 그대로 대변했던 시인과 시에까지 이어진 것이라 할 수 있다. 이러한 시들은 백인준의 「그날의 할아버지」, 「同志 －농촌세포행」, 박석정 「딸에게 주는 시」, 리정구 「밤길」, 안순일 「농촌의 밤」 등 여러 편에서 나타난다.

이 시들에는 토지개혁과 30% 현물세와 같은 새로운 제도에 환호하고 그것을 새나라 새시대의 희망으로 인식하는 농민, 노동자, 주부 일반 대중의 모습이 현재로 그려지지만 이는 그렇지 못한 현실을 다르게 표현하는 방법이다. 새로운 법령과 인민위원회 조직이 급격한 변화를 선도하지만 대중의 생활은 적응의 시간이 필요하고 변화된 생활과 행동이 마음과 감정을 바꾸고, 마음과 감정이 사상으로 이어지려면 그보다 많은 시간과 인식적 과정이 필요하다. 그러나 1946년 2월 8일 북조선 임시인민위원회가 조직되면서 지역의 문예단체를 북조선문학예술총동맹 아래 통일조직으로 편제하고 통제하려했던[37] 북한 당국은 북조선

---

37) 임영태, 『북한 50년사』, 들녘, 1999, 140쪽
찰스 암스트롱, 위의 책, 287~288쪽. 이후 1947년 초, 조선로동당이 예술 활동을 적극적으로 검열하고 감독하는 데 적극적으로 역할을 취함에 따라, 문학과 예술은 새로운 국면에 접어들었다. 1947년 3월 조선로동당 중앙위원회는 "북조선의 민주주의적 민족문화의 수립"을 공표하여, 문학과 예술은 "사회주의에서 인민을 교육시키고 민족과 인민에 봉사하여야 함"을 밝혔다. 사회주의 사회를 위한 기반은 1946년 봄과 여름의 토지개혁, 노동개혁, 그리고 여타 민주개혁의 성공과 더불어 공고해졌다. 그럼에도 불구하고 인민의 의식은 객관적 환경의 변화에 발맞춰 변하지는 않았다. 따라서 '문화혁명', '건국사상 총동원 운동'이 차후의 긴급한 과제였다. 현실적으로 이것이 의미하는 바는 모든 문학이 당의 정책을 촉진시켜야 한다는 것이었다.

문학예술총동맹을 추동하고, 북조선문학예술총동맹은 평론을 추동하고, 평론은 작가를 선도 추동하는 방식으로 형성된 단선적이고도 조급한 '계몽'과 '선동'이 북한시 형성 초기의 풍경이다. 또 이 시들은 대중들은 세포 활동, 선거, 여성 동맹, 각급 임시인민위원회 토론에 참여하기를 독려하는 '동원'의 대중 매체적 형식이 되었다고 할 수 있다.

대중 계몽과 동원의 매체였던 시문학은 소련 찬양과 김일성의 입지 구축에 동원되었는데,『문화전선』 3호 이후에는 소련관련 시들이 꾸준히 등장하고 이와 동시에 김일성이 정치지도자로서 좀더 강하게 부각되기 시작한다. 민병균의 「격(檄)」, 강승한의 「북풍은 불어 불어」 등에는 김일성에 대한 강력한 찬양의 수사가 드러난다.

밭가리하는 자에겐
土地와 現物稅制를 주고
망치와 펜을 드는 자에겐
職場과 勞動法令을 주고
나라일에 참여하는 모든 權利마자를
우리들 人民大衆에게로—

아 히한하구나
실로 五天年歷史의 그 어느 갈피속에
이처럼 아람찬
人民을 위한 人民의 나라가
주렁진때가 있었던 것이랴?

그는 오로지
人民을 아끼고
人民을 사랑하고

人民을 信賴하기 자기 몸처럼하는
어진 領導者
金日成將軍에게서만 찾을수있는
우리들 人民의 至當한 代表였다.

오 그러나 보라
오랜동안 노예의 피를 맛드려온
저 음흉한 새 원쑤는
탐욕 肥滿한 목을드리어
하마 우리의 食糧破綻과
하나 우리의 生産不況과
하나 우리의 情性弛緩을
호시탐탐 노리고있거니

민병균, 「격(檄)」[38] 부분

1947년 2월 북조선임시인민위원회의 결성은 김일성에게는 매우 의미
있는 일이다. 김일성이 북조선임시인민위원장으로 취임하면서 북한정
치에 전면으로 등장하고 이후 건국사상총동원, 인민경제계획 등의 국정
을 주도하며 지도자의 입지를 만들었기 때문이다. 소련군의 '지도와 지
원'은 계속되었지만 북조선임시인민위원회는 기존의 행정 10국과는 달
리 정당, 사회단체, 행정국, 인민위원회 대표들의 협의체로서 소련군의
지휘에서 벗어난 기관이었다. 대표 협의체의 수장으로 김일성은 북한
사회 조직 체계를 통일하고 강화하여 정부의 모습을 갖추려 하였고, 이
과정에서 지도자에 대한 찬양과 맹목적 기대는 필수적이라 할 수 있다.
창간호 첫 머리에 김일성장군의 20개조 정강을 배치한 『문화전선』의 시

---

38) 『문화전선』 3호, 103~105쪽.

에서 이것을 발견하는 것은 당연해 보인다.

민병균은 김일성을 단지 인민의 대표인 것이 아니라 "인민을 사랑하"고 "어진 영도자"로서 토지와 직장과 현물세법과 노동법까지 만들어준 "지당한 대표"로, 또, 현재의 지도자에 그치지 않고 새로운 시대를 이끌 미래적 지도자로 추앙하고 있다.

> 여기 白頭山 하늘범한 北朝鮮의땅 빛나는 天地
> 英明한 金日成將軍이 領導하는 民主의 날에
> 썩어진 封建의 멍에와 처절한 忍從의 굴레를벗어던진 겨레는 다
> 일어나
> 새나라 歷史創造의 日輪을 힘차게 굴리거늘
>
> 강승한, 「북풍은 불어 불어」[39] 부분

강승한은 "英明한 金日成將軍이 領導하는" 등의 수식어를 부여하고 있다. 임시인민위원회가 선거를 통해 북조선인민위원회가 되어 실제적 북한의 중앙권력 기관이 수립되고, 김일성이 대표인 북조선인민위원회는 중앙권력 기관으로 군, 정을 개편하여 북한 정부의 출발점이 되었다. 당시 선거는 문맹인구를 고려한 흑백통을 사용한 찬반 투표였는데, 선거 결과는 이미 정해져 있었고 김일성은 유일한 대안으로 부상한 상태였다. 이 선거를 계기로 김일성은 핵심 권력자가 되었고, 문학에서는 '영도자', '영명한', '지당한'의 수식어를 부여받았다. 이러한 정치적 문화적 격동기 1946~1947년을 『문화전선』에 실린 문학작품들은 그대로 보여주고 있었다.

---

39) 『문화전선』 4호, 102~102쪽.

5. 남는 문제들

이 논문은 1946~1947년에 발간된 문예지 『문화전선』을 통해 북한시
학 형성기의 모습을 살펴보았다. 북한문학에서 평론은 정치성과 사상성
의 잣대로 작품의 우열을 가리고 비판과 독려를 수행하는 지도 비평으
로 규정되며, 평론가들은 작가들을 가르치고 계도하는 우월적 지위를
누리며 동시에 감시와 처벌의 기능도 수행하는 것을 확인하였다. 문학
작품과 작가가 평론가들에게 감시당하고 그 결과가 처벌로 이어지는
창작 현장과 평론은 정부 권력기관의 이념을 공급받으며 문학적 가공
과 생산에 복무하는 북한문학의 유통 구조를 확인하였다. 이 논문은 여
태까지 논의된 것보다 더 많은 해결 과제를 남겨두고 있다. 북조선인민
위원회의 의미에 대한 정치적 사회적 의미의 탐구가 보완되어야 『문화
전선』에 드러난 북한문학의 전형적 특징을 설명할 수 있는 보편적 조
건을 파악할 수 있을 것이다. 또, 김일성 우상화, 당 정책 홍보, 사회주
의와 공산당에 대한 홍보 등등이 북조선인민위원회, 또 그 대표 김일성
과 어떻게 연결되어있는지를 통해 확인해야 한다.

총 5권에 불과한 텍스트이지만 면밀한 텍스트 분석을 통해 동일 시
인의 변화와 다른 시인들의 경향성에 대해서도 좀 더 폭 넓은 논의가
필요하다. 또 『문학예술』, 『조선문학』 등의 당대 문예지들과의 비교도
필요한 부분이다. 창작론과 국제문화교류, 결정서/보고와 같은 평론 및
정론을 면밀히 살펴 당시의 창작과 평론의 관계를 정밀하게 분석하는
것도 필수적이다.

해방기 북조선 시문학과 미학의 정치성

오 창 은[*]

1. 시의 하강과 비평의 상승—해방기 북조선 시단의 풍경

시인 민병균은 해방 후 활발한 활동을 재개한 문인이다. 그는 1935년 <매일신보> 신춘문예에 소설 「삼봉이와 도야지」가 당선되어 등단했다. 1930년대 중반부터는 <신동아>, <동아일보>, <조선일보> 등에 소설보다는 시를 주로 발표했다.[1] 그는 일제 말기에는 작품을 발표하지 않아 사실상 절필 상태였다. 그런데, 해방과 동시에 북조선 문예지에 시를 게재하기 시작했고, 1947년에는 시집 『해방도』를 간행하여 북조선 문단에서 중심적 위치를 차지했다.[2]

---

[*] 중앙대 교양학부대학

1) 민병균은 1914년 4월 20일 황해도 신천에서 출생하여, 평양 숭실전문학교를 졸업했다. 그는 북조선문학예술총동맹 서기장, 작가동맹 중앙위원회 시분과 위원장을 역임했다. 전쟁기간에는 종군작가로 활동하면서 중국방문 조선인민대표단의 일원으로 중국을 방문했다. 1956년 즈음부터 그의 행적이 보이지 않는 것으로 보아, '1956년 8월 종파사건'에 연루되었던 것으로 보인다. (김인섭, 「재북시인 민병균의 광복 전 시 연구」, 『우리문학연구』 제30집, 우리문학회, 2010, 229쪽.)

2) 민병균의 첫 시집 『해방도』의 「후기」에서 "북조선에서는 실로 세기적인 민주위업

그는 해방기 북조선 시문학의 동향을 비교적 소상히 파악하고 있는 시인이었다. 이 시기 그의 글 중 북조선문학예술총동맹기관지인 <문학예술>의 창간호(1948년 4월 25일 발간)에 실린 「북조선시단의 회고와 전망」이 눈길을 끈다.3) 이 글에서 민병균은 1947년 후반 즈음의 북조선 시문학의 상황을 그 시대의 감각으로 진술했다.

근자에 와서 지상과 회석을 통하여 비평행동이 어느정도로 활발히 전개되는 반가운 현상이 이러나고 있는 반면에 시인들의 작품활동이 침체상태로 들어가는 듯한 느낌을 준다는 사실이다. 이것이 만일 시인각자의 자기반성과 탐구를 위한 긍정적인 일시적 현상이라면 가하거니와 그렇지 않고 모처럼 대두한 비평행동이 시끄럽다거나 귀찮게 생각하는데서 나오는 침묵이라면 가탄할 노릇이다. 우리는 자기개인의 명예를 위하여 시를 쓰는 것은 결코 아닐 것이다. 또 우리들 시인 가운데는 모든 면에 있어서 근본적으로 재출발하게 된 지난 2년간 남어지의 단촉한 경력으로 자기완성을 고집하거나 자만하는 자도 모름즉이 없을 것이다. 그렇다면 우리는 그 어떤 가혹한 평이라도 그것이 편견적이 아니고 공정할 때는 달게 받아드릴 뿐만 아니라 스스로 나아가 접수할 수 있는 아량과 겸손을 가져야 할 것이다. 이렇게 하는 진지한 태도에서만 우리 시인들은 더욱 자기완성을 전진시킬 수 있을 것이며 보다 더 우수하고 참되게 조국과 인민에게 복무하는 새로운 시문학을 창조할 수 있을 것이다. (1947년 12월)4)

을 두루 실천함으로써 멀지 않은 앞날에 전민족적인 민주통일정부를 수립할 수 있는 반석의 터와 모든 가능을 굳건히 하는 동시에 따라서 조선인민의 억센 기개와 우수한 자질을 전세계에 유감없이 현양해 주었다"고 하면서, 자신의 시집은 "이 찬연한 역사적 전화속에 처해온 일개인민으로 느낀바 무한한 환희와 감격 그리고 영예와 결의를 노래한 소집성"이라고 감회를 토로했다. (민병균, 「후기」, 『해방도』, 조선신문사, 1947, 136~137쪽.)
3) 민병균, 「북조선시단의 회고와 전망」, 『문학예술』 창간호, 문화전선사, 1948.
4) 위의 책, 57쪽.

민병균은 이 시기 북조선 문학이 극복해야 할 과제로 1) 주제의 빈곤 2) 사상적 애매성 3) 용어의 비인민성을 꼽았다. 주제의 빈곤을 해결하기 위해서는 적극적으로 취재에 나서야 하고, 사상적 애매성을 극복하기 위해서는 '새현실에 대한 근본이념을 파악'할 필요가 있다고 했다. 용어의 비인민성은 '일제 탄압으로 인해 훼손된 민족어를 복원'함으로써 대응이 가능하다고 주장했다.[5] 이 중 '사상의 애매성'에 대한 지적은 신진 시인들보다는 일제강점기부터 활동해왔던 시인들을 겨냥한 측면이 강하다.[6] 민병균은 기존에 가지고 있던 '사고방식과 표현수단'을 '새로운 현대적 성격'과 부합되도록 할 것을 강하게 요구했다. 해방기 북조선 문단에서 '사상성'을 중심에 놓고 격렬한 문단 재편과정이 일어났음을 민병균의 글을 통해 유추할 수 있다.

그렇다면, 시인의 사상성은 어떤 지향을 지녀야 한다고 보았을까? 민병균은 시인의 임무를 "조국과 인민에게 복무하는 새로운 시문학을 창조"하는 것이라고 했다. 그러면서 1947년 후반 즈음의 시문학의 상황이 "침체상태로 들어가는 듯한 느낌을 준다"고 평했다. 또한, 독려하는 듯한 태도로 "그 어떤 가혹한 평이라도 그것이 편견적이 아니고 공정할 때는 달게 받아"들여야 한다고도 했다. 민병균의 글은 시인의 입장에서 해방기 북조선의 시문학을 평하고 있다. 창작자의 입장에서 '북조선 시

---

5) 위의 책, 50~54쪽 참고.
6) 민병균은 해방기 북조선의 주목할 만한 시인으로 "강승한, 김광섭, 김귀련, 김명선, 김북원, 김상오, 김순석, 김우철, 김조규, 김춘희, 이경희, 이원우, 이정구, 이찬, 이호남, 마우룡, 민병균, 백인준, 박세영, 박석정, 서순구, 신동철, 안용만, 양명문, 윤시철, 원종관, 조기천, 조명환, 한명천, 황민, 한식, 홍순철(이상 가나다순)" 등을 꼽았다. 이 명단 중 해방후 북조선문단에서 두각을 나타낸 신인(新人)은 강승한, 김상오, 김순석, 백인준, 조기천 등이었다. 또, 특이한 부분은 주요한 월북 시인인 임화, 오장환, 박아지, 박팔양, 이용악, 조영출, 조벽암 등이 이 명단에 빠져 있다는 사실이다. 민병균이 제시한 '주목할 만한 시인' 명단은 월북문인은 빠진, 북조선을 기반으로 『문화전선』과 『문학예술』에 작품을 발표한 시인들이었다. (위의 책, 49쪽.)

문학'을 평가하고 있기에 실제적이고 구체적이다. 그런 의미에서 민병균이 "비평행동이 시끄럽다거나 귀찮게 생각하는데서 나오는 침묵"이라고 말한 대목에 주목할 필요가 있다.

논자는 민병균의 「북조선시단의 회고와 전망」을 통해 1947년 말 즈음에 북조선 문단에 모종의 변화가 있었음을 유추할 수 있다고 판단한다. 현상적으로는 비평 담론이 상승하고, 시 창작이 하강하는 것으로 나타났다. 그 이면에는 이러한 '상승/하강'이 교차하게 되는 맥락이 존재할 것이다. 과연 해방기 북조선문단에 무슨 일이 발생한 것일까?

해방기에 북조선 문단을 파악하는데 있어 간과해서는 안 될 것이 좌익과 우익의 세계관이 서로 경합하며, 갈등했다는 사실이다. 이러한 입장 차이는 문학영역에서도 첨예한 양상을 띠었다. 북에서는 '문학의 정치성'에 대한 논의가 활발했고, 그 정치성이 어떤 방식으로 발현될 것인가가 쟁점이었다.

이 시기 북조선을 대표하는 문학평론가인 안함광은 "미학상에 있어서 공리주의와 심미주의는 늘 교체되어져 왔다"면서, "사회가 상승기에 처해 있을 때는 공리주의를, 몰락기에 처해있을 때는 심미주의를 각기 내세워왔"[7]다고 했다. 그는 예술의 정치성을 적극적으로 옹호하며 "예술이 자기의 뿌리를 인민대중 가운데 박"[8]음으로써 예술과 정치를 아우를 수 있다고 주장했다. 그는 공리주의적 입장에서 '예술의 정치성'을 적극 옹호하고, 더 나아가 예술 대중화의 문제를 제기했다. 그는 계몽주의적 태도를 전제하고 있기는 하지만, "다대수 인민의 심리 취미 사고 양식"[9]을 변화시켜야 한다고 보았다.

---

7) 안함광, 「예술과 정치」, 『문화전선』 창간호, 북조선문학예술총연맹, 1946, 15쪽.
8) 위의 책, 24쪽.
9) 위의 책, 26쪽.

안함광의 논의는 현대 정치철학자인 랑시에르의 테제와 연관해 적극적으로 읽을 수 있다. 랑시에르는 "문학은 우리가 살고 있는 세계를 규정하는 감성의 분할 속에 개입하는 어떤 방식, 세계가 우리에게 가시적으로 되는 방식, 이 가시적인 것이 말해지는 방식, 이를 통해 표명되는 역량들과 무능들"이라고 했다.10) 랑시에르가 이야기하는 '문학의 정치'는 "문학이 그 자체로 정치행위를 수행하는 것"11)을 함축한다. 논자가 여기서 문제 삼는 것은 '작가의 사회적 실천'과 '문학 자체의 정치적 행위'의 경계가 뒤섞이는 해방기의 특수 상황이다. 문학이 미의 영역, 혹은 자율적 영역에서 어떤 정치적 효과를 발휘하는가가 랑시에르의 문제설정이었다면, 논자는 해방기·격변기에 어떤 방식으로 문학의 정치성이 구성되는가에 관심이 있다.

근대 문학은 다양한 형태로 존재할 수 있다. 서구적 근대문학이 보편적 규범으로 작동하던 문화제국주의에 대한 비판이 이뤄지면서, 근대성들(복수의 근대성)에 대한 논의가 활발해졌다.12) '근대의 효과'가 비서구 지역에서 어떻게 굴절되고 변형되었는가를 파악하는 것은 의미가 있다. 이를 통해 서구적 근대를 보편화·획일화하지 않고, 개별 사회를 보편과 특수의 관계 속에서 역동적으로 규명할 수 있다. '근대성들'은 근대를 기원은 있되, 원본은 없는 자율적 형태로 파악할 필요가 있다. 1990

---

10) 자크 랑시에르, 유재홍 옮김, 『문학의 정치』, 인간사랑, 2009, 17쪽.
11) 위의 책, 9쪽.
12) 강내희는 '근대성들(복수의 근대성)'에 대해 다음과 같은 논의를 펼친 바 있다. "이런 점에서 우리는 근대성을 다중적 현상으로 이해할 필요가 있겠다. 근대성을 귀일적(歸一的, unitary) 이항대립 구도, 즉 목적론적 강제가 지배하는 선형적 발전보다는 균열체계로, 비동시적인 것들의 동시성보다는 동시적인 것들의 비동시성으로, 즉 어느 하나의 시간성으로 환원되지 않는 변별적 시간성들로 구성되는 복잡성 체계로 이해해야 한다면, 근대성은 언제나 복수의 형태로 출현한다는 점을 인식할 필요가 있을 것 같다. 근대성이 아니라 '근대성들'인 것이다."(강내희, 「한국 근대성의 문제와 탈근대성」, 『문화과학』 22호, 문화과학사, 2000, 40쪽.)

년대 사회주의권 붕괴 이후 큰 틀에서 근대성을 '자본주의와 사회주의' 라는 두가지 양태로 바라보려는 시도도 있었다. 1991년 구 소련 체제의 해체로 인해 현실 사회주의를 근대의 다른 양태로 객관화할 수 있는 여지 를 제공했다. 더불어, 근대를 해명하는 두 가지 틀 중 하나의 붕괴가 아니 라, 다양한 근대의 가능성이라는 인식론적 전환의 계기도 마련해 주었다.

여전히 분단체제의 굴레 속에 있는 한반도의 상황에서 북조선 사회 와 문화예술을 역사적 맥락 속에서 파악하는 것은 중요한 과제다. 논자 는 북조선 사회와 문화예술을 '특수한 근대의 양태'로 규명해낼 필요가 있다고 본다. 복수의 근대 중 한 부분으로 북조선을 파악하고, 그 특수 성의 기원을 해방기의 복잡한 양태 속에서 규명해보면 어떨까? 근대적 자율성의 신화가 작동하는 '문학 영역'이 어떻게 북조선 사회에서는 '강한 정치성'과 결합했던 것일까? 근대 문학이 서구적 원형을 전제하 지 않는 것이라고 했을 때, 북조선문학도 '근대문학의 특수한 형태'로 바라볼 수 있다. 문학의 정치성이 과도하게 응집된 근대문학의 한 사례 를 북조선 시문학의 형성과정을 통해 살펴볼 수 있다는 것이 논자의 문제의식이다.

'해방기 북조선 시문학의 형성과 미학의 정치성'을 고찰하기 위해 논 자는 문제적인 텍스트를 중심으로 논의를 펼치고자 한다.13) 집중적인 논의 대상 텍스트는 최근 발굴된 『관서시인집』(1946)과 『우리의 태양』 (1946), 『백두산』(1947)이다. 이 텍스트들은 북조선의 문학의 형성과정에 서 결절점(articulation, 節合)을 형성한다.

---

13) 해방기 북조선의 시문학을 실증적으로 다룬 대표적인 성과로는 이상숙의 「『문화 전선』을 통해 본 북한시학 형성기 연구」(『한국근대문학연구』 제23호, 한국근대문 학회, 2011)를 들 수 있다. 이 연구는 『문화전선』에 수록된 시편을 통해 북조선 시 문학의 양태를 구체화시키고 있다.

2. '없음(無)'의 불안—『응향』과 『관서시인집』

해방기 북조선 시문학에서 가장 쟁점이 되는 시집인 『응향』의 실체를 아직까지는 확인할 수 없다.[14) 북조선의 문헌에는 『응향』이 원산문학동맹 소속 시인이 중심이 되어 발간한 것으로, 권두에 강홍운의 「파편집 18수」, 구상의 「길」 「여명공」 「밤」, 서창훈의 「해방의 산상에서」 「늦은 봄」, 이종민의 「3·1 폭동」 등이 수록되어 있었다고 기록되어 있다.[15)

시집 『응향』의 원문을 확인할 수 없는 상태에서 『관서시인집』[16)이 발굴되어 공개되었다.[17) 『관서시인집』은 이 시기 북조선 문단의 동향을 구체적으로 확인할 수 있게 실제 텍스트의 발굴이라는 측면에서 문학사적 의미를 지닌다.[18)

---

14) 이른바 '『응향』 결정서'로 알려진 문헌이 이 사건을 일별하는데 중요한 역할을 한다. 이 문헌의 원명은 "「시집」 「응향」에 관한 북조선문학예술총동맹 중앙상임위원회의 결정서"이다. 이 결정서는 "시집 "응향"에 수록된 시 중의 태반은 조선 현실에 대한 회의적, 공상적, 퇴폐적, 현실 도피적, 심하게는 절망적인 경향"을 가졌다고 지적하면서, 『응향』의 발매 금지, 검열원 파견 등을 결의했다. (북조선문학예술총동맹 중앙상임위원회, 「「시집」 「응향」에 관한 북조선문학예술총동맹 중앙상임위원회의 결정서」, 『문화전선』 제3집, 북조선문학예술총동맹, 1947. 2, 82~85쪽.) 이 문헌이 발표된 이후에 북조선문학예술총동맹 확대상임위원회의 「북조선문학예술총동맹 제1차 확대상임위원회 결정서」(『문화전선』 제4집, 북조선문학예술총동맹, 1947. 4)가 발표되었다.

15) 북조선문학예술총동맹 중앙상임위원회, 앞의 글, 83~84쪽.

16) 황순원 외, 『關西詩人集』, 人民文化社, 1946.

17) 『관서시인집』에 대한 논의는 황순원의 월남과 연관해 이뤄졌지만, 원문을 확인할 수가 없었다. 그런데 근대서지학회의 회원인 최철환의 공개로 해방기 북조선문학의 한 면모를 확인할 수 있게 되었다. 이 시집의 발굴로 구체적인 텍스트를 통해 해방기 북조선 시단에서 논쟁이 되었던 핵심적 내용을 유추할 수 있을 것으로 기대된다. (오창은, 「발굴 『관서시인집』—문학적 자유와 정치적 역할의 충돌」, 『근대서지』 제3호, 소명출판, 2011.)

18) 『관서시인집』을 발굴하여 해설하는 과정에서 오류가 있기에 바로잡는다. 논자는 「발

『관서시인집』은 1946년 1월 25일 평양에서 간행된 공동시집이다. 이 공동시집은 '해방기념특집'이라는 부제를 달고 있고, 황순원·김조규·박남수·정복규·양명문·정희준·심삼문·한덕선·최창섭·신진순·안용만·김현주·김우철·이원우의 시가 실렸다. 그간 이 시집의 실체가 보고되지 않아 학계에서는 다양한 혼선이 발생했다. 북조선 시문학 연구의 중요한 성과인 김경숙의 『북한현대시사』는 "시집 '『응향』 사건' 이후 각 지방의 문학지들에서도 이와 비슷한 사건들"이 발생했는데, "그 대표적인 예로서 『관서시인집』에 관한 사건을 들 수 있다"고 했다. 그러면서 『관서시인집』에 실린 황순원의 작품을 인용했다. 그 시는 "비록 내앞에 불의의 총칼이 있어 / 내 팔다리 자르고 / 내머리 마저 베혀 버린대도 / 내 죽지는 않으리라 / (…중략…) / 눈은 그냥 별처럼 빛나고 / 오 떨어져나간 내 머리는 / 하나의 유구히 빛나는 해가 되리라 / 내 살리라 / 내 이렇게 살리라"이다.[19] 하지만, 『관서시인집』에는 이러한 내용의 황순원의 작품은 수록되어 있지 않다. 『관서시인집』에는 황순원의 「부르는이 없어도」·「푸른 하늘이」·「이게 무슨 신음소리오」·「아

굴『관서시인집』—문학적 자유와 정치적 역할의 충돌」에서 다음과 같이 기술했다. "안막은 북조선예술총동맹 기관지로 1946년 7월에 창간된 『문화전선』에 「조선문학과 예술의 기본임무」라는 글을 게재했다. 이 글은 '내용에 있어서 민주주의적이고, 형식에 있어서는 민족적이어야 한다'는 취지를 담고 있다. 문제는 직접 특정 시집과 출판물을 언급하며, '민주주의적 조선민족문학예술 건설'에 대해 이야기했다는 점이다. 직접 언급한 구체적 텍스트는 『응향』, 『써클 예원』, 『문장독본』, 『관서시인집』이었다. 이를 계기로 북한 내부에서 문학을 둘러싼 사상투쟁이 활발히 전개되었다. 『응향』 사건도 안막의 글에서 기원한 것으로 볼 수 있다." 『관서시인집』에 대한 비판적 언급은 안막의 「조선문학과 예술의 기본임무」가 아니라 『문화전선』 제5집에 실린 「민족예술과 민족문학건설의 고상한 수준을 위하여」이다. 이렇다 보니, "『응향』 사건도 안막의 글에서 기원한 것으로 볼 수 있다"라는 진술도 착오이다. 『응향』 사건에 대한 조사가 완료된 상태에서 안막의 「민족예술과 민족문학건설의 고상한 수준을 위하여」가 발표되었다.
19) 김경숙, 『북한현대시사』, 태학사, 2004, 62~63쪽.

이들이」・「내가 이렇게 홀로」라는 다섯 편의 작품이 수록되어 있다. 김경숙의 논의는 실제 시집을 확인할 수 없어, 2차문헌에 의존해 논의를 전개하는 과정에서 나온 착오이다.

『관서시인집』은 해방의 기쁨을 시적 자아가 특정한 정치적 색채없이 형상화한 작품들로 채워져 있다. 황순원은 「부르는 이 없어도」에서 해방을 맞이한 거리풍경을 "예와 다름없을 거리의 얼굴들"이지만, "반가움"고 "그리움"다고 했다. 그러면서 축복을 나누는 심정으로 "호박 광주릴 인 촌 아주머니는 / 호박개처럼 복스런 / 막내딸이라도 낳게 해줍쇼"라고 말하고, "무 지갤 진 촌 아주버니는 / 뭇밋처럼 시원한 / 만득자라도 보게 해줍쇼"라고 노래했다. 차분한 어조로 기쁜 마음을 나누는 소박한 해방기념시라고 할 수 있다. 양영문도 "드디어 드디어 왔어라 / 우리하늘에 우리태양(太陽)이 솟아오르는 / 우리강산(江山)에 우리노래 높이 울리는 / 오늘은 오오 오늘은 왔어라"(「독립송(獨立頌)」)라며 환희에 찬 시어를 토해냈다. 한선덕도 "내 한평생의 처음으로 나타난 화려(華麗)한 조선(朝鮮) / 아름다운 우리 조선(朝鮮) /(…중략…)/우리들은 언제 한번 우리일을 위하야 한곳에 모여 / 보았든고 / 우리들은 어느때 한번 맘놓고 말한마디를 할 수 있었든고"(「삶의 기쁨」)라고 '해방감'의 실체에 가닿으려는 심경을 토로했다. 이원우는 '어머니와 같은 조선말'을 이야기하며 "일쯕이 고국(故國)을 떠나 표박(漂迫)의 슲은 노래에 잠긴적도있건만 / 아득한 천리(千里)길에 몸이 피곤한날— / 돌아와 마음편이 쉬일 곳은 / 역시 조선(朝鮮)말뒹구러단니는 내나라였다"(「조선어(朝鮮語)」)고 했다. 해방을 노래한 이 시편들은 노동자, 농민과 함께 기쁨을 나누어야 한다는 내용을 담고 있는 경우가 많다.

『관서시인집』에 수록된 황순원의 시 중 「내가 이렇게 홀로」는 서정성이 돋보이는 작품이다. 황순원의 시에서 주의해 읽을 부분은 시적 주체가 한 발짝 물러난 조심스러운 태도를 취하고 있다는 점이다. 이러한 주저함은 자아의 성숙을 열망하는 시적 자아의 내면 토로로 나아간다. 그 예를 「내가 이렇게 홀로」를 통해 살필 수 있다.

> 내가 이렇게 홀로
> 별빛 무성한 밤을 기다림은
> 하늘처럼 높디높다란
> 내 나무를 키워
> 거기다 저렇게 별처럼 많은 열매를
> 맺히워보기 위함이오,
> 그 열매가 모두 어느 별들처럼 싱싱한
> 청춘이길 바람이오,
> 그래 이 모든 열매는
> 어느 꽃송이의 무게가
> 제 꽃가지를 꺾어내듯이
> 어느 무르익는 능금 열매가
> 제 나무가장지를 꺾어내듯이
> 내 나무 가지가지를
> 뚝뚝 꺾어 내리길 바람이오,
> 내가 이렇게 홀로
> 별빛 무성한 밤을 기다림은.[20]

이 시는 밤하늘의 풍경을 시적 화자의 내면과 대비시켜 낭만성을 고조시키고 있다. 화자는 자신이 '홀로' 있음을 제시하고, 자신의 이상적 지향을 '별빛 무성한 밤'이라고 표현했다. 이상적 상황에 가 닿기 위해

---

20) 황순원, 「내가 이렇게 홀로」, 『관서시인집』, 앞의 책, 12~13쪽.

시적 화자는 "하늘처럼 높디높다란 나무"를 키워 "별처럼 많은 열매"를 맺으려 한다. 나무와 열매는 상징적 매개체라고 할 수 있다. 나무는 성장하는 자아의 상징이며, '열매'는 '별'의 현실적 구현체이다. 대응쌍을 이루는 '별/열매'는 '삶의 의미' 같은 궁극의 세계를 지칭한다. 그런데, 그 귀착점이 별의 세계로의 상승이 아니라 '모든 열매, 어느 꽃송이'가 스스로 무르익어 고개 숙이고 꺾어지듯이, 내면의 성숙으로 이어지는 것에 주목할 필요가 있다. 이 시는 기다림과 성찰을 통해 성숙으로 나아가기를 열망하는 시적 화자의 태도가 잘 구현되어 있다. 자아의 내면 세계와 '별빛 무성한 밤'이 이미 시적으로 연결되어 있기에 사회인식이 들어설 자리는 없다. 오히려, 사회적 인식으로 구체화되지 않음으로써, 서정적 정조를 고조시키는 효과를 만들어내고 있다. 하지만, 북조선 문학은 이러한 동시적 낭만성과 내면적 세계인식을 적극적인 비판의 대상으로 삼았다.

그렇다면, 북조선 문학계가 『관서시인집』을 비판한 것은 무엇 때문일까?

『관서시인집』에 대해 처음으로 문제제기를 한 인물은 안막이었다. 안막은 북조선예술총동맹 기관지인 『문화전선』 제5집에 「민족예술과 민족문학건설의 고상한 수준을 위하여」라는 글을 발표했다. 이 글에서 그는 다음과 같이 『관서시인집』을 직접 거론하며 비판했다.

　　그와 동시에 우리는 재삼지적된 바와 같이 시집 「응향」을 비롯하여 「예원써클」, 「문장독본」, 「관서시인집」 또는 극장 방송 등에서 개별적으로 발견할수 있었던 부패한 무사상성과 정치적무관심성은 우리 문화전선에 아직도 「예술을 위한 예술」, 「예술의 순수」, 「예술의 자유」의 신봉자들이 「조국과 인민에게 배치되는 예술」, 「조선예술문학에 적합치 않은 낡은 예술문학」의 신봉자들이 남어있었던 것을 말하는 사실이라는 것은 재삼 강조할 필요를 느낀다. 이것은 민주주의적 조선민족예술과 민족문학과 대립되는 일본제국주의의 노예사상의 잔재의 산물로써 이러한 조국과 인민에게 해독을 주는 낡은 사상의 신봉자에게 북조선의 예술문학의 자리와 출판물 극장 방송들을 제공한 것은 우리 북조선문화전선의 큰 수치였다는 것이다.[21]

안막은 북조선문학예술총동맹 중앙상임위원회에서 비판한『응향』과 『예원써클』,『문장독본』이외에도 새롭게『관서시인집』을 직접 거론했다. 안막은『관서시인집』에 대해 "해방기념특집호라는데 불구하고 민주건설의 우렁찬 행진을 도피하여 홀로 경제리(鏡濟里) 뒷골목 뒷골방 낡은 여인을 차저가는「푸른하늘이」라는 시의 작자 황순원이란 시인이 이 시에서 암흑한 기분과 색정적인 기분을 읊었"다고 직격탄을 날렸다. 글의 전체적 맥락 속에서 살펴볼 때, 안막은 황순원을 직접적인 공격의 대상으로 삼은 것으로 보인다. 안막은 황순원이 "이 시인은 해방된 북조선의 위대한 현실에 대하여 악의와 노골적인 비방으로 박게 볼 수 없은 광기를 방송을 통하여 발표"하였다고 했다.[22] 그러면서, 앞서 김경숙이『관서시인집』에 수록되었다고 인용한 "비록 내앞에 불의의 총칼이있어/내팔다리 자르고 /내 머리마저 베혀버린대도/내 죽지는 않으리(…후략…)"를 예시로 들고 있다. 유추컨대, 황순원이 이 시를 방송을 통하여 발표했는데, 시의 내용에 대한 문제제기가 있어 논란이 발생한 것으로 보인다. 황순원의 시가 불온한 것으로 간주되면서, 그의 시가 실린『관서시인집』이 직접적인 비판의 대상이 된 것이다. 그렇기에 인용

---

21) 안막,「민족예술과 민족문학건설의 고상한 수준을 위하여」,『문화전선』제5집, 문화전선사, 1947, 8~9쪽.
22) 위의 책, 10쪽.

한 시가 『관서시인집』에 수록되어 있지 않은데도, 안막이 직접 인용해 비판하고 분노를 표출한 것으로 해석할 수 있다.

그렇다면, 『관서시인집』에 대한 비판은 한 개인에 대한 공격으로 규정할 수 있는 것일까? 사건의 실상은 그렇게 간단하지 않다. 『관서시인집』은 황순원·김조규가 주도해 편집한 것이다. 황순원과 김조규는 해방 직후인 1945년 9월 평양에서 결성된 평양문화협회[23] 문학분야의 주요 회원이었다. 명시되어 있지는 않지만, 『관서시인집』은 평양문화협회에 관계를 맺은 시인들이 주도적으로 참여한 공동시집일 가능성이 높다. 북조선 문단을 실질적으로 주도해나간 중심세력은 1946년 3월 25일에 창립한 '북조선문학예술총연맹'이었다. 이 단체는 1946년 10월 13~14일 이틀에 걸쳐 열린 전체 회의를 통해 '북조선문학예술총동맹'으로 명칭을 변경했다.[24] 북조선문단의 조직화 과정에서 평양문화협회에 대한 문학적 비판이 『관서시인집』에 대한 비판으로 이어졌던 것으로 보인다.

서론에서 언급한 '시의 상승과 비평의 하강'도 『응향』과 『관서시인집』 비판의 파장이 시인들에게 영향을 미친 것으로 파악할 수 있다. 민

23) 박남수는 평양문화협회 구성에 대해 다음과 같이 언급했다. "그 중요한 구성멤버를 살펴보면 문학에 있어서 최명익·전재경·오영진·한태천·김조규·유항림·황순원·남궁만 등을 비롯한 모든 재평양문학인들과 음악에 있어서 김동진·한시형·황학근 등의 작곡가를 위시하여 김완우·강효순·유광덕·김유성·백운복 등 평양음악인을 총망라하였고 미술에 있어서는 김병기·문학수·정관철을 비롯한 모든 미술인이 여기에 집결되었다. 이만한 멤버면 재평양 문학 예술인을 총망라하였을 뿐 아니라 그 멤버 중에는 공산주의자들도 가입되어 있었다."(박남수(현수), 『적치 6년의 북한문단』(우대식 편저), 보고사, 1999, 37~38쪽.)
24) 북조선문학예술총동맹은 이기영이 위원장으로, 안막이 부위원장으로 서기장으로는 이찬이 임명되었다. 중앙상임위원으로는 이기영, 한설야, 안막, 이찬, 안함광, 한효, 신고송, 한재덕, 최명익, 김사량, 선우담이었다.(「북조선문학예술총동맹 각동맹 상임위원 급 부서」, 『문화전선』 2호, 북조선문학예술총동맹, 1946, 50쪽.)

병균은 시의 위축현상을 우려했는데, 이러한 북조선문단의 변화상을 해명할 수 있는 중요한 문헌이 「북조선문학예술총동맹 제1차 확대상임위원회 결정서」(이하, 확대상임위 결정서)이다.[25] 확대상임위 결정서는 『응향』, 『문장독본』, 『써-클 예원』, 『예술』 3집 등을 "예술을 위한 예술, 인민과 분리된 예술, 인민의 요구에 배치되는 예술"로 규정했다. 문제의 심각성을 제기한 후, 북조선 시문학의 과업으로 일곱가지를 제시하였다. 그 중에는 "문학평론가들의 비평활동을 급속히 강화하여 창작활동의 강력한 전개를 위한 구체적인 평론급 작품비평을 많이 내노을 것"과 『문화전선』의 수준을 높이기 위해 새로운 편집위원으로 "안막, 안함광, 한효, 이찬, 박세영"을 임명한다는 내용이 포함되어 있다. 1947년 2월에 발표된 이러한 결정은 평론의 지도적 위치 강화로 이어졌고, 1947년 말 즈음에는 그 효과가 오히려 부정적으로 발현되어 '시문학의 침체'와 '침묵'으로 이어진 것으로 볼 수 있다.

무엇보다 주목해야 할 부분은 '문학의 정치성'과 관련해 이뤄진 '권력의 작동 방식'이다. 그것은 근대 주체의 존재방식에 내재되어 있는 불투명성, 혹은 불안의식과도 연결된다. 근대 국가의 형성기에 국민국가의 주체는 '불확정성, 불투명성에 대해 스스로 확신을 만들어가야 한다'는 불안에 시달린다. 그것이 처벌 혹은 금기를 만드는 방법을 통해 확실성을 확증하는 방향으로 나아가기도 한다. 새로운 국가에 대한 확고한 신념체계에 입각해 불투명성을 금지하는 규정을 만드는 것도 이와 연관되어 있다.[26] 시집 『응향』이나 『관서시인집』을 '부패한 무사상

---

25) 북조선문학예술총동맹 확대상임위원회, 「북조선문학예술총동맹 제1차 확대상임위원회 결정서」, 앞의 책, 170~176쪽.
26) 푸코의 권력론에 기반해 자신의 논의를 펼치는 사카이 다카시는 다음과 같은 언급을 했다. "근대적 주체가 자신 안에 끌어안은 불투명성―우리는 자신도 건드릴 수 없는 불투명성―을 품고 있고, 이는 반드시 이해해야 하며, 이해하기 위해서는

성'과 '정치적 무관심성'을 규정해 응징한 것도 같은 맥락을 형성한다. 어떤 특징이나 지향점을 갖고 있어서가 아니라, 없어서 처벌의 대상이 된다는 것은 아이러니이다. 즉, 무사상성·무정치성처럼 있음이 아닌 '없음(無)'를 비정상적이고 불확정적인 것으로 간주해 처벌하려 한 것이다. 그 효과는 만만치 않은 정치성을 지닐 수밖에 없다. 없음의 자리에 강한 '문학의 정치성'을 위치시킬 수밖에 없고, 이러한 정치성은 '특정 이념을 향한 강한 통합성'으로 나아갈 수밖에 없었다. 바로 그 자리에 『우리의 태양』과 『백두산』이 위치한다.

3. 문학의 정치성과 정치적 영웅의 탄생— 『우리의 태양』과 『백두산』

북조선문학예술총연맹이 1946년 3월 25일에 결성되면서 강령을 발표했다. 그 내용은 "△ 진보적 민주주의에 입각한 민족문화예술의 수립, △ 조선예술 운동의 전국적 통일 조직의 촉성, △ 일제적, 봉건적, 민족반역적, 팟쇼적 모든 반민주주의적 반동예술의 세력과 그 관념의 소탕 △ 인민대중의 문화적, 창조적, 예술적 개발을 위한 광범한 계몽운동의 전개, △민족문화유산의 정당한 비판과 계승, △ 우리의 민족예술문화

나의 외부에서 진리의 심급에서 물어야 한다. 이렇게 해서 타자의 통제에 스스로 복종하는 주체가 형성된다. 이 메커니즘에 의해 해당 주체가 법의 경계까지 끌려 들어가는 것. 이른바 보안처분이 처벌을 대신하는 것과 같은 상태. 이 치환의 경향이 근대사회 안에 일관되게 상존한다는 관측이 푸코의 전제이다. 그리고 이 경향을 가능하게 하는 권력과 지식이 엮어내는 배치야말로 『감시와 처벌』 이래 푸코의 권력론이 향하는 주요 장소이자, 이후 푸코의 온갖 관심 문제를 저류에서 떠받치는 한 참조축이라 보인다." (사카이 다카시, 오하나 옮김, 『통치성과 '자유'』, 그린비, 2011, 131쪽.)

와 소련예술문화를 비롯한 국제문화와의 교류"27)였다. 민족문화예술의 수립을 중심과제로 제시하면서, 사회주의적 교양을 위한 다양한 테제들을 설정했다.

북조선문학예술총연맹의 강령이 구체적인 사업을 통해 구현된다고 했을 때, 논자의 눈길을 끄는 것은 「8·15 해방 1주년 기념 예총 행사 예정표」이다. 이 계획요목에 따르면, 김일성장군 찬양 특집『우리의 태양』단행본 간행, 8·15와 김장군을 주제로 한 작품 발표, 김일성장군 투쟁사 미술전시, 김일성장군 초상 제작, 김일성 장군의 노래 선정 등이 포함되어 있다. 북조선문학예술총연맹의 주요 사업이 김일성의 형상화로 모아지고 있는 것이다. 북조선문학예술총연맹의 주요 활동은 김일성의 정치적 위치를 문화의 영역에서 확립하는 것이었다. 그 구체적인 면모는『우리의 태양』28)을 통해 확인할 수 있다.

『우리의 태양』은 '김일성장군 찬양 특집'이라는 부제를 달고, 1946년 8월 15일에 발행되었다. 이 단행본은 북조선임시인민위원회 위원장 김일성에게 바치는 헌정 테마 작품집이라 할 수 있다. 첫장에 김일성의 초상이 실려 있고, 이어「김일성장군의 약력」,「김일성장군 유격대 전사」(한재덕), 악보「김일성 장군의 노래」(이찬 작사), 악보「김일성 장군」(박세영 작사),「김일성장군의 노래」(홍순철 작사) 등이 실려 있다. 시 작품으로는 이찬의「찬 김일성 장군」, 박세영의「해볏에서 살리라—김일성 장군에 드리는 송가」, 박석정의「김일성 장군의 과거는 몰라도 조앗다」, 김귀연의「헌사」등 총 8편이 수록되었고, 한설야의 소설「혈로」와 김사량의 희곡「뇌성」이 수록되어 있다. 이 작품집은 김일성을 적극적으

---

27) 북조선문학예술총연맹, 「강령」,『문화전선』창간호, 북조선문학예술총연맹, 1946.
28) 북조선문학예술총연맹,『우리의 태양』, 북조선문학예술총연맹, 1946.

로 형상화한 최초의 북조선 단행본이라는 점에서 주목을 요한다. 그간, 김일성의 형상화가 개인적 야심 차원에서 행해졌다는 주장이나, 조기천의 『백두산』 창작 이후 유행처럼 번졌다는 견해 등이 일반적이었다.[29] 하지만, 해방 직후 북조선문학예술총연맹 차원에서 조직적 과업으로 '김일성 형상화'가 제기되었음을 『우리의 태양』을 통해 확인할 수 있다. 김일성의 형상화는 단지 개인적 차원에서 이뤄진 것이 아니라, 정치적 지도자의 권위를 확보함으로써 '국가 건설'의 정당성을 확보하려는 북조선문화예술계의 공동의 노력이었다. 물론, 김일성에 대한 적극적 형상화로 정치적 이익을 얻은 이들도 분명 존재한다. 하지만, 이는 사후적으로 이뤄진 정치적 보상으로 볼 수 있다.

『우리의 태양』은 당시 쟁점이 되고 있는 '가짜 김일성설'에 대한 적극적인 대응의 형태를 취하고 있다. 문학예술 분야에서의 대응은 북조선문학예술총동맹이 주도했다.

(1)
누구나 장군은 젊다한다
그렇다 장군은 젊다(우리의 장군이 늙어서되랴!)[30]

(2)
오-위대한 장군 젊으셨어도
가뭇 없시 빼앗긴 나라일엔

---

29) 김용직은 "이찬은 8·15 직후에 재빨리 <김일성 장군의 노래>를 작사하여 북한 당국의 두터운 신임을 얻은 터였다"라고 하면서, "조기천의 『백두산』 이후 북한의 시문학은 수령의 예찬과 옹호가 그 내용의 줄기를 이루었"고 "주체사사상이 강조되고 천리마 운동이 북한 전역을 휩쓸게 되자 북한 시단의 이런 경향은 그 팽창 계수를 크게 했다"고 보았다.(김용직, 『북한문학사』, 일지사, 2008, 69·192쪽.)
30) 이찬, 「찬 김일성장군」, 『우리의 태양』, 앞의 책, 17쪽.

누구보다도 늙으셨서라
(…중략…)
젊으신 우리 영도자 있기에
새나라 민주조선은 젊었고
날로 새로와짐이로다.[31]

(3)
김장군의 과거는 물어서 무엇하랴
그대가 가는곳에 인민이 있고
인민이 가는곳에 장군이있다[32]

　김일성이 군중들 앞에 공식적으로 모습을 드러낸 것은 1945년 10월 10일이었다. 평양의 기림리 공설운동장에서 '김일성장군환영대회'가 개최되었고, 해방후 최초의 대규모 군중대회였던 만큼 입추의 여지없이 사람들이 몰려 있었다. 오영진은 당시 군중들은 "오늘은 민족의 영웅이며 위대한 반일투쟁의 노전사(老戰士) 김일성장군을 진심으로 맞이하는 날"이라고 믿었다고 회상했다. 그는 "백발이 성성한 노장군 대신에 확실히 30대(당시 33세)로 밖에 안보이는 젊은 청년이 원고를 들고『마이크』앞"에 서자 "가짜다!"라고 단언하게 되었다고 밝혔다.[33] 당시 이러한 의구심은 오영진 만의 것은 아니었다. '가짜 김일성'에 대응하기 위해 북조선문학예술총연맹은『우리의 태양』을 통해 다각적인 접근을 시도하고 있다.
　인용한 (1)은 이찬의 시「찬 김일성 장군」이다. 이 시에서 이찬은 김

31) 박세영,「해볏에서 살리라－김일성장군에 드리는 송가」, 위의 책, 20~21쪽.
32) 박석정,「김일성장군의 과거는 몰라도 조앗다」, 위의 책, 23쪽.
33) 오영진,『소군정하의 북한』, 중앙문화사, 1952, 90~91쪽.

일성을 '우리의 태양'으로 호명했다. 그러면서, '장군이 젊다'는 사실에 의구심을 표하는 것에 대해 '장군이 늙어서 되랴!'라며 반어적으로 되받아친다. 더 나아가 '초양(初陽)', '백광(白光)'의 이미지를 강조해 '불순물이 포함되어 있지 않은 순수한 젊음'을 부각시키는 방식으로 이미지화하고 있다. 인용한 (2)는 박세영의 「해벗에서 살리라―김일성 장군에 드리는 송가」다. 이 시는 '조선의 인민을 위해 산에서 일을 꾸미고, 들에서 밤을 세우는' 김일성의 모습을 그렸다. 이 시에서도 마찬가지로 모습은 젊지만, 나라 일에는 누구보다 늙은 것으로 그려낸다. 젊은 김일성에 대한 우려를 "햇살 같이 밝으신 삶의 이치"를 깨달은 늙은 이미지와 대비시킨 것이다. (3)은 박석정의 「김일성 장군의 과거는 몰라도 조앗다」이다. 이 시는 식민지 치하에서 "우리의 피를 팔려고"한 반역도들과 대비되는 김일성의 행적을 제시한다. 그러면서 오히려 "김장군의 과거는 몰라도 좋았다"라고 역설적으로 제시한 후, "인민이 가는 곳에 장군이 있다"고 현재를 강조한다.

이찬·박세영·박석정의 시는 분명한 목적의식을 갖고 쓰였다. 김일성의 항일무장투쟁 경력을 시를 통해 확증하고, 그의 정치적 지도력을 찬양하고 있다. 더불어 김일성과 관련해 논란이 되고 있던 '가짜 김일성설', '젊은 김일성에 대한 우려', '미래에 대한 불안'에 대한 대응을 목적으로 창작되었다. 하지만, 이들 시는 적극적인 의도에도 불구하고, 소극적인 반응의 양태를 띠고 있다. 논란에 대해 반어적으로 대응하거나(2), 젊은 지도자의 부상이라는 대중의 불안감을 해소하려 하고(2), 현재를 강조하면서 정치적 결집을 촉구(3)하더라도, 대중의 의문에 시적으로 반응하는 것일 뿐이었다. 그렇기에 북조선문학예술총연맹이 기획한『우리의 태양』은 '김일성 찬양 특집'의 첫머리에 위치하는 문학작품집이지만, 그 정치적 의도가 충분히 성취되었다고는 할 수 없었다.

『우리의 태양』은 적극적인 의미의 지도자 형상화에 가닿지는 못했다. 바로, 이 지점에서 조기천의『백두산』이 북조선 문학사에서 기념비적인 저작으로 기록될 여지가 생겨났다.

북조선 문학사는『백두산』을 김일성의 항일무장 투쟁이나 보천보 전투, 혹은 수령형상으로 해석해 가치평가를 했다. 김일성을 작품의 중심에 놓고 해석해 "김일성 원수의 항일 무장 투쟁의 위업을 직접으로 묘사한 장편 서사시"[34]로 보거나, "김일성동지의 영광찬란한 혁명력사에서 빛나는 자리를 차지하는 력사적인 보천보전투를 소재로 하여 창작"[35]된 작품으로 의미화하기도 하고, "해방후 수령형상문학의 새로운 단계를 열어놓은 의의있는 작품"[36]으로 고평해 왔다. 남한 연구자들 또한『백두산』의 중심에는 김일성을 위치시켰다. 신형기·오성호는『백두산』을 "김일성을 메시아로 제시"[37]한 것이라고 보았고, 김경숙은 "'애국적 투사'의 전형으로서 인민에게 하나의 모범적 인물로 제시"[38]하려는 의도가 있었다고 평가했다. 우대식은 조금 신중한 태도로 "영웅의 형상화가 '초인적'인 형상으로서가 아니라 '산 력사적 형상'으로 그려지고 있"다고 진단했다.[39] 김용직의 경우는 냉혹한데, "김일성이 영솔했다는 항일유격대의 정신"에 매달린 "정치적 목적만을 추구한 작품"[40]이라는 혹평을 내렸다. 북조선 문학에서는 '수령형상화'라는 프레

---

34) 조선 민주주의 인민공화국 과학원 언어문학연구소 문학연구실 편,『조선문학통사(하)』, 과학원 출판사, 1959, 93쪽.
35) 사회과학원 문학연구소,『조선문학사(1945~1958)』, 과학·백과사전출판사, 1978, 43쪽.
36) 오정애·리용서,『조선문학사 10』, 사회과학출판사, 1994, 65쪽.
37) 신형기·오성호,『북한문학사』, 평민사, 2000, 100쪽.
38) 김경숙, 앞의 책, 92쪽.
39) 우대식,『해방기 북한 시문학론』, 푸른사상, 2005, 120쪽.

임으로 인해 『백두산』에 대한 진전된 논의가 이뤄지지 않고 있다. 오히
려 남한에서 『백두산』의 판본연구를 통해 해석의 지평을 넓히려는 연
구가 제출되었다. 김낙현은 "서지적 사항의 검토와 개작의 이면을 고
찰"하여 "초기 북한의 정치적 현실과 연관시켜 역사주의적 시각으로
살펴볼 필요"가 있다는 의견을 제시했다.41) 즉, 『백두산』의 판본에 따
라 해석의 여지가 달라질 수 있다는 것이다.42)

　어떤 텍스트를 분석의 대상으로 삼느냐에 따라 『백두산』 해석에는
미묘한 차이가 발생한다.43) 논자는 해방기 북조선 문학의 실제 상황에
밀착해 작품을 해석하기 위해, 1947년 11월에 중국 용정에서 초간본을
번인한 판본을 구해 분석의 텍스트로 삼았다.44)

　『백두산』은 해방의 기쁨을 안겨준 소련 용사들에게 고마운 마음을
전하는 머리시로 시작해, 맺음시에서 다시 '쏘베트해방군'을 맞이하는

---

40) 김용직, 앞의 책, 84쪽.
41) 김낙현, 「조기천 시 연구」, 중앙대 박사학위논문, 2010, 136~137쪽.
42) "『백두산』이 첫 출판된 시점에 대해서는 북한문학사에서조차 1948년으로 기술하
　고 있어 오류를 범하고 있다. 『백두산』이 처음으로 출판된 것은 1947년 4월 30일
　북한 『로동신문』사에서 발행한 것이다. 이는 초간본이며 시집 형태로 출판되었던
　것이다. 이후 같은 해 11월 중국 용정에서 초간본을 번인한 시집 『백두산』이 출판
　되었고 1949년에 두 번째로 번인되어 출판되었다. 이후 시집으로 1959년(조선작가
　동맹출판사), 1986년(문예출판사), 1987년(그림책, 문예출판사), 1989년(남한 실천문
　학사), 1995년(문학예술종합출판사), 2004년(문학예술출판사)에 출판되었다."(위의
　책, 138쪽)
43) 『백두산』의 판본은 세 종류로 구분할 수 있다. 첫째, 1947년판(노동신문사, 용정인
　민학원인쇄부 번인)과 59년판(조선작가동맹출판사)은 개작에 의한 의미변화가 거
　의 없어 동일 판본으로 간주할 수 있다. 둘째, 1986년판(문예출판사)과 1987년판
　(그림책, 문예출판사), 그리고 남한에서 간행된 1989년판(실천문학사)은 수정이 가
　해진 판본들이다. 셋째, 1995년판(문학예술종합출판사)과 2004년판(문학예술출판
　사)은 두번째 판본의 내용변화를 일부 바로잡아 복원하고 수정한 판본이다. 따라
　서, 『백두산』 연구는 엄밀한 판본의 구분을 통해 이뤄져야 한다. (위의 책, 139쪽)
44) 논자는 1947년 11월 중국 용정 인민학원인쇄부에서 1947년 4월 노동신문사판을
　번인한 『장편서사시 백두산』을 판본으로 삼았다. 귀중한 자료를 제공해준 김낙현
　에게 감사의 마음을 전한다.

감격을 말하고 있다. 본문은 '보천보 전투'를 소재로 한 'H시 습격'을
중요한 사건을 다루었다. 이 시는 서사시로서 이야기가 있는 극적 구성
을 특징으로 한다. 그렇다보니, 인물 형상화와 성격화가 중시될 수밖에
없다. 『백두산』은 영웅적 인물로 김대장을 그리고 있는데, 그는 '백두
산 홍선골' 전투에서의 위기를 극복하고, 화전마을인 솔개골의 인민들
과 연대해 'H시 습격사건'을 승리로 이끈 영웅으로 그려진다. 또한, '쏘
런빨찌산약사'를 읽으며 신념을 다지고, 단호한 규율 적용과 인간미 넘
치는 동지애로 지도력을 발휘한다. 이 시는 '소 도살사건'의 에피소드
를 통해 다음과 같은 인상적인 장면을 제시한다.

> 「가마속의 물은 끓다가도 없어진다-
> 원천(原泉)이 없거니-
> 허나 냇ㅅ물은 대하(大河)를 이룬다.
> 동무들!
> 우리는 대하(大河)가 되련다 바다가 되련다.
> 우리의 근간(根幹)도 민중속에,
> 우리의 힘도 민중 속에 있다
> 민중과 혈연(血緣)을 한가지
> 쏘런빨찌산을 우리 잊었는가?
> 우리 이것을 잊고
> 어찌 대사(大事)를 이루랴!
> 민중과의 분리(分離)-
> 이것은 우리의 멸망,
> 이것을 왜놈들이 꾀한다.
> 우리 이것을 모르고
> 어찌 대사(大事)를 이루랴!」[45]

식량을 조달하기 위해 떠났던 부대가 소 두마리를 몰고 왔을 때, 김대장은 그것이 '일본 소'가 아닌 '조선농민의 소'임을 알아본다. 그리고는 "우리 빨찌산들이 어느때부터 마적이 되었는가?"라며 호통을 친다. 그리고는 식량부대에게 '소를 돌려보내라'라고 명령한다. 하지만, 굶주린 빨치산을 위해 척후병으로 이름높은 최석준이 명령을 어기고 소를 도살하고 만다. 빨치산 내부의 위기 상황이 도래한 것이다. 이 상황에서 김대장은 빨치산과 민중의 연대를 중시하며, '민중을 원천으로 대하(大河)를 이루려는 결연한 의지'를 밝힌 것이다. 그리고 명령불복종으로 총살을 당할 위기에 처한 최석준에게 "임자를 찾아 소값을 주라!"라고 명령을 내리며 내부분열의 위기상황을 돌파하는 지도력을 발휘한다.

이렇듯 『백두산』은 김대장의 형상화를 통해 "해방된 이 땅에서 / 뉘가 인민(人民)을 위해 싸우느냐? / 뉘가 민전(民戰)의 첫머리에 섰느냐?"[46]라는 질문을 던진다. 그 형상화의 중심에는 보천보 전투를 이끈 김대장이 있고, 김대장은 김일성을 형상화한 것이었다. 하지만, 김대장의 영웅적 형상화를 강조하는 일반적 논의 속에서 이 시가 '인민/쏘베트/김대장'의 형상화가 중첩되어 있다는 사실이 간과되는 경우도 많다. 이는 『백두산』의 맺음시에서도 다시 강조되고 있는 주제의식이기도 하다.

> 오늘은
> 무럭무럭 굴ㅅ둑에서 솟는
> 창조에 타는 로력을 본다
> 풍작(豊作)에 우거진 자유(自由)의 전야(田野)를 본다.
> 역사(歷史)의 대로(大路)에 거세게 올라선,

---

45) 조기천, 『장편서사시 백두산』, 노동신문사(용정시 인민학원인쇄부 번인발행), 1947, 25쪽.
46) 위의 책, 2쪽.

비약(飛躍)의 나래를 펼친
민주(民主)의 북조선(北朝鮮)을 본다.
오늘은
독립의 터를 닦는 인민(人民)을 본다.
민전(民戰)의 선두에선 김대장(金隊長)을 본다.
친선의 진성(眞誠)이 어엿한 큰손길—
쏘베트의 손길을 본다!
오늘은 푸른 이념(理念)을 함빡 걷어안고
빛나는 민주미래(民主未來)를 받들며
자라 자라나는 인민(人民)의 바위—
모란봉(牧丹峰)을 본다![47]

　시의 결말 부분으로 시적 화자가 백두산에 질문을 던진다. "조선의
산아, 말하라—, 오늘은 무엇을 보느냐? 오늘은 누구를 보느냐?"라고,
그러자 "백두산은 대답한다—"라며 인용한 부분을 제시한다. 백두산으
로 총칭되는 북조선은 '인민, 김대장, 쏘베트'를 본다고 말한다. 즉, 맺
음시에서 조기천은 인민의 헌신적 노력에 대한 헌사, 김대장의 지도력
에 대한 경외감, 소련에 대한 감사의 마음을 동시에 표하고 있다. 이 세
영역이 모두 『백두산』의 주제를 구현하고 있는데, 그간 남북의 문학연
구자들은 과도하게 김대장의 형상화에 초점을 맞추는 경향이 있다. 이
는 북조선 문학사가 1967년 유일사상체제 확립 후 개작 등을 통해 작
품 평가에 개입했기 때문이기도 하고, 당시의 시대 상황을 충분히 고려
하지 않은 남한 연구자들의 평가에 기인한 것이기도 하다.
　실제로 『백두산』의 본문은 백두산 화전마을 솔개골에 살고 있는 꽃
분이와 정치원 철호의 투쟁을 그리는데 바쳐져 있다. 비밀 선전문을 등

---

47) 위의 책, 47쪽.

사하는데 일본 순사가 들이닥쳐 위기에 처하자 꽃분이가 기지를 발휘해 모면하는 장면이나, 철호에 대한 꽃분이의 애뜻한 마음을 표현한 내용 등이 그 예이다. 소년 연락원 영남이와 철호, 그리고 석준의 장렬한 전사는 식민지 조선에서 일제와 싸우다 숨진 숨은 영웅들에게 바쳐진 헌정의 의미를 담고 있다. 그 정점에 김대장이 위치해 있더라도, 이들 민중 영웅과의 관계 속에서 김대장의 형상화도 의미를 지닐 수 있다.

민중 영웅의 형상화에 주목했을 때, 비로소 해방기 북조선 사회가 왜 그토록 『백두산』에 열광했는지도 해명될 수 있다. 박남수의 전언에 의하면 이 장편서사시는 "조선문학사에 전례가 없는 이십만 부의 시집이 오히려 품절을 이루는 기록"을 남겼을 정도로 대중적으로 인기가 높았다고 한다.[48] 민병균도 "전체 인민의 열렬한 지지와 애독을 받고 있"는 대표적인 작품으로 장편서사시 『백두산』을 꼽았다.[49] 『백두산』의 독자들은 김대장의 형상화에 바쳐진 정치적 의도성 자체에 열광했다기보다는, '해방의 배후'에서 고군분투한 꽃분이와 장렬하게 산화해간 철호, 영남이, 석준와 자기 동일시화 했을 가능성이 많다. 식민지 조선의 해방이 소련의 진주를 통해 이루어졌지만, 그 이전에도 항일유격대의 지난한 투쟁이 존재했다는 사실은 해방기 민중들에게 위안을 준다. 이 작품은 그냥 떠안게 된 해방이 아니라, 그토록 많은 희생 속에서도 간절히 원했던 해방을 그렸다. 더불어 『백두산』이 갖고 있는 극적 서사성도 대중적 열광에 중요한 기여를 했다. 장편 서사시에 기입된 서사성과 극적 요소는 시의 대중화에 크게 영향을 미쳤으며, 더불어 '해방의 환희'

---

48) 박남수, 앞의 책, 88쪽.
49) 민병균, 「쏘베트 시문학을 섭취함에 있어서 경험과 교훈」, <노동신문> 1949년 4월 29일자 ; 민병균, 「쏘베트 시문학을 섭취함에 있어서 경험과 교훈」, 『현대문학비평 자료집(이북편/1945~1950)』, 태학사, 1993, 386쪽 재인용.

를 텍스트 속에서 열정적으로 만끽하는 기회를 제공했다. 『백두산』은 북조선 시문학이 서사성을 강화하고, 산문화 경향이 뚜렷해지도록 하는 계기를 마련했다고 의미화할 수 있다.[50]

그렇다면, 문학의 정치라는 측면에서 조기천의 『백두산』은 어떻게 평가할 수 있을까? 이를 위해서는 『백두산』이 발표되던 즈음의 북조선 문학의 상황을 다시 살펴볼 필요가 있다. 앞에서 언급했듯이 이 즈음은 『응향』과 『관서시인집』 사건의 여파로 북조선 문학의 재편이 급격히 진행되던 때였다. 북조선 로동당 중앙위원회 제29차 상무위원회는 해방기 북조선 문학의 진로를 결정할 중요한 회의를 1947년 3월에 개최했다. 이 회의에서 「북조선에 있어서의 민주주의 민족문화 건설에 관하여」라는 결정서가 채택되었다. 북조선 문학사는 이 회의의 내용을 다음과 같이 전하고 있다.

　　조선 로동당은 해방후 우리 문학이 맑스-레닌주의적 순결성을 고수하기 위하여 부르주아 반동적 문학 사상과의 비타협적인 투쟁을 전개하도록 고무하는데 막대한 관심을 돌려 왔는바, 이 방면에서 당은 벌써 해방 초기부터 작가들에게 ≪문학 예술 출판물 등에서 아직도 남아 있는 정치적 무관심성과 무사상성과 일체 조국과 인민에게 해독을 주는 부패한 사상의 산물들에 대하여 높은 경각성과 불요 불굴의 투쟁을 강화하며 전문화 전선에서 부패한 타락자들과 <무위의 인물>들을 숙청하며 조선 인민의 생활 분야에 깊이 남아 있는 일본 제국주의적 노예 문화 사상의 잔재를 뿌리채 소탕할 것≫(제29차 상

---

50) 김재용은 "시가 서사성을 강화하면서 제기되는 문제는 시의 산문화 경향"이라고 지적했다. 그는 "8·15 이후 북한의 시는 서사성을 강화하면서도 산문화를 막아야 하는 과제를 안게 되"었다고 했으며, 이는 "8·15 직후에만 해당되는 것이 아니고 북한문학의 전 시기에 걸친 것"이라고 평가했다.(김재용, 「서정성과 산문화 사이에서」, 『분단구조와 북한문학』, 소명출판, 2000, 166쪽)

무 위원회 결정에서)을 호소하면서 우리 작가들을 항상 문학에 있어
서의 무사상성, 정치적 무관심성, 형식주의와 자연주의, 심미주의, 부
르주아 민족주의, 꼬스모뽈리찌즘과의 무자비한 투쟁에로 인도하였
다.[51]

　이 결정서는 앞에서 논의한 『응향』, 『문장독본』, 『예원써클』에 대한
제재를 위해 발표한 것이었다. '무사상성과 정치적 무관심성'을 투쟁의
대상으로 삼는다고 했을 때, 그에 상응하는 문학적 '유사상성과 정치성'
이 구축되어야 했다. 맥락적으로 보았을 때, 『우리의 태양』은 문학의
정치적 의미를 강화하기 위해 의도적으로 기획된 작품집이었다. 하지
만, 그 내용은 '김일성의 정치적 지도력을 부각시키기' 위한 방어적 성
격이 강했다. 이 와중에 대중이 열광적으로 옹호하는 『백두산』이 발표
된 것이다.

　문학적 '유사상성과 정치성'이 『백두산』의 등장으로 실제 텍스트를
통해 구현된 것이다. 독자 대중은 이 작품을 통해 민족영웅의 형상에
동일시의 감정을 느끼면서 해방의 기쁨을 누렸고, 김일성을 정치 지도
자로 받아들이는 문화적 경험을 하게 되었다. 이 과정에서 소련에 대한
감사의 마음을 표하면서도, 해방의 배후에 항일 무장투쟁이 있었다는
자부심을 확인하게 된 것이다.

　'미학의 정치'와 '정치의 미학' 사이의 관계가 새롭게 정립된 북조선
문학의 독특한 경험으로 『백두산』을 의미화할 수 있다.[52] 해방기 대중
의 열광적 호응 속에서 북조선 시문학의 '정치성'이 영웅적 인물의 형

---

51) 조선 민주주의 인민공화국 과학원 언어문학연구소 문학연구실 편, 『조선문학통사
　　(하)』, 과학원 출판사, 1959, 160쪽.
52) 자크 랑시에르, 『감성의 분할』, 도서출판b, 2008, 88쪽.

상화, 시문학의 서사성 강화, 정치와 문학의 연결에 대한 추인의 방식으로 표현된 것이다. 문학과 정치가 북조선에서는 대중의 열광 속에서 긴밀히 연계되는 과정을 거쳤음을 『백두산』을 통해 확인할 수 있다.

4. 문학의 정치적 기능 분할―배제의 정치

1946년 11월에 간행된 『문화전선』 제2호 앞부분에는 '애국가 모집규정'에 대한 공지가 실려 있다. 북조선임시인민위원회선전부에서 발표한 모집규정에는 "북조선임시인민위원회에서는 인민의 건국의식을 공고히 하고 민주건설에 큰 힘이 되게 하기 위하여 금○ 김일성위원장의 추천으로 여우한 규정에 의하여 애국가가사를 널리 모집하기로 결정하였다"고 했다. 심사위원은 김두봉, 김창만, 한설야, 이기영, 이북원, 박팔양, 안막, 박세영, 김동진, 조진상, 전찬배, 박정애, 윤중길, 최호민, 염상경, 한효, 이찬, 이동주였다.[53] 김일성위원장 상을 수여하고, 이만오천 원의 부상을 주는 것으로 명기되어 있다. 흥미로운 부분은 12월 상순에 발표하기로 수상자의 내역을 확인할 수 없다는 점이다.

이미 알려져 있다시피, 북조선의 애국가는 박세영이 창작했다. 모집규정에 공지되어 있는 것에 따르면, 박세영이 심사위원이었다. 상식적으로 보았을 때, 심사위원은 모집에 응모하지도 않는다. 여기에는 어떤 사연이 있었음이 분명하다.

박세영의 「애국가」 작사와 관련된 내용을 파악할 수 있는 진술이 『조

---

53) 「애국가(愛國歌) 모집규정(募集規定)」, 『문화전선』 제2호, 북조선문학예술총동맹, 1946. 11, 표지광고쪽.

선문학사 10』에 실려 있다. 김일성 북조선임시인민위원회 위원장이 직접 나서서 "남반부에서 갓 들어온 시인 박세영"을 불러서 작품가사 창작을 지시했다고 한다.54) 지시에 따라 박세영은 두 편의 가사를 창작했고, 그 중 하나가 「애국가」가 되었다. 북조선은 민주주의적 원칙에 따라 '애국가 공모작업'을 진행했을 것이다. 하지만, 기대에 부응하는 작품이 응모하지 않아 김일성 위원장이 직접 나서서 '애국가' 창작 작업을 지시했으리라는 사실을 유추할 수 있다. 더불어, 북조선 초기에 시인의 위상은 "인민의 건국의식을 공고히 하고 민주건설에 큰 힘이 되게 하기 위"한 글을 쓰는 것에 맞춰져 있었다는 사실도 미루어 짐작할수 있다. 이는 다른 측면에서 '문학의 정치성'이 북조선 사회에서 관철되는 하나의 방식을 예증한다. 문학의 기능을 분할함으로써, 공동의 질서 속에 문학을 다시 배치하는 '문학의 정치'가 권력에 의해 이뤄진 것이다.55)

이 과정에서 중요한 역할을 한 것이 『응향』과 『관서시인집』에 대한 비판이었다. 북조선 초기 시문학은 무사상성, 정치적 무관심성을 규제하면서 정치성을 강화했다. 이는 당시 북조선 문학계가 추구했던 '민족문학건설'과 배치되는 논의였다. 사회주의적 이념을 공고히 하면서, 이에 부합되지 않은 문학작품을 무사상성과 정치적 무관심성으로 배제한 것은 남북의 통일 국가 건설을 위한 노력에 부합하는 것이라고 할 수

---

54) 오정애·리용서, 앞의 책, 91쪽.
55) 랑시에르는 이와 관련해 다음과 같이 언급했다. "정치는 실제로 권력의 행사와 권력을 위한 투쟁이 아니다. 그것은 특수한 공간의 구성이고, 경험의 특수한 영역의 분할이며, 공동으로 놓여 있고 공동의 결정에 속하는 대상들의, 이 대상들을 지칭하고 그것들에 대해 주장할 수 있는 능력이 있다고 인정된 주체들의 특수한 영역의 분할이다."(자크 랑시에르, 주형일 옮김, 『미학 안의 불편함』, 인간사랑, 2008, 54쪽)

없다. 이 즈음부터 이미 북조선 문화예술의 영역에서는 사회주의 국가 건설의 기본 원칙이 확립되어가고 있었다.

『우리의 태양』도 같은 맥락에서 이해할 수 있다. 이찬 · 박세영 · 박석정 등의 시는 김일성의 항일무장투쟁 경력을 형상화해 그의 정치적 지도력을 확증하려는 의도를 갖고 있었다. 하지만, 시의 정치적 의도에도 불구하고 '가짜 김일성', '젊은 김일성에 대한 우려', '미래에 대한 불안'에 소극적으로 대응하는 방식을 취했다. 위로부터의 정치적 의도가 계몽주의적 성격을 띠면서, 독자들에게 외면 받을 소지를 안고 있었던 것이다. 이 와중에서 북조선문학사에서 기념비적 저작으로 고평하는 『백두산』이 발표되었다. 『백두산』은 20만부 이상이 팔리고, 동일한 시점에 중국에서 '번인본'이 발행될 정도로 독자 대중의 열렬한 환영을 받았다. 이는 해방기에 문학과 정치가 결합하는 북조선의 독특한 방식을 예증하는 하나의 사례이다. 『백두산』의 대중적 성공 속에서 북조선 시문학은 서사화 경향, 영웅적 인물 형상, 정치성 강화의 길을 걷게 되었다.

이렇다보니, 남북 문학계의 분화가 급격하게 이뤄질 수밖에 없었다. 순수문학의 가치를 옹호하는 문인들은 월남을 단행하고, 사회주의 이념에 충실하고자 하는 문인들은 월북하는 상황이 발생한 것이다. 예술은 '순수성' 혹은 '아름다움에 대한 옹호'를 전제하고 있는 것으로 간주하지만, 실제로는 특정 사회의 규정된 가치에 따라 역할이 결정되기도 한다. 그 사례를 북조선문학을 통해 살필 수 있다. 해방기 북조선 문학은 시문학의 역할 속에서 '무사상성', '정치적 무관심성'을 배제했다. 그렇다 보니, 이념형의 문학작품이 북조선 사회체제 안에서 당연한 가치인 것으로 규정되었다. 북조선 시문학이 『백두산』과 같은 송가 형식의 이

넘형 문학으로 자리잡고, 개인에 입각한 서정의 발화보다는 집단적 정서의 재현에 익숙한 형태로 자리잡게 된 것은 문학의 정치적 기능이 '순수성'에 대한 배제를 통해 이뤄졌기 때문이라고 할 수 있다.

해방기 남북한 문단과 '『응향』 결정서'

오 태 호*

1. 서론

'『응향』 사건'[1]은 남북한문학의 결절점(結節點)에 해당하는 하나의 상
징적 사건으로 자리한다. 해방 이후 남북한에서 각각 미군정과 소군정
이 들어서면서 진행된 좌우익의 이데올로기적 선택은 남과 북의 단독
정부수립으로 그 대립과 갈등이 격화되고 6·25 전쟁을 통해 한반도가
분단 체제로 귀결되면서 체제의 선택으로 이어졌음은 주지의 사실이다.
이러한 역사적 과정에서 북한문학이 남한의 문학주의적 입장과 결별하
면서 미적 자율성보다 문학의 정치적 성격을 강조하고 고상한 리얼리
즘을 거쳐 사회주의 리얼리즘으로서의 현실 반영 의지를 독려하는 것

* 경희대 후마니타스 칼리지

1) 김재용에 의하면 『응향』 사건은 해방 이후 북한에서 제기된 '건국사상 총동원 운
   동'이 문학에서 제기되었을 때 모범적인 인물 형상을 창조하여 대중들을 교양하는
   작업을 의미하였지만 그렇지 않은 작품이 『응향』에 게재되면서 발생한 사건이다.
   즉 1946년 12월 20일 북조선문학예술총동맹 상무위원회 회의에서 『응향』 시집의
   몇몇 시에 대해 '반동적이고 퇴폐적인 시'라고 규정하였던 데에서 비롯된다.(김재
   용, 『북한문학의 역사적 이해』, 문학과지성사, 1994, 98쪽)

에 방점을 두게 된 하나의 상징적 사건이 바로『응향』이다.

'『응향』에 대한 결정서'가 게재된 『문화전선』은 북조선예술총연맹 (1946. 3. 25)[2]의 기관지로서 처음부터 김일성을 수반으로 하는 '당문학' 의 성격을 분명히 내세우고 있다. 창간호 권두에 이미 「우리의 김일성 장군·20개조정강」이 있으며, 한재덕의 「김일성 장군의 개선기」 등이 실려 있는 것에서 알 수 있듯 이미 북한의 권력이 김일성을 중심으로 재편되었으며 중앙에서 지방의 활동 전반을 체계적으로 통제 관리하려 는 의도에서 『응향』 사건이 발생한 것으로 파악할 수 있다.[3] 북조선예 술총연맹 산하 원산문학동맹에서 나온 시집 『응향』에 관한 '북조선문 학예술총동맹(1946. 10. 13) 중앙상임위원회의 결정서'(이하『응향』 결정서) 에 따르면, 『응향』 수록 시의 태반은 당시 북한의 현실에 대한 회의적, 공상적, 퇴폐적, 현실도피적, 절망적인 경향을 띠고 있다고 비판된다.[4] 특히 백인준은 「문학예술은 인민에게 복무하여야 할 것이다」[5]라는 글 에서 강홍운, 서창훈, 구상 등의 시에 대해 구체적인 사례를 들어가면 서 비난에 가까운 비판적 작가작품론을 전개한다. 이것은 그가 '『응향』

2) '북조선예술총동맹'은 1945년 11월의 평남예련을 근간으로 해서 1946년 3월 25일 에 출발한 조직으로 1946년 10월 13일 '북조선문학예술총동맹(이하 북문예총)'으 로 확대 개편되어 북한의 문예단체인 '조선문학예술총동맹'의 기원에 해당하는 조 직이다.(「북조선 예맹대회 결정서」, 『문화전선』 3집, 1947. 2. 25, 86~94쪽)

3) 원종찬, 「북한 아동문단 성립기의 '아동문화사 사건'」, 『동화와번역』 제20집, 2010. 12, 233~234쪽 ; 이상숙, 「『문화전선』을 통해 본 북한시학 형성기 연구」, 『한국근 대문학연구』 23호, 한국근대문학회, 2011. 4, 262~266쪽.

4) 「시집 『응향』에 관한 북조선문학예술총동맹 중앙상임위원회의 결정서」는 해방직 후 북에서 처음 조직된 북조선문학예술총동맹 기관지인 『문화전선』 3집(1947. 2. 25, 82~85쪽)에 게재되었으며, 서울에서 출간된 조선문학가동맹 기관지 『문학』 3 호(1947. 4. 15, 71~73쪽)에도 게재되었다.

5) 백인준, 「문학예술은 인민에게 복무하여야 할 것이다ㅡ원산문학가동맹 편집 시집 『응향』을 평함」, 『문학』 3호, 조선문학가동맹 중앙집행위원회 서기국, 1947. 4. 15, 74~82쪽.

결정서'에 깊이 관여했음을 드러내며, 향후 북한문학에서 독점적이고 선도적 지위를 차지하게 될 것을 암시한다. 특히 유임하에 의하면 백인준이 즈다노프의 보고 방식을 경유하여 이 결정서를 작성했으며, 평문 역시 즈다노프의 '『레닌그라드』 결정서'에 담긴 논리를 그대로 반복한 것에 해당한다.[6]

이렇듯 『응향』 사건은 북한 문단에서 문학 작품에 대한 조직적 검열이 강조된 하나의 사건으로 평가된다. 김승환[7]의 경우 『응향』 사건을 사건의 전초격인 한설야의 「모자」 사건(소련군 부정적 묘사)과 연계하여 검토하면서 이미 『문화전선』 1호(1946. 7)에 실린 「모자」에 대한 자아비판과 함께 창작 검열이 한층 강화된 계기가 되었다고 분석한다. 송희복[8]의 경우는 북한의 『응향』 사건과 남한의 '시인 유진오 사건(군중집회에서 시 낭송한 이유로 1년 징역형 선고)'을 비평적 태도의 극단주의와 정치적인 적대시의 풍조가 빚어낸 사건으로 평가한다. 김승환과 송희복의 내재적 접근법과는 달리 김윤식의 경우 『응향』 사건이 전후 소련문단에서 벌어진 잡지 『별』과 『레닌그라드』를 비판하던 당 정책이 북한문단에서도 그대로 적용된 사례라면서 계급성, 인민성, 당파성 등의 이념 노선을 공유하는 국가 사회주의에서의 문학예술론이 북한문학에서 잘 발휘된 사례의 이동점에 해당한다고 평가한다.[9]

김재용은 기존 논의를 종합하면서 『응향』 사건의 배경을 '건국사상 총동원운동, 고상한 리얼리즘의 대두, 소련의 영향'의 세 가지 측면에서

---

6) 유임하, 「북한 초기문학과 '소련'이라는 참조점-조소문화 교류, 즈다노비즘, 번역된 냉전논리」, 『한국어문학연구』 57집, 한국어문학연구학회, 2011, 158~159쪽.
7) 김승환, 『해방 공간의 현실주의문학연구』, 일지사, 1991, 81~85쪽.
8) 송희복, 『해방기 문학비평 연구』, 문학과지성사, 1993, 98~105쪽.
9) 김윤식, 『해방공간의 문학사론』, 서울대 출판부, 1989, 45쪽 ; 김윤식, 『북한문학사론』, 새미, 1996, 35~36쪽.

고찰한다. 특히 『응향』 사건이 1950년대 이후 1967년까지 여러 차례에
걸쳐 북한문학계 내부에서 진행된 반종파투쟁을 포함한 일련의 비판과
는 기본적으로 성격을 달리한다면서, 『응향』 사건에 대해 8·15 직후
나타난 자연발생적 경향이 지닌 위험을 지적하고 비판한 경우에 해당
한다고 파악한다.[10] 하지만 결과적으로 이 사건이 이후 북한문학의 경
직성과 도식주의적 검열을 가져오는 하나의 시발점에 해당하기 때문에
북한문학의 관료주의적 경도를 나타내는 하나의 지표로 삼기에 충분하
다고 판단된다.

　신형기·오성호에 의하면 『응향』 사건은 문학에 대한 관료적 제재의
시작을 알리는 사건이다. 즉 『응향』 사건은 첫째 김일성의 교시 「문화
인들은 문화전선의 투사로 되어야 한다」(1946. 5. 24)가 나온 이후, 건국
사상총동원운동이 펼쳐지고 북조선예술총연맹(1946. 3. 25)이 북조선문학
예술총동맹(1946. 10. 13)으로 개편되는 흐름 속에서 파악되어야 하며, 둘
째 1946년 8월 즈다노프의 이름으로 소련 당 중앙위원회가 쪼시첸코와
아흐마토바를 비판하고 그들의 작품을 실은 『별』과 『레닌그라드』에 대
한 폐간을 결정한 사건의 영향을 받았으리라 추정된다는 것이다. 소련
의 이 필화사건은 '즈다노프의 암전(暗轉)'으로 불리며 2차 세계대전 후
의 새로운 문화노선인 반서구주의에 수반된 것으로 문학예술에 대한
관료적 통제의 절정을 표한 것으로 평가된다.[11]

　『응향』 사건이 남북한문학 분단의 기원을 규명하는 과정에서 주목되
는 이유는 지방 동인지 필화사건에 그치는 것이 아니라 이후 북한 전
체의 문예노선과 조직 개편의 결정적 계기로 작용했다는 점 때문이다.

---

10) 김재용, 『북한문학의 역사적 이해』, 문학과지성사, 1994, 128~130쪽.
11) 신형기·오성호, 『북한문학사』, 평민사, 2000, 73쪽.

즉 함흥에서 나온 『문장독본』, 『써클 예원』, 『예술』 등을 묶어 '예술을 위한 예술, 인민과 분리된 예술, 인민의 요구에 배치된 예술'이라며 부르주아 사상미학의 잔재로 규정한다. 특히 사전 검열체제에서 이를 걸러내지 못하고 허용한 원산 『응향』 발행 책임자인 박경수, 박용선, 이종민 등을 경질하고 함흥의 모기윤 저 『문장독본』을 발매금지 조치하였으며, 『써클 예원』 3집과 『예술』 3집의 현상시 「오후」 등의 편집진 전원을 경질했던 것이다.[12]

이렇듯 해방 직후 북한에는 다양한 색채를 가진 문학적 지향이 존재했지만, '시집 『응향』 필화사건'에 의해 문학 유파가 단일화되었으며 소련문학의 수용이 관철됨으로써 교조적인 당 문학적 지향을 갖추게 된다. 특히 1934년 사회주의적 사실주의를 천명한 즈다노프의 교조적 입장이 해방 이후 북조선문예총에 직수입되어 '고상한 사실주의'를 거쳐 '사회주의적 사실주의'로 도식화되는 과정에서 발생한 '첫 번째 모멘텀'이 '『응향』 사건'인 것이다.[13]

1950년대 북한문학사에서도 『응향』에 대한 인식은 철저히 비판적이다. "우울과 염세와 생활에 대한 비방과 현실을 왜곡하며 환멸의 세기말적 퇴폐적 감정"[14]을 즉자적으로 드러낸 텍스트에 해당하기 때문이다. 특히 "예술을 위한 예술, 인민과 배치되는 예술, 위대한 민주주의적 현실과 아무런 관련성이 없는 예술의 신봉자들"이 현존하고 있음을 드러내면서 일제의 잔재이자 낡은 사상의 신봉자들에게 "북조선 문예총의 자리와 출판물을 제공한 것"이 "북조선 사상 전선의 중대한 과오"[15]

---

12) 김성수, 「통일문학 담론의 반성과 분단문학의 기원 재검토」, 『민족문학사연구』 43집, 민족문학사학회, 2010, 61~89쪽.
13) 유임하, 「북한 초기문학과 '소련'이라는 참조점 – 조소문화 교류, 즈다노비즘, 번역된 냉전논리」, 『한국어문학연구』 57집, 한국어문학연구학회, 2011, 147~161쪽.
14) 사회과학원 문학연구소, 『조선문학통사』 현대문학 편, 1959, 인동, 1988, 194쪽.

이기 때문에 적극적 대처의 필요성을 강조한 부분은 『응향』 결정서가 결코 우발적이거나 일시적인 판단이 아님을 보여준다.

　본고는 '『응향』 결정서'를 둘러싼 해방기 남북 문단의 인식차이를 고찰하고자 한다. 『응향』 사건이 중앙과 지방, 조직과 개인, 현실과 초현실, 이성과 감성, 당파성과 개성, 집단주의와 개인주의, 사회주의 당문학과 미적 자율성의 대결 구도를 강화한 하나의 상징적 사건으로 작동하고 있기 때문이다. 따라서 『응향』 결정서의 내용을 구체적으로 검토하고 『레닌그라드』의 결정서와의 비교를 거쳐 남북 문인의 결정서에 대한 시각을 통해 남북한문학의 결별 지점을 응시함으로써 역설적이게도 남북한문학의 이질적 접합으로서의 동질성 회복이 가능한지를 검토하고자 한다.

2. '『응향』 결정서'와 '『레닌그라드』 결정서' 비교 연구

　'『응향』 사건'은 주지하다시피 북한문학의 다양한 스펙트럼이 도식주의적 경향으로 획일화되는 상징적 사건이다. 『응향』 시집이 아직 남한 사회에서 발굴되지 않아 그 전모를 확인할 수 없음에도 불구하고 '『응향』 결정서'와 함께 '『응향』 사건'은 문학의 자유주의적 경향과 이데올로기적 지향의 분기점에 해당하는 사건임에 분명하다. '『응향』 결정서' 이후 진행된 일련의 북한 문예조직의 급속한 결속과 그에 따른 문학의 도식주의적·관료주의적 경향은 문학의 미적 자율성을 훼손하는 정치주의적 입장으로 귀결되기 때문이다.

───────────

15) 안함광 외, 『해방후 10년간의 조선문학』, 조선작가동맹출판사, 1955, 19쪽.

김성수에 의하면 『응향』 사건이란 부르주아 미학사상의 잔재에 대한 비판이 처음으로 표면화된 해방 직후의 사건에 해당한다. 이후 북한문학에서 정치적 무관심과 무사상성은 부르주아 미학의 잔재라고 하여 철저하게 배제되고, 따라서 순수문학이나 낭만적 경향, 예술지상주의적 태도는 거의 사라진 채, 북한문학이 출발에서부터 문학의 관료주의화, 정치주의화라는 도그마에 빠지게 되기 때문이다.16)

그렇다면 '『응향』 결정서'란 구체적으로 어떤 결정을 담고 있는지 살펴보자.

북조선문학예술총동맹 중앙상임위원회는 원산문학동맹 편 시집 『응향』에 대하여 다음과 같이 지적 비판한다. / 1. 시집 『응향』에 수록된 시중의 태반은 <u>조선 현실에 대한 회의적, 공상적, 퇴폐적, 현실 도피적, 심하게는 절망적인 경향</u>을 가졌음을 지적하면서 이에 대하여 비판을 가한다. / 조선은 해방 이후 <u>일제의 조선인민에 대한 노예화 악정에서 벗어나</u> 전인민이 국가사회의 운영과 문제해결에 참가하는 <u>진보적 민주주의의 방향</u>으로 걸어 왔다. (…중략…)

2. 우리는 위에서 <u>이 작가들의 퇴폐적 경향</u>을 지적하였거니와 이것은 얼른 말하자면 이 복잡하면서 비상한 속도로 건설되어가는 <u>조선 현실에 대한 인식 부족</u>에서 오는 것이라 할것이다. 현실을 쪼차오다가 미처 따르지 못하는 <u>낙오자에게는 필연적으로 한탄</u>이 있는 것이며, 더 심하게는 <u>그 현실에 대한 질시</u>를 가지게 되는 것이다. 그러므로 거기는 현실과 부닥치며 <u>현실과 싸우려는 투쟁정신과 현실을 바른 길로 추진시키려는 건설정신이 없는 것</u>이다.

3. 『응향』 권두의 <u>강홍운 작 「파편집 18수」</u>는 모두 현실 진행의 본질로부터 멀리 떠러진 포말을 바라보는 <u>한탄, 애상, 저회(低廻), 열정(劣情)의 표백</u>인 외에 아무 것도 아니다. 그 다음 <u>구상 작 「길」, 「여</u>

---

16) 김성수, 『통일의 문학 비평의 논리』, 책세상, 2001, 161쪽.

명공」은 현실에 대한 그로테스크한 인상에서 오는 허무한 표현의 유희며 또 동인(同人) 작 「밤」에서는 이런 표현자 즉 낙오자로서의 죽어져가는 애상의 표백밖에 찾아볼 수 없는 것이다. 서창훈 작 「해방의 산상에서」는 무기력한 군중에게 질서 없는 수다한 슬로건을 강요하였다고, 더욱 동인 작 「늦은 봄」은 여러 가지 의미로 반동적인 사상과 감정의 표백이라 아니할 수 없다. 이것을 한낱 열정적인 연애시로 보아도 그렇고 또 자기의 낡은 생활을 의인화한 상징시로 보아도 그렇다. 1946년 5월에 있어서 이 조선에서 고요한 사막을 느낀 작자는 이국에만 광명이 있다고 환상하였고 또 가슴의 넓은 공간을 사막 같은 조국을 떠나 광명의 이국으로 가는 '애인'의 추억으로 채우려 한 것이다. 이것은 씩씩히 모든 반동노력과 싸우면서 험로와 형극을 헤치며 싱싱한 새 현실을 꾸미고 있는 조국에 대한 불신과 절망인 동시 우리 대열 가운데 잠입한 한 개 반기가 아니면 안된다. 이종민 작 「3.1 폭동」은 이 역사적 사실을 민족해방투쟁으로서의 한 전형으로 묘사하지 못하고 「송5.1절」 역시 노동자의 국제적 행사를 우리의 당면한 현실과 결부해서 묘사하지 못했을 뿐 아니라 시로써 예술성, 형상성을 가지지 못한 것이다.

그러므로 건전한 민족예술문학의 생성발전을 위하여 이것이 철저히 두두려부시지 않으면 안될 것이다. 즉 우리 인민이 요구하는 민족예술은 이러한 도피적 패배적 투항적인 예술을 극복함으로써만 건설될 것을 잊어서는 안될 것이다.

4. 『응향』의 집필자는 거의 모두 원산문학동맹의 중심인물이다. 더욱 『응향』에 수록된 작품의 하나나 둘이 이상 지적한 바와 같은 경향을 가진 것이 아니고 여러 사람이 거의 동상동몽인 데에 문제의 중요성이 있다. 즉 원산문학동맹이 이러한 이단적인 유파를 조직으로 형성하면서 있는 것을 추단할 수 있는 것이다. 이것은 내로는 북조선예술운동을 좀먹는 것이며 외로는 아직 문화적으로 약체인 인민대중에게 악기류를 유포하는 것이 된다. 이에 관하여 북조선문학예술총동맹 중앙상임위원회는 조선예술운동의 건전한 발전과 또는 예술작품의

제고를 위하여 다음과 같이 결정한다.

1) 북조선문학예술총동맹이 산하 문학예술단체에 운동이론과 문학예술 행동에 관한 구체적 지도와 예술 영역에서의 반동 노력에 대한 검토와 그와의 투쟁 정신이 부족하였음을 <u>자기비판하는 동시 북조선문학운동 내부에 잔존한 모든 반동적 경향을 청산하고 속히 사상적 통일 위에 바른 노선을 세울 것이다.</u>

2) 원산문학동맹이 이상에 지적한 바와 같은 과오를 범한 데 대하여 그 <u>직접지도의 책임을 가진 원산예술연맹이 또한 이러한 과오를 가능케 하는 사상적, 정치적, 예술적 약점을 가지고 있음을 지적하는</u> 동시에 동 연맹은 속히 이 <u>시정을 위한 이론적, 사상적, 조직적 투쟁 사업을 전개할 것이다.</u>

3) 북조선문학예술총동맹은 즉시 <u>『응향』의 발매를 금지시킬 것</u>

4) 북조선문학예술총동맹은 이 문제의 비판과 시정을 위하여 <u>검열원을 파견하는 동시 북조선문학동맹에 다음과 같은 과업을 위임한다.</u>

가. 현지에 검열원을 파견하여 시집 『응향』이 <u>편집 발행되기까지의 경위를 상세히 조사할 것.</u>

나. 시집 『응향』의 <u>편집자와 작가들과의 연합 회의를 개최하고 작품의 검토, 비판과 작가의 자기비판을 가지게 할 것.</u>

다. 원산문학동맹의 사상 검토와 비판을 행한 후 <u>책임자 또는 간부의 경질과 그 동맹을 바른 궤도에 세울 적당한 방법을 강구할 것.</u>

라. 이때까지 <u>원산문학동맹에서 발간한 출판물은 북조선문학예술총동맹에 보내지 않은 것을 조사하여 그 내용을 검토할 것.</u>

마. 시집 『응향』의 <u>원고 검열 전말을 조사할 것.</u>(밑줄은 인용자)[17]

밑줄 친 부분을 중심으로 '『응향』 결정서'를 요약해보면 다음과 같다.

---

17) 북조선문학예술총동맹 중앙상임위원회, 「시집 『응향』에 관한 북조선문학예술총동맹 중앙상임위원회의 결정서」, 『문학』 3호, 조선문학가동맹, 1947. 4. 15, 71~73쪽.

1. 『응향』 시집에 수록된 시 태반이 조선 현실에 대해 회의적, 공상적, 퇴폐적, 현실 도피적, 절망적 경향을 띠고 있다. 일제로부터의 해방 이후 진보적 민주주의의 방향으로 진행되어 온 민주건설은 과거의 잔여 세력을 부수면서 진행되어야 한다. 신흥 조선의 예술 또한 그러한데, 전부는 아니지만 『응향』의 작가들은 새로운 조선의 현실을 제대로 간파하지 못하고 있다. 2. 작가들의 퇴폐적 경향은 조선 현실에 대한 인식 부족에서 오는 것이며 낙오자에게는 필연적 한탄과 현실에 대한 질시만이 남는다. 3. 강홍운, 구상, 서창훈, 이종민의 시들이 현실인식의 부정확성, 빈곤성, 회피성을 띠고 있으며 해방 이전의 감각이 해방 이후의 현실인식에도 이어지고 있으며 작가들의 과오와 반동성은 반복될 우려가 있기에 문제가 크다. 건전한 민족예술문학의 생성발전과 인민이 요구하는 민족예술은 도피적, 패배적, 투항적인 예술을 극복함으로써 건설될 수 있다. 4. 『응향』의 집필자는 원산문학동맹의 중심인물로서 이단적인 유파를 조직적으로 형성한 것이며, 안으로는 북조선 예술운동을 좀먹는 것이며 밖으로는 인민대중에게 악기류(惡氣流)를 유포하게 된다.

따라서 1) 자기비판과 동시에 북조선문학운동 내부에 잔존한 모든 반동적 경향을 청산하고 사상적 통일 위에 바른 노선을 세울 것. 2) 지도 책임을 지닌 원산예술연맹이 이론적, 사상적, 조직적 투쟁 사업을 전개할 것. 3) 『응향』의 발매를 금지할 것. 4) 검열원을 파견하여 문제의 비판과 시정을 진행할 것.(가. 발간 경위 조사 나. 회의를 통해 작품 비판과 작가의 자기비판 수행 다. 책임자 경질 등 동맹의 바른 궤도 강구 라. 미제출된 출판물 조사 및 내용 검토 마. 『응향』의 원고 검열 전말 조사)을 결정한다.

이러한 결정은 북조선 문예총의 지향이 단순히 『응향』의 발매금지에 그치는 것이 아니라 일제 잔재 및 반동적 경향의 청산과 사상적 노선

의 통일을 통해 '진보적 민주주의'의 방향으로 단일한 대오를 형성하여
새로운 민족문학의 건설을 추진하려는 입장임을 드러낸다. 그렇다면 이
러한 결정서가 탄생되는 배경에는 무엇이 존재하는가? 앞에서 김재용
의 언급에서도 확인되지만, '건국사상총동원운동, 고상한 사실주의'와
함께 소련문학의 영향을 도외시할 수가 없다. 즉 북한 초기 문학이 당
문학으로 재편되는 과정에서 사회주의적 사실주의를 표방하는 소련(즈
다노비즘)의 문학예술정책을 관료적 전범으로 삼으면서 '『응향』 결정서'
가 탄생된 것이다.[18]

소련에서의 '『레닌그라드』 결정서'와 북한에서의 '『응향』 결정서'를
비교하면, 공통점으로 첫째 새로운 현실 인식을 강조하여 낡은 부르주
아적 잔재를 철저히 배격해야 한다는 점, 둘째, 예술지상주의에 대한
거부적 태도를 보이고 있다는 점, 셋째, 문학에 대한 정치의 우위를 기
정 사실화하고 있다는 점, 넷째, 배제 인물과 새로운 조치를 강제하고
있다는 점 등을 들 수 있다.[19]

과연 그러한지 '『레닌그라드』 결정서' 내용을 검토해보자. 우선 '서
기국(조선문학동맹 중앙집행위원회 서기국)'의 이름으로 '「문학운동에 대한
소련당의 새로운 비판―『레닌그라드』 작가대회석상에서 당 중앙위원
주다노프 씨의 연설'의 모두에 실린 안내글을 보면 '『응향』 결정서'와
의 연결고리를 파악할 수 있다.

> 작년 8월 14일 쏘련공산당 중앙위원회는 『레닌그라드』에서 발행되
> 는 문학잡지 『레닌그라드』와 『별』이 방관적인 통속작품과 퇴폐적인
> 귀족 취미의 시를 게재하고 옳은 문학운동을 전개하고 있지 못한 것

---

18) 유임하, 앞의 글, 161~174쪽.
19) 김현종, 「'『응향』 사건'에 대하여」, 『문예시학』 제7집, 1996, 159~160쪽.

을 지적하여 작가동맹위원장 N 치호노프 씨를 질책한 다음 전기잡지
『레닌그라드』의 폐간을 명하였다. 이 문제에 관하여 공산당 중앙위원
회는 「쏘베트」 문학의 방향을 지시하는 새로운 결정서를 발표하고
중앙위원 「아아 주다노프」 씨는 『레닌그라드』 작가대회에 출석하여
동시 문학운동의 과거를 비판한 다음 당의 방침을 설명하였는데 『레
닌그라드』 시당조직과 작가들의 집회는 여기에 전면적인 지지를 표
명하였다. 이하에 당 결정서와 「주다노프」 씨의 보고 연설을 각각 소
개한다.(서기국)[20]

　조선문학가동맹 중앙집행위원회 서기국(편집 겸 발행인 이태준)의 입장
에서 볼 때, 사회주의 모국인 소련에서조차 잡지 『레닌그라드』와 『별』
에 "방관적인 통속작품과 퇴폐적인 귀족 취미의 시"가 게재된 점과 올
바른 문학운동으로의 진로 모색이 드러난 사례는 고무적이었을 것으로
판단된다. 즉 '『레닌그라드』 결정서'가 『응향』 이후 북한 내부에서 문
학의 정치성을 강화하기 위한 전범적 계기가 되었음에 틀림없어 보인
다. 더구나 『레닌그라드』의 폐간이라는 초강수는 북한문학의 지향점을
보여주는 예고편에 해당하는 것이다.
　그렇다면 소련에서의 결정서에 담긴 내용은 무엇인가? 실제로 『문학』
3호에 실린 '「잡지 『별』과 『레닌그라드』에 관한 1946년 8월 14일부 소
련 공산당 중앙위원회의 결정서」(약칭 '『레닌그라드』 결정서')' 내용을 보
면 아래와 같다.

　　전 동맹 공산당 중앙위원회 『레닌그라드』에서 출판되고 있는 문학
　예술잡지 『별』 급 『레닌그라드』의 운영이 참으로 불충분하다는 것을
　지적한다. / 최근에 잡지 『별』에는 「쏘베트」 작가들이 저명하고 우수

---

20) 조선문학가동맹, 『문학』 3호, 33쪽.

한 작품과 함께 아무 사상이 없고 사상적으로 유해한 작품이 많이 나타났다. 그의 작품이 「쏘베트」 문학에 적합지 않은 작가 「조시젠코」에게 문단의 자리를 주었다는 것은 『별』의 큰 과오이다. 「조시첸코」가 오래 전부터 허추(虛醜)하고 내용이 없고 저급한 글을 쓰며 우리나라 청년들에게 갈 바를 모르게 하고 그 인식을 파괴시키려 하는 부패한 무사상성과 저급하고 정치에 대한 무관심을 전파하고 있었든 것 『별』 편집부에서도 잘 알고 있었다. (…중략…)

「아호마또바」는 우리나라 인민에게 적합지 않은 허망하고 아무 사상이 없는 시를 쓰는 전형적인 여대표로 되어 있다. 염세관과 퇴폐사상이 침투되어 있고, 과거의 실내시의 취미를 표현하고 「예술을 위한 예술」이라는 부르주아 귀족의 탐미주의와 퇴폐주의가 시 가운데 엉키어 있고 인민과 보조를 맞추어가기를 바라지 않는 「아호마또바」의 시는 우리나라 청년교육사업에 해를 주고 「쏘베트」 문학에 용납할 수가 없는 것이다. (…중략…)

우리의 잡지는 「쏘베트」 인민, 특히 청년을 교육하는 사업에 있었어 「쏘베트」 국가의 강력한 수단으로 되어 있고, 그렇기 때문에 지도하여야 된다는 것을 망각한 것이다. 「쏘베트」 기구는 청년을 교육하는 데 있어서 「쏘베트」 정치에 대하여 냉정하고 또는 멸시사상과 무사상성을 용인할 수가 없다. (…중략…)

그러므로서 무사상성, 정치에 대한 무관심 급 예술을 위한 예술의 모든 선전은 「쏘베트」 문학에 적합지 않고 「쏘베트」 인민과 국가에게 해를 주고 따라서 우리의 잡지에 그러한 경향이 나타나서는 아니 된다. (…중략…) 인민과 국가에 이익 또는 우리나라 청년을 옳게 교육하겠다는 문제는 우인(友人) 관계로 희생되어 있고 비판은 침묵하고 있는 그러한 종류의 자유주의는 작가들로 하여금 향상이 없어지고 인민, 국가, 당에 대한 책임감을 없애버리고 진보를 중절시키게 되는 것이다. (…중략…)

전 동맹 공산당 중앙위원회는 아래와 같이 결정한다.

1. 잡지 『별』의 편집부 「쏘베트」 작가동맹 수뇌부 급 전 동맹 공산

당 장앙위원회 선전부에서는 이 결정이 지적하고 있는 잡지의 과오
와 결점을 무조건으로 제거할[21](30~32쪽) 방책을 세우고 잡지의 노
선을 바로 잡고, 「조시젠꼬」「아호마또바」 급 그와 같은 자들의 작품
을 잡지에 게재하는 것을 금지함으로서 잡지의 고도한 사상적 급 예
술적 수준을 확보할 것을 책임진다.

2. 『레닌그라드』에서 문학예술잡지를 두 개 발간하기 위하여서는
현재 충분한 조건을 가지고 있지 못하다는 것을 고려하여 『레닌그라
드』의 문학적 역량을 잡지 『별』의 주위에 집중하기로 하고 잡지 『레
닌그라드』는 폐간할 것.

3. 잡지 『별』 편집부의 사업에 적당한 질서가 있고 잡지의 내용을
엄중히 개량하기 위하야 잡지에는 수석주필을 두고 그 밑에 편집부
원을 둔다. 잡지의 수석주필은 잡지의 사상 급 정치적 방향과 잡지에
발표된 작품의 질에 대하여 전적으로 책임을 질 것을 규정한다.

4. 「에고리나, 야·엠」 동지를 전 동맹 공산당 중앙위원회 선전부
부부장을 겸임한 채로 잡지 『별』의 수석 주필로 임명한다.

전 동맹 공산당 기관지 『프라우다』에서(73쪽, 밑줄─인용자)

밑줄 친 부분을 중심으로 '『레닌그라드』 결정서'를 요약해보면 다음
과 같다. 즉 첫째로 『별』과 『레닌그라드』 잡지의 운영이 불충분하다는
것을 지적하고, 둘째 무사상성과 유해성을 내포한 작품이 다수 등장한
다는 점, 셋째 특히 조시젠코의 소설이 허추하고 저급하며 부패한 무사
상성과 정치적 무관심을 전파하고 있다는 점, 넷째 아호마또바의 시가
허망한 무사상성의 시이며 염세관과 퇴폐사상이 침투되어 있는 '예술
을 위한 예술'로서 부르주아적 탐미주의와 퇴폐주의에 물들어 있어서
청년교육사업에 해를 끼친다는 점 등이 비판된다. 그리하여 정치적 무

─────────────

21) 여기까지의 내용은 『문학』 3호, 30~32쪽에 걸쳐 있고 이하 내용은 『문학』 3호,
73쪽에 게재되어 있다.

관심을 극복하고 자민족 멸시사상과 무사상성을 제거함으로써 세계에서 가장 진보된 문학인 소비에트 문학의 힘을 보여주고 인민의 이익과 국가의 이익을 위해 봉사할 것을 강조한다.

결국 동맹 공산당 중앙위원회는 '1. 잡지의 과오와 결점을 제거하고 (조시젠꼬와 아호마또바의 원고 게재 금지) 고도의 사상적, 예술적 수준을 확보할 것. 2. 문학적 역량을 『별』에 집중하고 『레닌그라드』를 폐간할 것. 3. 편집부 질서와 잡지 내용을 개량하기 위해 수석주필을 두고 질적 책임을 지게 할 것. 4. 선전부 부부장을 수석 주필로 임명함.' 등을 결정한다.

이렇게 '『응향』 결정서'의 내용과 '『레닌그라드』 결정서'의 내용을 비교해볼 때, 거시적인 공통점은, 결국 『응향』이 예술지상주의의 순수 문학적 경향을 띠고 있어서 해방 이후 사회주의적 리얼리즘을 지향하는 '북조선 문학'의 입장에서 볼 때 낡은 부르주아적 잔재로 인식되었다는 점, 문학에 대한 정치적 이데올로기의 우위를 노골화하는 과정에서 잡지와 문인에 대한 비판과 검열이 제기된 사건이었다는 점, 그리고 정치사상적 통일을 구축하기 위해 문학의 도구적 기능을 극대화하려는 차원에서 취해진 사건이었다는 점 등을 확인할 수 있다.

하지만 결정서 내용을 꼼꼼히 살펴보면 '결정서'라는 외양적 형식에서는 유사할지언정 구체적인 세부 내용은 다름을 확인할 수 있다. 우선 결정기관이 다르다. 즉 '『응향』 결정서'의 경우 결정의 주체는 문학단체인 반면, '『레닌그라드』 결정서'의 결정 주체는 소련공산당이라는 점에서 강도나 논점이 다를 수밖에 없다. 그리고 '『응향』 결정서' 내용은 일제로부터 해방된 조선의 감격스런 현실을 외면한 채 '회의적, 공상적, 퇴폐적, 현실 도피적, 절망적 경향'을 노정하고 있는 개인주의적이고 감상주의적인 시적 태도에 대한 비판임을 확인할 수 있다. 그리하여 결정의 핵심은 사상적 통일노선을 세우고『응향』의 발매 금지와 함께 검열원을 파견할 것을 강조함으로써 일제 잔재와 반동적 경향을 극복할 것을 주장한다.

반면에 '『레닌그라드』결정서'는 정치적 무관심, 무사상성, 부르주아적 탐미주의와 퇴폐주의에 대해 비판하고 있으며 저급한 문학작품의 형상화에 비판의 초점이 놓여 있다. 그러므로 정치적 무관심을 극복하고 자민족 멸시사상과 무사상성을 제거함으로써 세계에서 가장 진보된 문학인 소비에트 문학의 힘을 보여주고 인민의 이익과 국가의 이익을 위해 봉사할 것을 강조한다. 그리하여 결국 결정의 핵심은 조시젠꼬와 아호마또바의 원고 게재 금지와『레닌그라드』의 폐간 등의 강제적 조치가 취해진다.

굳이 비견한다면 소련의 결정서가 더욱 강도 높은 결정서의 내용을 취하고 있다. 왜냐하면 '『응향』결정서'는 형식적으로라도 회의를 거쳐 자기비판과 작품에 대한 논의를 거치는 것으로 되어 있지만, '『레닌그라드』결정서'는 아예 원고 자체의 게재를 금하고 있으며, 기 출간된『응향』의 발매를 금지하는 것과『레닌그라드』자체를 폐간하는 것은 제재의 수준이 다르기 때문이다. 그러나 이 두 결정서가 지닌 여러 미세한 차이에도 불구하고 소련문학의 영향을 간과할 수 없으며, 특히 조직의 이름으로 내려진 정치주의적 결정은 문학의 자율성을 억압하는 단초가 된다는 점에서 향후 북한문학의 도식주의적 경도를 예고하게 된다.

3. 북한 문단의 입장

『응향』 텍스트에 대한 당대 북한 문단의 입장은 단호하게 비판적이다. 특히 극좌적 입장에 서 있던 백인준의 입장은 「문학예술은 인민에게 복무하여야 할 것이다―원산문학가동맹 편집 시집 『응향』을 평함」[22]이라는 평문에 잘 담겨 있다. 그는 "건설기에 있는 우리의 문학예술은 해방 받은 민족이 가지는 건국적 정열을 노래하며 노래할 뿐만 아니라 인민을 조직하며 정치적으로 교양하며 인민이 가지고 있는 애국심과 건국적 정열을 고무시키는 강력한 투쟁무기가 되어야 할 것이며 또 그러기 위하여서는 우리 사회의 현실을 전형적으로 묘사하여야 할 것"(74쪽)을 강조한다. 즉 새로운 건설적 문학예술은 건국적 정열의 노래, 인민의 조직, 정치적 교양, 애국심의 고무를 위한 "강력한 투쟁무기"로서 동원되어야 하며, 당대 현실의 전형적 묘사의 필요성을 당부하고 있는 것이다.

이어서 백인준은 "진보적 민주주의에 입각한 민족예술문화의 수립"을 위해, 그리고 "일제적 봉건적 민족반역적 파쇼적 모든 반민주주의적 반동예술의 세력과 그 관념의 소탕"을 위해 견결히 투쟁할 것을 강조한다. 이러한 시각을 지닌 백인준에게 시집 『응향』은 "북조선문학예술총동맹의 노선과는 하등의 연관이 없을 뿐만 아니라 이를 반대하고 이에 위반하는 현상"으로 인식된다. 시집 『응향』 속에 태반 이상의 시가 "일본제국주의가 남겨놓고 간 일체 타락적 말세기적 퇴폐적 유습의 표현"이며 "반동적 예술의 세력과 그 관념"이기 때문이다. 그러므로 인민

22) 백인준, 「문학예술은 인민에게 복무하여야 할 것이다―원산문학가동맹 편집 시집 『응향』을 평함」, 『문학』 3호, 1947. 4. 15, 74~82쪽.

에게 복무하지 않는『응향』사건은 "진실로 괴이한 현상"(75쪽)으로 파악된다. 백인준에게『응향』은 비정상적인 반동문학의 온상으로 인식되고 있는 것이다.

특히 백인준은 여전히 일제에 사로잡혀 있는 "일제적 말세기적 반민주적 예술의 관념"을 소탕하기 위해 시선을 집중할 필요성을 강조한다. 그러면서 강홍운의 「파편집 18수」가 "내용 관계로 오래 지하에 매몰당했다가 민족의 해방과 더불어 이제 발표"한다는 작자의 말을 비판하면서 오히려 일제가 적극 응원해주고 찬양했을 법한 시라고 지적한다. "말세기적 퇴폐적 감상적 경향"을 드러내면서 "몰락해가는 계급, 사멸되어가는 사회"에 집착하고 있는 시라는 것이다.

백인준이 비판하는 강홍운의 시를 직접 인용해보면 다음과 같다.

> 뛰며 닫고 웃고 우는 / 가엾은 인생들 / 못가에 개구리도 뛰며 닫고 하거늘 작년에 죽었던 오동나무는 / 금년에도 / 새 잎이 되지 않누나! / 벗이여! 벗이여! / 편지에 많이 쓰던 그 친구 어디갔나 꽃바람 부러오는데 / 아침엔 죽고싶고 저녁엔 살고 싶소 하로일도 괴로워 / 검은 구름이 얇게 흘러가오 / 진리 진리 찾아도 못 찾는 진리를 앞산 넘어가면은 / 찾어볼 듯 싶은데
>
> 강홍운의 「파편집 18수」 중에서(75쪽)

백인준은 강홍운의 작품에 대해 조선의 문학자, 예술가들이 이러한 작품만 쓴다면 '영원한 멸망 민족'이 되어버릴 것이라고 비난한다. 나아가서는 뛰고 닫고 웃지도 못하는 "개구리 같은 민족"이 될 것이라며 비평적 논리가 아닌 감정적 비아냥으로 일관한다. 하지만 '피지 못하는 새잎'이나 '죽고 싶은 아침', '진리에 대한 탐색' 등의 구절들은 오히려

해방 이전에 발표된 시이기에 해방을 갈망하는 시로 독해할 여지도 있다. 물론 강홍운의 시에 허무주의적, 패배주의적 관점이 내포되어 있긴 하지만, 민족에 대한 절망감으로 점철된 텍스트로만 읽을 필요는 없는 것이다. 그러나 백인준의 정치적 감각은 강홍운의 시적 지향을 왜곡하고 불구적 텍스트로만 접근하는 외눈박이의 시선을 보여준다.

그리고 해방 공간의 현실 참여를 강조함으로써 주관적 감상성을 거세하려는 이데올로기적 잣대는 박경수의 「눈」을 거론하면서도 강화된다. 해방의 감격이나 일제의 잔재 청산, 부르주아적 반동 경향의 제거라는 문학적 지향점은 개인주의적 낭만성을 퇴폐미학으로 단정짓는 것이다.

온길 / 눈이 덮고 / 갈 길 / 눈이 막아 / 이대로 / 앉은 채 / 돌 되고 / 싶어라

「눈3」

밤이 깊어 / 눈은 마음껏 설레어도 / 남빛 바다만은 / 내 마음처럼 / 아무렇게도 못한다 / 긴밤 그냥 밝힌 / 호접인 양 / 바다도 내 마음도 / 아침부터 거칠다

「눈4」(77쪽)

인용된 시를 보면 박경수의 「눈3」과 「눈4」는 자아와 세계의 교감이라는 서정시의 본류적 지향에 닿아 있다. 즉 「눈3」의 경우 눈이 온 날 길을 걸으며 방황하는 자아의 내면 속에 깊은 고독감과 단절감이 생성되는 것을 '돌'로 집약하고 있는 시이다. 그리고 「눈4」는 밤과 아침 사이, 바다와 마음 사이에 눈이 나비인 양 흩날리는 마음의 풍경을 들여

다보면서 '사이 시간'이나 '사이 공간'의 의미를 추적하는 시라고 볼 수 있다.

그러나 백인준은 박경수의 작품이 "예술은 정치와 무관계하다, 예술은 계급을 초월한다"는 식의 '순수문학'이니 '예술지상'이니 하는 주장과 상통하며, 그것은 이른바 독재적 반동계급의 문학임을 주장한다. 그러면서 "푸른 하늘이 조각조각 깨여저 나리면 매달릴 곳 없는 해가 / 산골에서 미끄러질 친다"는 구절이 인민대중이 이해하지 못할 구절이라면서 누구를 위하여 쓴 시인지 반문한다. 이렇게 무조건적이고 맹목적으로 청맹과니적 비판을 진행하면 개인의 창조적이고 비유적인 표현을 지향하는 감수성의 미학은 인민대중의 이름으로 거세될 수밖에 없는 것이다.

결국 백인준은 강흥운의 "말세기적 퇴폐성 주관적 감상성"과 박경수의 "현실도피적 개인 환각적 반인민적 경향"이 새로운 시대에는 극복되어야 할 예술지상주의적 태도에 해당한다고 결론내린다. 이러한 비판의 최고조는 이 두 시인의 부정적 측면을 종합한 시인이 구상이라면서 구상의 시에 대해 비판하는 대목에서 드러난다.

> 이름 모를 적로 우에 / 눈물 겨웁다 / 보행의 산술도 / 통곡에도 / 피곤하고 (…중략…) / 지혜의 열매도 / 간선 받은 입설에 / 식기를 권함은 / 예양이 아니고 노정이 / 변방에 이르면 / 안개를 생식하는 짐승이 된다 (…하략…)
>
> 「길」 부분

> 메스길 도가에서 화장한 상여의 / 곡성이 흐르고 / 아 이밤의 제곡이 흐르고 / 묘소를 지키는 망두석의 / 소래처럼 쓰디쓴 / 고독이여 /

서거픈 행복이여

「밤」 부분

  구상의 「길」과 「밤」의 인용된 부분만 보면, 「길」의 경우 한자어투가 시를 독해하는 데에 방해 요소가 되지만, 피곤한 자아가 몽환적인 현실의 길을 걸어가는 인상을 받을 수 있고, 「밤」의 경우, 죽음과 고독의 두 이미지가 서로를 길항하며 '서글픈 행복'이라는 역설의 미학으로 이미지가 집약되고 있음을 확인할 수 있다. 두 편의 시가 해방 이후의 현실을 노래한 시라고 할 때 문학의 정치성을 강조하는 입장에서는 시인의 회의주의적 관점이나 패배주의적 태도를 비판할 수 있다. 하지만 만약에 해방 이전에 암울한 일제 강점의 현실을 노래한 시라면 역설적이게도 반일 지향의 시로 해석될 수도 있다. 그러므로 백인준 식의 비판은 지나치게 현실 환원론적인 문학 해석이 가지는 맹점을 보여준다.

  백인준은 시 두 편을 인용한 뒤 구상이 "박경수의 현실도피적 개인 환각적 반인민적 경향과 강홍운 씨의 말세기적 퇴폐적 주관적 감상성을 고도로 자승하여 겸유한 작자"라며 평가절하한다. 특히 한자어의 나열과 함께 "안개를 생식하는 짐승"이라는 표현이 인민의 이해를 돕기 어려운 표현들이기에 문제라고 비판한다. 하지만 오히려 '안개를 생식한다'는 표현은 1980년대 말 '안개의 주식을 소유한다'는 기형도의 시 「안개」에 연결될 만큼 모던적인 감각을 보여주는 표현으로 해석될 여지도 있다.

  시인들에 대한 백인준의 비판은 '응향(凝香)'이라는 시집의 제목의 난해성 비판으로 이어진다. '응(凝)' 자는 웬만한 한문교육을 받지 않은 사람이 읽기 어려운 한자이며, 읽는다 해도 응향이 무슨 소리인지 알 수

없다는 이유에서이다. 그러면서 백인준은 "일본제국주의가 남겨 놓고
간 일체 타락적 말세기적 퇴폐적 유습과 생활태도를 청산하고 생기발
랄한 향상하여(향상으로?) 전진하는 새로운 민족적 기풍을 창조하라"는
김일성 위원장의 가르침을 다시 한 번 뼈에 사무치게 느껴야 할 것을
강조한다. 이때부터 이미 백인준은 김일성의 말씀이 문학예술의 지표로
작동하고 있는 북한 문단의 현실을 보여준다.

안막은 백인준의 『응향』 비판에서 나아가 『관서시인집』의 황순원의
시 「푸른 하늘이」에 대해서도 반동적인 시라고 비판한다. "「푸른 하늘
이」라는 시의 작자 황순원이란 시인은 이 시에서 암혹한 기분과 색정
적인 기분을 읊었"으며, "해방된 북조선의 위대한 현실에 대하여 악의
와 노골적인 비방으로밖에 볼 수 없는 광시를 방송을 통하여 발표하였
던 것"이라고 판단하는 것이다. 뿐만 아니라 "비록 내 앞에 불의의 총
칼이 있어 / 내 팔다리 자르고 / 내 머리마저 베혀버린대도 / 내 죽지는
않으리라."는 시 구절에서 북조선에 있어서 민주개혁의 우렁찬 행진을
'불의의 칼'로 상징하였으며, 반민주주의 반동파들이 민주주의 조국 건
설을 노기를 가지고 비방하며 파괴하려는 썩어져가는 무리의 심정을
보여주었다고 직설적으로 비판하는 것이다.[23] 안함광 역시 백인준과 입
장을 같이 하는데, "생활의 진실이라는 것을 보편성을 가진 현실적 및
역사적 각도에서 이해하지 못하고 그러한 객관세계와는 격리된 고립적
인 주관세계에의 미련 위에서 이해하고 있다"[24]라는 점이 『응향』의 맹
점임을 지적한다.

북한의 시각에서 『응향』은 생활의 진실에서 우러나오는 인민의 목소

---

23) 안막, 「민족예술과 민족문학 건설의 고상한 수준을 위하여」, 『문화전선』 5집, 북조
   선문학예술총동맹, 1947. 8. 1, 8~12쪽.
24) 안함광, 「의식의 논리와 문예창조의 본질적인 제문제」, 『문화전선』 4집, 1947. 4.

리를 반영하지 못하고 있으며 일제 잔재의 특징인 순수문학과 예술지 상주의적 주관세계에 안주하였고, 동시에 해방 이후 시인이 지녀야 할 건국적 열정과 애국주의적 지향을 도외시한 작품을 씀으로써 역사적 안목을 상실하고 있는 시집인 것이다. 따라서 당파성과 인민성을 갖춘 시를 쓰려면 문학주의적 경향을 배격하고 조선의 새로운 현실에 대한 리얼리즘적 감각과 관점을 내면화해야 하는 것이다.

4. 남한 문단과 『응향』 동인의 입장

김동리는 『응향』 사건이 문학적 자유가 훼손된 상징적 사건임을 주목하면서 순수문학적 입장을 강조한다. 그리하여 "인간의 영원한 불완전, 영원한 고통"을 떠나서 문학을 생각할 수 없으며 "인생과 문학의 본질에 육박하려면" 불안정과 고통에서 출발해야 하고, "문학이 한 시대의 정치적 도구에 그치지 않고 영원한 생명을 가지려면 당연히 이 영원의 문제에 관심"을 지녀야 함을 강조한다. 특히 "시라고 하면 반드시 정치시만이 필요한 것이 아니라 서정시도 고귀한 것이며, 서정시란 언제나 회의적, 염세적, 비수적 색채를 띠게 되는 것이며, 이 회의적, 염세적, 비수적이란 기실 인생과 문학의 본질적인 것에 통해 있으므로 이것을 정치적 각도에서만 규정하야 젊은 시인들을 박해한다는 것은 그들이 말하는 문학의 자유 발전이 아니라 그와는 정반대"임을 지적하면서 순수문학적 입장을 옹호한다.[25]

---

25) 김동리, 「문학과 자유의 옹호－시집 『응향』에 관한 결정서를 박함」, 『백민』 제3권 4호, 1947. 6, 52~56쪽.

『응향』사건으로 월남하게 된 구상은 『응향』사건에 대해 두 편의
글로 당시의 일을 소상히 회상한다. 그 중 조금 더 상세한 내용의 글이
구상전집 6권에 실린 「시집 『응향』 필화사건 전말기(顚末記)」26)이다. 이
글의 내용을 보면 구상은 해방 전 <북선매일신문> 기자를 하다가 원
산문학동맹의 일원이 되어 '원산 문예총' 위원장인 박경수로부터 시집
발간에 작품을 제출해 달라는 청탁을 받는다. 그리하여 시인은 해방 이
후 첫 시집에 참가한다는 기쁨에 참여하면서 4~5편을 싣게 된다.27)
『응향』에 실린 그의 시를 살펴보면 다음과 같다.

> 동이 트는 하늘에 / 까마귀 날아 // 밤과 새벽이 갈릴 무렵이면 /
> 카스바마냥 수상한 이 거리는 / 기인 그림자 배회하는 무서운 / 골
> 목……. // 이윽고 / 북이 울자 / 원한에 이끼 낀 성문이 뼈개지고 /
> 구렁이 잔등같이 독이 서린 한길 위를 / 횃불을 든 시빌(희랍어, 선지
> 자)이 / 깨어라! 외치며 백마를 달려. // 말굽소리 / 말굽소리 // 창칼
> 부닥치어 / 살기를 띠고 / 백성들의 아우성 / 또한 처연한데 // 떠오는
> 태양 함께 / 피 토하고 / 죽어 가는 사나이의 미소가 / 고웁다.

「여명도(黎明圖)」

시인은 「여명도」에 대해 일제 강점기의 암흑시대가 가고 광복의 여
명을 맞은 당시 상황을 그린 작품이며, 시인적 예지로 해방의 여명이
결코 단순한 축복이 아니라 불길한 조짐과 시련으로 차 있다는 실감을
'까마귀'의 상징으로 표현했다고 고백한다. 나아가 소련과 공산당이 지

---

26) 구상, 「시집 『응향』 필화사건 전말기」, 『시와 삶의 노트(구상문학총서 제6권)』, 홍
   성사, 2007, 164~175쪽.
27) 시집 『응향』의 책제목을 '응향'이라고 유식하게 붙인 것은 박경수이며, 장정은 이
   중섭이 맡아 '유희하는 군동상(群童像)'이 표지에 그려졌다고 시인은 당시의 시집
   『응향』을 회상한다.(구상, 앞의 글, 165쪽.)

배하는 북한의 새로운 암흑사태를 구출할 새로운 힘의 도래와 자기 희생의 의지가 새겨진 시라고 자평한다. 즉 시 「여명도」는 이데올로기에 환멸을 느낀 시인의 내면이 종교적인 예언자적 지성으로 드러나 있으며, 마지막 부분이 '소망을 품고 죽어가는 순교자의 표상'으로 잘 형상화되어 있다고 분석할 수 있는 것이다.[28] 시인과 평론가가 잘 주목하고 있듯 이 시는 여명의 순간을 포착한 상징주의 시에 해당하며 이육사의 「광야」처럼 메시아주의에 입각한 니체적 초인 사상이 담겨 있다고 할 수 있다.

　나아가 시인은 자신의 "현실저항적 발상"과 "울혈적 표현"이 북조선 사람들에게 정확히 인식된 결과로 "어용 평론가 백인준의 악담 저주와 같은 논평"을 받았음을 회고한다. 그리고 시인의 감각에 대해 백인준이 '퇴폐주의적, 악마주의적, 부르주아적, 반역사적, 반인민적' 등등 도합 일곱 개의 '주의적인 관사'로 비난을 퍼부었다고 상기한다.

　　이름 모를 귀양길 위에 / 운명의 청춘이 / 눈물겨웁다. // 보행의 산술(算術)도 / 통곡에도…… / 피곤하고 // 역우(役牛)의 / 줄기찬 고행만이 // 슬프게 / 좋다. // 찬연한 계절이 / 유혹한다손 / 이제사 / 역행의 역마를 / 삯 낼 용기는 없다. // 지혜의 열매로 / 간선(揀選) 받은 입술에 // 식기만을 권함은 / 예양(禮讓)이 아니고 // 노정이 / 변방에 이르면 // 안개를 생식하는 / 짐승이 된다. // 뭇 사람이 돈을 따르듯 / 불운과 고뇌에 홀리어 // 표석도 없는 / 운명의 청춘을 / 가쁘게 가다.

　　　　　　　　　　　　　　　　　　　　　　　　　　「길」

　시인은 「길」에 대해서도 백인준이 안개를 생식한다는 표현에서 "비

28) 김정신, 「구상 시의 존재론적 탐구와 영원성 ─『그리스도 폴의 강』과 『말씀의 실상』을 중심으로」, 『문학과 종교』 제15권 1호, 2010, 63~67쪽.

과학적, 관념적, 환상적, 비현실적"이라고 힐난했다고 회상한다. 하지만 실제로는 "'적로, 보행의 산술, 간선, 안개를 생식하는 짐승' 등의 말을 이해하려면 얼마나 공부를 하고 어떠한 정도의 학교를 졸업하여야 하는가? 솔직히 말하자면 '안개나 생식하는 짐승'이 되기 전에는 이해하지 못할 것이요, 그러한 사람들이 사는 사회가 아니고서는 인민의 사랑은커녕 인민의 교육자, 인민의 조직은커녕 인민을 해하고 인민을 미혹시키며 인민에게 제재되리라고 하지 않을 수 없다."(81쪽)는 내용이 「길」에 대한 비판이다. 즉 이것은 '인민성'을 강조하려는 백인준의 비평적 레토릭인 것이다. 구상의 허무주의적이고 염세주의적 관점에 대해 백인준이 '인민'을 등에 업고 날카로운 비판의식을 보여주고 있는 것이다.

구상 시인은 『응향』 사건을 둘러싼 북한 문단의 반응에 대해 김동리, 조연현, 곽종원, 임긍재 등이 문학의 자율성을 옹호했다고 기억한다. 특히 그가 기억하는 '남한 민족진영 문단의 반박 논문들의 요지'는 다음과 같다.

>   <남한 민족진영 문단의 반박 논문들의 요지>
>   1. 시집 『응향』에 수록된 시편들은 북한의 현실적 문제를 제재로 하였다기보다는 각자 개인의 정서 표현이므로 국가 권력이 이에 개입하는 것은 부당하다.
>   2. 설사 그것이 현실적 문제를 제재로 한 것일지라도 권력적 개입은 문학을 유린하는 행위다.
>   3. 그 시편들을 회의적, 공상적, 퇴폐적, 도피적, 반동적으로 해석하는 것은 인간의 정서나 정신에 관한 모독이며 설사 그러한 해석이 되더라도 그것은 범죄적인 것이 아니요, 정치적으로 결부시킬 성질의 것은 더욱 아니다.
>   4. 북조선 문예총의 결정은 그 조직 스스로가 반문학적, 반예술적

인 단체인 것을 반증해 준다.

5. 북조선 문예총의 결정은 예술에 대한 가장 독재적, 독선적 야만
    행위다.29)

요약하면 개인의 정서적 표현에 해당하는 문학주의적 입장에 대해
국가권력이 개입하는 행위는 문학을 유린하는 행위에 해당하며 북조선
문예총은 반문학적, 반예술적 단체이며, 그 결정 행위는 독재적, 독선적
야만 행위에 해당한다는 것이 '『응향』 결정서'에 대한 남한의 순수문학
파들의 입장인 것이다. 이런 과정을 통해 구상은 '시집 『응향』 필화사
건'이 북한 사회를 공산당이 지배하는 과정에서 일으킨 문화적 사건이
자 북한의 비극적 정치사건 중 공식적으로 표면화된 최초의 사건이라
고 평가한다. 그가 보기에 『응향』이 북한에서 진보적 민주주의를 가장
한 공산주의 독재 이념의 정체와 야만적 방법과 수단을 그대로 탄로시
킨 사건이며, 해방직후 남북한 문단에 경악과 충격을 불러일으킨 사건
임과 동시에 역설적이게도 남한의 '민족문화진영의 결속'을 공고히 한
사건으로 기억되기 때문이다.

결과적으로 『응향』 사건은, 다양한 해석의 여지를 가진 은유와 상징
은 자제되어야 하며, 주관적이고 감각적인 표현의 사용이라 할지라도
구체적인 이야기의 방향과 뚜렷한 목적 아래에서만 제한적으로 구사되
어야 함을 알린 사건으로 해석된다. 그러므로 복잡한 의장이나 다의적
인 내포를 지닌 표현 대신에 단순하고 명료한 서술을 뼈대로 당대 현
실을 반영하는 것이 부르주아적 감상과 관념을 벗어나 건설과 투쟁의
이야기를 담은 시가 되는 것이다.30) 즉 문학이 가진 인식적 기능보다

---

29) 구상, 「시집 『응향』 필화사건 전말기」, 『시와 삶의 노트(구상문학총서 제6권)』, 홍
    성사, 2007, 174~175쪽.

교양적 기능을 우선시하게 되면서 그렇지 못한 작품들을 낡은 문학적 잔재나 퇴폐적인 경향으로 간주하기 시작한 흐름에서 나온 사건이 바로 『응향』사건이며, 소련의 영향을 입은 문학적 관료화의 징후에 해당하는 것이다.[31]

결국 『응향』사건은 북한에서 '예술을 위한 예술, 문학주의적 의미의 순수문학'이 설 자리를 잃게 된 계기로 작동한다. 나아가 남한의 민족주의문학이나 순수문학 전체를 미제의 사상 문화적 침략으로 이루어진 부르주아적 사상미학의 잔재로 규정하게 되는 계기로 작동한다. 이것은 사회주의적 당문학으로 일원화된 북한문학의 자기정체성 확립과정에 해당하지만, 결과적으로는 주체적 입장만을 대변하는 배타적 정체성의 논리를 강조하게 된다. 따라서 궁극적으로는 북한문학이 남한문학과의 지리적 분단을 넘어 이념적 단절과 심정적 결별까지 선언하는 의미를 지닌 사건으로 파악할 수 있다.[32]

『응향』사건은 한 마디로 남북의 문학이 다른 목소리를 내장하며 서로에게 등을 돌리게 된 하나의 표지가 되는 사건임에 분명하다. 문학이 정치에 복속되고자 할 때 다양성의 목소리는 단일성의 틀에 의해 배제의 대상이 된다. 우리는 그 명징한 모습을 '『응향』 결정서'를 둘러싼 문단 안팎의 시선에서 확인할 수 있다. 현실을 외면한 채 자기만의 골방 속으로 파고들어가는 내성의 문학도 문제지만, 현실의 나팔수가 되어 구호로 나부끼는 깃발의 문학 역시 문학을 질식시킨다. 그러므로 『응향』은 남과 북의 문학적 결절점임과 동시에 함께 만나야 할 타자의 표지로

30) 신형기·오성호, 『북한문학사』, 평민사, 2000, 28~29쪽.
31) 김재용, 『북한문학의 역사적 이해』, 문학과지성사, 1994, 97~99쪽.
32) 김성수, 「통일문학 담론의 반성과 분단문학의 기원 재검토」, 『민족문학사연구』 43집, 민족문학사학회, 2010, 81쪽.

기능해야 한다고 판단된다.

5. 결론

원산문학동맹에서 단순히 하나의 '해방기념시집'으로 발간하려던 동인지 성격의 잡지는 북조선예술총연맹에 의해 일제 잔재 청산과 새로운 사회의 건설이라는 테제 아래 문학예술에서도 이데올로기적 잣대가 평가의 척도로 작용하면서, 『응향』은 예술지상주의적이고 현실도피적인 불온한 정신의 온상지로 평가절하 된다. 문학의 자율성과 다양성의 원리를 외면한 채 리얼리즘의 원리를 기계적으로 적용하려는 북한식 주체 문예이론의 맹아가 여기에서 발생한 것이다.

『응향』 사건은 해방 직후 북한 문단의 재편성 과정에서 발생한 우발적이면서도 필연적인 사건에 해당한다. 문학의 미적 자율성이 새로운 사회주의 사회를 건설하는 데에 걸림돌로 작용한다는 정치적 관점은 문학의 다양성을 인정하기보다는 '혁명과 건설의 무기로서의 문예'로 가는 당문학적 시각을 보여준다. 그것이 『응향』 사건이 놓인 자리에 해당한다. 조직의 이름으로 개인과 작품을 단죄하기 시작한 첫 걸음이 『응향』이라는 점에서 이후 반종파투쟁 과정에서 사라진 문인과 작품들은 거개가 『응향』 사건의 피해자들이라고도 볼 수 있다.

문학은 금기와 위반 사이에서 위태로운 줄타기를 해오며 자신의 영역을 늘 확장해왔다는 점에서 『응향』 사건은 문학적 자율성을 옹호해야 한다는 당위성을 강조하는 첫 사건이라 할 만하다. 그리고 『응향』 결정서를 둘러싼 문단 안팎의 시선은 단순히 남한문학과 북한문학 혹

은 문학의 순수성과 정치성의 결별 지점으로 『응향』을 볼 것이 아니라
문학의 사회적 기여와 창작자 개인의 표현의 자유 사이 어디쯤에 문학
이 놓이는 것이라는 성찰을 제기한다.

개작과 발견

리찬의 「김일성장군의 노래」

남 원 진*

1. 북조선 시인, 리찬 연구의 문제

북조선문학 연구는 그동안 많은 성과물을 내어 왔다. 그럼에도 북조선 시인에 대한 연구는 상대적으로 미흡한 상태이다. 또한 북조선의 시는 국내외에 산재되어 있지만 체계적인 정리가 되어 있지 않다. 그래서 연구의 활성화도 어렵다. 해방 후 연구에 있어서도 원본을 확보하기가 어렵고 개작 과정을 알아내는 일도 또한 쉽지 않다.

'매몰'이란 말은 붕괴 끝에 빚어진 참사를 뜻한다. 그런데 우리 문학사에는 안타깝게도 이런 말을 붙여서 설명되는 이름들이 적지 않다. (…중략…) 한 편의 작품이라도 더 수집하기 위하여 우리는 하버드대학·시카고대학·버클리대학 등 미국의 여러 곳을 두루 다녔었고, 중국과 일본에 수소문하였으며 국내의 여러 지역을 뒤지고 다녔다. (…중략…) 북한의 신문 등 각종 간행물에 발표된 시작품 일부와

---

* 가천대 글로벌교양학부

일본 유학 시절에 발표한 일문 시도 입수하지 못하였다.[1]

북조선 시인 중에서 상대적으로 많은 문학사적 관심과 연구가 이루어진 리찬의 경우도 위의 지적과 크게 다르지 않다. 리찬의 경우, 『월북작가대표문학(16)』(1989)에서는 『분향』(1938), 『망양』(1940), 『대망』(1937)만이 실려 있고, 『북한문학전집(16)』(2005)에서도 『분향』(1938)만이 수록되어 있다. '월북작가대표문학'이나 '북한문학전집'이라는 표제에도 불구하고 수록된 시집은 북조선에서 간행된 것이 아니라 식민지 시대 간행된 시집들뿐이다. 또한 리찬 시를 집대성한 성과물인 『이찬詩전집』(2003)에도 북조선에서 간행된 몇몇 시집이나 여러 기관지에 발표된 원문이 수록되어 있지 않다. 북조선의 기관지에 발표된 시 목록이나 산문 목록은 북조선문학 연구의 기초 자료라고 할 수 있는 사항이지만, 이 전집에는 거의 정리가 되어 있지 않다. 특히 이런 실증적 자료 정리가 필요한 가장 큰 이유 중의 하나는 북조선 시는 사회·정치적 상황 등의 '필요'에 따라 언제든지 개작이 가능하기 때문이다. 그러하기에 연구자의 세심한 주의를 기울이지 않는 한 오독하기 십상이다. 북조선의 간판격 시인인 리찬이 이러한데, 다른 시인은 말할 필요도 없다.

필자는 '리찬'이라고 써온 이유는 대강 세 가지로 나눌 수 있다. 첫째, 그가 가장 오랜 기간 동안 거주한 곳 그리고 가장 많이 작품을 발표했던 무대가 북한이었다. (…중략…) 둘째, 그 자신이 한글로 '이찬'이라고 표시한 글을 필자는 본 적이 없기 때문이다. 일제강점기 때 그는 모든 글의 필자 이름을 한자인 '李燦'으로 표기해서 발표했다. 그 자신이 북한에서 활동할 때는 자기 이름을 늘 '리찬'으로 표기

---

1) 이동순·박승희, 「책머리에」, 『이찬詩전집』, 소명출판, 2003, 3~5쪽.

해 왔다. (…중략…) 셋째, 필자는 이제 한국문학은 서울중심주의를 벗어나, 서울 중심이라는 고정관념을 해체된 새로운 중심주의를 가져 야 한다고 생각한다. (…중략…) 그러므로 '리찬'이 활동했던 북한문 학이라는 영역도 그것 자체를 새로운 중심주의로 인정해서 북한식 표기법을 그대로 두는 것이 좋다고 생각했다.2)

김응교의 『이찬과 한국 근대문학』(2007)은 리찬 연구의 한 성과물임 에는 분명하다. 필자는 '리찬'이라고 써온 위의 김응교의 세 가지 이유 에 대해서도 충분히 공감하고 당연히 '리찬'이어야 한다고 판단한다. 그러나 위의 지적은 몇 가지 실증적 검토를 필요로 한다. 첫째, "일제강 점기 때 그는 모든 글의 필자 이름을 한자인 '李燦'으로 표기해서 발표 했다"고 하나, 실제 「판톰 '환영'을 보고」(<동아일보>, 1927. 12. 15)라는 영화평에서 보듯, 한글 '리찬'이라고 표기하고 있다. 둘째, "북한에서 활동할 때는 자기 이름을 늘 '리찬'으로 표기해 왔다"고 하지만 해방 이후 한동안 한자 '李燦'이라고 표기한다.

다음 <표 1>은, 이동순·박승희의 『이찬詩전집』과 김응교의 『이찬 과 한국 근대문학』에 제대로 정리되지 않은, 해방 이후 일부 작품 목록 을 원문 그대로 제시한 것이다. 아래의 <표 1>에서 보듯, 그는 해방 이후 한동안 혼란스럽게 '李燦'과 '리찬'을 동시에 사용하다가 1950년 대 이후 '리찬'으로 명기했다.

---

2) 김응교, 「다시 '이찬'을 읽는다」, 『이찬과 한국 근대문학』, 소명출판, 2007, 13~14쪽.

〈표 1〉 해방 후 리찬 작품 목록3)

작가	작품	발표지	출판년월일
李燦	「아오라지나루」	『우리문학』 창간호	1946. 1. 28.
李燦	「아오라지 나루」, 「祝宴」	『횃불』, 우리문학사	1946. 4. 20.
李燦(作詞) 平壤音樂同盟(作曲)	「金將軍의노래」	『문화전선』 창간호	1946. 7. 25.
李燦	「勝利의 記錄」	『문화전선』 창간호	1946. 7. 25.
李燦	「藝術領域의審査問題와그뒤에 오는것」	『문화전선』 창간호	1946. 7. 25.
李燦	「果樹園」	『건설』 창간호	1946.(?) (확인불가)
李燦	「偉大한 太陽」	『문화건설』 창간호	1946.(?) (확인불가)
李燦(作詞) 金元均(作曲)	「金日成將軍의노래」	『우리의태양』, 북조선예술총련맹	1946. 8. 15.
李燦	「讚 金日成將軍」	『우리의태양』, 북조선예술총련맹	1946. 8. 15.
李燦	「大地의讚歌」, 「勝利의記錄」, 「悲歷의終焉」	『거류』, 8·15해방1주년기념 중앙준비위원회	1946. 8. 15.
李燦(詞) 金元均(曲)	「金日成將軍의노래」	『조선여성』 창간호	1946. 9. 6.
李燦	「떨처나오라 祖國創業 무르녹 는 大途로!」	『조선여성』 창간호	1946. 9. 6.
리찬	「남녀平等권法令을보고 - 각 게여음」	『조선여성』 창간호	1946. 9. 6.
李燦	「勝利의大地」	『조쏘문화』 제3집	1946. 12. 28.
李燦	「쏘聯使節團歸還記」	『조쏘문화』 제3집	1946. 12. 28.
李燦	『花園』	함흥문학동맹	1946.(?) (확인 불가)

---

3) 목차와 본문의 이름과 제목이 다르고 오식이 있는 경우 본문에 기록된 원문 그대
로 제시한다.

작가	작품	발표지	출판년월일
李燦	「쏘련詩抄 1」 －「讚·쓰딸린大元帥」	『조선신문』	1947. 1. 9.
李燦	「쏘련詩抄 2」 －「푸른港口－볼가運河」	『조선신문』	1947. 1. 11.
李燦	「쏘련詩抄 3」 －「再建쓰딸린그라드」	『조선신문』	1947. 1. 17.
李燦	「쏘련詩抄」 －「黑海의月夜－休養地스후미를노래함」	『조선신문』	1947. 1. 19.
李燦	「쏘련詩抄」 －「아르메니야 휘야르모니야 國立舞踊劇場」	『조선신문』	1947. 1. 29.
李燦	「勝利의꼴호-즈」	『건설』 제3집	1947. 2. 15.
李燦	「蘇聯勤勞人民들의生活」	『건설』 제3집	1947. 2. 15.
李燦	「續·쏘련詩抄」 －「遠東 草原에서」 －「위로시로프의八·一五」 －「어서가라 大쏘聯邦의 품으로」 －「붉은廣場」	『문화전선』 제3집	1947. 2. 25.
李燦	「쏘베-트作家會見記」	『문화전선』 제3집	1947. 2. 25.
李燦	「悲歷의終焉」	『(1946년판)조선시집』, 아문각	1947. 3. 20.
李찬	「「朝蘇文化」의强力한 再發足을 위하여」	『조쏘문화』 제4집	1947. 3. 23.
李箕永, 李燦	『쏘련參觀記』	조쏘문화협회	1947. 4. 20.
李燦(詞)	「金日成將軍의노래」	『6월의헌사』, 북조선문학동맹 함경남도위원회	1947. 6. 20.
李燦	『쏘聯記』	조쏘문화협회중앙본부	1947. 9. 5.
李燦	『勝利의記錄』	문화전선사	1947. 9. 5.
李燦	「女人節」	『인민교육』 제5집	1947. 10. 5.
李燦	「딸과 달과 어머니와」	『조국의깃발』, 문화전선사	1948. 7. 1.

작가	작품	발표지	출판년월일
李燦	『쏘聯詩抄』	조쏘문화협회중앙본부	1947.(?) (확인 불가)
李燦	「베로-브氏歸國」	『조쏘문화』 제13집	1948. 8. 25.
李燦	「素描·아리-샤」	『創作集』, 국립인민출판사	1948. 9. 25.
리찬	「또 하나의 거대한 혈맥」	『로동자』 제5집	1948. 10. 15.
리찬	「약수터의 노래」	『청년생활』 제12집	1948. 12. 25.
리찬(시) 김원균(곡)	「김일성장군의노래」	『조쏘가곡100곡집』, 북조선음악동맹	1949. 5. 5.
리찬(시) 박광우(곡)	「건설의아침」	『조쏘가곡100곡집』, 북조선음악동맹	1949. 5. 5.
리찬(시) 김동진(곡)	「로동해방가」	『조쏘가곡100곡집』, 북조선음악동맹	1949. 5. 5.
李燦	「歡送」	『위대한 친선』, 문화전선사	1949. 2. 15.
李燦	「圖書館員들에게」	『선전자』 제1집	1949. 10. 5.
리찬	「들으시라 삼천만조선인민의 이 우렁찬 찬가도」	『영광을 쓰딸린에게』, 북조선문학예술총동맹	1949. 12. 20.
리찬(시) 김원균(곡)	「김일성장군의노래」	『인민가요』, 국립출판사	1950. 7.
리찬(사) 김원규(곡)	「김일성장군의 노래」	『인민가요집』, 조선인민의용군본부 문화선전부	1950. 7. 16.
리찬(시) 김원균(곡)	「김일성 장군의 노래」	『전투원에게 주는노 래집(1)』, 조선인민군총정치국	1951. 6.
리찬	「높은 고지에」	『문학예술』 4권 5호	1951. 11. 30.
리찬	「불길-국기 훈장 二급수여 받은 홍영제 농민에게」	『문학예술』 5권 8호	1952. 8. (?) (판독 불가)
리찬	「감사의 노래-귀중한 당신 의 선물 받고」	『평화의 초소에서』, 문화전선사	1952. 12. 20.
리찬	「?」(확인불가)	『쓰딸린의 깃발』	1953.(?) (확인불가)

작가	작품	발표지	출판년월일
리찬	「불멸의 청춘」	『조선문학』 102호	1956. 2. 10.
※ 安漠	「玄海灘(二)」	『문학예술』 창간호	1948. 4. 25.

※ 김응교의 「이찬 시 연구」와 이동순·박승희 편 『이찬詩전집』에서 실린 「현해
탄」은 '이찬'의 시가 아니라 '안막'의 시이다. 또한 '문학예술총동맹'이 아니
라 '북조선문학예술총동맹'으로, 출판년월일은 '1947. 4. 25'이 아니라 '1948. 4.
25'로 수정해야 한다.

위의 <표 1>에서 눈 여겨 볼만한 사항이 몇 가지가 있다. 리찬이 지
적하듯,4) 하나는 해방 이후 활발히 창작하다가 1949년 이후 거의 창작
을 하지 않고 있다는 사실이다. 직접 확인할 수는 없지만, 그는 『화원』,
『쏘련시초』를 출간했다. 또한 해방 이후 창작한 시편들과 함흥에서 간
행된 『화원』의 일부분을 수록5)한 시집 『승리의 기록』을 발간했다.6) 이
런 사실에서 리찬이 북조선에서 가장 활발하게 창작했던 기간이 해방
이후 1949년까지라는 것이다. 또 하나는 현재 북조선에서 '불멸의 혁명
송가'7)로 불리는 「김일성장군의 노래」의 여러 판본이 있었다는 사실이
다. 그렇다면 과연 해방기에도 현재 북조선에서 말하듯 리찬의 「김일성
장군의 노래」는 '불멸의 혁명송가'였을까? 당연히 그렇지 않다.

---

4) "특히 나는 1949년 이래 거의 붓을 놓았다. 어찌 이를 병과 바쁜 행정 때문이었다
고만 하겠는가."(리찬, 「머릿말」, 『리 찬 시선집』, 평양 : 조선작가동맹출판사, 1958.
5) 李燦, 「小序」, 『勝利의記錄』, 평양 : 문화전선사, 1947, 3쪽.
6) 김응교는 "해방이후 그가 낸 시집 『해방』(1945), 『화원』(1946), 『승리의 기록』
(1947) 등"으로 적고 있는데, 다음의 기록에 근거하자면 『해방』은 리찬의 시집이
아니라 리찬의 시가 수록된 시집이다.(김응교, 「리찬의 개작시 연구」, 『민족문학사
연구』 17, 2000. 12, 24쪽) "해방 후엔 시집 『화원』, 『승리의 기록』, 『쏘련 시초』와
기행집 『쏘련기』 외 많은 시, 노래 등이 있다."(편집부, 「후기」, 『리 찬 시선집』,
평양 : 조선작가동맹출판사, 1958). "해방후 우리 나라에서 발간된 첫 시집 ≪해방≫
(1945)에는 리찬의 시가 5편이나 수록되어 있고 1946년도에는 그의 시집 ≪화원≫
이 출판되였다."(오정애·리용서, 『조선문학사(10)』, 평양 : 사회과학출판사, 1994,
49쪽)
7) 편집부, 「시집을 내면서」, 리찬, 『태양의 노래』, 평양 : 문예출판사, 1982.

1946년 7월 해방 1주년을 맞이해서는 드디어 "땅없는 농민에겐 생명의 구주, 근로자 대중에겐 해방의 은인"이란 가사를 담은 <김일성 장군의 노래>가 창작되어 보급되었다. 김일성을 칭송하고 흠모하며 그에게 감사하는 내용의 이 노래는 곧바로 전국으로 퍼져나갔다. 이 노래의 등장시기에 대해서는, 그것이 김일성의 부상이라는 정치적으로 중요한 의미를 함축하기 때문에, 적지않은 논란이 있어 왔으나 지금까지 공개된 자료들 중 이 시기 이전에 이 노래의 등장을 확인해주는 1차 자료는 없다.8)

이 시는『문화전선』창간호의 첫머리를 장식하고 있다. 1946년 7월 해방 1주년을 맞이해서 만들어진 이 노래는, 그해 여름 첫 연주회가 있은 뒤 곧바로 전국으로 퍼져나갔다. 가사는 한자가 완전히 한글로 바뀌었을 뿐, 원문 그대로이다. 북한문학사에서는 이 시가 형식적인 면에서 '심오한 사상성과 높은 형상성, 평이성과 통속성을 가지고 있는 것으로 혁명송가의 빛나는 모범'을 보이고 있다고 말한다. (…중략…) 이러한 창작과정을 거쳤던 이 시는 이 후에, 한자가 한글로 바뀌고, 어려운 대목은 쉬운 표현으로 개작되면서 전국으로 퍼지게 된다. 지금까지 북한문학사는 이 시를 수령형상문학의 모범으로 삼고 있으며, 모든 책에서 인용되고 있다.9)

---

8) 박명림,『한국전쟁의 발발과 기원(Ⅱ)』, 나남출판, 1996, 254~255쪽. 리찬의 「김일성장군의 노래」가 '8·15 1주년 기념 창간호'『조선여성』에 실린 것을 근거로 해서, 박명림은 이 노래가 '해방 1주년을 맞이해서' 창작된 것으로 판단한 것으로 보이는데, 이는 정확한 지적은 아니다. 왜냐하면 리찬의 「김일성장군의 노래」가 1946년 9월『조선여성』창간호 이전에 1946년 7월『문화전선』창간호에, 1946년 8월 '김일성 장군 찬양 특집'『우리의 태양』에도 실려 있기 때문이다. 여러 연구자들이 박명림의 위의 지적에 근거해서 '해방 1주년을 맞이해서 창작한 것'으로 기술하고 있는데, 이는 잘못된 지적으로 '김일성 장군 찬양'을 목적으로 창작된 것으로 판단하는 것이 더 정확하다.
9) 김응교, 「리찬 시와 수령형상 문학-이찬 시 연구(3)」,『현대문학의 연구』17, 2001. 8, 238~239쪽.

1946년에 창작된 「김일성장군의 노래」에 대한 박명림과 김응교의 위의 지적은 여러 가지 시사점을 부여하는 동시에 몇 가지 문제를 갖고 있다. 하나는 "지금까지 공개된 자료들 중 이 시기 이전에 이 노래의 등장을 확인해주는 1차 자료는 없다"는 지적이고, 또다른 하나는 "지금까지 북한문학사는 이 시를 수령형상문학의 모범으로 삼고 있으며, 모든 책에서 인용되고 있다"는 것이다. 두 지적은 해방 이후 「김일성장군의 노래」의 여러 판본을 검토하고 개작 과정을 파악한다면 쉽게 그 문제성을 확인할 수 있다.

여하튼, 이 글에서는 해방 이후 북조선에서 활발하게 활동한 시기를 대상으로 하여 가장 문제작인 「김일성장군의 노래」를 논의의 초점으로 둔다. 특히 「김일성장군의 노래」의 개작과 발견의 과정에 중심을 두고 논의를 진행하는 것은 지금까지 연구의 문제점이 무엇이고 또한 북조선에서 은폐한 것은 무엇이고 새롭게 만들어진 것은 무엇인가에 대해 검토하기 위한 것이다. 또한 이런 과정을 추적하기 위해서는 번잡하지만 여러 원문과 새로운 자료, 많은 인용을 제시할 수밖에 없다.

2. 리찬의 「김일성장군의 노래」의 위상

북조선에서 널리 불러지고 있는 「김일성장군의 노래」의 원본과 현재 판본은 어느 것일까?

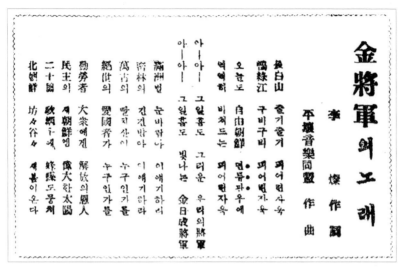

『문화전선』 창간호, 1946. 7.

『문학예술사전』, 사회과학출판사, 1972.

『조선예술』 544, 2002. 4.

박명림의 지적처럼, 1946년 9월 판본 「김일성장군의 노래」 이전의 1차 자료는 없는 것일까? 그렇지는 않다. 리찬의 「김일성장군의 노래」의 원본은 1946년 7월 25일 『문화전선』 창간호에 실린 리찬 작사, 평양음악동맹 작곡의 「金將軍의 노래」이다.[10] 그리고 현재 불리고 있는 『조선예술』 2002년 4월에 실린 리찬 작사, 김원균 작곡의 「김일성장군의 노래」는 1972년 12월 30일 발간된 『문학예술사전』에 실린 판본과 가사가 동일하다. 이런 점에서 현재 불리는 판본은 1972년 판본 「김일성장군의 노래」를 원본으로 한 것이다.

　　오늘도 우리 군대와 인민은 항일의 녀성영웅 김정숙동지의 크나큰 로고와 심혈이 뜨겁게 깃들어 있는 혁명송가 ≪김일성장군의 노래≫를 언제 어디서나 부르며 위대한 김정일동지의 현명한 령도따라 어버이수령님의 유훈관철에 한사람같이 떨쳐나서고있다.[11]

리찬의 「김일성장군의 노래」는 어떤 과정을 거쳐 창작된 것일까? 현재, 북조선에서는 「김일성장군의 노래」가 김정숙의 크나큰 로고와 심혈이 깃들어져 창작된 것이라고 말해진다. 그렇다면 '김정숙의 크나큰 로고와 심혈'은 과연 무엇일까? 이에 대해 알 수 있는 글이 천명길의 위

---

10) 리찬의 「김일성장군의 노래」는 1946년 7월 「김장군의 노래」 이전 판본은 없다. 여러 착오는 있지만, 오영진의 증언에 따르면 해방 이후 1947년까지 발표된 노래는 김일성 유격시대의 노래는 하나도 없고 모두 새로운 작품이라고 말한다. "김일성 유격시대의 노래는 아나(하나―필자)도 없었다. 1947년까지 발표된 노래는 모두가 신작품이었다. (…중략…) 오늘에 이르기까지 인민경제계획에 관한 노래이니 「인민항쟁가」이니 할 것 없이 수다한 인민가요가 발표되었으나 모두가 새로히(새로이―필자) 작사작곡한 것이고 왕년에 김일성부대가 불렀다는 가요는 한번도 발표된 일도 없고 전시 또는 인쇄된 일이 없다."(오영진, 『하나의 증언』, 국민사상지도원, 1952, 183쪽)
11) 천명길, 「시인의 뜨거운 인사」(혁명설화), 『조선문학』 721, 2007. 11, 13쪽.

176 해방기 북한문학예술의 형성과 전개

의 글인데, 이 글에서는 리찬의 「김일성장군의 노래」의 창작 과정을 다음과 같이 설명한다.

> 항일의 녀성영웅 김정숙동지께서는 김책동지의 말을 긍정해주시며 인민의 념원담아 우리 장군님에 대한 노래를 어서빨리 짖자고 말씀하시였다. (…중략…) 이윽고 항일의 녀성영웅 김정숙동지께서는 시인에게 항일무장투쟁시기에 있었던 가지가지의 이야기들을 감명깊게 들려주시였다. 시인이 받아안은 충격을 또다시 컸다.[12]

1946년 5월 '어느 날' 김책이 김정숙을 찾아와서 김일성 장군에 대한 노래를 지어달라는 각지 인민들이 보내온 편지묶음을 보여준다. 김정숙은 김일성 장군의 노래에 대한 창작을 힘껏 돕겠다고 말한다. 김책은 1946년 4월 함흥시에서 김일성 환영 연회석상에서 즉흥시를 읊은 시인에게 노래 창작을 맡긴다. '어느 날' 김정숙은 시인의 노래 창작을 위해서 자신이 애용하던 혁명가요들이 들어있는 수첩을 보내준다. '어느 날' 김정숙은 시인을 만나서 항일무장투쟁시기에 있었던 가지가지의 이야기를 시인에게 들려준다. 시인은 이런 김정숙의 여러 도움을 받고 얼마 후 「김일성장군의 노래」를 창작한다.

이런 천명길이 지적하는 「김일성장군의 노래」의 창작 과정에 대한 설명을 어떻게 받아들여야할까? 그의 글은 현재 무수하게 창작되고 있는 김정숙의 업적을 그린 '혁명설화'의 하나이다. 북조선에서는 역사적 사실이라고 지적하지만, 몇몇 역사적 사실을 제외하고는, 사실에 근거한 구체적인 날짜도 없이 '어느 날'로 시작되며 '설화'에 걸맞게 구체적인 근거도 없다. 분명히 사실과 허구의 경계는 모호하다. 현재 만들어

---

12) 위의 글, 13쪽.

지고 있는 혁명설화들은 사실을 근거로 해서 허구를 기입함으로써 사실과 허구의 구분을 불분명하게 만든다. 그럼에도 불구하고, 필자는 단지 해방기에 있었던 몇몇 사실에 근거하여 만들어진 것이라고 판단한다. 다시 말해서 이런 혁명설화는 몇몇 역사적 사실에 근거해서 끝없이 새롭게 만들어지는 김일성 가계 중심의 역사를 창조해내는 한 표본에 해당된다. 이런 추정도 개작과 발견의 과정을 검토하면서 구체적으로 밝혀질 것이다.

그렇다면 북조선문학사에서는 리찬의 「김일성장군의 노래」를 어떻게 평가할까? 김응교의 지적처럼, 모든 북조선문학사에서 「김일성장군의 노래」를 수령형상문학의 모범으로 삼고 인용하고 있을까? 그렇지도 않다.

> 정전후 5년 동안에 벌써 민 병균의 ≪조선의 노래≫, 김 학연의 ≪소년 빨찌산 서 강림≫, 리 찬의 ≪불멸의 청춘≫ 등이 발표되었다. (…중략…) 전후에 많은 서정 시인들이 자기의 전후의 시 창작의 성과를 묶어 시집들을 발간한바 그 가운데 박 팔양의 ≪박 팔양의 선집≫, 박 세영의 ≪박 세영시 선집≫을 비롯하여 리 찬, 안 룡만, 김 우철의 시집, 김 북원의 ≪대지의 서정≫, 정 문향의 ≪승리의 길에서≫, 정 서촌의 ≪가무재 고개≫는 각각 자기의 시적 개성과 독창성으로써 이채를 띠었다. 시인 리 찬은 1958년에 출판한 자기의 시집에 전후에 창작한 시들도 수록한바 그 가운데서 ≪후 까레유≫, ≪기어이 가시려거든≫ 등 이미 ≪모쓰크바에 대하여≫라는 시초로 발표한 4편의 시편들은 전후 외국 기행 시들 중에서도 그 감정의 진실성으로써 특징적이다.[13]

---

13) 조선민주주의인민공화국 과학원 언어문학연구소 문학연구실, 『조선 문학 통사(하)』, 평양 : 과학원출판사, 1959, 331~340쪽.

조선민주주의 인민공화국 과학원 언어문학연구소 문학연구실에서 발간한 『조선 문학 통사(하)』(1959)에서는 「김일성장군의 노래」에 대한 언급은 없다. 즉, 국가기관에서 정리한 『조선 문학 통사(하)』의 '평화적 민주 건설 시기의 문학'(1945~1950)에서는 「김일성장군의 노래」뿐만 아니라 리찬 시편에 대한 평가는 없다. 단지 '전후 시기의 문학'(1953~)에서 주로 『리 찬 시선집』(1958)과 관련하여 외국기행시편에 대해 평가하고 있을 뿐이다. 이런 사실에서 보듯, 리찬의 「김일성장군의 노래」는 1950년대 북조선문학사에 편입되지 못했다.

> 위대한 김일성동지를 수령으로 높이 우러러모신 해방후 우리 인민의 기쁨과 감격은 하늘을 찌를듯 했으며 경애하는 수령님에 대한 인민들의 흠모의 정은 온 강산에 차넘쳤다. 해방후 우리 문학은 전체 조선인민의 이러한 한결같은 심정을 담은 영생불멸의 혁명송가 ≪김일성장군의 노래≫(1946년, 리찬)를 창작하는것으로 첫페지를 빛나게 장식하였다. / ≪김일성장군의 노래≫는 혁명의 위대한 수령 김일성동지의 영광찬란한 혁명력사와 불멸의 혁명업적, 고매한 공산주의적풍모를 높은 예술적경지에서 노래한 작품으로서 사회주의적사실주의문학예술의 참다운 본보기로 된다.[14]

> 해방후 우리 시문학의 첫장을 위대한 수령님에 대한 끓어넘치는 흠모와 충성의 마음으로 빛나게 장식한 영생불멸의 혁명송가 ≪김일성장군의 노래≫(1946)는 그 대표적인 작품이다. (…중략…) ≪김일성장군의 노래≫는 주제사상적내용의 거대한 의의와 높은 사상예술성으로 하여 우리 인민들을 경애하는 수령님에 대한 끝없는 충실성으로 교양하며 주체의 혁명위업의 완성을 위한 투쟁에로 불러일으키는

---

14) 사회과학원 문학연구소, 『조선문학사(1945~1958)』, 평양 : 과학,백과사전출판사, 1978, 17쪽.

혁명의 노래, 투쟁의 노래로 힘있게 불리워지고 있다.15)

　혁명송가 ≪김일성장군의 노래≫는 심오한 사상성과 높은 형상성, 평이성과 통속성을 가지고있는것으로 하여 혁명송가의 빛나는 모범으로 되고있다. / ≪김일성장군의 노래≫는 위대한 수령님에 대한 전 인민적인 칭송의 감정을 품위있게 노래한 혁명송가로서 해방후 수령형상문학의 새로운 단계를 열어놓았다는데 그 커다란 의의가 있다.16)

리찬의 「김일성장군의 노래」는 『조선 문학 통사(하)』(1959), 『조선문학사(1945~1958)』(1978), 『조선문학개관(2)』(1986), 『조선문학사(10)』(1994)에서 각기 다른 평가를 내리고 있다.

〈표 2〉 리찬의 「김일성장군의 노래」의 문학사적 평가

	『조선문학통사』 (1959)	『조선문학사』 (1978)	『조선문학개관』 (1986)	『조선문학사』 (1994)
공통점	×	혁명송가	혁명송가	혁명송가
차이점	×	사회주의적 사실주의 문학예술	혁명의 노래 투쟁의 노래	수령형상문학

1950년대 마르크스레닌주의의 원칙에 따라 기술된 『조선 문학 통사(하)』(1959)에서는 리찬의 「김일성장군의 노래」는 수렴되지 않는다. 그런데 유일사상체계가 성립된 후 리찬의 「김일성장군의 노래」는 북조선문학사에서 '혁명송가'로 불러진다. 이는 김일성 중심의 역사가 전면화된 유일사상체계가 성립된 후 새롭게 발굴되는 혁명송가의 '발견'에 해당된다. 1978년 판본 『조선문학사(1945~1958)』에서는 리찬의 「김일성장

---

15) 박종원·류만, 『조선문학개관(2)』, 평양 : 사회과학출판사, 1986, 105~106쪽.
16) 오정애·리용서, 『조선문학사(10)』, 평양 : 사회과학출판사, 1994, 59~60쪽.

군의 노래」는 '사회주의적 사실주의 문학예술의 참다운 본보기'로 평가
된다. 이는 사회과학원 문학연구소에서 집필한『주체사상에 기초한 문
예리론』(1975)에 따라 '사회주의적 사실주의 문학예술'로 평가된 것에
해당된다. 박종원·류만이 집필한『조선문학개관(2)』(1986)의 평가는 1978
년 판본『조선문학사(1945~1958)』와 1994년 판본『조선문학사(10)』의
어정쩡한 단계에 놓여 있다. 이는 '사회주의적 사실주의 문학예술'도
'수령형상문학'에도 나아가지 못한 형국이다. 그런 반면『조선문학사
(10)』(1994)에서는 리찬의「김일성장군의 노래」는 '수령형상문학의 새로
운 단계'를 연 혁명송가로 평가된다. 이는 윤기덕의『수령형상문학』
(1991)이나 김정일의『주체문학론』(1992)에 따라 '수령형상문학'으로 평
가된 것이다. 김응교의 지적과 달리, 리찬의「김일성장군의 노래」는 유
일사상체계가 성립된 후 혁명송가로 불러지면서 여러 단계의 평가 기
준의 변화를 거친다.

3. 리찬의「김장군의 노래」의 개작 과정

해방 이후 한반도 북쪽에서는 1945년 8월 25일 소련군이 평양에 진
주하여 사령부를 설치했으며, 9월 19일 김일성이 원산항을 통해서 귀국
했다. 북조선에서는 1945년 10월 13일 서울의 조선공산당 중앙과는 별
개의 독자적인 당 기구로서 '조선공산당 북부 조선분국'을 조직할 것을
결정했다. 1946년 2월 8일 단독적인 개혁을 추진하기 위한 '임시중앙주
권기관'인 북조선임시인민위원회가 결성되었으며, 8월 28일에 북조선공
산당과 조선신민당의 합동으로 북조선로동당이 창립되었다.[17) 한반도

북쪽의 이런 일련의 과정에서 1946년 7월 25일 창작된 원본 「김장군의 노래」와 여러 다른 판본 「김일성장군의 노래」는 어떤 차이가 있는가?

長白山 줄기줄기 피어린자욱 / 鴨綠江 구비구비 피어린자욱 / 오늘도 自由朝鮮 면류관우에 / 역역히 비쳐드는 피어린자욱 // 아—아— 그일홈도 그리운 우리의將軍 / 아—아— 그일홈도 빛나는 金日成將軍 // 滿洲벌 눈바람아 이얘기하라 / 密林의 긴긴밤아 이얘기하라 / 萬古의 빨치산이 누구인가를 / 絶世의 愛國者가 누구인가를 // 勞動者 大衆에겐 解放의恩人 / 民主의 새朝鮮엔 偉大한太陽 / 二十個 政綱우에 蜂蝶도뭉처 / 北朝鮮 坊坊曲曲 새봄이온다18)

리찬 작사, 평양음악동맹 작곡의 「김장군의 노래」는 '북조선예술총련맹(北朝鮮藝術總聯盟)' 기관지 『문화전선』 창간호의 첫머리에 김일성의 사진과 함께 가사가 실려 있다. 그런데 1946년 당대의 「김일성장군의 노래」는 여러 판본이 경쟁하다가 시간이 지나면서 다듬어진 것으로 판단된다.

① 李燦(作詞), 金元均(作曲), 「金日成將軍의노래」, 한재덕 외, 『우리의 태양』, 북조선예술총련맹, 1946.
   1 장백산산19) 줄기줄기 피어린 자욱 / 압록강 구비구비 피어린 자욱 / 오늘도 자유조선 면루관 우에 / 역역히 빛어드는 피어린 자욱 // 아 아 그일홈도 그리운 우리의 장군 / 아 아 그일홈도 빛나는 김일성장군 // 2 만주벌 눈바람아 이야기하라 / 밀림의 긴긴밤아 이야기하라 / 만고의 빨치산이 누구인가를 / 절세의 애국자가 누구인가를 // 3 근

17) 이종석, 『(새로 쓴) 현대북한의 이해』, 역사비평사, 2000, 406~411쪽 ; 이종석, 『조선로동당연구』, 역사비평사, 1995, 192쪽.
18) 李燦(作詞), 平壤音樂同盟(作曲), 「金將軍의노래」, 『문화전선』 1, 1946. 7.
19) '장백산산'은 '장백산'의 오식.

로자 대중에겐 해방의 은인 / 민주의 새조선엔 위대한 태양 / 이십개
정강우에 봉접도 뭉쳐 / 북조선 방방곡곡 새봄이 온다

② 朴世永(作詞), 黃甫泰(作曲), 「김일성장군」, 한재덕 외, 『우리의 태양』, 북조선예술
   총련맹, 1946.

  1 만주벌판 시베리아 풍설이는 데 / 조국해방 한뜻으로 맘을 달구
어 / 번개같이 나타나선 왜적을 비고 / 우뢰같이 떨치도다 장군의 용
맹 // 거룩하다 우리장군 김일성장군 / 새조선을 빛내소서 영원무궁히
// 2 장백산의 매운바람 몽여드는 곳 / 산은산은 우리장군 맞어주는
집 / 구름같이 몽여드는 동지를 뭉아 / 정의평화 삼키려는 팟쇼를 치
다 // 3 해방된땅 고흔아침 찬란도한데 / 눈부시게 내세우신 이십개정
강 / 그모두가 민주조선 반석이오니 / 기리기리 펼치소서 크신그뜻을

③ 洪淳哲(作詞), 朱善奎(作曲), 「金日成將軍의노래」, 한재덕 외, 『우리의 태양』, 북조
   선예술총련맹, 1946.

  1 장백산맥 줄기줄기 흘러내린 피의역사 / 이역풍상 수십년에 찬연
코야 그자취여 / 굳은단심 남긴공이 새조선의 기둥일세 / 그이름도
장하고나 김일성장군 // 2 우리태양 민족영웅 어찌자랑 아닐소냐 / 삼
천만의 가슴마다 그뜻이어 피는꽃은 / 대대손손 길이길이 향기높이
빛나오리 / 그이름도 장하고나 김일성장군 // 3 인민주권 동터오는 우
리지도자 든든해라 / 그뜻따라 너도나도 새건설의 일꾼되여 / 민주조
선 바로잡는 이십정강 받들자 / 그이름도 장하고나 김일성장군

④ 李燦(詞), 金元均(曲), 「金日成將軍의노래」, 『조선여성』 1, 1946. 9.

  장백산 줄기줄기 피어린 자욱 / 압록강 구비구비 피어린 자욱 / 오
늘도 자유조선 꽃다발 우에 / 역역히 빛어드는 거룩한 자욱 // 아 아
— 그일홈도 그리운 우리의 장군 / 아 아 그일홈도 빛나는 김일성 장
군 // 만주벌 눈바람도 격지를 못한 / 밀림의 긴긴밤도 굽히지 모한 /
순국의 굳은일념 그군은 일념 / 초목도 머리숙일 순국의 일념 // 땅없

는 농민에겐 생명의 구주 / 근로자 대중에겐 해방의 은인 / 그발길 그 손길이 닫는 곳마다 / 이강산 방방곡곡 우슴이 핀다 // 二十개 정강우에 자라는 조선 / 나나리 자라가는 새로운 조선 / 새조선 민주조선 우리의 조선 / 힘차게 떼메고센 위대한 기둥

⑤ 李燦(詞), 「金日成將軍의노래」, 원서하 외, 『6월에의 헌사』, 북조선문학동맹 함경남도위원회, 1947.
  ― 장백산 줄기줄기 피어린자욱 / 압록강 구비구비 피어린자욱 / 오늘도 자유조선 면루관우에 / 역력히 비처드는 피어린자욱 // 후렴 아 그일흠도 그리운 우리의장군 / 아 그일흠도 빛나는 김일성장군 // 二 만주벌 눈바람아 이애기하라 / 密林의 긴긴밤아 이애기하라 / 萬古의 빨치산이 누구인가를 / 絶世의 애국자가 누구인가를 // 三 근로자 대중에겐 해방의은인 / 민주의 새조선엔 위대한태양 / 二十개 정강우에 蜂蝶도뭉처 / 북조선 방방곡곡 새봄이온다

⑥ 리찬(시), 김원균(곡), 「김일성장군의 노래」, 북조선음악동맹(편), 『조쏘가곡 100곡집』, 북조선음악동맹, 1949.
  ― 장백산 줄기줄기 피어린 자욱 / 압록강 구비구비 피어린 자욱 / 오늘도 자유조선 꽃다발 위에 / 력력히 비쳐주는 거룩한 자욱 // 후렴 아-그이름도 그리운 우리의 장군 / 아-그이름도 빛나는 김일성 장군 // 二 만주벌 눈바람아 이야기 하라 / 밀림의 긴긴밤아 이야기 하라 / 만고의 빨찌산이 누구인가를 / 절세의 애국자가 누구인가를

⑦ 리찬(시), 김원균(곡), 「김일성장군의노래」, 『인민가요』, 국립출판사, 1950.
  ― 장백산 줄기줄기 피어린자욱 / 압록강 구비구비 피어린자욱 / 오늘도 자유조선 면류관위에 / 력력히 비쳐주는 거욱한자욱 // 후렴 아아 그이름도 그리운 우리의 장군 / 아아 그이름도 빛나는 김일성 장군 // 二 만주벌 눈바람아 이야기하라 / 밀림의 긴긴밤아 이야기하라 / 만고의 빨찌산이 누구인가를 / 절세의 애국자가 누구인가를

⑧ 리찬(사), 김원균(곡), 「김일성장군의 노래」, 남조선음악동맹(편), 『인민가요집』, 조선인민의용군본부 문화선전부, 1950.

장백산 줄기줄기 피어린 자욱 / 압록강 구비구비 피어린 자욱 / 오늘도 자유조선 꽃다발 우에 / 역력히 비쳐주는 거룩한 자욱 // 아-아 그 이름도 그리운 우리의 장군 / 아-아 그 이름도 빛나는 김일성 장군 // 만주벌 눈바람아 이야기하라 / 밀림의 긴긴밤아 이야기하라 / 만고의 빨찌산이 누구인가를 / 절세의 애국자가 누구인가를 // 아-아 그 이름도 그리운 우리의 장군 / 아-아 그 이름도 빛나는 김일성 장군

⑨ 리찬(시), 김원균(곡), 「김일성 장군의 노래」, 『전투원들에게주는 가요집(1)』, 조선인민군 총정치국, 1951.

장백산 줄기줄기 피어린 자욱 / 압록강 구비구비 피어린 자욱 / 오날도 자유조선 면류관 우에 / 역력히 빛어주는 거룩한 자욱 // 아 아 그 이름도 그리운 우리의 장군 / 아 아 그 이름도 빛나는 김일성 장군 // (二) 만주벌 눈바람아 이야기하라 / 밀림의 긴긴밤아 이야기하라 / 만고의 빨찌산이 누구인가를 / 절세의 애국자가 누구인가를

북조선의 「김일성장군의 노래」의 당대 여러 판본, 즉 1946년 7월 25일 『문화전선』에 수록된 리찬 작사의 「김장군의 노래」, 1946년 8월 15일 『우리의 태양』에 수록된 리찬 작사의 「김일성장군의 노래」, 박세영 작사의 「김일성장군」, 홍순철 작사의 「김일성장군의 노래」, 1946년 9월 6일 『조선여성』에 수록된 리찬 작사 「김일성장군의 노래」 등이 있다. 1946년 당대 판본에서 중심적인 공통 단어는 '김일성, 장백산, 이십 정강' 등이다. 이런 중심 단어를 가지고 핵심 내용을 정리해 보면 다음과 같다. 즉, 1946년 여러 판본의 중심 내용은 '김일성' 장군의 '장백산' 등지의 항일무장투쟁과 '이십 정강' 등의 민주개혁을 설명한 것이다.

1946년 여러 판본에서는 '이십 정강'이 가사에 공통적으로 나온다.

이런 사실은 북조선임시인민위원회 위원장 김일성의 '20개조 정강'이 발표된 1946년 3월 23일 이후에 창작된 것임을 알려준다.[20] 또한 여러 작사가·작곡가가 있다는 것에서 '북조선예술총련맹'의 조직적인 개입을 통해 창작된 사실도 추정할 수 있다. 그 창작의 목적은 김일성의 항일무장투쟁과 민주개혁의 성과를 널리 알리기 위한 대중교양에 있었을 것이다. 그리고 1946년 여러 당대 판본 중에서 가장 먼저 발표된 리찬 작사, 평양음악동맹 작곡의 판본이 가장 널리 불러지면서 고정되었을 것이다.

> 1946년 4월 어느날 리찬은 뜻밖에도 현지지도의 거룩한 자욱을 이어나가시는 위대한 수령님을 모시고 진행하는 연회에 참가하는 더없는 영광을 지니게 되였다. (…중략…) 1946년 5월 24일, 북조선 각 도 인민위원회, 정당, 사회단체 선전원, 문화인, 예술인 대회에 리찬을 불러주시고 면담에까지 세워주시였다.[21]

> 1946년 여름, 드디어 불멸의 혁명송가 ≪김일성장군의 노래≫가 완성되여 뜻깊은 연주회가 진행되였다. / 연주회가 끝난후 온 나라 방방곡곡으로는 불멸의 혁명송가 ≪김일성장군의 노래≫가 하늘땅을 울리며 퍼져갔다.[22]

위의 기록에서 보듯, 북조선에서는 리찬이 1946년 4월 20일 함흥[23] 연회에서, 1946년 5월 24일 북조선 각도인민위원회 정당사회단체 선전

---

20) 김일성, 「조선림시정부수립을 앞두고 二十개조 정강 발표――九四六년 三월二十三일」, 『조국의통일독립과 민주화를위하여(1)』, 평양 : 국립인민출판사, 1949, 21~24쪽.

21) 최형식, 「혁명시인 리찬과 그의 창작」(평론), 『조선문학』561, 1994. 7, 37·40쪽.

22) 「태양의 품에 영생하는 혁명시인」, 『조국』238, 1983. 10, 10쪽.

23) 李燦, 「讚 金日成將軍」, 한재덕 외, 『우리의 태양』, 평양 : 북조선예술총련맹, 1946, 18쪽.

원 문화인 예술인 회의24)에서도 김일성을 만났고, 1946년 여름에 「김
일성장군의 노래」가 완성되어 첫 연주회가 열렸다고 말한다. 아마도 리
찬은 김일성과의 만남 이후 「김장군의 노래」를 창작했을 것이다.

藝總은 七月 六日 晝夜二回에 걸쳐 平壤市 三一劇場에서 아래와같
은 「藝術의날」을 갖었다. 入場은 民主的各政黨 社會團體와 職業同盟
을 통한 招待券에 限하였다.

　　　△ 藝術의날프로 △

勞動法令解說 ········ 韓雪野
詩 朗 讀　　　韓雪德　朴石丁　鄭靑山　朴世永　李 燦
공트朗讀　　　金史良　尹基鼎　韓 曉　李東珪
音　　樂　　　平壤市音樂同盟
슈프레히콜　　朝鮮歌劇團
古典歌舞　　　平壤崎生職業組合25)

八月十四日　　八·一五 解放慶祝朝蘇交驩音樂會─感激의八·一五
를 하로앞둔 이날 平壤市 붉은軍隊音樂部에는 붉은軍隊將兵과 北朝鮮
政治 文化 社會 團體關係者 二千余名이 모여 親密한雰圍氣속에서 慶
祝音樂會를 開催하였다.26)

위의 당대 기록에서 보듯, 1946년 7월 6일 '북조선예술총련맹'이 주
최한 '예술의 날'과 같은 행사나 8월 14일 '8·15 해방 경축 조쏘교환
음악회'에서 이 노래가 연주된 것은 아니었을까? 특히 '예술의 날' 기

---

24) 김일성, 「북조선 각도인민위원회 정당사회단체 선전원 문화인 예술가 회의에서 진
　　술한 연설(요지)─1946년 5월 24일」, 『조국의 통일독립과 민주화를 위하여(1)』, 평
　　양 : 국립인민출판사, 1949, 57쪽.
25) 「勞動法令實施記念 慶祝藝術의날」 開催」, 『문화전선』 1, 1946. 7, 71쪽.
26) 「北朝鮮解放一年史」, 『조쏘문화』 2, 1946. 9, 149~150쪽.

넘 행사에는 작사가인 리찬과 '평양시음악동맹'이 함께 참여하고 있다. '예술의 날' 행사에서 1946년 7월 판본 「김장군의 노래」가 연주되지 않았을까? 만약 연주되었다면 이것이 첫 연주회였을 것이다. 그렇다면 1946년 7월 판본 「김장군의 노래」는 김일성을 만난 1946년 5월 24일~7월 6일 사이에 창작되었을 것이다. 또한 8월 14일 북조선 정치, 문화, 사회 단체 관계자가 모인 '8·15 해방 경축 조쏘교환음악회'에서는 1946년 8월 판본 「김일성장군의 노래」가 연주되었을 것이다. 여하튼, 이런 추정이 틀렸더라도 1946년 5월 24일~7월 25일 사이에 「김장군의 노래」는 창작되었고, 『문화전선』 창간호에 수록된 후, 몇 차례 다듬어 졌을 것이다.

〈표 3〉 리찬의 「김일성장군의 노래」의 개작 사항 1

	「金將軍의노래」 (1946. 7. 25)	「金日成將軍의노래」 (1946. 8. 15)	「金日成將軍의노래」 (1946. 9. 6)
작사	李燦	李燦	李燦
작곡	平壤音樂同盟	金元均	金元均
1절	면류관	면루관	꽃다발
	비쳐드는	빛어드는	빛어드는
	피어린	피어린	거룩한
2절	눈바람아	눈바람아	눈바람도
	이얘기하라	이야기하라	꺽지를 못한
	긴긴밤아	긴긴밤아	긴긴밤도
	이얘기하라	이야기하라	굽히지 모한
	萬古의 빨치산이 누구인가를	만고의 빨치산이 누구인가를	순국의 굳은일념 그굳은 일념
	絶世의 愛國者가 누구인가를	절세의 애국자가 누구인가를	초목도 머리숙일 순국의 일념
3절	勞動者	근로자	전면 개작
4절	×	×	

〈표 4〉 리찬의 「김일성장군의 노래」의 개작 사항 2

	「金將軍의노래」 (1946. 7. 25)	「金日成將軍의노래」 (1947. 6. 20)	「김일성장군의노래」 (1949. 5. 5)	「김일성장군의노래」 (1950. 7)
작사	李燦	李燦	리찬	리찬
작곡	平壤音樂同盟	×	김원균	김원균
1절	구비구비	구비구비	구비구비	구비구비
	오늘도	오늘도	오늘도	오늘도
	면류관	면루관	꽃다발	면류관
	우에	우에	위에	위에
	역역히	역역히	력력히	력력히
	비쳐드는	비처드는	비쳐주는	비쳐주는
	피어린	피어린	거룩한	거룩한
2절	이얘기하라	이얘기하라	이야기하라	이야기하라
	빨치산	빨치산	빨찌산	빨찌산
3절	勞動者	근로자	×	×
	蜂蝶도	蜂蝶도	×	×
	뭉쳐	뭉쳐	×	×
후렴	일홈	일홈	이름	이름

〈표 5〉 리찬의 「김일성장군의 노래」의 개작 사항 3

	「金將軍의노래」 (1946. 7. 25)	「김일성장군의 노래」 (1950. 7. 16)	「김일성 장군의 노래」 (1951. 6)	「김일성장군의 노래」 (1972. 12. 30)
작사	李燦	리찬	리찬	리찬
작곡	平壤音樂同盟	김원규(균-오식)	김원균	김원균
1절	구비구비	구비구비	구비구비	굽이굽이
	오늘도	오늘도	오날도	오늘도
	면류관	꽃다발	면류관	꽃다발
	우에	우에	우에	우에
	역역히	역역히	역역히	력력히
	비쳐드는	비쳐주는	빛어주는	비쳐주는
	피어린	거룩한	거룩한	거룩한
2절	이얘기하라	이야기하라	이야기하라	이야기하라
	빨치산	빨찌산	빨찌산	빨찌산
3절	勞動者	×	×	로동자
	蜂蝶도			모두다
후렴	일홈	이름	이름	이름

1946년 7월 판본과 1946년 8월 판본은 한자에서 한글로 바꾸었을 뿐 큰 차이는 없다. 단지 제목을 '김 장군'에서 '김일성 장군'으로 명백히 했으며, 작곡가를 '평양음악동맹'에서 '김원균'으로 밝혔으며, 3절 '노동자'를 '근로자'로 바꾸었다. 대중교양을 위해서 한글을 사용하고 '노동자'보다는 '근로자'라는 친숙한 어휘를 사용한 것으로 추정할 수 있다. 또한 '김 장군'에서 '김일성 장군'으로 변한 것은 김일성 찬양이라는 목적에 부합되기 때문일 것이다. 이를 종합한다면, 이런 개작은 김일성의 항일무장투쟁과 민주개혁을 널리 알리고자 한 대중교양적 목적에 맞게 쉽게 고친 것에 해당된다.

1946년 7월, 8월 판본과 달리 1946년 9월 판본은 1·2절 항일무장투쟁, 3·4절 민주개혁으로 확장되어 있다. 1946년 8월 판본의 1절은 '면류관'에서 '꽃다발'이라는 친근한 어휘로 변하고, '피어린'에서 '거룩한'으로 변하는데 반복을 피하면서도 김일성의 항일무장투쟁이 '뜻이 매우 높고 위대하다'는 의미를 강조했을 것이다. 1946년 9월 판본의 2절은 '나라를 위하여 목숨을 바친다'는 '순국(殉國)'의 의미를 강조하는 방향으로 개작되고, 3절은 두 부분(노동자 대중, 이십개 정강)으로 나누고 3절(근로자 대중)과 4절(二十개 정강)에 각각 배치하고 그 내용을 추가했을 것이다. 그런데 1946년 9월 판본의 확장은 후대 판본(1950년 판본, 1972년 판본)과 비교해 볼 때 그리 실효성이 없었던 것으로 판단된다. 1946년 9월 판본의 1절의 '꽃다발'과 '거룩한'만 남고 다른 개작사항들은 사라진다.

1946년 7월 하순이었습니다. (…중략…) 소련군정 지도부는 스탈린이 김일성을 북한의 지도자로 최종 지명한 이후부터 북한의 '민주 개혁'을 빠르게 진행시켜갔습니다. 1946년 8월 28일에 연안파 지도자

김두봉이 이끈 신민당과 김일성의 공산당을 합당시켜 북조선노동당을 만들게 하는 것 등이 그 산물이었다고 할 수 있습니다.[27)]

김일성을 항일 민족 영웅으로 만드는 것은 소군정의 긴급한 과제였습니다. (…중략…) 방송국에는 방송 시작과 종료시 「김일성 장군의 노래」를 반드시 틀도록 했습니다. 김일성이 지방 순방에 나설 때 사진 기술자를 딸려 보낸다거나 스티코프 대장이 중요 사안이 있을 때마다 기자회견에 직접 나섬으로써 언론의 분위기를 장악한다거나 하는 것도 그런 취지였습니다.[28)]

북조선에서는 리찬의 「김일성장군의 노래」가 1946년 여름 첫 연주회가 끝난 후 전국 방방곡곡으로 퍼져 나갔다고 한다. 어떤 과정을 거쳤을까? 평양주둔 소군정 정치사령관이었던 레베데프(N. G. Lebedev)의 증언에서 보듯, 김일성은 1946년 7월 하순 박헌영과 함께 스탈린을 만난 후 북조선의 최고 지도자로 선택되었다. 김일성을 선택한 후, 소군정 지도부는 김일성을 항일민족영웅으로 만드는 것, 즉 그의 항일무장투쟁을 널리 알리는 작업을 시작했다. 그 작업의 일환으로 방송을 시작하고 종료할 때 반드시 「김일성장군의 노래」를 틀도록 지시했다.[29)] 1947년 2월의 인민위원회 대회에서는 더 한층 김일성 숭배가 고취되었다. 인민위원회 대표대회에서 김일성을 언급한 사람은 예외없이 '우리 민족의 영명한 령도자', '우리 민족의 위대한 령도자'라는 형용사를 붙였다.[30)] 김일성의 항일무장투쟁을 널리 알리는 작업의 일환으로 북조선문학계에서도 김일성의 보천보 전투를 다룬 한설야의 소설 「혈로」와 김사량

27) 김국후, 『비록 평양의 소련군정』, 한울아카데미, 2008, 211쪽.
28) 중앙일보특별취재반, 『비록·조선민주주의인민공화국(하)』, 중앙일보사, 1993, 60쪽.
29) 신복룡, 『한국분단사연구』, 한울아카데미, 2001, 429쪽.
30) 和田春樹, 서동만·남기정 역, 『북조선』, 돌베개, 2002, 87쪽.

의 희곡 「뇌성」을 비롯해서 '헌가(獻歌)'에 해당하는, 리찬의 「김일성장
군의 노래」, 박세영의 「김일성장군」, 홍순철의 「김일성장군의 노래」 등
을 수록된 '김일성 장군 찬양 특집' 『우리의 태양』을 1946년 8월 15일
발간했다. 1946년 7월 판본, 8월 판본, 9월 판본 등의 여러 판본이 존재
했다는 사실에서, 아마도 1946년 가을 이후 「김일성장군의 노래」가 전
국적으로 보급되었을 것이다.

　1946년 가을 교실의 풍경을 묘사한 리북명의 「조선의 딸」에서 인민
학교에서 김일성을 알리는 작업이 침투한 모습을 볼 수 있으며,[31] 평남
도에서 성인학교의 문맹퇴치사업 과정에서 「김일성장군의 노래」를 가
르치는 모습도 확인할 수 있다.[32] 김일성 장군의 전기를 가르치는 인민
학교나 「김일성장군의 노래」를 배우는 성인학교의 모습에서 보듯, 김일
성의 항일무장투쟁 행적은 학교 교육에도 침투하여 널리 보급되었을
것이다. 따라서 레베데프의 증언, 북조선문학계의 활동, 학교 교육의 모
습 등에서, 김일성이 북조선의 최고지도자로 낙점된 1946년 하순 이후
전방위적으로 김일성을 영웅화하는 작업은 본격화되었을 것이다.

　　김진구에게는 김일성장군의 노래가 제일 좋았다. 그노래는 들으면
　들을수록 부르면 부를수록 김일성장군의 위대함이 오싹오싹 뼈에 사
　무치고 건국을위해서 四七년도 인민경제계획을 완수하고야 말겠다는
　강철같은 결의가 무럭무럭 용솟음치는 그런 매력을 가진 노래였다. /
　수돌은 양치질을 하고나서 기착하고 섰다. / 진구는 눈을 감고 앉아서
　듣는다. (…중략…) 무한한 감격이 오싹오싹 진구의 가슴을 잔침질해
　주는 순간이다.[33]

31) 리북명, 「조선의 딸」, 『문학예술』 5-10, 1952. 10, 19쪽.
32) 金元均, 「노래를 人民에게」, 『문화전선』 3, 1947. 2, 96쪽.
33) 李北鳴, 「勞動一家」, 『조선문학』 1, 1947. 9, 90~91쪽.

1946년 하순에서 시작된 김일성의 항일무장투쟁을 알리는 작업은 1947년도에 접어들면서 일상에 침투했을 것이다. 위의 아들(수돌)이 아버지(진구) 앞에서 「김일성장군의 노래」를 부르는 모습은 인상적이다. 아들은 노래를 부르기 전 양치질을 하고 나서 차렷[氣着] 자세로 서고 아버지는 눈을 감고 앉아서 듣는다. 이 노래를 부르고 듣는 일상의 모습에서 「김일성장군의 노래」는 아무렇게나 부를 수 있는 것이 아니라 양치질을 하고 차렷 자세로 불러야 하는 경건함의 대상된다. 또한 이 노래는 김일성의 위대함을 깨닫는 동시에 국가의 사업에 적극 참여하겠다는 결의를 다지고 힘을 주는 노래가 된다. 「김일성장군의 노래」는 한국전쟁 당시 널리 불려졌듯, 천리마 시대에도 북조선 주민의 일상에 깊이 침투하여 불려졌을 것이다. 천리마 시대를 배경으로 하는 리북명의 중편소설『당의 아들』에서 보듯, 간호사(옥희)가 불러주는 이 노래는 어린 환자(남수)의 내면을 움직이는 힘이 된다.[34] 이런 사실에서 1946년 창작된 후, 「김일성장군의 노래」는 북조선 주민들의 일상 깊숙이 침투했음을 알 수 있다.

　一. 二月二十三日午後一時부터 朝鮮劇場에서 一千五百余名의 市民이　參席下에 "쏘聯軍隊創立二十九週年記念慶祝大會"를　開催하였다. 먼저 本協會總務部長 崔貞國氏의 司會로 本協會副委員長 李燦氏의 開會辭에이어 世界弱小民族의解放者이신 쓰딸린大元帥와 우리 民族의 英明하신 領導者 金日成將軍을 名譽議長으로 拍手喝采속에 推戴하고 金枓奉先生을 비롯한 三十七名의 主席團을 推戴한後 一同이 起立한 가운데 中央合唱團員 二十名이나와 愛國歌와 쏘聯國歌 金將軍의 노래를 合唱하였다.[35]

---

34) 리북명,『당의 아들』, 평양 : 조선작가동맹출판사, 1961, 95쪽.
35) 「慶祝 쏘베트軍隊創立二十九週年」,『조쏘문화』4, 1947. 3, 30쪽.

장백산 줄기줄기 피어린자욱 / 압록강 구비구비 피어린자욱 / 오늘
도 자유조선 꽃따발우에 / 역력히 비쳐주는 거룩한자욱 // 아— 그이
름도 그리운 우리의장군 / 아— 그이름도 그리운 김일성장군![36]

人民歌謠曲集 1

本書의特徵

伴奏曲이 있는것. 決定版이어서 曲이나 歌詞가 漏落訛傳이 없는것.

曲目

金日成將軍의노래 三一記念歌, 三一行進曲, 追悼歌, 世紀의首領, 八
一五解放歌 해방의노래, 獨立의아침, 建國行進曲, 투쟁가, 成人學校의
노래, 農夫歌 黎明의노래, 朝鮮行進曲, 五一節의노래 産業建國의노래
人民의노래, 建國作業歌, 노동해방가, 선거의노래 靑年의노래[37]

1947년 2월 23일 조선극장에서 열린 '소련군대 창립 29주년 기념 경
축대회'에서 중앙합창단원이 부른 「김장군의 노래」는 1947년 9월 발표
된 리북명의 「로동일가」에 수록된 「김일성장군의 노래」일 것이다. 리
북명의 「로동일가」에 나오는 「김일성장군의 노래」 1절은 1946년 9월
판본과 거의 일치하며(꽃다발→꽃따발, 빛어드는→비쳐주는), 1950년 7월 16
일 판본과도 거의 일치한다.(꽃따발→꽃다발) 1950년 7월 16일 판본의 2
절은 북조선식 어문규정에 따라 수정되었을 뿐 1946년 7월, 8월 판본과
동일하다. 아마도 「김일성장군의 노래」 1절은 1946년 9월 판본, 2절은
1946년 7월, 8월 판본 형태가 정착되며, 1950년 7월 16일 판본 1절·2절
과 동일한 후대 판본이 고정되어 현재까지 불러지고 있다고 판단된다.

---

36) 李北鳴, 「勞動一家」, 『조선문학』 1, 1947. 9, 90~91쪽.
37) 「人民歌謠曲集(1)」, 『문화전선』 3, 1947. 2, 212쪽.

리찬의 「김일성장군의 노래」의 1940년대 정착본은 1947년 2월 25일 발행된 『문화전선』 3집의 광고에 실린 『인민가요곡집(1)』에 수록된 노래일 것이다. 왜냐하면 현재 『인민가요곡집(1)』을 확인할 수 없어서 단정할 수는 없지만, 이 광고에서 『인민가요곡집(1)』의 특징을 '반주곡이 있는 것, 결정판이어서 곡이나 가사가 누락와전이 없는 것'이라고 설명하고 있기 때문이다. 또한 『문화전선』 3집뿐만 아니라 『문화전선』 4집에서도 『인민가요곡집』에 대한 광고가 있는 것으로 보아, 이 책자는 널리 배포되었고 또한 이 책자에 수록된 「김일성장군의 노래」도 널리 불러졌을 것이다. 그리고 현재 널리 불리는 판본과 (확인 가능한) 가장 유사한 1940년대 정본은 북조선음악동맹이 편찬한 『조쏘가곡 100곡집』에 수록된 1949년 판본 「김일성장군의 노래」이다.

이런 여러 사실에서, 현재 북조선에서 주장하듯 1946년 7월 판본이 정착되어 현재까지 불러진 것이 아니라 여러 판본이 경합하다가 취사선택된 후 정착되고 고정된 후대 판본이 불러진 것이다. 북조선에서 이런 복잡한 과정을 은폐하고 있음은 물론이다.

4. 리찬의 「김일성장군의 노래」의 '발견' 과정

1960년대 중반 북조선에서는 중소이념분쟁 속에서 소련의 우경수정주의나 중국의 좌경모험주의를 비판하면서 1967년 5·25교시를 통해서 독자적·고립적인 사회주의 체제를 구축했다. 유일사상체계가 확립된 후 북조선 사회는 그 이전과는 다른 뚜렷한 변모를 보였다.[38] 그렇다면

---

38) 신우현, 『우리 시대의 북한철학』, 책세상, 2000, 76~77쪽.

유일사상체계가 성립된 후 「김일성장군의 노래」는 어떻게 새로 발견되고 탄생했을까?

> 가요. 1946년 창작. 리찬 작사. 김원균 작곡. (…중략…) 우리 인민의 경애하는 수령 김일성동지의 영광스러운 혁명력사와 영생불멸의 혁명업적을 무한한 흠모와 신뢰, 찬양과 충성의 열정으로 노래한 송가적가요이다. // 장백산 줄기줄기 피어린 자욱 / 압록강 굽이굽이 피어린 자욱 / 오늘도 자유조선 꽃다발우에 / 력력히 비쳐주는 거룩한 자욱 // 아아 그 이름도 그리운 우리의 장군 / 아아 그 이름도 빛나는 김일성장군 (…중략…) // 만주벌 눈바람아 이야기하라 / 밀림의 긴긴 밤아 이야기하라 / 만고의 빨찌산이 누구인가를 / 절세의 애국자가 누구인가를 (…중략…) // 로동자 대중에겐 해방의 은인 / 민주의 새조선엔 위대한 태양 / 이십개 정강우에 모두다 뭉쳐 / 북조선 방방곡곡 새봄이 온다. (…중략…) // 우리 인민들은 이 노래를 부르면서 수령님에 대한 충성의 한마음을 더욱 굳게 다지고 혁명과 건설을 줄기차게 전개하여왔으며 조국해방전쟁시기 인민군용사들은 이 노래를 부르면서 불굴의 혁명적의지로 최고사령관동지의 명령을 목숨바쳐 수행하였다. 이 노래는 미제와 그 주구 매국역적들이 살판치는 조국의 남녘땅에서 투쟁하는 혁명가들과 애국자들을 비롯하여 전체 남반부인민들의 심장에서 심장으로 전해지며 그날을 앞당기기 위한 투쟁의 결의를 다지는 불멸의 노래로 불리워지고 있다. 오늘 전세계의 혁명적인민들은 혁명의 위대한 수령이신 김일성동지를 무한히 흠모하고 신뢰하면서 이 노래를 부르고있다.[39]

유일사상체계가 성립되면서 김일성 중심의 역사로 모든 것이 새롭게 재해석된다. 「김일성장군의 노래」도 1946년 리찬 작사, 김원균 작곡으

---

39) 사회과학원 문학연구소, 『문학예술사전』, 평양 : 사회과학출판사, 1972, 132~134쪽.

로 창작되고 한국전쟁 당시 널리 불러졌다는 역사적 사실을 포함하면서 '남녘땅에서 혁명가들과 애국자들을 비롯해서 전체 남반부 인민들이 투쟁의 결의를 다지는 노래로 불러지고 있다'는 허구를 추가하면서 재해석된다. 이런 북조선의 설명은 사실과 허구의 경계를 흐려서 역사적 사실처럼 만든다. 다시 말해서 이 노래는 '새로운' 역사적 사실을 창조함으로써 남북의 모든 주민들이 즐겨 부르는 노래가 된다. 그래서 유일사상체계가 성립된 후, 북조선에서 「김일성장군의 노래」는 '김일성의 영광스러운 혁명 역사와 영생불멸의 혁명 업적을 무한한 흠모와 신뢰, 찬양과 충성의 열정으로 노래한 송가적 가요'인 것이다. 그리고 이전에는 1절, 2절, 3절을 구분해서 상세하게 해석하지 않던 것이 이제는 모든 구절을 김일성의 혁명 역사에 초점을 맞추어 상세하게 해석된다. 이것은 모든 것을 김일성 중심으로 해석하는 단적인 모습의 하나이다. 그런데 위의 지적은 현재 북조선에서 해석하는 것과 다른 부분을 찾을 수 있다. 김응교의 논문과 마찬가지로 현재의 문학사적 해석을 받아들인다면 지나치기 쉬운 사항이다. 그 새로운 사실은 문학 갈래가 '혁명송가'가 아니라 '가요'라는 것이다. 그렇다면 언제부터 문학 갈래 명칭이 '혁명송가'가 되었을까?

　　온 세상 사람들의 심장을 끝없이 격동시키며 해방된 조국땅우에 장엄하게 울려퍼진 영생불멸의 혁명송가 ≪김일성장군의 노래≫(1946년, 리찬)는 그 대표적인 작품이다. (…중략…) // 장백산 줄기줄기 피어린 자욱 / 압록강 굽이굽이 피어린 자욱 / 오늘도 자유조선 꽃다발우에 / 력력히 비쳐주는 거룩한 자욱 // 아 그 이름도 그리운 우리의 장군 / 아 그 이름도 빛나는 <u>김일성장군</u> / (…중략…) / 만주벌 눈바람아 이야기하라 / 밀림의 긴긴밤아 이야기하라 / 만고의 빨찌산이 누

구인가를 / 절세의 애국자가 누구인가를 (…중략…) / 로동자 대중에
겐 해방의 은인 / 민주의 새 조선엔 위대한 태양 / 이십개정강우에 모
두다 뭉쳐 / 북조선 방방곡곡 새봄이 온다. (…중략…) // 송가는 또한
세계 수억만인민들에서 국제공산주의운동과 로동운동의 위대한 령도
자의 한분이신 경애하는 수령 김일성동지에 대한 끝없는 흠모와 존
경의 노래로, 피압박인민들의 투쟁과 승리의 노래로 힘있게 울려퍼지
고있다.[40]

〈표 6〉 리찬의 「김일성장군의 노래」의 개작 사항 4

	「金將軍의노래」 (1946. 7. 25)	「김일성장군의 노래」 (1950. 7. 16)	「김일성장군의 노래」 (1972)	「김일성장군의 노래」 (1978)
작사	李燦	리찬	리찬	리찬
작곡	平壤音樂同盟	김원균	김원균	김원균
1절	구비구비	구비구비	굽이굽이	굽이굽이
	면류관	꽃다발	꽃다발	꽃다발
	역역히	역역히	력력히	력력히
	비쳐드는	비쳐주는	비쳐주는	비쳐주는
	피어린	거룩한	거룩한	거룩한
2절	이애기하라	이야기하라	이야기하라	이야기하라
	빨치산	빨찌산	빨찌산	빨찌산
3절	勞動者	×	로동자	로동자
	蜂蝶도		모두다	모두다
후렴	일홈	이름	이름	이름

1946년 판본에서 1947년 판본·1950년 판본으로 정착된 후, 1972년
판본 리찬의 「김일성장군의 노래」에서는 3절을 '벌과 나비도'라는 '봉
접도'에서 '모두가'로 알기 쉬운 어휘로 변화하며, 현재까지 고정된 판

---

40) 사회과학원 문학연구소, 『조선문학사(1945~1958)』, 평양 : 과학,백과사전출판사, 1978,
　　27~30쪽.

본으로 불러진다. 그렇다면 1972년 판본과 1978년 판본의 가사는 동일
한데, 어떤 것이 새롭게 창조되었을까? 1972년 판본 『문학예술사전』에
서 '가요'이던 것이 1978년 판본 『조선문학사』에서는 '영생불멸의 혁명
송가'로 기술된다. 또한 1972년 판본 『문학예술사전』[41]과 1978년 판본
『조선문학사』의 설명에서 확장된 내용도 발견할 수 있다. 이제는 남북
의 인민들이 즐겨 부르는 노래가 아니라 '세계 수억만 인민들의 흠모와
존경의 노래'로 세부사항을 추가하면서 확장된다. 북조선의 역사가 새
롭게 발견되듯, 북조선 문학예술계에서도 이런 끝없는 새로운 사실을
만드는 것은 그리 새로울 것도 없다. 그렇다면 리찬의 「김일성장군의
노래」가 '불멸의 혁명송가'가 된 과정은 어떨까?

> 불멸의 혁명송가 ≪조선의 별≫은 위대한 수령 김일성동지께 삼가
> 올린 우리 인민의 충성의 첫 송가이다. (…중략…) // 조선의 밤하늘에
> 새별이 솟아 / 삼천리강산을 밝게도 비치네 / 짓밟힌 조선에 동은 트
> 리라 / 이천만 우리 동포 새별을 보네 / (…중략…) / 캄캄한 밤하늘
> 바라다보니 / 신음하는 조국산천 어리여오네 / 변치말자 혁명에 다진
> 그 마음 / 이천만 우리 동포 새별을 보네 / (…중략…) / 간악한 강도
> 일제 쳐물리치고 / 삼천리에 새별이 더욱 빛날제 / 조선아 자유의 노
> 래 부르자 / 이천만 우리 동포 새별을 보네 / (…중략…) // 혁명송가
> ≪조선의 별≫은 위대한 수령님을 노래한 우리 인민의 첫 혁명송가
> 로서 귀중한 문학사적재부로 된다.[42]

---

41) 1972년 판본 『문학예술사전』에서 '가요'이던 것이, 1978년 새로운 해석이 추가되
   면서 1988년 판본 『문학예술사전(상)』에서는 「김일성장군의 노래」를 '혁명송가'로
   해설된다.
42) 김하명·류만·최탁호·김영필, 『조선문학사(1926~1945)』, 평양 : 과학,백과사전
   출판사, 1981, 56~62쪽.

북조선 문학예술계에서는 김일성이 '직접' 창작했다는 항일혁명문학
들이 '발굴'되고 정리된 후 새롭게 문학사에 편입되는 작품들이 '발견'
된다. 그 작업의 하나가 해방 후 첫 혁명 송가가 「김일성장군의 노래」
라는 것이다. 역사적 사실에 근거해서 해방 후 첫 혁명송가를 '창조'하
는 작업은 쉽게 이루어졌겠지만, 해방 전 첫 혁명송가는 '발굴'할 수밖
에 없었을 것이다. 원본은 확인할 수 없지만, 당연히 새롭게 발굴되고
해석되었을 것이다. 그렇게 1980년대 발굴되고 새롭게 해석된 혁명송
가가 김혁의 「조선의 별」일 것이다. 그래서 역사적 합목적성에 따라 해
방 전 첫 혁명송가가 김혁의 「조선의 별」이라면 해방 후 첫 혁명송가
가 리찬의 「김일성장군의 노래」가 된다. 그렇게 만들어진 해방 전후 첫
혁명송가는 역사적 사실과 허구가 합쳐져서 한 편의 소설들이 만들어
진다. 현재 북조선에서 당연하게 설명하는 해방 전후 첫 혁명송가에 대
한 평가들은 1970년대 말에서 1980년대 초에 발견[43]된 것들이다. 그리
고 김람인과 김조규의 시편들이나 김일성을 칭송한 시편들이 새롭게
발견[44]되듯, 이런 혁명송가의 발견은 현재도 진행중이다. 그렇다면 리

---

43) 김혁의 「조선의 별」의 발굴에 대한 것은 다음 글에서 확인할 수 있다. "친애하는
지도자 김정일동지의 탁월하고 정력적인 령도밑에 1928년 항일혁명투사이며 혁명
시인인 김혁에 의하여 창작되였으며 널리 보급되였던 이 혁명송가는 1980년대초
에 세상에 공개되였다. / 반세기가 넘는 오랜 세월 력사의 갈피속에 묻혀있던 불
멸의 혁명송 ≪조선의 별≫을 발굴한 이 력사적사변은 오직 위대한 수령님에
대한 끝없는 충성과 효성을 지니신 친애하는 지도자 동지께서만이 이룩하실수 있
는 문예사적업적이다."(최길상, 『주체문학의 새 경지』, 평양 : 문예출판사, 1991,
173쪽)
44) 최형식, 「시인 김람인과 그의 창작」, 『조선문학』 543, 1993. 1 ; 류만, 「영웅적항일
무장투쟁에 대한 긍지높은 찬양과 김조규의 시세계–산문시 「전선주」에 대하여」,
『조선문학』 675, 2004. 1 ; 류만, 「광복전 항일무장투쟁을 반영한 서정시에 대하여」,
『문학신문』, 2004. 9. 18 ; 사회과학원 주체문학연구소, 「항일의 전설적영웅에 대
한 끝없는 흠모와 칭송을 담은 훌륭한 시적형상–위대한 수령님을 칭송하여 항일
혁명투쟁시기에 창작보급된 시가작품들에 대하여」, 『문학신문』, 2007. 5. 19 ; 서
재경, 「영원불멸할 태양의 노래–항일혁명투쟁시기에 창작보급된 위대한 수령 김

찬의 「김일성장군의 노래」가 혁명송가로 발견된 후 어떤 이야기들이
새롭게 만들어진 것일까?

> ≪어느 아름다운 시가도 <김일성장군의 노래>처럼 이렇게 널리
> 불리우지는 못했다. 오늘 이 노래는 대양을 건너 대륙에서 대륙에로
> 퍼지고 있다. (…중략…) 나를 도우려고 내 졸작시들을 따뜻한 애정으
> 로 다 읽어주신 녀사, 밤에 찾아와 노래까지 불러주신 녀사… 나의
> 시선, 녀사께서 가시는 길에… 아, 나는 꽃 한송이 깔아드리지 못했
> 구나…≫45)

리종렬의 단편소설 「시인의 소원」은 몇 가지 역사적 사실을 바탕으
로 리찬의 「김일성장군의 노래」가 창작된 과정을 이야기한다. 해방된
첫봄, 김책은 김정숙을 찾아와서 함남도당 기관지 『옳다』 신문에 실린
「김일성장군찬가」를 보여준다. 이튿날 김정숙은 김책을 찾아간다. 여기
서 김책은 김일성 장군에 대한 노래를 지어달라는 편지묶음을 김정숙
에게 보여주며, 장군에 대한 노래를 지어야겠다고도 이야기한다. 그리
고 장군에 대한 노래를 쓰게 해달라고 청원하는 시인이 있는데, 그를
잘 도와주어야겠다고도 말한다. 그 후 김정숙은 노래 창작을 위해서 자
신이 애용하던 자작 혁명가요집을 보내주며, 항일무장투쟁시기에 있었
던 여러 이야기들도 들려주고 혁명가요도 불러준다. 시인은 보통강개수
공사장에서 삽질을 하다가 삽을 잡은 채 허리를 펴고 수건으로 목을
닦은 후 이마 위에 한 손을 올리고 하늘을 쳐다보는 김일성의 모습을

　　　일성동지를 칭송한 시가작품에 대하여」, 『조선문학』 717, 2007. 7 ; 「다함없는 칭
　　　송과 흠모의 마음이 뜨겁게 굽이치는 위인찬가」, 『문학신문』, 2009. 1. 17 ; 「세기
　　　를 이어 전해지는 태양칭송의 문화유산—최근년간 항일혁명투쟁시기 창작보급된
　　　시가작품, 혁명설화 50여편 발굴고증」, 『문학신문』, 2009. 7. 11.
45) 리종렬, 「시인의 소원」, 리종렬 외, 『불멸의 영상』, 평양 : 문예출판사, 1982, 39쪽.

본, 얼마 후 「김일성장군의 노래」를 창작한다. 이것이 소설에서 형상화하고 있는 「김일성장군의 노래」의 창작 과정에 대한 이야기이다. 이 소설은 김책의 지시를 받고 김정숙의 여러 도움과 함께 보통강개수공사장에서 하늘을 바라보는 김일성의 모습을 보고 창작한 것으로 설명하고 있다. 과연 이런 설명을 어떻게 받아들여야 할까?

> 시인은 서정시 ≪등대≫에서 이렇게 노래하였다. // 장하다 등대여 / 너는 길라잡이 / 참다운 참다운 / 암해의 길라잡이 // 이 시를 거듭 읽어보신 녀사께서 창문을 조용히 밀어 여시었다. (…중략…) ≪대망이란 기다리고 바란다는 뜻이겠지요?≫ / ≪예…예… 그렇습니다!≫ / ≪처음에는 무슨 뜻일가 했는데 시들을 읽어보니 그 뜻이 가늠이 되었습니다. 특히 <등대>라는 시를 읽어보니 무엇을 기다리고 바랐는지 뜨겁게 느껴졌습니다.≫ / ≪아, <등대>요? 그건 제가 제일 사랑하는 시지만 또… 오늘에 와서는 제 나약한 넋의 흔적처럼 여겨지며 가책도 큰 시입니다.≫ / ≪어째 그렇습니까?≫ / ≪어쩬가구요… 민족의 절절한 념원을 겨우 등대불에 비겨 멀리 에둘러 노래했습니다.≫ (…중략…) ≪요구성은 좋지만… 자신을 너무 극단적으로 타매하지 마십시오. 저는 시인선생님이 보천보전투현장으로 달려가봤다는 말만 듣고도 얼마나 기뻤는지 모릅니다.≫[46]

다음에 인용한 시는 1936년 판본 『조선중앙일보』, 1937년 판본 『대망』과 1958년 판본 『리 찬 시선집』에 수록된 「등대」의 일부분이다.

> 찾는 壯하다 燈臺여 너는 指導者 / 오오 참다운 참다운 暗海의 指導者 / 1935・晩秋[47]

---

46) 위의 책, 15~24쪽.
47) 李燦, 「燈臺」, 『조선중앙일보』, 1936. 1. 26.

壯하다 燈臺여 / 너는 指導者! / 참다운 참다운 暗海의 指導者 / 昭和十一年[中央日報][48]

장하다 등대여 / 너는 길라잡이 // 참다운 참다운 / 암해의 길라잡이! / ― 一九三七 ―[49]

김정숙과 시인의 대화 전개를 통해서 볼 때, 리종렬의 단편소설에서는 리찬의 시집 『대망』(1937. 11. 30)에 실린 시 「등대」를 1937년 6월 4일 김일성 부대의 '보천보 전투'와 연결시키고 있다. 시집 『대망』의 의미나 시 「등대」를 해석하면서 자연스럽게 기다리고 바라는 대상이나 길라잡이는 김일성임을 암시한다. 그런데 중앙도서관에서 '표지가 거멓게 썩은 데다가 모서리들이 구겨지고 보풀이 덮인 책'[50] 『대망』(1937)은 실은 『리 찬 시선집』(1958)이다. 위의 인용에서 보듯, 소설에서 인용하는 「등대」는 1937년 시집 『대망』에 실린 시가 아니라 개작된 1958년 『리 찬 시선집』에 실린 시이다. 1936년(소화 11년) 1월 26일 『조선중앙일보』에 실린 「등대」는 1958년 시선집에서는 1937년에 창작된 것으로 개작된다. 1936년 『조선중앙일보』에 기록된 창작 시기는 1935년 늦가을[晚秋]이다. 이런 창작 시기의 개작은 1937년 보천보 전투와 연결시키기 위한 것임은 분명하다. 그러나 리찬의 「등대」는 김일성이나 보천보 전투와 연결될 수 없음은 자명하다.

≪함흥에서는 장군님을 환영하여 호텔에서 성대한 연회를 차렸는

---

48) 李燦, 「燈臺」, 『待望』, 풍림사, 1937, 8쪽.
49) 리찬, 「등대」, 『리 찬 시선집』, 평양 : 조선작가동맹출판사, 1958, 52쪽.
50) 리종렬, 「시인의 소원」, 리종렬 외, 『불멸의 영상』, 평양 : 문예출판사, 1982, 14쪽.

데 거기서 한 젊은 시인이 시랑송을 해서 만장의 절찬을 받았소. 장
군님을 흠모하는 우리 인민들의 심정을 진실하게 표현한 시였소. 모
두 일어나 박수를 치고 만세를 부르는걸 보느라니 정숙동무 생각이
간절해지더란 말이요. 그래 내 그 시가 실린 신문을 가져왔소.≫ / 그
의 고마운 심정이 얼굴이 상기되신 녀사께서는 걸상 한끝에 다소곳
이 앉아 신문을 펼쳐보시였다. 그것은 함남도당기관지 ≪옳다≫신문
이였다. 인쇄잉크냄새가 아직 가셔지지 않은 신문지면에서 ≪김일성
장군찬가≫라는 시제명이 가슴을 뜨겁게 치며 안겨왔다.

　……… / 장군은 가리울수 없는 우리의 빛 / 장군은 감출수 없는
우리의 태양 / ……… // 아 장군의 씩씩한 보무를 따라 / 바야흐로
무르녹으려는 북조선의 란만한 봄을 보아라! // 장군은 바쁘다, 바빠
야 한다. / 기억하자! 장군은 우리만의 장군이 아니요. // 장군은 남조
선도 비칠, 남조선도 비쳐야 할 / 아아, 삼천리 전 강토의 위대한 태
양 / 장군은 만민의 령장, 인류의 태양 / ………51)

　위의 예문은 김책이 서류 가방에서 김일성 환영 연회에서 젊은 시인
이 낭송한 시가 실린 함남도당 기관지 『옳다』에 실린 「김일성장군찬가」
를 제시한 부분이다.52) 리찬의 「김일성장군 찬가」가 함남도당 기관지 『옳
다』에 수록되었는지는 확인할 수는 없지만, 현재 검토할 수 있는 당대
판본은 『우리의 태양』에 실린 「찬 김일성장군」과 1947년 『승리의 기록』
에 실린 (일부 수정된) 「환영·김일성장군」53)이다.

---

51) 위의 책, 8~9쪽.
52) 1970년 10월 어느 날 김일성이 당창건사적관을 돌아보다가 함흥의 연회 석상에서
　　일을 회고한다. 김일성의 회고로 인해 일꾼들은 리찬의 즉흥시가 수록된 1946년 4
　　월 22일부 『옳다』 신문을 발견한다.(「몸소 찾아 주신 시」, 『문학신문』, 2002. 3.
　　23) 북조선에서는 이런 김일성 중심의 역사는 끝없이 발견되고 창조된다.
53) 李燦, 「歡迎·金日成將軍」, 『승리의 기록』, 평양 : 문화전선사, 1947, 105~107쪽.

혁명시인 리찬은 1946년 중순경에 영광스럽게 어버이수령님을 모
신 연회에 참석하여 그렇듯 흠모하여마지않던 위대한 수령님을 만나
뵙게 되였으며 경애하는 수령님의 연설까지 듣게 되였다. 끝없는 감
격과 환희에 휩싸인 시인은 수령님께 드리는 헌시 ≪그이는 인민의
태양≫을 읊어 위대한 수령님을 기쁘게 해드리였다. (…중략…) // 아
아, 삼천리 전강토의 위대한 태양 / 그이는 만민의 령장 / 동방에서
솟은 태양 / 온 우주를 비치리[54]

리종렬의 단편소설에 실린 「김일성장군찬가」는 「찬 김일성장군」이나
「환영·김일성장군」과 거의 유사한 것처럼 보이지만, 사실 "장군은 만
민의 령장, 인류의 태양"이 추가되어 있는 개작된 판본이다. 1982년 판
본 『조선문학사(3)』의, 제명이 개작된 「그이는 인민의 태양」에서도 "그
이는 만민의 령장 / 동방에서 솟은 태양 / 온 우주를 비치리"가 추가되
어 있다. 당대의 판본보다 1980년대 두 판본은 김일성의 의미를 한층
강화시킨 개작본에 해당된다.

장군은 가릴수없는 우리의빛! / 장군은 감출수없는 우리의太陽! (…
중략…) // 아 장군의 씩씩한 보무를따라 바야흐로무르 녹으려는 북조
선의 난만한 봄을 보아라! / 장군은 바쁘다 바빠야한다 / (긔억하자!)
장군은 우리만의 장군이 아니요 / 장군은 남조선도 빛일 남조선도 빛
어야할 / 아아 삼천리 전강토의 위대한 태양! / — 一九四六. 四. 二〇
咸興 —[55]

장군은 가리울수 없는 우리의 빛 / 장군은 감출수 없는 우리의 태

54) 리동원, 『조선문학사(3)』, 평양 : 김일성종합대학출판사, 1982, 31쪽.
55) 李燦, 「讚 金日成將軍」, 한재덕 외, 『우리의 태양』, 평양 : 북조선예술총련맹, 1946,
    17~18쪽.

양 (…중략…) // 아, 장군의 씩씩한 보무를 따라 / 바야흐로 무르녹으
려는 북조선의 란만한 봄을 보아라! // 장군은 바쁘다 바빠야 한다 /
기억하자, 장군은 우리만의 장군이 아니요 // 장군은 남조선도 비칠,
남조선도 비쳐야 할 / 아아, 삼천리 전 강토의 위대한 태양 / 장군은
만민의 령장, 인류의 태양 / 동방에서 솟은 태양 온 누리를 비치리! /
1946. 4.[56]

그렇다면 리종렬의 단편소설의 판본 「김일성장군찬가」는 어느 판본
일까? 그의 단편소설에 실린 동일한 판본은 리찬 사후인 1982년에 간
행된 『태양의 노래』에 수록된 「김일성장군 찬가」와 일부 문장부호가
변경했지만 구절은 동일하다.[57] 이런 사실에서 리종렬의 단편소설에 실
린 「김일성장군찬가」는 당대 판본 「찬 김일성장군」, 「환영·김일성장
군」이 아니라 후대에 개작된 판본 「김일성장군 찬가」라는 사실은 분명
하다. 이런 개작을 통해서 김일성 중심의 역사를 재창조한 것이다.

리종렬의 「시인의 소원」에서 함흥의 연회 석상에서의 만남, 보통강
개수공사, 「김일성장군의 노래」의 창작 등은 역사적 사실에 근거를 두
고 있다. 이런 역사적 사실에 근거해서 소설화하는 과정에서 허구적 요
소를 가미하여 허구와 사실의 경계를 모호하게 함으로써 이 소설은 허
구적 사실도 역사적 사실처럼 만들고 있다. 그리고 모든 사실들은 김일
성 중심의 역사로 재해석된다. 그 단적인 예가 리종렬의 단편소설 「시
인의 소원」이다. 리종렬의 단편소설뿐만 아니라 리찬에 대한 평문[58]에

---

56) 리찬, 「김일성장군 찬가―위대한 김일성장군을 모시고 함흥호텔에서 읊은 즉흥시」,
  『태양의 노래』, 평양 : 문예출판사, 1982, 10~11쪽.
57) 1990년대 『조선문학사(10)』에서도 『태양의 노래』(1982)에 수록된 「김일성장군 찬
  가」를 대상으로 문학사적 평가를 하고 있다.(오정애·리용서, 『조선문학사(10)』, 평
  양 : 사회과학출판사, 1994, 50~51쪽)
58) 「태양의 품에 영생하는 혁명시인」, 『조국』 238, 1983. 10 ; 「시인 리찬과 그의 창

서도 당대의 몇 가지 역사적 사실을 가지고 끝없이 김일성 중심의 역
사로 재해석된다.

리찬의 「김일성장군의 노래」와 관련된 이야기는 여러 형태로 끝없이
만들어지는데, 강원도 삼팔선 인접 지대에 사는 '강 아무개' 삼대가 이
노래를 부르는 이야기나 남포수산사업소의 안강망선(鮫鰊網船)의 어로공
(漁撈工)들이 이 노래를 부르는 이야기, 성균관대학교 학생 한덕희가 이
노래를 부르는 이야기 등은 만들어진 것임에 분명하다.[59] 또한 정기종
의 『열병광장』에서는 김책과 김정숙의 노력에 의해서 창작된 이 노래
를 항일투사들이 처음 부르는 장면을 형상화한다.[60] 이제는 1980년대
발견된 1946년 여름 첫 연주회보다 그 이전인 첫 시연 장면을 다시 발
견한 것이다. 정론 「울려퍼져라, 태양의 송가」나 설화 「시인의 뜨거운
인사」처럼 김정숙의 결정적 역할을 강조한다. 위에서 보듯, 1980년대 「김
일성장군의 노래」의 창작에 대한 발견된 이야기는 끝없이 재생산되는
데, 여러 부분에 대한 세부 형상이 더욱 정교해진다. 이런 「김일성장군
의 노래」에 대한 이야기는 끝없이 새롭게 발견되고 만들어진다. 이것이
북조선의 작금의 현실이다. 따라서 이렇게 끝없이 새롭게 발견되는 허
구적 사실에 대한 정확한 판단 없이 북조선의 자료나 평가를 그대로
받아들일 경우 잘못된 판단을 내리기가 십상이다.

작」, 『천리마』 425, 1994. 10.

59) 류은, 「대를 이어 부르는 불멸의 노래」, 『남조선문제』 197, 1981. 8, 13~15쪽 ; 로
   남, 「울려퍼져라, 태양의 송가」, 『남조선문제』 240, 1985. 4, 17쪽.

60) 정기종, 『열병광장』, 평양 : 문학예술종합출판사, 2001, 472~473쪽.

5. 북조선 작가 연구를 위한 제언

필자에겐 아래의 『문학대사전(2)』(1999)과 『한국현대문학대사전』(2004)
의 기술은 흥미롭기보다는 안타깝다. 그 이유는 무엇일까? 동일한 시인
에 대한 남북의 상반된 기술 때문만은 아니다. 또한 몇 가지 오류의 공
유도 물론 아니다. 이는 한 작가에 대한 자료 집적의 한계, 검증 절차
부족으로 인한 안타까움 때문이다.

> 20살때 일본으로 건너가 대학에서 로씨야문학을 공부하다가 학비
> 곤난과 일제의 박해로 하여 중퇴하였다. (…중략…) 주체26(1937)년에
> 발표한 ≪국경의 밤≫과 1938년에 발표한 ≪눈내리는 보성의 밤≫에
> 는 위대한 수령님께서 령도하시는 항일무장투쟁에 대한 열렬한 동경
> 과 조국광복에 대한 확신이 암시적으로 노래되여있다. 리찬은 해방전
> 에 시집 ≪내 땅≫, ≪분향≫, ≪망향≫ 등을 내놓았다. (…중략…)
> 시인은 1946년 4월중순 위대한 수령님을 몸가까이 모신 영광의 자리
> 에서 송시 ≪찬 김일성장군≫을 지어 읊었다. 그후 리찬은 인민들의
> 한결같은 념원을 담아 불멸의 혁명송가 ≪김일성장군의 노래≫(1946.
> 7)의 가사를 창작하는 력사적인 공적을 이룩하였다. 시인은 그후에도
> ≪삼천만의 화답≫(1947), ≪더욱 굳게 뭉치리 장군님 두리에≫(1947),
> ≪우리의 수도를 아름답게 하는것≫(1947) 등 위대한 수령님을 칭송
> 하는 많은 송가들을 창작하였다. 1946년에는 그의 시집 ≪화원≫이
> 출판되였으며 1949년에는 해방후에 창작된 40여편의 시작품들을 묶
> 은 시집 ≪승리의 기록≫이 출판되었다. (…중략…) 1982년에 40여년
> 간 그가 창작한 시작품들중에서 65편을 묶은 시집 ≪태양의 노래≫
> 가 출판되였다.[61]

---

61) 사회과학원, 「리찬」, 『문학대사전(2)』, 평양 : 사회과학출판사, 1999, 152쪽.

연희전문, 일본릿교대학(立敎大學)을 거쳐 일본 와세다대학(早稻田大學) 노문과를 중퇴하였다. (…중략…) 시집 『대망』(1937), 『분향』(1938), 『망양』(1940) 등을 발간하였다. (…중략…) 광복 후 (…중략…) 사회주의혁명을 찬양하고 당의 과업을 선전하는 정치적 목적의식이 강한 시를 썼다. (…중략…) 한편 북한문학사에서는 「국경의 밤」은 서정적 주인공의 목소리를 통해 날로 확대강화되는 항일 무장투쟁의 위력과 인민들의 신뢰 기대를, 「눈 나리는 보성의 밤」은 항일유격대 활동에 위압된 일제에 대한 불안과 공포를 완곡한 수법으로 형상화하였다 하여 높이 평가되고 있다.62)

해방 후 리찬의 시편에 대한 남북의 상반된 평가를 접어두더라도, 두 문학사전은 몇 가지 검토 사항이 있다. 첫째, 리찬은 일본 와세다대학 노문과가 아니라 와세다대학 고등사범과 영어과에 입학했다.63) 둘째, 1930년대 판본 「국경의 밤」과 「눈나리는 보성의 밤」은 김일성의 항일무장투쟁과 관련해서 해석할 수 없지만, 북조선에서는 개작된 판본을 가지고 김일성의 항일유격대 활동과 연결시키고 있다.64) 셋째, 두 사전에서는 1940년대 리찬의 친일작품에 대한 언급은 결락되어 있다.65) 김응교의 연구에서 이런 문제는 해결되었지만 해방 이후 리찬에 대한 연구는 상당히 미흡하다.

정성무・한중모・정홍교・김왕섭・류만・김정웅・황영길・오정애

---

62) 권영민(편), 「이찬(李燦)」, 『한국현대문학대사전』, 서울대학교출판부, 2004, 766쪽.
63) 김응교, 「잊혀진 이찬 시의 복원─이동순・박승희 편, 『이찬 시전집』(소명출판, 2003)」, 『실천문학』 73, 2004 봄, 374쪽.
64) 김응교, 「리찬의 개작시 연구─『리찬 시선집』(1958)을 중심으로─이찬(李燦) 시 연구(2)」, 『민족문학사연구』 17, 2000. 12, 262쪽.
65) 김응교, 「이찬의 일본어 시와 친일시─이찬 문학 연구(6)」, 『현대문학의 연구』 25, 2005. 3, 302쪽.

등의 북조선의 대표적 학자들이 집필·편집한 『문학대사전(2)』의 기술을 그대로 받아들일 수 있는가? 그렇지 않다. 유일사상체계 성립 후 개작된 판본을 중심으로 김일성 중심의 역사로 재해석한 것을 논외로 치더라도 많은 문제가 있다.

① 리찬은 와세다대학에서 '로씨야문학'이 아니라 '영문학'을 전공했다.

② 「국경의 밤」은 '1937년'이 아니라 1936년 2월호 『조광』에, 「눈 내리는 보성의 밤」은 '1938년'이 아니라 1937년 1월호 『조선문학』에 발표했다.

③ 해방 전 리찬은 '『내 땅』, 『분향』, 『망향』'이 아니라 '『대망』, 『분향』, 『망양』' 등의 시집을 발간했다.

④ 1940년대 리찬의 친일 작품에 대한 언급은 없다.

⑤ 1946년 4월 중순 리찬이 낭송한 「찬 김일성장군」은 「환영·김일성장군」, 「그이는 인민의 태양」, 「김일성장군 찬가」 등의 여러 판본이 있었다.

⑥ 1946년 7월 리찬이 작사한 제명은 「김일성장군의 노래」가 아니라 「김장군의 노래」이며, 1946년 당대에 여러 판본이 있었다.

⑦ 새롭게 '발견'된 것으로 보이지만, 1947년에 발표한 것으로 거론한 「삼천만의 화답」, 「더욱 굳게 뭉치리 장군님 두리에」, 「우리의 수도를 아름답게 하는것」 등의 시는 현재 확인 불가능하다.

⑧ 리찬의 시집 『승리의 기록』은 '1949년'이 아니라 1947년에 간행되었다.

⑨ (구)소련에 대한 인식의 변화로 리찬의 『쏘련시초』에 대한 언급은 삭제되었다.

⑩ 1958년 간행된 『리 찬 시선집』을 삭제하면서 1982년 발간된 『태양의 노래』로 대체하여 리찬 시편들을 정리했다.

⑪ 리찬 사후 발간된 『태양의 노래』는 40여 년간의 창작한 시편들

을 정리한 것이라기보다 김일성 중심의 역사로 재해석한 시편
들을 묶은 시집에 해당된다.

이렇듯 사회과학원에서 편찬한 『문학대사전』은 여러 문제를 포함하
고 있다. 위의 권영민 편찬의 『한국현대문학대사전』처럼, 북조선 작가
연구에서 검증 절차도 없이 북조선에서 간행된 서적들을 참고해서 정
리하거나 아예 해방 이후 행적이 거의 결락된 경우도 많다. 따라서 화
려한 수사적 담론이 난무하는 작금의 현실에서, 북조선 작가 연구의 선
차적 과제의 하나가 자료 집적과 북조선의 평가에 대한 검증일 것이다.
이런 연구가 선행되지 않는 한 무수한 오류가 무한 반복될 수밖에 없다.

한설야의 「모자」와 해방기 소련 인식

남 원 진*

1. 한설야의 문제작 「모자」 재론

해방기 소련은 조선문제를 어떻게 인식했고 조선정책을 어떻게 수행했을까? 소련의 조선정책은 미국 등의 연합국과 협조를 유지하는 가운데 조선문제를 결정하되, 그 결정 과정에서 향후 수립될 조선정부가 소련에 '우호적인 성격'을 지니도록 제도적 장치를 마련하는 것이었다. 소련은 해방 직후 조선문제보다는 일본문제에 중점을 두다가 모스크바 삼상회의가 열린 후 조선문제를 그 자체로 인식하게 되었고, 미소공동위원회가 결렬된 이후 북조선에 대한 전략적 가치가 증대하자 친소국가의 성격을 강조하게 되었다.[1]

* 가천대 글로벌교양학부

1) 김성보, 「소련의 대한정책과 북한에서의 분단질서 형성, 1945~1946」, 역사문제연구소, 『분단 50년과 통일시대의 과제』, 역사비평사, 1995, 91~94쪽 ; 정성임, 「소련의 대북한 전략적 인식의 변화와 점령정책 : 1945~1948년 점령 기간을 중심으로」, 『현대북한연구』 2-2, 1999. 12, 329~331쪽 ; 기광서, 「해방 후 소련의 대한반도정책과 스티코프의 활동」, 『중소연구』 26-1, 2002. 5, 263~275쪽 ; 기광서, 「8·15 해방에서의 소련군 참전 요인과 북한의 인식」, 『북한연구학회회보』 9-1, 2005.

이 작품이 한 병사의 내면을 그린 것이지만 지나치게 감상적이라
든가 승무에 대한 상식이하의 해석이라든가, 점령군 소련병사에 대한
지나친 호의적 반응으로 말미암아 오해를 불러일으킬 수도 있고 뜻
하지 않은 비판을 받을 수도 있을 것이다. 그렇지만 이 소설만큼 한
설야의 작가 역량과 정치적 감각이 적절하게 결합된 것은 흔하지 않
다. 제1세대의 작가 한설야가 소련말 공부에 착수했음을 앞에서 지적
했거니와 소련문학및 문화에의 편향성을 그의 창작의 밑거름으로 삼
았다는 것은 카프시절부터였기에 그 뿌리는 하루아침에 이루어진 것
이 아니다.2)

이 작품은 소련의 일방적인 해방의 의의를 강조하는 이후의 작품(「얼
굴」과 「남매」)과 달리 친선과 연대를 주제로 하였다는 점이 작품구성
에서 금방 드러난다. (…중략…) 자기 조국을 지키기 위해 독일 파시
스트와 싸운 것이나 일본제국주의의 침략에 맞서싸우다가 해방을 얻
게 된 조선사람들의 투쟁이나 결국 반파시즘이란 차원에서 같은 것
으로 보는 것이다. 그렇기 때문에 작가는 소련 진주를 단순한 해방자
의 그것이 아니라, 어디까지나 반파시즘 연대라는 차원에서 바라보고
있다. (…중략…) 이 무렵 한설야가 새로운 국제주의를 모색하면서 과
거 소련에 가졌던 일방적인 경사와는 일정한 거리를 두게 되었음을
알 수 있다. 이런 점들로 하여 이 작품은 당시 소군정으로부터 강한
항의를 받게 되었고, 이후 작품을 개작하는 소동이 벌어지기도 하였
다.3)

8, 10~13쪽.

2) 김윤식, 「북한문학의 세가지 직접성-한설야의 「혈로」, 「모자」, 「승냥이」분석」, 『예
술과 비평』 21, 1990 가을, 188쪽 ; 「1946~1960년대 북한문학의 세 가지 직접성
-한설야의 「혈로」, 「모자」, 「승냥이」 분석」, 『한국 현대 현실주의 소설 연구』, 문
학과지성사, 1990, 277쪽.

3) 김재용, 「냉전시대 한설야 문학의 민족의식과 비타협성」, 『역사비평』 47, 1999 여
름, 233~234쪽 ; 「냉전적 분단구조하 한설야 문학의 민족의식과 비타협성」, 『분
단구조와 북한문학』, 소명출판, 2000, 103~104쪽.

　그렇다면 북조선 문학은 해방과 함께 진주한 소련 군대를 어떻게 형상화하고 정리했을까? 해방 직후 소련에 대한 인식을 점검할 때 가장 문제작이 바로 한설야의 단편소설 「모자」이다. 한설야의 이 작품은 소련군이 해방군인 동시에 약탈자라는 이중적 모습의 징후를 동시에 보여주기에 더욱 그러하다. 그런데 김윤식은 '㉠소련군의 내면을 지나치게 감상적으로 형상화한 것'이나 '㉡승무에 대한 상식 이하의 해석', '㉢ 소련군에 대한 지나친 호의적 반응' 때문에 오해를 불러일으키거나 뜻하지 않은 비판을 받을 수 있다고 지적한다. 또한 김재용은 '소련군의 진주를 단순한 해방자의 그것이 아니라 반파시즘 연대라는 차원'에서 한설야가 인식했다고 주장한다. 물론 뒤에 자세하게 밝혀지겠지만, 김윤식의 위의 지적은 '오독'에 해당되며, 김재용의 위의 주장도 한설야'만'의 인식으로 보기에는 적절하지 않다.

　여하튼, 이 글에서는 한설야의 「모자」를 중심으로 (일명) '「모자」 사건'의 실상과 「모자」의 개작 과정을 점검하고자 한다. 이런 검토 과정을 통해서 해방 직후 소련에 대한 인식의 실상을 재구성하는 한편 해방기 친소적 경향의 의미를 짚어보고자 한다.

2. 한설야의 「모자」의 개작과 소련 인식의 변화

　1946년 7월 25일 '북조선예술총련맹'의 기관지 『문화전선』 창간호에 실린 한설야의 「모자」는 소련 군인을 형상화한 최초의 단편소설이라고 말해진다.4) 또한 한설야의 「모자」는 소련에 대한 인식 변화의 추이를

　4) "우리民族을 日本帝國主義의 魔手로부터 解放해주었으며 또 北朝鮮에 進駐하여 民

214 해방기 북한문학예술의 형성과 전개

점검할 수 있는 문제작에 해당된다.

> 그들 소련군인은 취했을 때나, 기분이 좋을 때나, 나쁠 때, 또는 좀
> 캥기고 겁이 날 때, 예를 들면 어둑시근한 골목을 걸어 갈 때, 이런
> 경우에는 대개 발포한다. 소설가 한설야는 분분한 이 사회현상에 대
> 한 일반의 비난을 묵시하지 못하여 「모자」라는 소설에서 이 총성을
> 향수에 잠긴 역전용사의 어쩔 수 없는 감정의 발현이라고 변명했다.
> 이 순진하고 깨끗한 감정의 발로 때문에 해방전까지 별로 총성을 모
> 르던 평양시민은 싫도록 대전의 여운을 엿들었다.[5]

> 이리하여 북한의 현실 속에서 취재한 작품이 생산되었다. 『문화전
> 선』 창간호에 실린 한설야의 「모자」가 그 처음이다. 이 작품은 실로
> 한설야의 리아리즘을 대표하는 작품으로 독자들의 공명을 샀다. 필자
> 도 한설야의 솔직한 그 '눈'에 찬사를 보낸다. (…중략…) 그 당시 쏘
> 련군인이란 잔혹 그것이었다. 매일처럼 쏘련군인으로 하여 피해를 받
> 는 사건이 꼬리를 물고 발생하였다. (…중략…) 이런 쏘련군인의 전형
> 을 포착하여 작품화한 한설야의 솔직한 '눈'을 필자는 높이 평가한다.
> 그 작품이 좋다든 나쁘다든 하는 가치를 말 하는게 아니라 거짓으로
> 빚어놓은 북한에 이런 솔직한 관찰이란 그리 흔한것이 아니다.[6]

한설야의 「모자」는 해방 직후 조선인을 위협하거나 술에 취해 총을
난사하는 소련 군인의 행패를 기술하고 있다. 이에 대해 오영진은 한설
야의 「모자」가 소련 군인의 행패에 대한 주민의 비난을 '고향에 대한

主主義的發展의 諸條件을 育成해주고있는 民族의恩人 붉은軍隊를 取扱한 小說로서
는 내寡聞한탓인지는모르나 아직까지는 氏의「帽子」한篇이 있음에 不過하다고 생
각한다."(安含光, 「北朝鮮創作界의動向」, 『문화전선』 3, 1947. 2, 21쪽)

5) 吳泳鎭, 『하나의 證言』, 국민사상지도원, 1952, 90쪽.
6) 玄秀, 『赤治六年의 北韓文壇』, 국민사상지도원, 1952, 39~41쪽.

향수에 잠긴 역전용사의 어쩔 수 없는 감정의 발현'이라고 한설야가 변명했다고 지적한다. 또한 현수(박남수)도 소련 군인의 전형을 포착하여 작품화한 한설야의 '솔직한 관찰'을 높이 평가한다. 이 두 지적은 북조선에서 활동하다가 월남한 두 지식인의 반공 내셔널리즘에 입각한 서술을 접어둔다면, 일정 부분 해방 직후 북조선 문학예술계의 상황을 재구성하는데 필요한 기본 자료이다. 특히 한설야의 「모자」에 그려진 소련 군인의 행패에 대한 설명은 어느 정도 유용한 진술임은 물론이다. 여러 연구자들은 소련 군인의 행패에 대한 묘사 때문에 한설야의 「모자」가 혹독한 시련을 받은 것으로 말한다.[7]

이 「모자」와 같은 작품을 맑스주의 작가의 거두 한설야가 썼기 망정이지 다른 작가가 썼더라면 그 작가는 귀신도 모르게 그 작품의 주인공같은 공산주의자에게 살해되었을 것이다. / 「모자」가 실린 『문화전선』은 판매가 중지되었고 「모자」는 그의 작품집에서도 제외되었다. 이 「모자」에 대하여 평필을 드는 일도 금지된 모양이다. 이 작품으로 쏘련군 사령부는 한설야를 의심하였다. / 출판물 일체는 북한정권의 사전검열과 아울러 쏘련군 사령부의 사전검열을 맡아야 한다. 그런 철통같은 검열제도 아래서 이런 실수를 저질렀다는 사실은 그들이 한설야를 신인(信認)하고 그 작품을 읽지 않았던데 기인한 것이다. 한설야의 「모자」가 원산의 『응향』처럼 사건화되지 않은 것은 작자가 저명하고 공산주의 문인의 괴수이기 때문이다. 그 후로 한설야의 쏘련기행의 단편적인 수장(數章)은 검열에서 삭제되었다. / 그 「모자」로부터 검열은 강화되었다. 모든 작품은 '의심의 눈'으로 보게 되었다.[8]

---

7) 한설야의 「모자」 사건에 대해서 언급할 때 이기봉의 『北의 文學과 藝術人』(사사연, 1986)에 나오는 설명을 참조하지만 이 책에서 구체적인 근거를 찾을 수는 없다.
8) 玄秀, 앞의 책, 41~42쪽.

한설야의 「모자」는 북조선에서 소련군의 행패를 다룬 최초이자 마지막 작품으로 알려져 있다. 위의 지적에서 보듯, 이 작품은 소련군을 모독했다고 『문화전선』은 판매가 중지되었고, 이 작품에 대하여 평론을 쓰는 일[評筆]도 금지되었다고 말해진다. 일명 '「모자」 사건' 이후 북조선 당국의 사전 검열 및 소련군 사령부의 사전 검열도 강화되었다고 한다. 그런데 이런 조치가 사실일까? 현재 『문화전선』의 판매 중단에 대한 어떤 글에서도 구체적인 근거는 확인할 수 없다. 단지 한설야의 「모자」는 한설야 단편집 『탄갱촌』(1948)이나 『초소에서』(1950)에는 실려 있지 않고, 1950년대 중반 이후 간행된 단편소설집 『모자』(1957)[9]나 『한설야 선집(8)』(1960)에 수록되어 있을 뿐이다. 필자는 이런 사실에서 한동안 한설야의 「모자」는 사라졌다가 다시 복원된 것으로 판단한다.

그렇다면 '「모자」 사건'은 언제 발생했으며 또한 위와 같은 조치는 언제 내려졌을까? 1946년 7월에 발표된 「모자」에 대한 평가는 1947년 2월에 발행된 『문화전선』 3집에 실린 안함광의 평문 「북조선창작계의 동향」에서 행해지고 있다. 안함광은 앞의 평문에서 한설야의 「모자」에 대해서 '전체의 행문이 다감한 붉은 군대의 심상에 알맞은 윤택미를 가지고 있을 뿐만 아니라 소설 결부에 있어 붉은 병사가 모자를 조선의 어린 아이의 머리에 씌워서 포옹하면서 조쏘친선의 핏줄이 새삼스레 따뜻함을 느끼는 장면은 대단히 인상적이고 회화적인 동시에 지극히 신선한 감정을 자아내게 한다'고 긍정적 평가를 내리는 한편 '전체적으로 볼 때 이 작품은 주제의 통일성을 갖고 있지 못하다'는 부정적 평가

---

9) 현재 국내외에서 단편소설집 『모자』는 확인할 수 없었는데, 『조선문학』 1957년 3월호 '신간 소개'에 다음과 같이 기술되어 있다.(단편 소설집, 모자, 118페지, 값 20원, 모자 … 한설야, 김 명화 … 리영규, 뜨거운 손 길 … 조진해) 1950년대 중반부터 한설야의 해방 전후 대부분의 작품들이 개작되기 시작하는데, 이런 사실에서 한설야의 「모자」도 개작되었을 것이다.

를 많은 부분에 할애한다.10) 여하튼 1947년 2월에 안함광의 이런 평문
이 발표되었다는 점에서, 여러 연구자들의 지적처럼『문화전선』창간호
가 1946년 7월 발매 직시 판매 중단되었다거나 「모자」에 대한 평필도
금지되었다고 보기는 사실상 어렵다.11) 단지 안함광의 평문이 발표된
1947년 2월 이후, 아마도 미소공동위원회가 격렬된 이후 북조선의 친
소적 성격의 국가를 수립하는 과정에서 행해진 것이 아닐까? 이런 가정
아래서 한설야 단편집『탄갱촌』(1948)이나『초소에서』(1950)에 실리지 않
은 측면이나 즉시 수정되지 않고 1950년대 중반에 개작된 것도 설명이
가능해진다.

　　그렇다면 이런 문제의 중심에 선 한설야의 「모자」는 어떤 작품인가?
이 작품은 1945년 8월 북조선에 진주한 우크라이나 출신 소련군인 '나'
에 대한 이야기를 담고 있는데, 전쟁에서 가족을 잃은 고통과 고향에
대한 향수에 사로잡힌 '나'가 조선 아이들과 친분을 가지면서 그 고통
을 치유하는 과정을 형상화하고 있다. 이런 과정에서 '나'는 조선 소녀
(옥)에게 자신의 딸 '프로쌰'를 위해 간직해 온 모자를 건네준다. 이 모
자는 조선과 소련의 친선의 표시이자 낡은 것을 몰아내고 새 것을 만
들어 갈, 어린 조선인들이 실현할 새로운 사회의 상징이기도 하다.

　　이런 '조쏘친선(朝蘇親善)'의 내용을 담은 한설야의 「모자」에 대한 김
윤식의 앞의 평가는 여러 측면에서 검토가 필요하다. 김윤식은 이 작품

---

10) 安含光, 앞의 글, 21~22쪽.
11) 1946년 8월 28일부터 30일까지 3일간 '북조선로동당' 창립대회가 개최되었는데,
　　여기서 북조선로동당의 창립은 강력한 단일 좌파 정당의 탄생을 의미했다. 북조선
　　로동당 창립대회에서 한설야는 김두봉, 김일성 등과 함께 43명의 중앙집행위원에
　　선출되었으며, 당 중앙본부의 문화인부장에 임명되었다. 여기서 1946년 당시 한설
　　야의 북조선에서의 위치를 가늠해 볼 때에도『문화전선』창간호가 발매 즉시 판
　　매 중단되었다는 사실은 쉽게 납득이 가지 않는다.(金柱炫,「北朝鮮勞動黨의 誕生」,
　　『근로자』1, 1946. 10, 35~48쪽)

을 논하면서 '㉠소련군의 내면을 지나치게 감상적으로 형상화한 것'이
나 '㉡승무에 대한 상식 이하의 해석', '㉢소련군에 대한 지나친 호의적
반응' 때문에 오해를 불러일으키거나 뜻하지 않은 비판을 받을 수 있다
고 지적한다. 그러나 1960년 개작된 판본 「모자」를 바탕으로 한 이런
김윤식의 지적은 1946년 당대 판본 「모자」를 가지고 판단한다면 여러
문제를 포함하고 있다. 또한 한설야의 '작가 역량과 정치적 감각의 적
절한 결합'이라는 판단 아래 '소련 문학 및 문화에 대한 편향성'을 읽
어내는 부분도 일정 부분 한계를 갖고 있다. 이 문제에 대한 필자의 판
단을 명확하게 하기 위해서는 1946년 7월 판본 「모자」와 1960년 9월
판본 「모자」 사이의 개작 부분에 대한 검토가 선행되어야 한다.

　① 1946년 7월 판본 「모자」
　이거리의 집집에서 마다 펄렁그리는 태극기의 붉은빛, 푸른빛이 내
가족의 잃어진 피요 움지기지않는 파아란 눈동자를 상상케하는것이
다. 울수있는때－술이 취해서 울수있는때는 그래도 행복한 시간일수
있다. 전쟁이 그립다. 주검을밟고 넘어가는 말리전쟁이 내고향이다.
그럼 예상밖에 전쟁이 빨리 끝장이 나서 너무 갑자기 내주위는 괴괴
해섯다. 내게는 아직 소음(騷音)이 필요하고 총소리가 필요하였다. /
그러나 지금 내주위는 대낮에도 만귀 잠잠한것 갓다. 어떤때는 이나
라의모든 환호의소리와 해방의 빛갈이그저 까마득한속에 잠겨서 보
이고 들리지 않는것이다.[12]

　② 1960년 9월 판본 「모자」
　이 거리의 집집마다에서 펄럭거리는 깃발의 붉은 빛, 푸른 빛과 또

---

12) 韓雪野, 「帽子－어떤 붉은 兵士의 手記」, 『문화전선』 1, 1946. 7, 205쪽. 1946년 판
　본 「모자」의 경우 필자는 '대훈서적'에서 영인한 자료가 일그러진 부분이나 판독
　이 불가능한 부분이 많아서 MF, PDF 자료를 통해서 복원했다.

해방의 모든 빛갈들이 바로 내 가족의 잃어진 피와 영원히 조국 하늘을 지키는 내 가족의 파아란 눈동자를 상상케 하는 것이다. 아니 바로 꼭 그것 같이도 보이는 것이다. / 그러나 나는 여태도 이따금 꿈속에서 파시스트 독일 병정과 일본 병정을 때려 잡는 일이 있고 그것은 즐거운 일이기도 하다. 그리고 그보다 더 즐거운 일은 파시스트의 군대로서 파시스트를 반대하고 정의 앞에 항복하여 온 그들과 이야기하는 그것이다. / 그들에게도 죄 없는 부모와 안해와 자식이 있고 그리고 고향의 그 가족들은 아들과 남편과 그 아버지를 피타게 기다리고 있는 것이다. 그들을 제 고향으로 돌려 보내고, 나도 역시 고향으로 돌아 가는 꿈을 꾸고 깬 때처럼 즐거운 일은 없다. 꿈을 깨여도 이 땅이 바로 내 고향 같이 생각되기 때문에 더욱 그렇다. / 나는 이때마다 쉡첸꼬의 시를 다시금 읊조리군 한다. 바로 내가 사는 이 거리에는 너르고 풍경 좋은 C 강이 흐르고 있다. / 이 땅 사람들의 젖줄기인 이 강은 드네쁘르를 련상케 하고 나의 고향을 방불히 내 눈 앞에 가져다 주기도 한다.[13]

③ 1946년 7월 판본 「모자」

그순간 나는 단총을 번쩍 들었다. / "놓아라" / 그런즉 구경꾼들이 또 우야 도망질을 하는데 가겟주인만은 두번재 내가 웨침때에야 마지못해서 그여자에게서 손을때였다. / "당신은 돌아가시오" / 내가 그리자 그여자는 질렸던 얼굴이 조금 풀리며 고맙다는듯이 허리를좀꾸부리고 어린애를 앞새우고 도망하듯 재게 어둑컴컴한 거리로 살아저 버렸다.[14]

④ 1960년 9월 판본 「모자」

나는 더 견딜 수 없었다. 나는 포케트에 손을 찔러 돈을 거머쥐고

---

13) 한설야, 「모자―어떤 쏘베트 전사의 수기」, 『한 설야 선집(8)』, 평양 : 조선작가동맹출판사, 1960, 44쪽.
14) 韓雪野, 「帽子―어떤 붉은 兵士의 手記」, 208~209쪽.

가게 안으로 뛰여 들어갔다. / 그 때 가게 주인은 어머니와 어린아이 몸에서 빚값으로 처가질 것이 없나 두루 살펴 보고 있다가 나를 보더니만 전방에 있는 어린아이 모자 하나를 쳐들고 흔들어 보이며 이런 것을 이 녀자가 훔쳤다는듯이 나에게 알리려 하였다. (…중략…) 나는 이 가엾은 어머니와 딸의 초라한 모습에서 압제자와 착취자의 증오스러운 자취를 발견하며 순간 / "옜소." / 하고 선뜻 가게 주인에게 돈을 내주었다. / 그런즉 주인은 녀자의 옷자락을 놓고 내 손에 쥐여진 지전을 바라보았으나 너무 의외라는 듯이 얼른 받으려 하지 않았다. 그러나 그리면서도 주인은 대체 지전이 몇 장이나 되는지 알려고 하는 것 같아서 나는 일부러 지전을 허트러 보여 주며 녀자에게 / "당신 가시오, 좋소 좋소." / 하고 말하였다. / 그런즉 녀자는 수삽한 듯이 고개를 숙이긴 했으나 이내 내 말을 믿어도 좋다는 확신이 생긴 것 같았다. 그는 고맙다는듯이 허리를 굽신하며 어린애를 앞세우고 밖으로 걸어 나가더니 도망치듯 어둑컴컴한 속으로 사려져 버렸다.[15]

1946년 판본 「모자」에서는 북조선에 진주한 소련 군인이 어머니와 아내, 어린 자식을 잃고 고통스러워하는 모습이 선명하게 드러난다. '나'는 북조선 거리에서 펄럭이는 '태극기'의 붉은 빛과 푸른 빛을 보고 '내 가족의 잃어진 피와 움직이지 않는 파란 눈동자'를 상상하며 '공포'에 사로잡히며, 이 공포에서 벗어나기 위해 전쟁을 그리워하고 괴괴한 자신의 주위에서 소음과 총소리가 필요하고 생각한다. 그래서 그는 술에 취해서 울 수 있을 때가 그래도 행복한 시간이라고 느낀다. 그런데 1946년 판본 「모자」에서의 고통스러운 소련 군인의 모습은 1960년 판본 「모자」에서는 사라진다. 1946년 판본 「모자」와 달리 '나'는 북조선 거리에서 펄럭이는 '깃발'의 붉은 빛, 푸른 빛과 해방의 모든 빛깔들에

---

15) 한설야, 「모자—어떤 쏘베트 전사의 수기」, 51~52쪽.

서 '내 가족의 잃어진 피와 영원히 조국 하늘을 지키는 내 가족의 파란 눈동자'를 생각한다. 이런 생각은 가족을 잃은 공포가 아니라 조국에 대한 희생과 충성심으로 해석된다. '나'는 고향에 돌아가는 즐거운 꿈을 꾸거나 풍경 좋은 C강을 보며 고향의 강을 생각하는 인물을 변형한다. 1960년 판본 「모자」에서 '나'는 술에 취해서 울거나 총소리를 필요로 하는 비관적인 소련 군인이 아니라 즐거운 상상에 사로잡히거나 시를 읊조리는 낙천적인 인물로 개작된다.

또한 1946년 판본 「모자」에서는 '단총(권총)'을 가지고 조선인을 위협하는 소련 군인의 부정적 모습이 선명한데, 1960년 판본 「모자」에서는 그 부분이 사라진다. 어느 날 '나'는 극장에서 근무하는 조선 동무가 구경을 오라고 해서 조선의 고전 음악, 무용 공연을 관람하게 되는데, '승무'를 보다가 울분에 사로잡혀서 극장을 뛰쳐나와서 단총을 발사한다. 극장 밖 거리에서 조그만 어린 아이 모자 때문에 가게 주인과 여인의 실랑이를 목격한다. '나'는 초라한 여인의 애원하는 듯한 표정을 보고 단총을 번쩍 들어, 모자를 훔쳤다고 주장하는 가게 주인에게서 여인을 구해준다. 이런 1946년 판본 「모자」의 장면은 1960년 판본 「모자」에서는 여러 부분이 개작된다. 1960년 판본 「모자」는 '단총'을 들고 위협하는 장면은 '돈'을 지불하는 장면으로 변하면서 가게 주인도 돈에 집착하는 악덕 상인으로 설정된다. 가난한 사람을 착취하는 악덕 상인의 모습으로 변형되어서 계급적 대립 관계를 드러낸다.

여하튼 1960년 판본 「모자」에서는 술에 취해서 총을 발사하거나 총을 들고 조선인을 위협하던 부분은 개작되는데, 이런 부정적인 소련 군인을 긍정적인 소련 군인으로 형상화한다. 이런 긍정적 소련 군인을 묘사함으로써 1946년 판본 「모자」에서 드러났던 감상적인 성격은 현저히

사라진다. 따라서 김윤식의 지적(㉠)과 달리, 여러 부분이 정교하게 개
작된 1960년 판본 「모자」는 1946년 판본 「모자」에 비해 훨씬 감상적인
성격이 줄어든다.

⑤ 1946년 7월 판본 「모자」
　개중에도 나는 「승무」라는것을 제일자미있게 보았다. 나는 이미
조선춤을몇번 구경한일이 있지만 이승무처럼 자미나는 춤을 처음 보
았다. 물론조선동무의 설명이 있었던 관계도 있겠지만, 나는 이것을
구경하는 동안에는 잠시 모든것을 잊고 고시라니 그것만 구경할수
있었다. / 이승무는 대체로 훌륭한 심리묘사라고 생각하는데 그심리
가 점점 고조(高潮)되여 낭송은 거의 광적으로 발전한다. / 이것은 즉
종교의 구속된 중의종교심리와 그중의 인간본능의 투쟁을 상증하는
것이다. / 즉 중은 인간본성의 가장 큰 한면인 성적 본능이 눌리여있
는것이다. 이눌리운 인간성의 발작과 반항이 첨은 종교적인 잔잔한
형세가운데서 서서히 나타나다가 차츰 고조되여 거지반 미친듯이 치
솟는것을 이승무의 전반(前半)은 비상히잘 표현하였다. / 그래 나는
후반에가서 의례 이인강의 미칠듯한 감정이 종교의탈을 부시고 인간
성을 찾아돌아와 인간적인 정서의발전으로부터 생활의해방으로 발전
하리라고 생각하였고 또 그러기를 바랐다. 적어도해방된오늘의 승무
는 마땅히 그래야할것이었다. / 그러나 승무는 커다란 제금소리 - 하
늘, 천당, 불교에서는 극락에 기도를 올리는 소리를 고개로 하여가지
고그인간성의 무서운 발전이 다시 종교의 탑에 가치여 잠잠히 내리
막고개로 내려가는것이다. / 즉 여기서 내기대와는 반대로 인간성이
죽어지고 종교의힘이 인간을 다시 지배하게되는것이다. 그래서 무용
은첫거리와갓흔 종교적인 잔잔한 막거리로 끝마치랴하는것이다.16)

---

16) 韓雪野, 「帽子-어쩐 붉은 兵士의 手記」, 207쪽.

⑥ 1960년 9월 판본 「모자」

그 중에도 나는 조선의 고전 무용 「승무」라는 것을 제일 재미 있
게 보았다. 나는 이미 조선 춤을 구경한 일이 있지만 이 「승무」처럼
재미나는 춤은 아직 본 일이 없었다. / 물론 박 춘 동무의 설명이 있
었던 관계도 있었지만 나는 이것을 구경하는 동안에 잠시 모든 것을
잊고 고스란히 그것에만 도취되어 있었다. / 이 무용은 조그만 호수의
지극히 잔잔한 물결 같은 움직임으로부터 시작되어 처음은 오로지
종교적 형식에 담긴 종교 의식의 움직임으로 보이나 그 동작이 점점
발전하는 데 따라 차차 포구를 들이받는 바다 물길 같이 리듬이 높아
진다. / 그것은 진행할수록 하나의 현상, 내면에 발생한 두 개 대립물
의 투쟁에서만 볼 수 있는 내면적인 고뇌와 모순의 충돌을 여실히 보
여 주기 시작하였다. / 마치 「볼가의 뱃노래」가 아주 고요한 멜로디
로부터 시작되어 높은 물결의 웨침으로 변해 가듯이 이 무용도 고요
한 속에서 서로 용납될 수 없는 감정의 충돌로 발전되어 간다. / 그것
은 바로 중의 내부에 있는 두 개 정반대의 것이 서로 싸우고 있는 것
을 보여 준다. 하긴 중이란 항상 종교 의식에 의하여 인간 의식이 눌
려 있는 존재이다. 그런데 지금 바로 무용 속에서 중의 내면에 눌리
워 있던 인간성이 종교 의식에 반기를 들고 일어선 것이다. 그것은
타협할 수 없는 모순이요 싸움이다. / 즉 종교 의식은 언제나 인간 의
식을 깔아 뭉개려 한다. 그러나 인간 의식은 결코 죽기를 원치 않는
다. 그리하여 이 둘의 싸움은 결국 죽느냐 사느냐 하는 무서운 충돌
로 발전한다. 여기서 무용은 거의 광적인 액숀을 전개한다. / 그것은
결코 무용 예술의 약속을 무시함이 없이 하나의 높은 예술적 형상을
보여 준다. 그리고 이 형상이 절정을 넘어 서면서부터 점차로 다시
종교 의식이 인간 의식 앞에 무릎을 꿇기 시작한다. / 무용가의 얼굴
에는 승리에 빛나는 인간의 희열이 떠오르고 종교적인 동작은 인간
적인 동작속에 해소되어 버린다. /무용가의 동작은 어느덧 자유와 광
명을 향하여 나래치는 분방하고 아름다운 동작으로 변하여 간다. 그
리하여 무용가가 바라를 내던지고 몸에 걸쳤던 가사 장삼을 벗어 던

지고 그리고 고깔마저 쥐여 뿌리고 하나의 생생한 인간으로 돌아 가는 것으로써 무용은 끝난다.[17]

⑦ 1946년 7월 판본 「모자」

그때 나는 부지중 나의 단총을 빼들었다. 승무가 인간성의 승리를 보여주지 않을때 나의 울분속에서 일우어진 비참한 환상이 다시 내 정신을 엄습한것이다. 나는 더 견딜수없었다. 어릴제 내정신을 부뜰어주는것은 이제까지는 오직 단포하나뿐이였다. 내정신을 무서운 천길 굴속에 차넣고 짓밟고 박차고 죽이랴하는 환상을 물리칠 강렬한 —가장 정열적인 소리가 어때 내게는 필요하였던것이다. / 만일 내곁에 있던 조선동무가 내손을 잡아내리지 않었더면 나는 으레 극장천정을 보기좋게 구멍 두셋을 뚫어놓고말았을것이다. 그래야 기가 칵 질인 내가슴속에도 숨쉴 구멍이 터질것이었다.[18]

⑧ 1960년 9월 판본 「모자」

이 무용은 종교 의식이란 구경 소멸될 운명을 가진 것이라는 것을 보여 주는 동시 인간성은 영원히 살아 남는다는 것을 보여 준다. 자기 무용에서 인간성을 쟁취한 무용가는 무대우의 사람이라는 것보다 선과 악의 대립 속에 싸우고 있는 긴 인생 행로에서 싸워 이긴 승리자로 나에게는 보였다. / 그러면서 무용가는 이미 아무 다른 사람도 아니요 바로 나의 동지요 전우로 보였다. / 나는 그 무용가를 통해서 많은 이 나라 형제들 속에 싸여 있는 나 자신을 발견하였다. / 이 나라 형제들은 내가 흉악한 원쑤 독일 파시스트들에게서 받은 나의 상처를—사랑하는 가족과 어린 딸을 학살 당한 너무도 아프고 사라질 줄 모르는 나의 상처를 이 시간에 얼마나 가볍게 가시여 주는지 몰랐다.[19]

---

17) 한설야, 「모자—어떤 쏘베트 전사의 수기」, 45~46쪽.
18) 韓雪野, 「帽子—어떤 붉은 兵士의 手記」, 207쪽.
19) 한설야, 「모자—어떤 쏘베트 전사의 수기」, 46~47쪽.

1946년 판본 「모자」와 1960년 판본 「모자」는 전통문화에 대한 인식도 또한 다르다. 1946년 판본 「모자」에서 '나'는 극장에서 근무하는 조선 동무와 함께 '승무' 공연을 관람하는데, 승무에 대해서 '제일 재미있게' 보았으며 '대체로 훌륭한 심리 묘사'라고 생각한다. '이것은 종교에 구속된 중의 종교적 심리와 그 중의 인간 본능의 투쟁'을 상정하고 있다. 전반부에서는 억눌렸던 인간의 본능이 서서히 나타나다가 후반부에 가서는 인간성이 죽어가고 종교의 힘이 인간을 지배하는 것으로 끝난다. 이 승무는 '나'가 기대했던 '종교의 탈을 부시고 인간성을 찾아 돌아와 인간적인 정서의 발견으로부터 생활의 해방으로 발전하리라'고 예상했던 것과 달리 그 반대로 끝을 맺는 것이다.

그런데 1960년 판본 「모자」에서는 '승무'의 전반부에 대한 내용은 1946년 판본 「모자」와 크게 변한 것이 없지만 '승무'의 후반부의 내용은 크게 달라진다. 1946년 판본 「모자」에서는 '인간성이 죽어지고 종교의 힘이 인간을 다시 지배하는 것'으로 끝나지만, 1960년 판본 「모자」에서는 '종교 의식이 인간 의식 앞에 무릎을 꿇기 시작하며, 승리에 빛나는 인간의 희열이 떠오르며 종교적인 동작은 인간적인 동작 속에 해소되어 버리는 것'으로 마무리된다. 다시 말해서 1946년 판본 「모자」에서는 '종교의 힘'의 승리를 말한 것이라면 1960년 판본 「모자」는 '인간 의식'의 승리를 표현한 것으로 개작된다. 그래서 두 판본은 '승무'를 관람 후 '나'의 행동도 다르다. 1946년 판본 「모자」에서는 조선의 전통에 대한 이해 부족으로 단총(단포) 빼들고 행패를 부리는 반면, 1960년 판본 「모자」에서는 사랑하는 가족과 어린 딸이 학살당한 너무도 아프고 사라질 줄 모르는 나의 상처를 가볍게 없애주는 것으로 설정되면서 '나'가 조선 동무(박준)에게 감사의 눈을 돌리는 것으로 변모한다.

따라서 1946년 판본 「모자」의 승무에 대한 설명이 김윤식이 지적하
듯 'ⓛ승무에 대한 상식 이하의 해석'이라고 판단하기는 어렵다. 승무
에 대한 불교적 영향만을 지적한다면, '승무에서는 일차적으로 세속의
번뇌가 연상되고, 거기서 그치지 않고 세속의 번뇌를 모두 던져 버리고
자 하는 숭고한 몸부림이 종교적으로 승화된 것을 느낄 수 있다'[20)는
현재 해석과 한설야의 승무에 대한 설명은 크게 다르지 않다. 1946년
판본 「모자」에서의 승무에 대한 해석은 1960년 판본 「모자」에서는 변
모하는데, 이는 1950년대 북조선 문학예술계에서 진행된 '고전의 현대
적 개작'[21)에 대한 논의와 관련되어 변형된 것이다.

　⑨ 1946년 7월 판본 「모자」
　나는 이전에도 이나라의 어린애들을 보아도 눈에서 모다불이 나는
때가 있었다. 첨은 어린애들이 내게서 무엇을 얻으려고 비슬비슬 가
까히 오게되면 나는 슬며시 총부리를 돌리는 시늉을 해서 몰아보냈
다. 구찮다는것보다 차리리 무서웠던것이다.[22)

　⑩ 1960년 9월 판본 「모자」
　나는 그것을 딱이는 모른다. 그러나 나는 이것만은 안다. 나는 이
전에는 이 나라 어린이들을 보아도 결코 미워서가 아니지만 내가 가
지고 있는 고통에 좀 더 불이 붙는 것을 느꼈다. / 처음은 조선의 어
린아이들이 내게서 해바라기 씨를 얻기 위해서든지, 또는 로씨야 말
을 배우기 위해서든지 또는 무슨 이야기를 하기 위해서 나 있는 데로

20) 채향순, 「승무의 상징(象徵)적 표현에 나타난 한국적 정서(情緒)」, 경희대학교 박사
　　학위논문, 2010, 120쪽.
21) 한설야, 「전후 조선 문학의 현 상태와 전망─제二차 조선 작가 대회에서 한 한 설
　　야 위원장의 보고」, 한설야 외, 『제2차 조선 작가 대회 문헌집』, 평양 : 조선작가동
　　맹출판사, 1956, 58쪽.
22) 韓雪野, 「帽子─어쩐 붉은 兵士의 手記」, 211쪽.

비슬비슬 가까이 오게 되면 나는 모른 체 하고 슬며시 돌아서 버리군
하였다. / 귀치않다는 것보다 차라리 무서웠다는 것이 나의 그 때 심
정에 근사한 표현인 것이다.[23]

⑪ 1946년 7월 판본 「모자」

가을 햇빛에 물든 금모래 마당을 밟으며 나는 계집아이를 안은채
내방으로 걸어들어갔다. / 새싹을 키우는 이거리로 귀엽게 걸어가는
―프로싸의 모자를 쓴 프로싸의 동생 그리고 모든 이나라의어린이
들……이런것이 파노라마처럼 내머릿속에 떠돌고 있다.[24]

⑫ 1960년 9월 판본 「모자」

가을 햇빛에 물든 금모래 마당을 밟으며 나는 계집아이를 안은 채
내 방으로 걸어 들어갔다. / 새 싹이 무럭무럭 자라나는 이 거리로 귀
엽게 아장아장 걸어가는―프로쌰의 모자를 쓴 프로쌰의 동생, 아니
바로 프로쌰… 그리고 모든 이 나라의 어린이들이 파노라마처럼 내
머리 속에 떠돌고 있다.[25]

한설야는 1946년 판본 「모자」에서의 다가오는 조선 아이에 대해 '총
부리를 돌리는 시늉'을 하던 것을 1960년 판본 「모자」에서는 '모른 체
하며 돌아서는' 것으로 수정한다. 1960년 판본 「모자」에서는 1946년 판
본 「모자」에서의 조선인을 위협하거나 난사하는 등의 '단총'과 관련된
장면들이 삭제되면서 전체적으로 소련 군인을 친근한 모습으로 제시한
다. 1946년 판본 「모자」와 마찬가지로 1960년 판본 「모자」에서도 아이
들과 친해진 소련군인 '나'는 딸 '프로쌰'에게 줄 모자를 조선 소녀에게

---

23) 한설야, 「모자―어떤 쏘베트 전사의 수기」, 57쪽.
24) 韓雪野, 「帽子―어떤 붉은 兵士의 手記」, 215쪽.
25) 한설야, 「모자―어떤 쏘베트 전사의 수기」, 64쪽.

주면서, 미래의 주역으로 성장할 조선 어린이들을 떠올리면서 새로운 조선의 모습을 상상한다. 이를 통해 작가는 조선과 소련의 우호 관계를 보여주는 한편 새로운 사회주의 조선의 모습을 형상화한다.

그렇다면 한설야의 「모자」에서 이렇게 표현된 소련군에 대한 해방직후 북조선 주민들의 반응은 어떠했을까? 당시 북조선의 도시와 농촌 주민 대부분이 소련에 대해 호의적이라는 시킨(Shikin)의 보고나, 해방 직후 소련군이 열렬한 호응을 받았다는 「민정보고서」의 언급이 있다. 이런 보고서로 미루어 보면 소련에 대해 북조선 주민들은 상당히 우호적이었다고 할 수 있다. 그러나 창고 파괴나 테러 등 적대 행위의 대상이 주로 소련군과 공산당에 집중되었다는 보고 내용으로 판단한다면 북조선 주민들은 소련에 대해 상당한 불만을 갖고 있었음도 역시 사실이다.26) 그러면 이런 소련군에 대한 부정적인 인식은 한설야의 「모자」에서는 구체적으로 어떻게 표현되었을까?

> 그래서 나는 거반 무의식적으로 내손으로 내뒤통수를 세괄게 두들기고 그대로 후련치 않으면 문득 단총을 빼여 든다. 그리고 거푸 탕, 탕, 탕…… / 그러면 나는 약간 개운해 진다. / 그래서 나는 아닌밤중에도 깨는때마다 이렇게 하구라야 백였다. 이거리의 백성들이 총소리를 꺼리는것도 잘 알구는 있지만—내게는 지금 총소리를 꺼릴수있는 자유가 없다. / 나는 한번은 자동차를 타고 H시로 가다가 허공에대고 무중 단총을 발사해서 지나가던 안악네가 으악 하고 울부짖으랴는것을 본일도 있다. 나는약간 유쾌하였다. 내총소리에 모든것이 습복(慴伏)했으면 싶었다. 그래야 나의 정신도 머리속에서 날뛰기를 그치고 다른사람과 같이 내총소리앞에 가만히엎드릴것 같다.27)

---

26) 정성임, 앞의 글, 315쪽.
27) 韓雪野, 「帽子—어떤 붉은 兵士의 手記」, 206쪽.

한설야의 1946년 판본 「모자」에서는 '술'과 '여자'를 찾거나 밤거리
를 돌아다니며 약탈하는 모습은 빠져 있지만 단총을 난사하는 소련군
의 행패는 서술되어 있다. 이런 사실은 다음의 여러 증언에서도 확인할
수 있다.

그 당시 쏘련군인이란 잔혹 그것이었다. 매일처럼 쏘련군인으로 하
여 피해를 받는 사건이 꼬리를 물고 발생하였다. 쏘련군인들은 자기
들의 입으로 약소민족을 해방하기 위하여 왔노라고 입버릇처럼 뇌면
서도 현실적으로는 살인강도 강간을 일과로 삼고 있는 것이었다. 쏘
련에서도 그런 사실들은 별로 죄악시되지 않는 모양 같았다. / 잠간
독자들은 술에 취한 자들에게 총이 쥐여졌다는 사실을 상상하라. 그
들은 다발총을 마구데고 뚜루루루…… 내갈기었다. 북한에는 통행금
지시간이 오후 아홉시부터였으나 여섯시면 벌써 인기척이 끊어지는
것이다.28)

낮의 그들은 소박하고 무지하고 충직하다. 그러나 밤의 그들은 영
맹(獰猛)한 금수로 변한다. (…중략…) 그들이 자기의 욕망을 만족시
키기 위한 그들의 맹목적이고 본능적인 밤의 행동에 대하여서는 변
명의 여지가 없다. 그들은 무지하였다. (…중략…) 그러나 시일이 경
과함을 따라 소련인의 폭행은 차차로 줄어 갔다. 야수처럼 잔학한 그
들의 모습은 줄어가고, 소처럼 미련하고도 양순한 소련인이, 농민처
럼 소박하고도 충직스러운 소련인이, 하나의 정당한 인간으로 평양거
리에 등장하기 시작했다.29)

내가 본 바로는 러시아인들은 인기가 있었다. 더 중요한 사실은 그
들의 인기가 올라가고 있다는 것이었다. 전투를 하며 들어온 첫 부대

28) 玄秀, 앞의 책, 40~41쪽.
29) 吳泳鎭, 앞의 책, 87~104쪽.

는 독일전선에서 온 거친 사람들이었기 때문에 1945년에는 그들에
대한 불평이 좀 있었다. 해방군은 그들이 비록 자기 나라의 군대일지
라도 인기를 얻는 게 쉽지 않은 법이다. 처음에 충격을 주었던 부대
들은 빠른 시일 동안에 농업, 공업, 기술, 행정 전문가로 대체되었고,
이들은 북한 곳곳에 흩어졌으며 그들의 기능은 아주 분명하게 제한
되었다.[30]

해방 직후 북조선에서 '해방군'[31]이었던 소련군의 선발대는 지역주
민들에게 마구잡이 폭력을 행사했고, 소련 점령지역에서는 공장을 탈취
하고 산업설비들을 전리품처럼 소련으로 빼돌렸을 뿐만 아니라 여성에
대한 강간과 주민들에 대한 물리적 폭력, 식량 강탈 등이 빈번하게 발
생했다. 1945년 10월에 이르러 소련군의 폭력행동은 많이 줄어든 것으
로 보이며, 11월 경 북조선 주둔 소련군의 20%는 여성이었다. 그러나
북조선에서 소련군의 경제적 수탈은 다른 곳에 비해 그리 심각한 것은
아니었으며, 소련의 조선정책은 점차 약탈에서 복구로 전환되었다.
1946년 봄까지는 소련점령당국이 북조선 경제를 약탈하기보다는 지원
하고 있었다. 여하튼 '붉은 군대'의 점령 초기에는 광범위한 약탈이 종
종 저질러졌다는 것은 확실하다.[32] 따라서 해방 직후 소련은 북조선 주

---

30) Anna Louise Strong, 이종석 역, 「북한, 1947년 여름」, 김낙식·이종석 외, 『해방전
후사의 인식(5)』, 한길사, 1989, 503쪽.
31) 북조선에서 소련을 '해방군'으로 불러지는 것은 어떻게 보아야 할까? 실제로 소련
군의 군사 행동은 동아시아에서 자국의 이익의 확보 이상으로 순수하게 한반도
해방을 위한 작전은 아니었다. 비록 소련이 식민지 시기 조선민족해방운동을 적극
지원하였더라도 대일전 참전의 결과로 얻은 한반도의 해방은 자국의 목표 달성에
서 '부차적'으로 획득한 성과물이었다. 따라서 조선의 독립에서 소련의 역할은 인
정되지만, 소련군에 대해 '해방군'이란 감성적인 용어를 사용하는 것은 적절하지
않다.(기광서, 「소련군의 '해방적' 역할과 북한의 인식」, 정근식·신주백(편), 『8·
15의 기억과 동아시아적 지평』, 선인, 2006, 197쪽)
32) Charles K. Armstrong, 김연철·이정우 역, 『북조선 탄생』, 서해문집, 2006, 78~82쪽.

민들에게 '조선을 독립시킨 해방자나 조선의 건설을 원조한 방조자'만
은 물론 아니었다. 그러나 1946년 봄부터 소련에 대한 인식은 서서히
긍정적으로 변화하기 시작했으며, 1947년 미소공동위원회가 결렬된 후
소련문화에 대한 선전사업의 확대, 강화로 인해 '해방자'와 '방조자'로
정착되었을 것이다.

　따라서 한설야의 「모자」에 대해서 그의 작가 역량과 정치적 감각의
적절한 결합이라던가, 이런 판단 아래 소련 문학 및 문화에 대한 편향
성을 읽어내는 김윤식의 지적은, 해방 직후 소련에 대한 부정적 인식을
검토하거나 1946년 판본 「모자」와 1960년 판본 「모자」에 대한 개작 사
항을 점검한다면, 해방 직후의 한설야의 정치적 판단이라기보다는 소련
에 대한 인식이 '정착'된 후 한설야의 정치 감각이라고 보는 것이 더
타당하다. 또한 1946년 판본 「모자」는 1960년 판본 「모자」보다 해방직
후 한설야의 현실 감각을 더 정확하게 포착할 수 있다.

3. 해방기 북조선 지식인의 소련에 대한 인식의 실상

해방기 북조선 지도부는 조선과 소련의 관계를 어떻게 인식했을까?

　　然이나 現段階의情勢로보아 或은今番大戰을通하여서의 美國, 英國
　이한 歷史的役割을볼 때 그들은 進步的인使命을다하였다. 그들은 蘇
　聯邦과 共同戰線을느리며 國際的팟쇼戰線을 擊破하야 被壓迫民族을解
　放한것만은 움지길수없는事實이라할것이다. 우리朝鮮은 蘇聯의主動的
　力量과밋 美英의貢獻으로말미암아 無血의獨立解放은 實現되였고 將次
　아프로 完成되려는階段에 到達하였다고할수 있다. 그러한意味로해서

聯合國의그들은우리의벗이요 우리의가장親善해야할國家라고 보지않
을수없다.33)

히틀러독일의 팟쇼제도에 유린되었던 구라파 제국의 인민들과 동
방에서 야수적 일본제국주의의 약탈정책에 신음하던 아세아 제민족
특히 三十六년동안 일본제국주의의 통치에서 해방된 우리 조선인민
들은 쏘련인민과 쏘련군의 그 위대하고 희생적인 해방적공적을 영원
히 잊이못할것입니다. (…중략…) 인류의 가장 악독한 원쑤인 팟쇼잔
재를 숙청할 대신에 세계의 어떤국가들과 어떤지역에서는 새로운팟
쇼적발악이 시작되고있습니다.34)

1945년 9월 15일에 열린 조선공산당 평남지구확대위원회의 결정서「정
치노선에 관하야」에서 보듯, 북조선 공산당은 조선 해방을 소련의 주동
적 역할을 통하여 '국제적 파쇼 전선'을 격파한 것으로 인식한다. 이에
대한 김일성의 입장도 크게 다르지 않다. 1945년 10월 13일 서북5도 당
원 및 열성자 연합 대회에서 김일성은 당 조직 문제를 보고하면서 '조
선의 현재 형편의 첫 임무가 반파쇼전선을 굳게 하는 것'35)임을 지적한
다. 또한 1947년 8월 14일 오후 7시 평양모란봉극장에서 거행된 8·15
해방 2주년 기념대회에서도 김일성은 독일의 파쇼제도와 일본 제국주
의의 약탈정책, 새로운 파쇼적 발악을 지적하면서 반파시즘적 측면에서
국제 정세를 설명한다. 이런 여러 지적에서 볼 때, 북조선 지도부가 소

33)「政治路線에關하야-朝鮮共產黨平南地區擴大委員會」, 朝鮮産業勞動調査所,『옳은路
   線을위하야』, 우리문화사, 1945, 26~27면;『옳은路線』, 동경 : 민중신문사, 1946,
   21~22쪽.
34) 金日成,『八·一五解放二週年記念報告』, 평양 : 북조선인민위원회선전부, 1947, 3~
   11쪽.
35)「五道黨員及熱誠者聯合大會會議錄」, 朝鮮産業勞動調査所,『옳은路線을爲하야』, 46면;
  『옳은路線』, 40쪽.

련군을 단순한 '해방자'로만 인식한 것이 아니라 '인민전선(반파시즘)' 연대의 측면에서도 파악했음을 알 수 있다.[36] 즉, 소련에 대한 이런 인식은 김재용의 앞의 지적처럼 한설야만의 특별한 인식은 아니며 북조선 지도부의 일반적 인식과 별반 다르지 않다.[37]

(1) 朝쏘 兩國間에 締結된 經濟及 文化協定은 兩締約國의 主體性으로보아서 徹頭徹尾하게 同等的이며 友好的인것이다. (…중략…) (2) 朝쏘 兩國間에 締結된 經濟及 文化協定은 民主陣營間의 相互利益의 原則에立脚하여 朝鮮의 民主獨立을 더욱 鞏固하게 保障하기爲한 援助協定인것이다. (…중략…) (3) 朝쏘兩國間에 締結된 經濟及 文化協定은 그內容에있어서 人民共和國의 統一發展을 促進시키는 基本條件으로서 人民經濟二個年計劃의 急速한 實現을 目標로삼는 民主建設의 協定인 것이다. (…중략…) (4) 朝쏘 兩國間의 經濟及 文化協定은 人民共和國 自體의 統一發展을 爲한 建國協定일뿐아니라 共和國의 國際的威信을 宣揚하는것이며 極東의 平和와 安全을 保障하는데 對하여도 政治的으로 큰貢獻이되는 民主强化의 協定인것이다.[38]

---

36) 한설야의 인민전선(반파시즘) 연대라는 입장은 '김일성을 소재로 한 최초의 작품'으로 평가되는 단편소설 「혈로」(1946)에서 선명하게 드러난다. 그는 김일성의 조국광복회의 조직이나 국내 진공 작전을 '국제당 제7차 대회에서의 디미트로프(G. M. Dimitrov)의 인민전선(人民戰線)에 관한 테제'의 구체적으로 실천한 것으로 파악한다.(韓雪野, 「血路」, 韓載德 외, 『우리의太陽』, 평양 : 북조선예술총련맹, 1946, 56쪽)

37) 북조선에서 조선역사를 공식적으로 정리한 『조선통사』에서는 일제 시대 '보천보 전투'가 '국제공산당이 제시한 노선에 입각하여' 행해진 것임을 지적했을 뿐만 아니라 '제2차 세계대전에서 소련의 결정적 역할에 의한 민주역량의 승리와 파쇼블록국가들의 패전은 국제정치세력에 근본적 변경을 가져왔다'고까지 지적한다.(조선민주주의인민공화국 과학원 력사연구소, 『조선통사(중)』, 평양 : 과학원출판사, 1958(번인 : 동경 : 학우서방, 1961), 369쪽, 『조선통사(하)』, 평양 : 과학원출판사, 1958(번인 : 동경 : 학우서방, 1961), 3쪽)

38) 白南雲, 『쏘련印象』, 평양 : 조선력사편찬위원회, 1950, 262~268쪽.

왜 북조선 지도부가 이런 친소적 관계를 강조했을까? 이는 백남운의 조선과 소련의 '경제적 및 문화적 협조에 관한 협정'(조쏘경제문화협정)의 정치적 의의와 영향을 설명한 부분에서 그 일단을 확인할 수 있다. 당시 교육상이었던 백남운은 이 협정에 대해서 (1) 조선과 소련의 주체성에 기반한 동등하고 우호적인 협정이며, (2) 민주진영 간의 상호 이익의 원칙에 입각하여 조선의 민주독립을 공고하게 보장하기 위한 원조협정이며, (3) 인민경제계획의 급속한 실현을 목표로 삼는 민주건설의 협정이며, (4) 인민공화국 자체의 통일 발전을 위한 건국협정인 한편 공화국의 국제적 위신을 선양하고 극동의 평화와 안전을 보장하는 민주강화의 협정임을 강조한다.

특히 여기서 말하는 조선의 주체성이란 무엇인가? '조선은 인민민주주의적인 주권을 확립한 조선민주주의 인민공화국이며, 공화국 정부는 조선 전체 인민의 유일한 중앙정부이다.' 이는 공화국 정부의 자주 독립성을 말한다. 이런 주체성을 담보하는 것은 '민족자결을 준수하며 타민족의 독립과 자유를 존중하며 다른 나라의 내정을 간섭하지 않는다'는 소련의 대외정책이며 스탈린의 민족정책이었다.[39] 이런 협정의 정치적 의의를 설명한 백남운의 주장은 북조선 지도부의 조선과 소련의 친선에 대한 입장을 정리한 것에 해당된다.[40] 즉, 북조선 지도부는 소련과의 친선 관계를 강화하는 것만이 북조선의 주체성과 자주 독립을 보장하는 유일한 기본조건으로 파악했다는 것이다.

한설야의 문제작 「모자」와 해방기 북조선 지식인의 소련에 대한 인

---

39) 위의 책, 262~263쪽.
40) 방기중, 「백남운의 『쏘련印象』과 정부수립기 북한사연구」, 백남운, 『쏘련인상』, 선인, 2005, 294~305쪽.

식의 실상을 정리하면 다음과 같다.

먼저, 한설야의 1946년 판본 「모자」는 해방직후 그의 현실 감각을 확인할 수 있는 작품이다. '우리 민족의 영원한 발전을 축복하며 지켜주는 허물없이 친한 동무'[41]나 '해방의 은인'[42]으로 소련군을 말하던 시점에서, 북조선 문학예술계를 이끌던 한설야는 해방 직후 북조선 주민들에게 행패를 부렸던 소련군의 부정적 면모를 일신할 필요를 절감했을 것이다. 소련군이 약탈에서 복구로 전환되면서 소련군에 대한 인기가 상승하던 1946년, 소련군의 부정적 면모에 대해서 '전쟁의 고통'과 '고향에 대한 향수'로 인한 일탈로 재인식시킬 필요가 있었을 것이다. 이런 측면에서 한설야의 「모자」는 그의 정치 감각이나 북조선 문학예술계에서의 위치를 가늠해 볼 수 있는 중요한 잣대가 되는 작품이다.[43] 여기서 「모자」는 다음 두 가지 측면에서 중요한 의의를 갖는 문제작이다. 하나는 더 이상 소련군의 행패와 같은 소련에 대한 부정적 면모를 작품화할 수 없다는 점이고, 다른 하나는 '모자'로 말해지는 조선과 소련의 우호의 표상에 대한 것이다. 이런 두 측면은 리북명의 「해풍」, 윤시철의 「능궁」 등과 같은 여러 작품에서 반복된다. 따라서 한설야의 「모자」는 소련군에 대한 부정적 면모를 일신하고 '조쏘친선'을 강화하기 위한 작품인 것이다. 또한 조선과 소련의 친선을 강화함으로써

41) 朴八陽, 「平壤을 노래함」, 김조규 외, 『巨流』, 평양 : 8·15해방1주년기념중앙준비위원회, 1946, 53쪽.

42) 安含光, 「感激의 八·一五」, 위의 책, 86쪽.

43) 해방기 북조선에서 한설야의 위치는 다음의 저자 약력에서도 선명하게 드러난다. '해방 후 함흥 및 함남 예맹 조직, 북조선 문예총 조직에 참획(參劃), 북조선로동당 중앙당 문화인부장, 민주조선사장, 북조선통신사장, 교육국장 역임. 1947년 북조선인민회의 대의원. 1948년 조선민주주의 인민공화국 최고인민회의 대의원 피선, 북조선 문예총 위원장, 평화옹호전국민족위원회 위원장, 국가학위수여위원회 문학분과 심사위원.'(「著者略歷」, 한설야 외, 『(八·一五解放四週年記念出版)小說集』, 평양 : 문화전선사, 1949)

만들어질, 어린 세대들이 가꾸어갈 사회주의 북조선의 미래를 제시한
것이다.

다음으로, 한설야를 비롯한 북조선 지식인들은 소련과의 친선 관계
를 강화하는 것만이 북조선의 주체성과 자주 독립을 보장하는 유일한
기본조건으로 인식했다. 당시 상업상이었던 장시우의 『쏘련참관기』
(1950)의 지적처럼, 소련은 '우리 민족의 통일독립국가 건설에 대한 우
리 인민의 권리를 진정으로 옹호하며 우리나라의 민족적 부흥과 민주
발전을 진심으로 원조해주는 정의의 나라'44)인 것이다. 따라서 해방기
북조선의 소련에 대한 편향은 당대 북조선 지도부나 일반 지식인에겐
보편적인 현상이었는데, 북조선 지도부는 조선과 소련의 친선 관계를
강화하는 것만이 북조선의 자주독립뿐만 아니라 민주건설을 보장하는
기본조건으로 간주했던 것이다. 그래서 이런 일반적 인식에 따라, 한설
야의 「모자」 이후 리태준의 『蘇聯紀行』(1947), 리기영·리찬의 『쏘련參
觀記』(1947), 리찬의 『쏘聯記』(1947), 한설야의 『쏘련 旅行記』(1948) 등의
소련 기행문이나 '조쏘친선' 작품군을 수록한 시집 『영원한 친선』(1949),
창작집 『위대한 공훈』(1949)에서 보듯, 북조선 문학은 소련 편향적 시각
을 드러낸 것이다.45)

---

44) 장시우, 『쏘련참관기』, 평양 : 민주상업사, 1950, 115쪽.
45) 남원진, 「해방기 소련에 대한 허구, 사실 그리고 역사화」, 『한국현대문학연구』 34,
    2011. 8.

해방기 자전소설에 나타난 고백과 주체 재생의 플롯

「민족의 죄인」(채만식)과 「형관」(이기영)의 경우

김 민 선*

1. 해방 직후 문학자의 고백과 반성

해방 직후 한국의 문학자들에게 요청되었던 중요한 문제는 식민지 시기의 경험을 어떠한 방식을 통하여 서사화 하는가에 대한 것이었다. 서사를 통해 시간은 의미를 생산하고, 서사는 인간 행위의 모델이 된다는 점에서 식민지 경험의 서사화는 당대의 문학자들이 맞닥뜨린 중요한 문제였다. 특히 일본의 식민 지배로부터의 해방이 민족의 자립적 투쟁으로 획득한 결과물이 아니라 외부 세력에 의해 부여된 것이었다는 점에서, '해방'의 의미를 설정하고 식민 체제의 경험을 문학적으로 의미화하는 작업은 혼란스러운 당대의 정세 하에서 반드시 해결되어야 할 과제였다. 특히 문학자의 대일협력과 관련한 사안은 민족의 역사와 정체성을 단일한 것으로 서사화하는 데에 있어서 우선적인 문제였을 뿐만 아니라, 문학자 각 인물의 정체성 보존에 있어서 민감한 지점이었

* 동국대

을 것이다.

그러므로 해방기 한국에서 발표된 회고적 성격의 소설 작품은 대일 협력에 대한 고백과 변명이 동시적으로 등장하는 양상을 보인다. 이러 한 측면에서 해방 이전의 기억을 소설화하는 행위는 한 사람의 문학자 로서 그 스스로의 정체성을 재구축하는 동시에, 해방 이후의 국민 국가 건설 과정에서 주체로 재정립되는 과정이었음을 알 수 있다. 예컨대 1945년 12월에 이루어진 남북 문인 좌담회는 식민지 시기의 경험을 고 백하고 반성함으로써 민족적 주체의 복원을 꾀하고자 하는 문학자의 의식의 단면을 드러내고 있다. 이 좌담의 표제인 「문학자의 자기비판」 이 증명하듯 가장 민감한 문제는 문인의 대일협력과 이에 대한 반성이 었다. 이 자리에서 김사량은 식민지 조선의 현실을 호소하겠다는 정열 이 그의 일본어 쓰기에 있어서 큰 추동력이 되었음을 토로했다. 그는 이어서 저항의 방편으로 절필을 선택하지 않았던 문학인에 대한 한효 의 비판에 대해 다음과 같이 말했다. "문화인이란 최저의 저항선에서 이보퇴각 일보전진하면서도 싸우는 것이 임무라고 생각합니다. 무엇을 어떻게 썼느냐가 논의될 문제이지 좀 힘들어지니까 또 옷, 밥이 나오는 일도 아니니까 쑥 들어가 팔짱을 끼고 앉았던 것이 드높은 문화인의 정신이었다고 생각하는 데는 반대입니다."[1] 김사량의 발언에 따른다면 그에게 중요한 것은 문학 그 자체가 아니라 문학을 통하여 '무엇을 발 화하는가'였던 것이다. 그에 의하면 절필이란 일본 제국주의 체제에 대 한 저항선에서 물러나 버리는 것으로서 저항의 기회를 포기하는 행동 에 다름 아니므로 문화인이라면 그 자신이 체제에 저항하여 적극적으

---

1) 김남천 · 김사량 · 이기영 · 이원조 · 이태준 · 한설야 · 한효, 「문학자의 자기비판」, 『인 민문학』 2호, 우리문학사, 1946. 1, 39쪽.

로 발화할 때에 그 전투가 이루어진다는 주장이다.

한효의 비판과 김사량의 응답을 통해서 유추할 수 있는 것은, 이들에 의해 회고된 식민지 시기가 침묵과 발화의 기로에 놓여 있는 시대였다는 점이다. 일본어 글쓰기를 통하여 저항하거나, 글쓰기를 거부하는 두 방식 사이에는 대일협력의 청산이라는 의미가 놓여 있다. 이들의 회고가 공통적으로 지적하고 있는 사항은 식민지시기에 검열탄압을 받았다는 수난의 기억이다. 그러나 해방공간에서 이 수난의 의미는 역전되고, 민족의 정체성을 재구축하는 과정에서 이 수난은 정치적으로 유효한 위치를 차지한다.2) 이들의 기억은 작품을 통하여 회고됨으로써 주체의 죄의식을 희석시키고 자아를 통합한다. 즉, 서사를 활용하여서 식민지 시기와 갑작스러운 해방이라는 '사건'의 충격을 망각3)하는 과정의 일단을 제시하는 것이다.

이러한 기억과 서사의 연쇄가 해방 공간의 소설 작품에서 두드러지게 나타나는 이유는 무엇인가. 해방기의 자전적 소설 작품에서 기억이 서사화 되는 과정이 드러나는 데에는 아마도 일본 제국의 식민지 '제국민'에서 민족 국가의 일원으로서 재탄생해야 한다는 강박이 적지 않게 작용했을 것이다. 예컨대 이광수는 「나의 고백」에서 자신의 과오를 속죄하는 길은 민족의 재건에 힘쓰는 일일 것이라고 토로하고 있으며, 채

---

2) 식민지 시기를 고백하고 그 기억을 적극적으로 수용함으로써 민족과 집단의 정체성을 구축하려는 해방기 서사의 특징에 대하여는 차희정, 「해방기 소설의 탈식민성 연구─잡지 게재 소설을 중심으로」, 아주대학교 박사학위논문, 2009 ; 박용재, 「해방기 자기서사와 주체성 복원의 기획」, 동국대학교 석사학위논문, 2009 ; 오태영, 「해방과 기억의 정치학」, 『한국문학연구』 39집, 동국대학교 문화학술원 한국문학연구소, 2010. 12 ; 윤대석, 「서사를 통한 기억의 억압과 분유」, 『현대소설연구』, 한국현대소설학회, 2007. 6 ; 최지현, 「학병의 기억과 국가─1940년대 학병의 좌담회와 수기를 중심으로」, 『한국문학연구』 32집, 동국대학교 문화학술원 한국문학연구소, 2007. 6 참고.
3) 오카 마리, 김병구 역, 『기억·서사』, 소명출판, 2004.

만식 또한 「민족의 죄인」의 말미에서 새로운 세대를 교육함으로써 민족의 새로운 국가 건설 과정에서 주체가 되고자 한다. 이렇듯 대일협력에 대한 기억은 자전적 소설의 중심인물로 하여금 과오를 고백하게 하거나, 모든 사람의 공통적인 경험으로 주조 되었던 수난의 기억 내에 주체를 재정립시킨다.

이 과정에서 요청되는 것은 고백하는 화자의 진정성이라 할 수 있는데, 그 자신의 과오를 이야기함에 있어서 진정성을 진단할 기준이 될 반성은 읽기에 따라서는 단순한 자기 변명으로 읽힐 여지를 제공하기도 한다. 이는 대일협력에 대한 자신의 죄의식을 고백하는 동시에 스스로의 과오가 상대적으로 적음을 드러내고자 하는 욕망의 공존으로 읽힌다. 심지어 그 플롯의 형태가 전혀 다름에도 불구하고 반성과 변명은 소설 내의 화자의 발화를 통해서 고백되는 것을 발견할 수 있다. 다음에 인용된 서로 다른 소설의 두 부분을 보자.

> …나는 하루아침 잠이 깨어 수렁 가운데에 들어섰는 나 자신을 발견하였다. 한정 없이 술술 자꾸만 미끄러져 들어가는 대일협력자라는 수렁.
>
> 정강이까지는 벌써 미끄러져 들어가 있었다. 그러나 시방이라면 빠져나올 수 없는 것도 아니었다.
>
> 만일 이때에 빠져나오지 않는다면, 정강이에서 그다음 너벅다리로, 너벅다리에서 배꼽으로, 배꼽에서 가슴패기로, 모가지로, 이마로, 그러고는 영영 풍당……하고 마는 것이었다. (…중략…)
>
> 정강이께에서 미리 도피를 하여 나왔다고 배꼽이나 가슴패기까지 찼던 이보다 자랑스런 것도 없는 것이었다. 가사 발목께서 도피를 하여 나오고 말았다고 하더라도 대일 협력이라는 불결한 진흙이 살에 가 묻었기는 일반인 것이었다. 그러므로 정강이까지 들어갔으나 발목

까지만 들어갔으나 훨씬 가슴패기까지 들어갔으나 죄상의 양에 다소
는 있을지언정 죄의 표지에 농담이 유난히 두드러질 것은 없는 것이
었다.4)

　하자면 자기도 백천(白川)을 책할것도 없지않은가 따저보면 오십보
와 백보이기 때문이다.
　하나 또한 그렇다고 이런 자들과 자기를 동류로 처야 옳을 것인가?
－그래서는 안된다. 절대로 안된다－ 박철은 속으로 다시 이와같이
따저보았다.
　사람들은 흔이 이런데로부터 사상적 타락을 하기 시작한다 누구나
다 五十보 百보의 차이밖에 안된다. 그런데 뭘 그까진걸 교계해서 내
가 장할 것이 무에냐고? 이렇게 절人조를 구펴여버린다. 그러나 그사
람은 벌써 그때부터 무절조한 행위를 하게 되여서 나중에는 못할것
이 없을만큼 양심을 팔게되는 것이다.5)

　위의 인용은 채만식의 「민족의 죄인」과 이기영의 「형관(荊冠)」의 한
장면이다. 「민족의 죄인」이 해방공간에서 식민지시기에 대일협력을 하
였던 기억과 죄의식을 고백하고 있다면, 「형관」은 대일협력을 거부하는
지식인이 귀향을 통하여 노동의 가치를 재발견하고 해방공간에서 주체
로 재탄생하는 과정을 서사화한다. 전자가 해방된 민족에 대한 죄의식
을 고백하고, 민족의 죄인이 되어야만 했던 기억을 고백하는 반성의 서
사이고, 패배의 서사라면, 후자는 비록 적극적인 저항은 아니었으나 절
필과 귀향을 통하여 민족 국가 건설의 주체로 정립되는 변명의 서사이
며, 재생의 서사이다. 이런 점에서 두 소설의 서사는 식민지 시기의 기
억을 전혀 다른 형태의 플롯으로 주조해낸다. 그럼에도 불구하고 이처럼

---

4) 채만식, 「민족의 죄인」, 『백민』, 1948. 5, 53쪽.
5) 이기영, 「형관」, 『문화전선』, 1947. 3, 108쪽.

상이한 플롯의 소설들에서 유사한 고백이 발견되는 까닭은 무엇인가.

인용에서처럼 「민족의 죄인」에서 신체에 진흙이 차오르는 높이로 표현되었던 죄의 수치화 방식은 「형관」의 "오십보와 백보"와 유사하다. 표현의 차이가 존재하지만 대일협력의 혐의를 절대화된 수치로 환원함으로써 적극적인 대일협력자의 혐의와 비교하여 죄를 희석시키고자 하는 욕망은 동일하게 존재한다.6) 즉, 식민지시기의 기억을 회고하는 자전적 소설에서 과오의 고백과 이를 희석시키고자 하는 욕망은 거부하기 어려운 유혹이었던 것이다. 물론 도덕적 순수성을 지키지 못하였다는 죄의식과 자괴감은 해방기에 발표된 자전적 소설에 항상 존재한다. 예컨대 「민족의 죄인」에서 징병에 대한 '나'의 진심을 듣기 위해 찾아온 청년들에게도 "보기 싫은 양서동물"처럼 피의 대가에 대한 주장 외에는 말할 수 없었던 자신에 대한 죄의식은 다음 세대를 향한 발작적인 호통으로 표현된다. 동맹 휴학에 참여하지 않은 조카에게 상급생이라면 더욱 모범을 보여야 할 것이라는 '나'의 호통은 그 자신의 죄의식이 말 그대로 "발작적"으로 표현된 것이므로 아내의 얼굴을 보기에도 겸연쩍은 느낌을 갖게 되는 것이다. "양서동물"과 같은 형태를 취한 자신에 대한 자괴감은 「형관」의 주인공 박철에게서도 유사한 형태로 발견된다. 박철은 징병을 앞둔 청년에게 "만일 안나갔다가는 첫재 가족한데 화가 도라올" 것이라며 입대를 권유한다. "왜놈의 전쟁에 우리가 무슨 턱으로 죽으러 나갑니까"7)라는 청년의 직접적인 되물음 앞에서 그는 그저 침묵을 지킬 뿐이다. '나'와 '박철'의 고백은 이중적 태도를 견

---

6) 윤대석은 채만식의 「민족의 죄인」의 이 장면이 죄의 절대화된 수치를 통하여 과오를 희석시키고자 하는 욕망이 표출되는 장면으로 평가한다. 윤대석, 「서사를 통한 기억의 억압과 기억의 분유」, 『현대소설연구』 34호, 한국현대소설학회, 2007 참조.
7) 이기영, 「형관」, 『문화전선』, 1947. 3, 111쪽.

지하는 용기 없는 자신에 대한 실망감과 죄의식을 봉합하고자 하는 욕망 사이에서 적나라하게 노출된 일그러진 표정과도 같다. 이들의 자괴감은 해방 공간에 이르러 수치와 반성이 뒤엉킨 형태로 나타나게 된 것이다. 두 소설의 중심인물인 '나'와 '박철'은 식민지시기의 현실 논리를 승인했던 '죄인'이라는 자괴감과 이러한 죄에서 벗어나고자 하는 욕망 사이에 놓인 인물이다. 따라서 이들의 뒤틀린 고백은 반성과 죄의식의 희석 과정을 동시에 거치는 것이다.

이러한 의미에서 두 사람의 고백은 작가의 경험을 바탕으로 제시된 것이지만, 동시에 소설이라는 하나의 문학적 장르의 관습 내에서 기억의 서사화를 주조하는 데에 조력하는 내면 토로의 장면으로 활용된 것임을 간과할 수 없을 것이다. 다시 말해 하나의 텍스트가 그 텍스트에 대한 읽기의 계약에 의거하고 있음[8]을 감안한다면 이와 같은 고백의 장면은 의도적으로 제시되었으며, 이 고백의 장면은 전체 서사에 진정성을 부여하는 효과를 연출하고 있는 것이다. 중심인물의 과오를 화자의 목소리를 통하여 진정성 있게 고백함으로써, 서로 다른 방향으로 진행된 두 소설의 서사와 플롯은 각각 설득력을 획득하였다. 그 결말이 발작적인 호통이거나 민족의 주체로서의 재생이건 간에, 식민지시기의 기억을 그 바탕으로 하는 자전적 소설에서 서사와 그 형태의 상이함은 또한 무엇을 의미하는가. 이러한 질문에 대답하기 위하여 죄의식에 대한 유사한 형태의 고백을 그 바탕으로 하면서도, 서로 다른 방향으로 나아가는 두 소설 작품이 지닌 의미를 고찰할 필요가 있다.

---

8) 필립 르죈, 『자서전의 규약』, 문학과지성사, 1998, 7쪽.

2. 역사와 생존의 사이

채만식의 「민족의 죄인」은 해방 이후에 발표된 여타의 자전적 소설 작품에 비하여 식민지시기의 대일협력에 대한 지식인의 진정성 있는 고뇌와 시대적 성찰을 발견할 수 있는 작품이라는 점에서 주목을 받아 왔다. 김동인의 「망국인기」나 이광수의 「나의 고백」이 과거 행적에 대한 변명과 민족주의를 통한 자기 합리화로 그 내용이 평가되는 데에 비해 「민족의 죄인」은 해방 이전의 과오를 진실한 태도로 고백함으로써 식민지 지식인이라는 기억과 갑작스럽게 부여된 해방이라는 역사적 상황 하에 놓인 한 인물의 내면을 엿볼 수 있는 텍스트로 평가되었던 것이다. 물론 이 소설은 작가 개인의 경험을 바탕으로 한 자전적 소설 작품이므로 작가 자신의 친일 행적을 축소 혹은 망각하고자 하는 기획이 내재해 있다는 비판을 받았으며, 언술의 의도를 결론짓기 어려운 화자의 서술에 대한 문제도 지적되었다. 특히 이 작품에서 화자인 '나'의 발화는 그 의미와 감정을 하나로 고정시키기 어렵다. 이러한 이중적 서술의 방식은 반성과 변명을 동시에 드러냄으로써 주체의 정체성을 회복하는 데에 기여9)하는 동시에 화자인 '나'의 복잡한 심경을 독자에게 보다 생생하게 전달한다. 이 소설의 시작 부분을 예로 들어보자. 소설은 "그동안까지는 단순히 나는 하여커나 죄인이거니 하여 면목없는 마음, 반성하는 마음이 골똘할 뿐이더니 그날 김군의 p사에서 비로소 그

---

9) 박상준은 「민족의 죄인」이 활용하는 이원적 서술방식에서 발견되는 반성의 디에 게시스와 변명의 미메시스를 설명하고 이를 통하여 정체성의 회복을 꾀하고 있음을 지적한다. 그에 따르면 이러한 서술의 전략을 통하여서 「민족의 죄인」은 사회에 대한 풍자와 비판을 고백의 방식으로 해소한 작품이 된다. 박상준, 「<민족의 죄인>과 고백의 전략－해방기 채만식 소설세계와 관련하여」, 『한국현대문학연구』 27집, 한국현대문학회, 2009. 4 참조.

일을 당하고 나서부터는 일종의 자포적인 울분"[10]을 느꼈다는 고백으로 시작된다. "하여커나" 죄인이라는 표현이 '나'의 감정을 반성과 억울함 사이에 위치시킬 뿐만 아니라 "비로소 그 일을 당하고 나서부터" 느낀 감정이 "울분"이라는 것은 대일협력에 대한 비판이 수치스러운 일이지만 동시에 억울한 일임을 드러낸다. 이처럼 「민족의 죄인」은 소설의 도입부에서부터 이중적인 감정 상태를 표출한다. 그렇다면 이러한 방식의 발화는 무엇을 의미하며 또한 이러한 형태의 발화가 선택된 까닭은 무엇인가.

「민족의 죄인」은 '내'가 해방 이후인 '현재'에 김이 운영하는 p사에 방문하였다가 윤의 질책을 듣고 느낀 울분의 감정을 토로하는 것으로 시작된다. 수치와 울분이 뒤섞인 감정의 토로는 자연스레 그 자신의 대일협력의 원인과 반성으로 이어지는데, '나'의 서술에 따르면 대일협력의 직접적인 원인은 생존이다. 부양해야 할 가족과 생활고에 대한 문제는 「민족의 죄인」의 전반에 걸쳐서 제시되는데, 특히 수감 경험은 '나'에게 먹고 사는 것이라는 일차원적 문제의 절박함을 깨닫게 하였다. 다른 일반 수감자들보다 좀 더 나은 태도를 취하지 못하고 식사만 기다리는 짐승의 상태로의 전락은 그 자신 또한 생존의 문제에서 자유로울 수 없는 한낱 인간임을 절실하게 깨닫게 하였다. 이러한 경험으로 인하여 대일협력은 인간으로서 그 자신을 유지하기 위한 최소한의 방법이자, 생존을 위해 피할 수 없었던 불가피한 그 무엇이 되는 것이다. 그러므로 생존하기 위해 협력하게 된 강연회나 시국소설의 창작과 같은 활동은 '나'를 이중적인 '양서동물'로 느껴지게 만들었으며, 또한 "양서동물"과도 같은 자신을 청산하기 위해 선택하였던 소개(疏開)가 '소개의

---

10) 채만식, 「민족의 죄인」, 『백민』, 1948. 10, 33쪽.

변(辯)’이라는 글을 통해 대일협력에 다시 포섭되는 것은 지식인 또한 생존의 논리에서 자유로울 수 없다는 절망적인 인식을 감안한다면 자연스러운 일이다. 귀향한 곳에서의 기억이 육체적 활동을 통하여 주체를 재발견하는 과정으로 서술된 것이 아니라 “굶어 죽느냐, 밭고랑에 쓰러져가면서라도 심고 가꾸어 먹고 살아가느냐 하는 단판씨름”[11]으로 묘사되는 것은 식민지시기에 생존한다는 것이 그 어떤 일보다 고단한 일이었음을 반증한다.[12]

생존의 절박함으로 인하여 대일협력은 거부할 수 없는 필연이 되고, 이로써 ‘나’에 의해 회상된 식민지 시기는 도덕성의 보존보다도 생존의 문제가 최우선의 원칙이었던 생존 투쟁의 장으로 설정된다. 생존의 일차원적 절박함 앞에서 도덕은 고려될 여지가 없었던 것이다. 따라서 윤의 비난은 이와 같은 생존 투쟁의 절박함으로 인하여 설득력을 얻지 못한다. “결백을 횡재”한 “미시험의 결백”이라는 김의 말은 식민지시기의 최우선 과제는 생존이었다는 ‘나’의 고백을 공고히 한다. 그런데 채만식은 ‘나’의 생존 투쟁을 식민지시기 내에 국한시키는 것이 아니라, 오히려 명확한 타개책이 부재한 반복되는 역사의 문제로 인식하는 모습을 보인다.

> 꼭대기에는 당집이 있고 주위로 솔과 참나무가 울창하여 그늘이 짙었다. 잔듸도 좋았다. 그런 그늘 아래 앉아서 장강을 굽어 보고 먼

---

11) 채만식, 「민족의 죄인」, 『백민』, 1949. 1, 55쪽.
12) 흥미로운 것은 박노갑의 『사십년』 또한 대일협력의 거부 방편으로 귀향을 택하고 있는데, 이 또한 성공과 실패의 모호한 지점에 놓여있다는 점이다. 이 작품에서 귀향한 곳에서의 생활은 ‘나’에 의하면 행복하고 평화로운 것으로 묘사되고 있으나 농촌에서 지식인이 어울리기가 쉽지 않았음을 고백하는 짧은 장면들과 서사의 말미에서 ‘내’가 다시 교편을 잡고 있는 점으로 미루어볼 때 이 소설이 귀향을 통한 주체의 재생이 성공적으로 이루어졌다고 말하기는 어렵다.

산을 바라 보면서 혹은 잔듸에 누어 창공을 올려다 보면서 끝없는 시
간을 지우기란 울적하고 삭막한 나의 생활 가운대 만만치 아니한 위
안의 하나였었다.

그때 나는 마침 이조사(李朝史)를 읽다가 병자호란(丙子胡亂)의 대
문에 이르렀던 참이라 병자란 당시에 조선군이 국왕과 함께 최후의
농성을 하던 남한산성(南漢山城)이며 그러다 국왕이 마침내 청병의
군문에 무릎을 꿇어 항복을 한 삼전도(三田渡)며 그리고 양방의 수 없
은 장졸이 화살과 창 끝에 고혼으로 슬어진 풍남리의 토성(風南里土
城)이며를 멀리 바라 보기가 이날 따라 감개 저윽히 깊은것이 없지
못하였었다.

그러한 흥폐의 모양을 보았으면서 못본체 이날이 한갈같이 유유히
흐르기만 하였으며 앞으로도 얼마든지 되풀이 할 세상과 인사의 변
천을 보면서 그러나 못본체 몇천년 몇만년이고 유유히 흐르고만 있
을 저 강 무심타고 할까 부럽다고 할까……이런 생각에 잠겨 있는
참인데 그 몸서리가 치이는 공습싸이렌이 벼란간 울리든 것이었었
다.[13]

위의 장면은 '내'가 역사서를 읽으면서 소일하다가 미군의 전투기를
발견하기 직전의 장면이다. '나'는 적인 미군의 전투기를 대하면서도
아군인 일본군을 더 공포스러운 것으로 인식하였음을 고백한다. 회상
당시가 동경의 공습이 주었던 민간의 충격과 서울 또한 공습의 위험에
서 자유롭지 못하여 소개가 권고[14]되던 때였음을 감안한다면, 도리어
공습에 대비하는 서울 시민들의 질서정연함이나 일본군의 모습에 안도
감을 느끼는 것이 응당 옳을 것이지만, '나'는 미국 전투기에서 위험을
발견하기보다는 "초연함"과 "점잖스러움"을 발견하며, 도리어 아군의

---

13) 채만식, 「민족의 죄인」, 『백민』, 1948. 10, 37쪽.
14) 「중요도시 소개협력운동 요망」, 『매일신보』, 1945. 4. 19.

모습에서 불안감을 느끼는 아이러니한 상황을 연출한다. 물론 이러한 서술이 해방 후에 주조된 민족 수난사적인 공통의 기억에 영향을 받았음을 무시할 수는 없다.

여기서 미군의 전투기에서 초연함을 느끼게 되는 장면에 이르기 직전에 병자호란의 역사와 인조가 항복을 선언했던 삼전도가 멀리 보이는 광나루가 서술되었다는 점은 주목을 요한다. 특히 흥미로운 것은 청(靑)군에 항복한 조선과 당대의 상황이 겹쳐지면서 미묘한 균열이 발생한다는 것이다. 조선의 국왕이 항복을 선언한 치욕적인 역사의 장면이, 일본의 항복 선언과 연결되면서 식민지 현실이 역사의 반복으로 그려진다. 다시 말하자면, 해방 이후에 씌어진 이 작품에서 태평양전쟁 말엽의 전황이 청군에 둘러싸였던 조선의 상황과 유사한 역사적 장면으로 제시되는 효과가 발생한다는 것이다. 물론 이러한 장면이 일본의 승전을 바랐던 무의식의 흔적이거나, 해방 이후에 주조되던 공통의 기억을 순진한 형태로 노출하는 데에만 의미가 있다는 것은 아니다. 도리어 '나'의 태도는 일본의 제국주의 체제와 이로부터의 해방을 역사의 반복으로 평가하려는 시도로 읽힌다. 예컨대 언덕 아래에 흐르는 강은 "흡사 평양의 청류벽을 연상함직"했으며, 이 강은 "앞으로도 얼마든지 되풀이할 세상과 인사의 변천을 보면서 그러나 못본체 몇천년 몇만년이고 유유히 흐르고만 있을" 강으로 서술된다. 이렇듯 반복되는 역사의 시각에서 과거와 현재를 연결시키는 순간은 '내'가 현실에서 초월한 시각을 획득함으로써 고양된 상태를 경험하게 되는 장면이자 채만식의 역사의식이 표출되는 지점이다.

이러한 채만식의 역사의식은 해방 이후에 발표된 작품들에서 두드러진다. 예컨대 해방이 된 이후에도 토지를 되찾지 못하는 「논 이야기」의

한생원이나, 일본이 미국으로 변주되었을 뿐이라는 현실 인식이 제시된 「미스터 방」의 서사는 채만식이 인식한 역사에 대한 사유로 읽을 수 있다.15) 특히 주목할 만한 것은 새로운 민족 국가를 건설하는 방식 또한 태평양전쟁의 논리와 크게 다르지 않다는 아이러니가 「낙조」에 암시되어 있다는 것이다. 화자인 '나'는 우연히 만난 영춘이 털어놓는 고민을 듣게 된다. 영춘은 자신의 어머니가 이승만 박사가 대통령이 되어서 곧 독립 하고, 통일이 이루어질 것이라고 말하지만, 자신에게는 참전을 만류한다며 다음과 같이 말한다. "명령이 나리는 날이면, 이건 어쩔 수 없는 최후의 수단, 피치 못할 막다른 수단인 걸루 전적 신뢰를 하구서 총 잡구 삼팔선으루 달려간다는 것뿐입니다. 핀 홀리드래두, 통일을 하는 편이 차라리 나을 테니깐요."16) 설령 전쟁으로 인하여 남과 북이 서로 피를 흘리게 되고, 북조선이 한반도를 통일하더라도 통일이 중요하다는 영춘의 주장은 '나'로 하여금 "'무서운' 후진"을 보게 한다. 목적의 달성을 위하여 어떠한 희생도 감수할 수 있어야 한다는 이러한 사고의 방식은 식민지 시기의 동원 권유에서 이미 확인한 바 있다. 특히 통일이라는 대업을 위하여 필연적으로 희생이 요구된다는 영춘의 주장은 「민족의 죄인」에서 '내'가 내뱉었던, "쓰디쓴 소태"와도 같은 말의 논리와 일치한다. 「민족의 죄인」에서 '내'가 고뇌하는 청년들에게 "앞으로 살아나가는 데 일본 사람과 꼭같은 권리를 주장하자면, 피도 좀 흘려야 아니할까요?"17)라고 되물었던 것을 「낙조」에 이르러 영춘이

15) 이와 관련하여서 유임하·이종수는 채만식의 역사의식의 일관성을 평가한다. 해방 이후에도 식민지 시기와 다르지 않은 현실을 지적하는 동시에 분단의 고착화를 지적하는 해방 이후의 작품군은 작가 채만식의 날카로운 통찰력과 역사의식을 엿보게 한다는 것이다. 유임하·이종수, 「역사의식과 분단 멘탈리티의 서사화」, 『용인대학교 논문집』 Vol.17, 용인대학교, 1999 참조.
16) 채만식, 「낙조」, 『레디메이드 인생』, 창비, 234쪽.

다시 말하고 있는 것이다. 화자인 '내'가 느끼는 "무서운 후진"이란 해방이 된 현재에도 여전히 태평양전쟁의 동원 원리가 지속적으로 영향을 미치고 있음을 발견한 까닭이다. 요컨대 남한산성에서의 농성과 인조의 항복이 반복되었던 것처럼, 해방 이후라는 새로운 시대에도 민족의 통일 국가 건설이라는 기치 아래 태평양전쟁 당시의 동원 원리가 동일한 형태로 작동하는 것이다.

그런데 채만식은 역사적 시각을 통한 고양의 방법으로 중심인물의 주체를 재정립하는 것이 아니라, 도리어 역사적 시각을 통한 고양의 방법도 현재를 사는 주체의 생존 문제를 해결할 수 없음을 제시한다. 역사가 반복되고 있음을 제시하지만 소설의 중심인물은 반복되는 역사의 주체가 아닌 셈이다. 「민족의 죄인」의 '나'는 반복되는 역사로 인하여 변절자로 낙인찍히며, 「낙조」의 '나' 또한 춘자라는 자신의 추한 짝패와 마주해야 한다. 역사적 시각은 현재의 생존을 해결하지 않으며 오히려 다시 현재의 생존을 해결해야 하는 문제를 마주하게 한다. 즉, 채만식이 제시하는 역사는 진화의 서사가 아니라 반복의 형태이며, 이러한 역사의 반복 내에서 각 인간이 선택한 생존을 위한 방편 또한 반복되는 것이다. 예컨대 「낙조」의 영춘은 통일을 위해 동포를 살해함으로써, 「민족의 죄인」의 '나'와 다르지 않은 결말에 마주하게 될 가능성을 내재한다. 결국 「민족의 죄인」은 식민지의 경험과 갑작스러운 해방이라는 역사의 내부에서 그 역사의 주체가 되지 못한 채 실패한 한 인물의 고백이라 할 수 있을 것이다.

---

17) 채만식, 「민족의 죄인」, 『백민』, 1949, 1 51쪽.

3. 귀향과 재생의 서사

채만식의 「민족의 죄인」이 역사의 주체가 되지 못하고 '민족의 죄인'이 되고만 한 인물의 고백이라면, 이기영의 「형관(荊冠)」은 귀향을 통하여 새로운 역사의 주체로서 재탄생하는 인물의 서사이다. 농민의 연대와 노동의 가치를 발견함으로써 민족 국가 건설의 주체로 재정립되는 한 인물의 서사인 「형관」을 북한에서 발표되었다는 이유만으로 체제문학의 한 전형으로만 평가하기는 어렵다. 특히 이 소설이 발표된 시기는 고상한 사실주의에 입각한 문학 창작의 체제가 확고한 위치를 점하기 이전[18]이다. 또한 1950년에 단행본으로 완결 및 발간된 「농막선생」에서 발견되는 개작의 흔적으로 미루어 짐작할 때 적어도 연재 중에는 이 소설이 비교적 체제의 한계에 구애받지 않았음을 알 수 있다. 「형관」은 1946년 12월 『문화전선』에 연재되었다가 지면의 부족을 이유로 연재가 중단되었다가 이후 북한에서 창작한 이기영의 대표작으로 손꼽히는 단편 「개벽」과 함께 작품집 『농막선생』으로 출간된다.[19] 개작된 「농막선생」의 대부분은 「형관」의 연재분과 그 내용이 크게 다르지 않지만, 부분적인 수정을 발견할 수 있다. 이기영의 「형관」을 비롯하여 「농막선생」에 대한 논의가 부재하며, 수정된 부분들이 의미하는 바를 밝히고 논의를 전개하기 위해서는 이 작품의 개작에 대한 고찰이 필요할 것이다.

---

18) 고상한 사실주의의 원리와 그 성립에 대하여는 김성수, 「1950년대 북한문학과 사회주의 리얼리즘」, 『현대북한연구』 2권 2호, 1999 ; 김재용, 『북한문학의 역사적 이해』, 문학과지성사, 1994 ; 김재용, 『분단구조와 북한문학』, 소명출판, 2000 ; 신형기・오성호, 『북한문학사』, 평민사, 2000 참조.

19) 이기영, 『농막선생』, 조소문화협회중앙본부, 1950.

1946년 12월부터 1947년 4월까지 총 3회의 연재로 이루어진 「형관」
은 지면의 부족과 수정 보완이 필요하다는 작가의 부기와 함께 연재가
중단되었다가 1950년 단행본 『농막선생』에 수록된 중편 「농막선생」으
로 발표된다. 언급하였다시피 「형관」의 연재분과 「농막선생」의 서사는
상당부분 일치하지만, 인물의 형상화와 에피소드에서 부분적인 수정이
가해졌다. 미국의 전투기 소리에 놀란 태술이 굴로 피신하였던 장면이
「농막선생」에서는 완전히 삭제되었으며, 징병된 마을 장정들이 "텐노헤
이까의 부르심을 받은 병사"로 그 스스로를 지칭하던 장면에서 직접적
인 단어가 사라지는 등의 윤색이 발견된다. 이러한 우회의 방식은 「형
관」에서 「농막선생」으로 개작되는 과정에 작용하였던 당대의 현실과
이데올로기를 엿보게 한다. 예컨대 미국의 전투기 소리에 놀라 도망쳤
던 농부 태술의 에피소드가 전투기가 날아가는 모습을 보며 여유롭게
하산하는 장면으로 수정된 것은 사회주의 국가를 수립하는 과정에서
소련의 영향이 강조되고, 미국이 배제되었던 당시 북한의 정황이 영향
을 미친 까닭이다. 즉, 식민지 경험의 회고에서 일본이 제국주의적 수
탈을 자행했던 과거의 적으로 그 전형이 공고해지는 데에 반해, 미국은
아직 그 전형이 확고하지 않아서 배제되는 양상을 보였던 것이다. 따라
서 중심인물인 박철과 마을 청년들의 형상화에도 이러한 정황은 영향
을 미치는데, 장정에게 징병을 권유하던 박철의 '양서 동물'과도 같은
말. "나가야지 김군하나뿐 아니라 이 동리에서두 여러사람들이 나가는
데 만일 안나갔다가는 첫재 가족한테 화가 도라올테니까."[20]는 「농막선
생」에서 "가족한테 화가 미칠지 모르지만"[21]이라는 대답으로 회피한다.

20) 이기영, 「형관」, 『문화전선』, 1947. 3, 128쪽.
21) 이기영, 『농막선생』, 조소문화협회중앙본부, 1950, 110쪽.

또한 "텐노헤이까의 부르심을 받아 입영하는 병사의 뺨을 치는 경관이 어디있냐!"던 장정들의 외침은 "백성의 피를 빨고 못살게 구는 (…중략…) 이런놈은 버르장머리를 단단히 가르쳐놓아야"한다는 외침으로 우회한다. 이와는 반대로 식민지 조선의 수탈 상황과 농민들의 저항심에 대한 묘사는 자세해진다. 특히 박철의 귀향지를 소개해준 그의 친구는 「농막선생」에 이르러 해외의 지하조직과 연계되어 있는 인물로 그려짐으로써 일본의 제국주의 체제에 대한 저항의 측면을 강화한다. 흥미로운 점은 「형관」 박철이 보여주었던 우유부단한 태도와 종교적인 발언이 사라지고, 낙향한 곳에서 새로운 선각자로 재생되는 서사가 부각된다는 점이다.

「형관」의 박철은 동료들의 변절에 환멸을 느껴 소개를 선택한다. 박철의 눈에 서울은 이미 타락한지 오래이다. 서울의 현실은 "중학시대부터 학생운동을 시작하다가 사상투쟁을 해오든 동지"마저도 변절하였으며, 자신의 자녀와 아내마저도 창씨개명을 하자고 요구하는 지경에 이르러 있는 것이다. 그에 따르면, 서울은 이미 친일의 논리와 그 현실에 침윤된 곳이며, 사람이 가득한 시장거리를 "굽어보"면서 "하나님! 이땅 이백성에게 차라리 불비와 저주를 주소서!"[22]라고 외치게 만드는 소돔과 같은 공간이다. 장안에 몰려있는 군중의 모습마저도 들끓는 죄인으로 보일만큼 그에게 서울, 즉 도회지는 더 이상 몸담기 어려운 타락한 곳이다. 가시면류관(荊冠)이라는 제목이 의미하는 것처럼 생활고와 동지들에 대한 환멸로 가득한 서울에서 박철은 마치 순결한 선지자처럼 보인다. 그러나 그는 서울을 죄에 물든 공간으로 위치시킴으로써 한편에 자리하고 있었던 일본의 승전을 바라는 마음을 망각하고 있는 것이다.

---

22) 이기영, 「형관」, 『문화전선』, 1947. 3, 126쪽.

사실 그는 이미 이 장면에 앞서 이렇게 고백한 적이 있다. "내지라는 말을 피하려하였으나 미국의 공세가 나날이 심해지는대로 어느 틈에 자기도 지금은 내지라 서슴치않고 부르게 되었고 비록 건성이나마 황군을 찬양하게끔 되었다."[23] 미국의 공격이 심해짐에 따라 그 자신 또한 일본의 승전을 바라고 있었음을 시인하였던 것이다. 앞서 언급하였던 미국의 전투기가 지나가자 독가스를 살포한다며 도망쳤던 태술의 에피소드를 상기한다면, 공습에 대한 공포감과 일본의 승전을 바라는 욕망이 존재하였음은 확연하게 드러난다. 결국 박철의 내면에 존재하고 있었던 일본의 승리를 바라는 욕망은 그 자신을 친일 세력만이 가득한 서울에 존재하는 순교자로 상상하는 순간에 망각되어버리는 것이다. 그리고 이러한 망각의 순간은 박철로 하여금 자아의 순수성을 보존하는 한편으로 일종의 나르시시즘적 상황마저 불러일으킨다. 특히 그의 외침, "차라리 불비와 저주를 주소서"는 박철 자신에 대한 일종의 도취에서 발로된 것으로 여겨진다.

이러한 순결하고도 비극적인 자신에 대한 도취는 대일 협력자들을 대하는 태도에서 우위를 점할 수 있게 한다. 특히 변절한 지식인에 대한 비판인 "영웅주의와 허영심이 그들을 이렇게 만드렀다"는 그의 발언은 친일을 사회적이고 역사적인 문제가 아니라 개인의 선택의 문제로 인식함을 드러낸다. 다시 말해 대일 협력이란 개인의 의지에 따라 좌우되며, 변절의 원인은 개인의 허영심에 있다는 것이다. 그러나 그의 태도는 그 자신이 비판했던 허영이나 영웅주의에서 멀지 않다. 「형관」이라는 제목을 비롯하여 산 위에서 서울 장안에 들끓는 사람들을 "굽어보는" 장면은 그들과는 다른 순수한 자신에 대한 도취임이 분명한

---

23) 이기영, 「형관」, 『문화전선』, 1946. 12, 135쪽.

까닭이다. 제목대로라면 가시면류관을 쓰고 사람들의 죄를 대신 하여야 할 인물이 도리어 그 자신을 타락하게 만드는 세상을 벌하라고 부르짖는 아이러니한 장면이 연출되는 것이다.

한편으로 박철의 이중적인 인식은 대일협력의 원인을 개인의 의지 부재에 두는 것은 대일협력을 역사적 혹은 사회적으로 피할 수 없는 운명적 문제로서가 아니라 개인의 선택의 차원에서 보고, 한 개인을 도덕적으로 판단하는 과정을 가능케 한다. 즉, 영웅주의로 인하여 대일협력에 가담하게 된 동료들과 달리 자신은 죄의식을 가지고서 그 수렁을 빠져나왔다는 자기변호가 이루어지는 것이다. 이 때 대일협력을 개인의 의지 차원에서 도덕적 판단을 내리고, 이를 기반으로 자아의 순결성을 지키고자 하는 박철의 시도에서 이 과정을 가능케 하는 근거는 귀향이다. "사람이란 환경에 적응하기 쉬운 동물인가부다. 그중에도 박철이 자신이 그러케생각되였다. 그는 차차 약은 꾀가나서 자기도 모르게 타협점을 발견해갔다. (…중략…) 이래서는 안되겠다고 기껏 용기를 낸것이 우연히 중학동창이든 이군을 만나서 서로 지난간 경녁을 이야기하든끝에 시굴로 소개를 다녔느냐고 그러면 조합에서 자작농 창정을 해줄테니 이사를 하란바람에 앞뒤를 불계하고 작년봄에 락향을 한 것이다."[24] 더 이상의 타협을 막기 위해 박철은 귀향을 선택하였으며, 이를 통하여 그의 도덕적 순수성은 보존된다. 귀향을 통한 도덕적 순수성 보존의 시도는 「민족의 죄인」의 '나' 또한 고백한 바 있다. 그리고 귀향을 통해 과거의 행적을 정당화하고자 하는 시도는 언급하였다시피 종아리와 허벅지, 허리까지의 단계로 설명한 '나'와 박철의 대일협력의 단계화를 거쳐 대일협력의 정도를 절대화 하고, 그 단계를 기준으로 하

---

24) 이기영, 「형관」, 『문화전선』, 1947. 3, 126~127쪽.

여서 중간에 빠져나오고자 한 자신과 그렇지 못한 사람들을 상대화하
고자 하는 욕망을 드러낸다.

그런데 「민족의 죄인」의 '나'는 반성과 변명의 이중적인 전략을 통하
여 죄를 희석시키고자 하는 스스로의 욕망을 조롱하는 데에 반해, 박철
은 귀향을 현실에 저항한 근거로 삼아서 현실과 타협하는 인물과 자신
을 확연히 구분하고 그 자신의 정체성을 회복한다. 예컨대 박철이 백천
순사를 보면서 결코 그와 같은 종류의 인물이 될 수 없음을 확인하는
장면은 귀향의 계기를 설명하는 회상의 장면으로 이어지며, 귀향한 곳
에서 그는 새로이 계몽의 주체로서 재생되는 과정을 겪게 된다. 즉, 박
철은 대일협력의 죄의식을 귀향한 곳에서의 경험을 통해 소거시켜버리
며, 오히려 그 공간에서 농민들을 계몽하는 선각자로 거듭남으로써 자
아의 순수성을 복원하고 민족 국가의 주체로 재정립되는 것이다. 특히
박철이 서울 거리를 내려다보며 탄식하는 장면은 「농막선생」에서 삭제
되었는데, 이는 종교적 상징을 통하여 제시되었던 인물이 사회주의 국
가의 시스템 하에서 전위적인 교양자의 위치로 이동하였음을 함의한다.

특히 흥미로운 점은 개작되기 전의 「형관」이 제목의 기독교적 함의
를 비롯하여 박철의 서사 또한 예수의 생애와 대비되는 양상을 보이는
점이다. 순결한 인물인 박철이 현실(죄)의 유혹을 극복하고, 절필과 낙
향이라는 작가로서의 죽음을 거친 뒤에 새로운 국가의 주체로 부활하
는 과정이 바로 이 소설의 줄거리이다. 박철은 서울이라는 도시에서
"성만 안곤치면 제일인가 방안에서 활개짓하면 소용있어 (…중략…) 자
식두 건사를 못하는 위인들이 무슨일을 한다구 주적대는거야"[25]라는
아내의 현실적인 비난이나 동료들의 변절의 한가운데에 놓여있으나, 그

---

25) 이기영, 「형관」, 『문화전선』, 1947. 3, 126쪽.

자신의 순결성을 지키기 위해 절필하여 낙향을 선택하며, 낙향한 장소에서 '소비자'로서의 생활을 청산하고 '생산자'로서 자각하는 인물이다. 사실 이러한 서사의 흐름은 작가로서의 죽음과 재생의 과정을 거친다는 점에서 기독교적 갱생과 유사한 면모를 드러낸다. 그러므로 「형관」에서 박철이 인식한 순결한 자신에 대한 도취는 「농막선생」에 이르러 희석되고, 노동의 가치 발견을 통해 생산의 주체로 재생되는 과정에 방점이 찍히는 것이다.

「형관」의 서사에서 기독교적 모티프가 사라지고, 생산의 가치를 자각함으로써 획득되는 '재생'은 당시의 정황을 감안한다면 필연적 결과라 할 것이다. 「형관」에서 「농막선생」으로의 이동은 순결한 선지자에서 집단적 동지애에 입각한 선각자로 주체가 재정립되는 과정을 보여준다. 그리고 이러한 인물의 변모는 자각을 통해 자아 정체성을 확립할 때에 종교적 상징이 소거된 자리에 사회주의 국가 이데올로기가 결합된다는 점에서 주목을 요하는 서사인 것이다. 한편으로 박철은 생산체험을 통해 변절자가 아닌 지사로 재탄생한다. 박철은 낙향한 곳에서 만난 우직한 농민에게서 "탈속한 사람"과도 같은 초연함을 느끼고 그에게 매료되며, 농촌에서의 생활을 통하여 소비 주체로서가 아닌 생산 주체로서의 자아를 자각한다. 지식인인 주인공이 농민들의 강한 생활력과 농촌에서의 생활을 통해 생산자로 자각하는 것은 이기영의 장편 『고향』에서도 이미 제시된 바 있다. 특히 지식인인 김희준이 귀향하여 노동자들로 하여금 현실을 보게 하는데 이때 중요한 매개로 설정된 것은 노동이다.[26] "사람은 자연의 법칙을 따라서 물질을 토대삼아 살아왔고 정신

---

26) 류보선, 「현실적 운동에의 지향과 유교적 윤리-『고향』론」, 『한국 근대문학의 정치적 (무)의식』, 소명출판, 1999.

을 그것을 뿌리삼고 난만한 꽃을 피우지 않았는가? 사람은 자연을 극복하여 물질을 풍부히 함으로서만 그들의 생활을 향상하고 인간의 문화를 고상하게 발전할 수 있지 않느냐?"[27] 즉, 신성함으로서 절대화된 노동의 가치를 자각함으로써 지식인으로서의 자신의 권위와 정체성을 회복하는 데에 이른다. 흥미로운 점은 대일협력에 대한 저항으로 선택한 낙향의 공간에서 노동의 가치와 생산성 증가의 가능성을 발견한다는 것이다.

박철은 비록 농민들에 비해 농사에 익숙하지 않으나, 볍씨를 깨끗한 물로 세척하여서 파종하는 새로운 방식을 고안하며 곡물의 생산량을 증가하기 위한 방법을 모색한다. 이 과정에서 그는 "아무렇게나" 짓는 것이 아닌 과학적으로 생각하고, 생산량의 증가를 고려하여 의도된 과정 하에 이루어지는 농사를 피력한다. 식민지 말기에 창작되었던 생산소설적 성격이 역으로 대일협력에 저항하였다는 증거이자 사회적 모순에 대한 극복 방향으로서 제시되고 있는 것이다. 물론 해방 이전에 이 작품은 생산소설의 형태로 창작[28]되었던 것으로 밝혀진 바 있다. 「농막선생」이 해방 이전에 생산소설의 경향을 띤 작품으로 창작되었으리라는 예상에는 이견이 없다. 그러나 「형관」에서 발견되는 현실에 대한 환멸과 그 속에서 순결성을 지키고자 하는 인물의 고뇌가 기독교적 형상과 관련지어서 제시된다는 점을 기억할 필요가 있다. 생산소설로 짐작

---

27) 이기영, 『고향』, 문학사상사, 1994, 412쪽.
28) 이상경은 앞서 인용한 「문학자의 자기비판」이라는 1945년에 이루어진 좌담에서 이기영이 「농막선생」에 대한 질문의 대답으로, "검열로 도저히 발표하지 못하게 되어 박문서관에서 그 일부만을 내놓았었는데 지금 나머지 원고를 보니 도저히 그냥 낼 수 없어 좀 고쳐볼까 생각하고 있습니다"라고 한 발언을 들어 해방 이전에 「농막선생」이 생산소설의 경향을 띠었을 것으로 예상한다.(이상경, 『이기영－시대와 문학』, 풀빛, 1994, 323쪽)

되는 해방 이전의 「농막선생」은 1946년의 「형관」으로 이행하여서 기독교적 상징을 통해 갱생의 과정을 제시하였으나, 「형관」은 다시 1950년의 「농막선생」으로 개작되면서 도리어 생산소설의 경향이 더욱 강화되었다. 이러한 개작의 방향은 해방 이후 이기영의 작품이 농민의 연대로 나아가는 과정에 대한 실마리를 제공한다.

지식인으로서의 계몽적 자각이 아니라 '생산자'로서의 자각이 해방 공간에서의 주체로 거듭나는 과정에서 결정적인 역할을 수행하게 되는 점은 생산소설적 성격과도 결부된다. 즉, 「형관」에서 박철이 스스로를 생산자로 자각하는 장면, "다시 말하면 소비자를 생산자보다 잘났다는 것이다. 그러나 이것은 낡은 사회에서 지배계급이 자기네의 기생충적 생활을 합리화하고 근로대중을 착취하기위해서 만들어진 주객이 전도된 인생관이다."29)라는 그의 자각은 노동의 가치를 절대화하는 것이며 증산을 통하여 그 가치가 증명될 수 있음을 제시한다. 이기영의 생산소설에서 노동이란 절대적인 가치의 것이며 이러한 측면에서 생산력 주의란 군국주의와 관련이 있는 것이 아니라, 이기영의 사회주의의 내적 특징과 긴밀한 연결을 맺고 있음은 이미 지적된 바 있다.30) 이기영에게 『고향』 이전부터 노동이란 단순한 육체적 생산 활동이 아니라 절대적인 가치를 부여할 수 있는 지선의 활동이었던 것이다. 그리고 절대적인 가치를 지닌 생산을 통한 주체 재생의 서사는 「민족의 죄인」과 달리

---

29) 이기영, 「형관」, 『문화전선』, 1947. 4, 107쪽.
30) 이경재는 『동천홍』과 『광산촌』을 평가하면서 이 작품들에서 발견되는 노동의 형태는 스탈린 시기 소련의 대표적인 노동형태와 유사함을 지적한다. 자본주의를 넘어서 생산력의 극대화를 도모한다는 점에서 이기영의 생산력주의가 군국주의와 큰 무리 없이 결합하게 된다는 것이다. 또한 이러한 노동은 사회주의에서 강조하는 연대와 특권적 지점으로서의 노동이라는 이상과도 연관되어 있다. 이경재, 「일제 말기 이기영 소설에 나타난 생산력주의」, 『민족문학사연구』 Vol.40, 2009.

한 인물을 승리하는 역사의 서사에 편입시킨다. 해방을 성취해낸 주체
는 모호하더라도, 민족의 해방과 승리로 기억된 역사가 소설로, 또한
소설이 수난과 저항의 역사로 재생산되었던 셈이다.

4. 문학의 플롯과 역사의 플롯

해방기에 발표된 자전적 소설에서 식민지시기의 기억은 수난과 저항
의 서사로 재생산 되었다. 거칠게 말하자면, 소설의 서사는 해방 이후
에 문인들이 대일협력이라는 과거를 청산하고 새로운 국가의 주체로서
재생되는 데에 긴요한 역할을 수행한다. 갑작스러운 해방으로 인한 충
격을 완화하고, 식민지시기의 기억을 민족 공통의 것으로 재정립하는
것, 그리고 이러한 과정에서 문학자로서의 위치와 손상되었던 정체성을
복원하는 것 등은 아마도 해방기 문학자들에게 부과된 은밀한 과제 중
하나였을 것이다. 이렇듯 개인의 기억을 서사화하고 역사 내에서 이를
다시 고찰하고자 하는 시도로서 활용된 플롯이 바로 고백의 플롯과 재
생의 플롯이었다.

채만식의 「민족의 죄인」이 과거의 기억을 참회하고 고백함으로써
'나'의 정체성을 재구축하고자 했다면, 이기영의 「형관」은 도덕적 순수
성을 보존하기 위하여 귀향을 선택함으로써 노동의 가치를 발견하고,
새로운 국민국가의 주체로 나아가는 과정을 보여준다. 「민족의 죄인」은
한 인물의 '고백의 플롯'을 통하여 그 자신의 과오를 참회하고 역사 속
에서 비극적 인물로 위치 지어지는 한 사람의 조선인을 드러낸다. 이러
한 플롯은 반복되는 역사의 소용돌이에서 한 사람의 인간이 생존하기

위한 필요악으로 대일협력이 선택되었음을 역설하는 동시에 윤리적이
지 못하였던 인물의 과오를 스스로 토로하는 이중의 전략을 구사한다.
이는 역설적으로 생존의 기획이 한 인물을 도덕과 역사의 나락으로 떨
어뜨리는 소설의 플롯을 통하여 사후적으로 구성된 역사의 승리와 한
인물의 패배를 보여 준다. 즉, 역사 내에서 패배한 한 인물의 고백을 통
하여서, 한 사람의 조선인이자 문인으로서 생존하려던 시도는 실패로
귀결 지어졌으며, 이러한 실패가 무엇에 기인한 것인지 그 스스로 되묻
는 작업이라 할 수 있다.

한편, 「형관」은 귀향과 절필을 통하여 적극적으로 일본의 제국주의
체제에 반항하는 의지가 서사 내에서 끊임없이 제시된다. 이 작품 내에
서 문학자는 귀향한 공간에서 노동의 절대적인 가치를 발견하고, 농민
들과의 연대를 통하여 민족의 주체로서 재생된다. 이때 기독교적 모티
프를 지닌 재생의 서사는 한 주체의 부활을 가능케 하기 위하여 농민,
즉 인민 대중과의 연대와 각성을 요구한다. 이러한 플롯의 형태는 1947
년에 발표된 최명익의 중편소설 「맥령」에서도 발견되는데, 이는 인민
대중을 통한 각성이 필수적이라고 주장하는 북한의 작가의 공통적 서
사로 나아가는 실마리를 제공한다. 결국 「형관」과 「맥령」을 비롯한 주
체 재생의 플롯은 한 인물의 정체성 복원이 역사적 맥락 내에서 성공
적으로 이루어지고 있으므로, 승리하는 영웅의 플롯이라 할 수 있을 것
이다.

밀란 쿤데라는 인류의 문화적 유산으로 남은 훌륭한 소설이 그 어떤
위대함도 없는 패배를 기술하고 있음을 지적한다. "왜냐하면 있는 그대
로의 인간의 삶이 패배라는 사실은 너무나 명백하기 때문이다. 삶이라
고 부르는 이 피할 수 없는 패배에 직면한 우리에게 남아 있는 유일한

것은 바로 그 패배를 이해하고자 애쓰는 것이다. 바로 여기에 소설 기
술의 존재 이유가 있다."31) 채만식의 「민족의 죄인」은 고백을 통하여서
반복되는 역사에서 한 인물의 패배를 드러낸다. 현재를 살고자 했고,
또한 역사의 주체가 되고자 했던 그의 시도들은 모두 패배로 귀결된다.
그 자신의 과오를 고백하고 변명하지만 그는 여전히 '민족의 죄인'이다.
그렇기 때문에 우리가 속한 공동체는 '죄인의 민족'이다. 다른 한편으
로 이기영의 「형관」은 재생의 서사를 통하여 주체가 역사 내에 성공적
으로 편입되는 과정을 그려낸다. 이 소설의 인물은 역사 내에서 승리하
며, 이는 화자의 언술 내에 균열을 내포한다 하더라도 예정되어 있었던
것이다. 역사가 승리자의 기록임을 감안한다면, 「형관」은 북한이라는
이데올로기적 공간에서 정치적으로 승리한 사람들의 서사, 즉 역사를
문학적으로 서사화하는 플롯에 가깝다고 볼 수 있다. 「민족의 죄인」과
「형관」이 제시하는 플롯의 형태와 그 차이는 세계에 대한 개인의 '패
배'와 역사적 '승리'라는 해방공간 문학의 특정한 방식을 은유하고 있
다고 판단된다.

---

31) 밀란 쿤데라, 박성창 역, 『커튼』, 민음사, 2008, 21쪽.

1940~1950년대 조선문학의 비교문학 논의

마 성 은*

1. 머리말

비교문학은 자국의 문학을 더 잘 알기 위하여 필요한 방법론이다. 자국문학의 틀 안에서만 보려고 하면 잘 보이지 않던 것들이 외국문학과의 비교를 통하여 선명하게 드러날 수도 있기 때문이다. 최원식은 외국문학과의 관계 속에서만 한국문학을 이해하려는 관점을 비판하면서도, 한국문학 연구에서 비교문학을 배제하고 한국문학 속에서만 해명하려는 배타적 고립으로 떨어지는 것을 경계했다. 또한 그는 "특수성과 보편성의 통일로서 국문학을 파악할 때 그것은 온전한 모습을 드러낼 것"이라고 지적한 바 있다.[1]

동아시아한국학[2]의 관점에서 비교문학을 모색할 때, 조선민주주의인

* 인하대 석박사 통합과정

[1] 최원식, 「비교문학 단상」, 『민족문학의 논리』, 창작과비평사, 1982, 290쪽.
[2] '동아시아한국학'은 그동안 한국학을 지배해 왔던 민족주의와 서구주의라는 두 편향을 동아시아라는 매개항을 통해 극복하고자 제기되었다. 이에 관하여서는 최원식, 「서문－동아시아한국학의 미래를 열며」, 인하BK한국학사업단 편, 『동아시아한

민공화국(이하 조선)3)의 비교문학을 검토하는 것은 당연한 수순이다. 조
선문학은 한국문학인 동시에 한국문학이 아니기 때문이다.4) 또한 조선
문학은 한국문학과 더불어 동아시아문학의 어엿한 구성원이다. 그런데
실제로 '동아시아 공동체'를 논하는 자리에서는 조선을 제외시키기가
일쑤이다.

사까모토 요시까즈는 "특히 한·중·일을 주축으로 하는 '동북아시
아'의 협조에 역점을 두는 생각은, 그 자체로서는 극히 건설적인 구상
이지만, 의식적으로 혹은 사실상 북한의 참가를 뒤로 미룸으로써, 현실
에서는 종종 북한을 포위하는 체제를 만드는 기능이나 목적을 갖기 십
상"5)이라고 날카롭게 지적했다. 또한 그는 "오늘날의 동아시아의 위기
의 중심인 북한문제에 조명을 맞추"6)는 것의 중요성을 거듭 강조했다.

동아시아국제주의를 모색하는 과정에서 의식적으로라도 오늘날 동아
시아 위기의 중심인 조선문제에 조명을 맞출 필요가 있다. 2010년을 뒤

국학입문』, 역락, 2008 참조.
3) 필자는 대한민국과 조선민주주의인민공화국이라는 두 체제를 연구자로서 편견 없
이 마주하기 위해서는 현존하는 두 체제를 모두 인정하는 자세가 필요하다고 생
각하여, 대한민국에서 사용하는 약어 '한국'과 조선민주주의인민공화국에서 사용
하는 약어 '조선'을 모두 그대로 사용하기로 한다는 뜻을 피력한 바 있다. 이에 관
하여서는 마성은, 「리금철의 과학환상소설에 관한 고찰」, 『아동청소년문학연구』 6
호, 한국아동청소년문학학회, 2009. 12 참조.
4) 민족민주운동 진영에서 '민족문학'을 표방했던 이유 가운데 하나는 '한국문학'과
'조선문학'을 모두 포괄하는 '통일문학'을 지향하고자 함이었다. 1990년대 이후 대
두한 이른바 '포스트'주의적 문제의식의 영향을 받아 민족민주운동 진영(문학에서
는 대표적으로 (구)민족문학작가회의) 내부에서도 민족주의에 대한 비판이 제기되
었고, (구)민족문학작가회의는 2007년 12월 8일 한국작가회의로 개명하게 된다. 민
족주의에 대한 비판이 '동아시아국제주의'와 같은 새로운 '국제주의'의 모색으로
이어진다면 좋겠지만, 자칫 '통일문학'의 지향을 포기하는 것과 같은 결과가 빚어
지지 않도록 주의를 기울일 필요가 있다.
5) 사까모토 요시까즈, 「21세기에 '동아시아 공동체'가 갖는 의미는 무엇인가?」, 국제
학술대회 '동아시아의 재발견' 자료집, 서남포럼, 2009, 35쪽.
6) 사까모토 요시까즈, 위의 글, 39쪽.

흔들었던 천안함 사건과 연평도 사건을 돌이켜 볼 때, 동아시아한국학이 조선에 관심을 기울여야 한다는 것은 새삼 강조할 필요도 없는 일이다. 필자는 이런 관점에서 1940~1950년대 조선에서 이루어진 비교문학에 관한 논의를 검토하려고 한다.

60년이 넘는 조선문학의 역사에서 비교문학은 그 꽃을 활짝 피우지 못했다. 8·15 민족해방 직후부터 1950년대까지는 주로 소비에트 사회주의 공화국 연방(이하 소련)의 발달된 문학을 배워야 한다는 생각을 바탕으로 하여 비교문학에 관한 논의가 이루어졌다. 그러나 1956년 '8월 종파사건' 이후, 같은 해 12월에 조선로동당 중앙위원회 전원회의에서 김일성 주석이 「사회주의 건설에서 혁명적 대고조를 일으키기 위하여」라는 연설을 하면서 천리마운동이 시작된다. 1959년에는 "하나는 전체를 위하여 전체는 하나를 위하여", "공산주의적으로 일하고 배우며 생활하자"와 같은 구호 아래 '천리마작업반 운동'이 전개되면서 바야흐로 '천리마시대'가 도래한다.

'천리마시대' 이후 조선문학에서는 비교문학에 관한 논의가 자취를 감춘다. 자국문학과 비교문학의 관계에 있어 최원식이 경계한 바는 장소를 바꾸어 조선문학에 그대로 적용된다. 조선문학 연구에서 비교문학을 배제하고 조선문학 속에서만 해명하려는 배타적 고립으로 떨어지고만 것이다. 1970년대에 이르러서는 비교문학이 사라진 자리를 주체사상이 채움으로써 조선문학의 배타적 고립을 더욱 고착화시킨다.

앞서 살펴본 바와 같이 조선에서 비교문학에 관한 논의는 그리 활발하게 이루어지지 못했으며, 주목할 만한 성과를 거두지도 못했다. 그럼에도 불구하고 1940~1950년대 조선에서 이루어진 비교문학에 관한 논의를 검토함으로써 우리가 얻을 수 있는 것이 있다면, 특수성과 보편성의 통일로서 한국문학을 파악하지 못한다면 배타적 고립으로 떨어질 수밖에 없다는 타산지석의 교훈일 것이다.[7]

2. 민족문화의 구상과 소련문화의 섭취

8·15 민족해방 이후 조선문학예술계에서는 '민족문화론'을 제기하는 글들이 연이어 발표된다. 제국주의에 의한 장기간의 식민 지배로부터 해방되어 새로운 민족국가를 건설하고자 하는 시기에 민족문화론이 제기되는 것은 지극히 당연한 현상이었다.

1946년 3월에 일찌감치 「민족문화론」(『해방기념평론집』, 1946. 8)[8]을 발표한 안함광은 "계급대립은 국제성을 가지고 있으며 따라서 인류결합의 기본형태는 민족이 아니라 계급"이라고 강조하면서도 "일체의 민족적 특성의 차이를 무시하는 것은 또한 옳지 못한 일"이라고 지적한다. 그는 이어서 "민족문화전선에 나선 오늘의 일꾼들은 우리의 문화가 단순히 외국문화의 모방에로 빠져버릴 것을 미연에 방지해야할 중대한 책임이" 있다고 말하면서 "조선문화가 세계문화에 기여해 나간다고 하는 것은 특히 예술분야에 있어서는 단순히 세계문화에 양을 부가한다는 것만을 의미하는 것일 수는 없"다고 지적했다. 그는 이어서 조선문화가 세계문화에 기여해 나간다고 하는 것은 "세계문화 위에 조선문화의 개성적인 힘을 갖고 참가해나가는 것이라야" 한다고 주장하면서 민

---

7) 이하 본문에서 인용한 글은 모두 인용문의 철자법을 그대로 표시하는 것을 원칙으로 한다.
8) 안함광, 「민족문화론」, 『해방기념평론집』, 1946. 8, 이선영·김병민·김재용 편, 『현대문학비평자료집 (이북편) 1』, 태학사, 1993, 7~18쪽에서 재인용.

족문화의 특수성을 강조했다.

안함광의 「민족문화론」에서 주목할 만한 대목은 '국민문화'적 개념을 배격하는 대목이다. 그는 "혹 생각하기를 독일이나 일본에서 말하던 '국민문화'와는 달리 우리 조선 민족의 입장에서 옳게 인식하여 그를 사용하면 그만이 아니겠느냐고" 할 사람이 있을지도 모르지만, "이러한 견해란 일정한 문제를 문화사적 조명 위에서 성찰하는 태도라고 할 수 없"다고 평가했다. 그는 '국민문화'라는 개념이 "근대국가의 성립과 호응해서 대두한 것인데 근대 시민사회의 난숙과 함께 근대국가의 사회철학이었던 자유주의가 그의 정치 철학이었던 민주주의가 또는 그의 경제철학이었던 개인주의가 결국은 모두 일부 특권계급의 전유물로 전화해버린 거와 동양으로 이른바 '국민문화'도 벌써 전국민적 공유로부터는 이반되어졌다는 사실을 간과할 수는 없는 일"이라고 지적한다. 역사적 고찰을 통하여 이른바 '국민문화'라는 개념이 일부 특권계급의 전유물로 전화해버리면서 전 국민적 공유로부터는 이반되었다는 그의 지적은 지극히 타당하다.

그는 다음으로 "제일차세계대전 이후 '세계주의'에 대한 안티테제의 성격을 갖고 나섰던 '국민문화'는 제이차세계대전 중에 있어서는 더욱이 그의 무장을 야만적으로 감행하여 '국제주의'에 대해서까지 반기를 들고 나섰던 것"이며, "오직 파쇼적인 정책을 위하여 국제적으로는 다른 나라에 대한 국민적 적개심을 선동 요구했고 국내적으로는 계급대립의 관계를 억압하는 도구로 사용되어졌던 것"이라고 지적하면서 파시즘으로 달려간 '국민문화'를 비판했다. 또한 그는 '국민문화'가 "파쇼적인 국수주의와 불가분리의 관계를 맺었고 이 국수주의를 위한 방편으로서 그들은 '전통주의'와 결탁하였던 것이며 이 '국수주의'를 위한

문화정책으로서는 어떻게 하면 세계에 이바지하는 문화를 창조해내느
냐 하는 문화적인 배려를 떠나서 오직 파쇼적인 국가주의에 충실한 노
예적 국민을 만드는데 급급하였던 것"이라고 통렬히 비판한다.

그는 이어서 앞으로 수립해야 할 민족문화가 '국민문화'와는 반대로
"연합국 특히 조선해방의 은인 소련과의 국제적 친선을 도모해야 할
것"이라고 강조한다. 민족문화를 구상함에 있어서 '국민문화'의 '전통
주의'와 '국수주의'를 배격함으로써 배타적 고립을 경계하고, "소련과
의 국제적 친선을 도모"함으로써 보편성을 확보하고자 한 것이다. 이와
같이 조선문학은 그 건설단계에서 제기된 '민족문화론'에서부터 소련문
화예술과의 교류를 강조했음을 확인할 수 있다.

당시 조선에서는 소련의 문화가 세계적 우위성과 지도성을 가지고 있
다고 여겼다. 한설야는 「예술운동의 본질적 발전과 방향에 대하여」(『해
방기념평론집』, 1946. 8)9)에서 예술문화에 있어서의 이른바 '서울중심주
의'를 배격한다. 그는 "서울은 이조의 비정, 악정의 근원이었고 그위에
서 파벌, 파쟁과 이른바 칠천팔귀 등 봉건사상과 그 제도와 그 문화가
가로 세로 얽히어 이조의 봉건문화의 대표적 집중적 중심지를 이루었
던 것"이라고 지적한다. 그는 이어서 오늘의 민주주의 문화와 싹이 "오
늘 와서 가장 정통적으로 가장 급속히 또는 앞으로 가장 좋은 환경(즉
전형적 환경) 속에서 발전하고 결실할 것은 두말할 것없이 세계의 진보
적 민주주의의 최량의 접수지대인 북조선"이라고 주장한다.

"오늘 우리들 대열에 끼여 있는 또 테밖에서 배돌고 있는 일부의 서
울중심주의자, 서울귀향주의자는 곧 창조성을 잃은 문화인, 예술가인

---

9) 한설야, 「예술운동의 본질적 발전과 방향에 대하여」, 『해방기념평론집』, 1946. 8,
    이선영·김병민·김재용 편, 『현대문학비평자료집 (이북편) 1』, 태학사, 1993, 19∼
    33쪽에서 재인용.

동시에 남의 책, 남의 글이 아니면 아무 의견도 발표도 가질 수 없는 표절상습자임을 스스로 자백하는 것 이외에 아무것도 아닌 것"이라고 비판하는 그가 마땅히 섭취해야 할 모범적인 문화로 인식하는 것은 역시 소련의 문화이다. 그는 "제2차 세계대전 전에도 그랬지만 오늘에 와서는 소련의 문화, 예술의 세계적 우위성과 지도성은 반동진영에서도 속으로는 시인하고 있는 것"이라고 지적한다. 다음으로 그는 "소련은 자국의 문화, 예술뿐 아니라 세계 어느 나라, 어느 민족의 문화, 예술의 생성과 발전에도 지대한 힘과 영향을 주고 있는 것"이라고 말하며 조선 민족문화의 생성과 발전에도 소련의 문화예술이 지대한 힘과 영향을 주고 있다고 주장한다.

한설야는 또한 「국제문화의 교류에 대하여」(『해방기념평론집』, 1946. 8)[10] 라는 글을 발표함으로써 비교문학에 관한 논의에서 중요한 족적을 남긴다. 그는 글의 서두에서 다음과 같이 밝히고 있다.

> 이 소론의 목적은 그 발생론적 근거나 또는 그 발전적 제형태에 관해서 이론을 전개하려는 것이 아니고 단순히 "예술은 이제까지의 문화, 예술 일반의 수준에 의존한다"는 명제로부터 출발하여 이것이 우리의 당면과업 중의 하나인 "국제문화 예술교류문제"와 여하히 결부되어야 할까를 말하려는 것이다.[11]

그는 "문화일반이란 것은 본시 물질적 하부구조 또는 생산적 인간노

10) 한설야, 「국제문화의 교류에 대하여」, 『해방기념평론집』, 1946. 8, 이선영·김병민·김재용 편, 『현대문학비평자료집 (이북편) 1』, 태학사, 1993, 41~47쪽에서 재인용.
11) 한설야, 위의 글, 이선영·김병민·김재용 편, 『현대문학비평자료집 (이북편) 1』, 태학사, 1993, 41쪽에서 재인용.

동에 그 발생적 기초를 두어 그 성장 발전에 있어서도 특정의 물질적 구조의 발전단계에 제약되는 것은 물론"이라고 전제한 뒤에 "좀더 구체적으로 말하면 아프리카에서 별안간 섹스피어나 영국의 시가 나올 수 없는 것이요, 남양군도에서 유고나 푸쉬킨이나 또는 로서아나 불란서의 산문예술이 돌연적, 우발적으로 나올 수 없는 것"이라고 지적한다. 그는 다음으로 "조금 더 가까이 우리자신에 돌아와 보아도 이치와 경우는 마찬가지"라고 말하며 "지금 우리들의 욕망이나 주관은 당장 톨스토이나 고리끼를 낳고 싶지만 조선의 이제까지의 예술, 문화의 일반적 수준을 비약하여 이런 요행이 사실상 생겨질 수는 없는 것"이라고 자인한다.

이어서 그는 "예술의 자양이요 대기인 문화 내지 예술적 온상을 보다 멀리, 보다 높이는데 있어서 국제문화와 예술의 섭취는 지금 조선에 있어서 가장 긴요 시급한 과제의 하나로 예술활동의 전면에 내세우지 않으면 안된다"고 주장한다. 그는 "고도한 외국문화, 예술의 흡수, 즉 조선적 소화가 필요한 것"이라고 지적하면서 "동화와 소화의 기능을 가지지 못하는 한, 그것은 결코 우리의 자양이 될 수 없는 것"임을 분명히 함으로써, 비교문학에 있어서 '조선적 소화'의 필요성을 주장하며 '동화와 소화의 기능'을 강조한다. 이와 같은 주장에는 외국문화를 그대로 수용할 것이 아니라 '동화와 소화의 기능'을 통하여 조선적으로 소화해야 한다고 주장하는 주체적 면모가 잘 드러나 있다.

그는 조선의 비교문학을 역사적으로 고찰하기도 한다. 그는 외국문화를 "섭취할 때 그 흡수에 있어서 조선적 소화가 필요한 이유도 역사적 사실에서 얼마든지 발견할 수 있는 것"이라고 하면서 "여기 대한 하나의 사실로서 우리는 중국문화의 조선의 문화적 관계를 듦으로써 정할줄 안다"고 말한다. 그는 중국문화가 "어느 정도까지 조선인의 생활에 문화적 공급자가 되었던 것은 사실"이라고 인정하면서도 "그것은 보다 크게 조선적인 조선인의 생활감정과 정신적 요구의 자유로운 발전을 경화시켰던 것도 사실"이라고 지적한다. "중국문화의 혜택만을 생각하고 운위하는 것은 우리의 정신적, 창조적 정신을 이국의 모방 속에 해소해버린 치명적인 면의 관찰을 방해하는 것"이라는 주장이다.

한설야는 이 글의 본론에서 "돌아온 조국에 우리는 예술과 문화를 키울 무거운 임무를 받은 우리들의 앞에 우리문화를 키울 중요한 방법의 하나로 이제 국제문화와의 교류문제가 된 것"이라고 말하면서 "소련문화와의 교류문제"를 강조한다. 그는 소련문화의 진보성이 "그들의 예술 문화가 가지는 풍부한 전통과 예술적 재능과 기술내지 고도한 세계관의 내용에 의거하는 것으로 한말로 말하자면 그것은 그 자신의 고양성에 있는 것"이라고 밝힌다. 이어서 그는 소련의 예술문화가 "세계 예술문화의 최전선을 걷고 있는 것으로 예술, 문화의 사적 발전의 정당한 노선에서는 어느 민족의 예술, 문화도 소련의 예술문화의 우위성을 인식하고 그 노선으로 발전해가는 길을 취하게 되는 것"이 "역사적 필연"이라고 주장한다.

한설야는 이 글의 결론에서 "우리는 민주주의 민족예술문화 수립과정에 있어서 가장 진보적 민주주의 예술문화의 나라 소베트의 예술, 문화를 섭취하지 않으면 안 될 것"이라고 주장한 뒤에 "우리의 예술, 문화를 세계예술, 문화의 새로운 중심지인 그리(소련-인용자)로 보내야 할 것이니 이것은 곧 우리의 예술, 문화의 국제적 세계적 진출의 노선이기 때문"이라고 말한다.

3. '해외문학파'와 '코스모포리타니즘' 비판

조선에서 이루어진 비교문학에 관한 논의 가운데 흥미로운 것들 가운데 하나가 바로 '해외문학파'와 '코스모포리타니즘'에 대한 비판이다. 이러한 비판은 곧바로 당시 한국 문단에 대한 비판으로 이어지기 때문에 더욱 주목할 만하다.

한효는 1949년 문화전선사에서 발표한 장문의 평론 「민족문학에 대하여」[12]에서 조선 민족문학의 애국주의는 "부르주아 민족주의와 코스모포리타니즘과 심각히 대립되며 폭로하며 투쟁하는 반면에 인터나쑈날리즘과 필연적으로 결부된다"고 밝혔다. 그는 "코스모포리타니즘은 제국주의자들이 애써 전파하고 있는 민족주의적 이데오로기를 이면으로 가지고 나타난다"고 지적하며 "그것은 오늘 도처에서 제국주의자들의 유력한 사상적 무기로 되고 있다"고 말한다. 그는 코스모포리타니즘을 "모든 민족 내부에 있어서의 계급투쟁을 부인하며 따라서 민족 내부에 있어서의 두가지 문화에 대한 레닌적 원칙을 부인하는 지극히 유해한 이데오로기"로 파악한다.

그는 이어서 "이 유해한 이데오로기는 오래 전부터 우리나라에서도 반동적 문학그룹빠들의 사상적 무기로 되어 있었다"고 말하면서 1930년대에 등장했던 "소위 해외문학파라는 그룹빠"를 비판한다. 그는 해외문학파가 "단지 문학을 통해서 뿐만 아니라 연극과 영화를 통하여 코스모포리타니즘을 전파함으로써 일본제국주의자들에게 도움을 주었다"면서 "오늘 남조선에 있어서 반동적 문화운동의 주동이 되어 있는 것

---

12) 한효, 「민족문학에 대하여」, 문화전선사, 1949, 이선영・김병민・김재용 편, 『현대문학비평자료집 (이북편) 1』, 태학사, 1993, 391~437쪽에서 재인용.

은 바로 이 자들"이라고 말한다. 또한 그는 "오늘 남조선에 있어서 반동적 문화운동의 주동이 되어 있는" 해외문학파가 "과거에 일본제국주의에 복무하던 때와 똑같은 형태로 이 자들은 오늘 미제국주의자들에게 복무하고 있다"고 비판한다.

그는 해외문학파가 1927년에 창간한 잡지 『해외문학(海外文學)』[13] 제1호에서부터 "문화의 계급성에 대해서는 애당초 관심도 돌리지 않을 뿐만 아니라 우리 민족문화 발전의 외부에 놓여 있는 세계적 요인만을 떠들어 대고 있다"고 비판한다. 그의 '해외문학파'와 '코스모포리타니즘'에 대한 비판은 다음과 같이 당시 한국 문단에 대한 비판으로 이어진다.

　　그들(해외문학파─인용자)에게 있어서는 우리나라에서 새 문학이 발생하고 따라서 새로운 문학 사조가 발생하게 된 민족적 모멘트가 중요한 것이 아니다. 우리나라의 외부에서 발전한 초계급적이며 초민족적인 세계문화의 영향이 더 중요하며 '만족'할 만한 유일의 '자랑스러운 존재'로 되어 있다. 이 반동적 이데오로기를 가장 적극적으로 가장 대담하게 동명한 자는 정인섭(鄭寅燮)이다. 이 사람은 '해외문학파'가 마치 어떤 문학사조를 대표하는 그룹빠인 듯이 꾸며대면서 그것으로 '문단 주류'를 자처하고 나섰다. 이 자의 견해로 본다면 세계문학의 영향이 우리나라에 있어서는 문학발전의 주체 또는 원동력으로 되며 어떠한 민족적 독자성과 특성도 이것과 대치될 수 없는 것이

---

13) 외국문학을 본격적으로 번역·소개한 최초의 잡지로서, 해외문학연구회의 기관지였다. 1927년 1월 17일에 창간되어 그해 7월 4일 통권 제2호로 종간했다. 서울에서 발행된 창간호의 편집 겸 발행인은 이은송(李殷松)이며, 일본 도쿄(東京)에서 발행된 제2호의 편집 겸 발행인은 정인섭(鄭仁燮)이었다. 집필진으로 정인섭·이하윤·김진섭·손우성 등이 참여했다. 창간호는 국판 202쪽, 제2호는 68쪽이었다. 게재된 평론과 시·소설·희곡 등의 작품들은 대체로 19세기 후반기 이후의 구미 문학에 치중되어 있었다.

다. 이렇듯 수다스러운 헛소리로 꾸며진 코스모포리타니즘은 자기 인
민들과 자기 민족문화에 대한 멸시와 자기 인민의 각성과 진정한 민
족문화 수립을 위한 인민들의 투쟁에 대한 공포를 그의 근원으로 삼
고 있다. 그렇기 때문에 오늘 남조선에서 '해외문학파'는 미침략자들
과 이승만 괴뢰정부를 도웁고 있는 반동 문학의 지주로 되어 있으며
남조선을 판매시장으로 만들며 남조선의 자원을 약탈하고 있는 미침
략자들의 온갖 죄악을 가리워 주는 연막의 역할을 하고 있는 것이
다.14)

코스모폴리타니즘에 대한 한효의 비판은 일면 지나친 감이 없지 않
아 보인다. 부르주아지가 등장 당시에는 진보적인 계급이었던 것처럼,
부르주아지가 내세운 이데올로기였던 코스모폴리타니즘 역시 등장 당
시에는 진보적인 사상이었음을 짚고 넘어가야 코스모폴리타니즘에 대
한 정확한 평가가 가능해질 것이다. 물론 코스모폴리타니즘은 부르주아
지의 사상이었던 만큼 민족 내부의 계급투쟁에 무관심했으며, 이는 쉽
게 제국주의와 결탁하는 계기가 되었던 것이 부정할 수 없는 사실이다.
한효는 '해외문학파'와 '코스모포리타니즘'을 비판한 뒤에 "주지하는
바와 같이 인터나쇼날리즘이라는 것은 제국주의자들의 침략을 물리치
며 진정한 민주주의를 실현하기 위한 근로자들의 해방투쟁에 있어서의
그들의 국제적 단결을 의미하는 것"이라고 지적한 뒤에 "인터나쇼날리
즘이 없이는 우리의 애국주의는 성립될 수 없다"고 주장한다. 한효의
말은 그 자체로만 놓고 볼 때에는 지극히 타당하지만, '국제주의와 애
국주의의 공모'라는 의구심을 끝내 떨쳐버릴 수 없다.
한효가 말한 "인터나쇼날리즘"의 비교문학적 적용은 "오늘에 있어

14) 한효, 앞의 글, 이선영·김병민·김재용 편, 『현대문학비평자료집 (이북편) 1』, 태
학사, 1993, 430쪽에서 재인용.

조선 인민들은 쏘베트 인민들과의 굳은 친선이 그들의 조국의 자주와 독립과 그리고 장래 발전에 대한 튼튼한 담보로 되고 있다는 것을 똑똑히 알고 있다"는 데로 이어진다. 이를 통하여 당시 조선에서는 비교문학을 '프로레타리아 국제주의적 관점에서 소련문학을 섭취함으로써 조선의 민족문학 건설을 뒷받침할 수 있는 방법론'으로 인식했다고 볼 수 있다.

4. 번역 작품들과 박영근의 관점

1940~1950년대 조선의 비교문학이 주로 소련문학을 대상으로 설정하고 있었음을 고려할 때, 당시 조선에서 소련문학이 어느 정도나 번역·소개되었는지 살펴볼 필요가 있다. 물론 분단 상황에서, 그것도 조선에서 이미 비교문학에 관한 논의를 찾아보기 어려워진 실정에서 1940~1950년대 조선의 소련문학 번역·소개 실정을 정확히 파악하는 것은 불가능한 일이다. 하지만 일부 평론과 문헌을 통하여 당시 조선의 소련문학 번역·소개 상황을 어느 정도는 가늠해 볼 수 있다.

북조선문학예술총동맹 기관지『문학예술』1950년 2월호에 발표된 이정구의「쏘베트 시문학과 우리 시인들」에는 당시에 번역·소개된 소련 시집이 언급되어 있다.

우리들은 아직도 우리말로 번역된 소베트 시인들의 시집을 그리 많이는 가지지 못한다. 그러나 이미 1947년도에 전동혁씨에 의하여 번역된 "쏘련 시인집"에는 마야꼽스끼, 씨호노브, 레베제브, 꾸마치,

쑤르꼬브, 씨바쵸브, 씨모노브, 마르샤끄, 기도위치 등의 시가 소개되
었고 작년도에는 백석 씨에 의하여 번역된 『이싸꼽쓰끼 시초』 47편
에 얼마전에 뿌쉬긴 시초가 나왔고 그밖에 싸무엘 마르샤크의 장시『튀
스터 씨』, 울라지미로·자먀찐의 서사시 『향촌』이 각각 『문학예술』
에 번역 소개되였으며 기타 뿌쉬긴, 마야곱쓰끼, 드·쟝불 레르몬또
브 등의 허다한 시가 각각 『조쏘문화』『조선신문』 등에 의하여 수시
로 번역 소개되었다. 우리 앞에는 또 문화전선사 간으로 되는 네다고
노브의 『농촌 쏘베트위에 나붓기는 깃발』이 단행본으로 출판되어 나
왔다.15)

이정구는 이어서 당시 조선 시인들에게 친숙한 소련 시인과 널리 알
려진 소련 시에 관하여 언급한다.

> 우리 시인들에게 가장 친숙하고 낯익은 로씨야 시인들은 역시 뿌
> 쉬킨·레르몬또브·마야꼽스키·이싸꼽쓰끼, 찌흐노브, 씨모노브 등
> 이다. 그중에서도 뿌쉬긴의 단시와 장편 서사시 『에브게니 오네긴』,
> 레르몬또브의 『악마』, 마야곱쓰끼의 『끼로쁘는 우리와 함께』, 씨모노
> 브의 『날 기다려다오』 등은 우리들의 애송시로 되어왔다. 이중 『작
> 별』『날 기다려다오』 같은 시는 오늘 우리 공화국 어린 중학생들까
> 지도 암송하고 있는 만큼 전인민적으로 널리 보급되어있다.16)

이정구의 글을 통하여 소련 시의 번역 양상을 확인할 수 있다면,
1953년에서 1956년에 걸쳐 출간된 『쏘련 단편 소설집』을 통하여 소련
소설의 번역 양상을 살펴볼 수 있다. 『쏘련 단편 소설집』은 1953년 12
월에 국립출판사에서 처음 출판되었다. 당시에는 『쏘련 단편 소설집

---

15) 이정구, 「쏘베트 시문학과 우리 시인들」, 『문학예술』 1950. 2, 문화전선사, 59쪽.
16) 이정구, 위의 글, 59쪽.

(상)』이라는 제목으로 출판되었다. 그러나 『쏘련 단편 소설집』은 이후 '상·중·하'로 이어지지 않고, 2권과 3권의 출간으로 이어졌다.

『쏘련 단편 소설집 (상)』(평양 : 국립출판사, 1953)에는 모두 17편의 작품이 수록되어 있다. 수록 작품의 목록은 다음과 같다.

> 막씸·고리끼, 「영웅들의 이야기」
> 윅또르 아브데예브, 「인터나쇼날」
> 알렉싼드르 파제에프, 「지진」
> 완다 와실레브쓰까야, 「당증」
> 꼰스딴찐 뜨렌녜브, 「생일」
> 알렉싼드르 로젠, 「군의」
> 알렉싼드르 야꼬블레브, 「폭동」
> 와씰리 아르다마뜨쓰끼, 「고귀한 사람들」
> 뻬·빠블렌꼬, 「발표되지 않은 단편 소설」
> 니나·예멜리야노바, 「4년간의 봄」
> 니꼴라이 니끼찐, 「10월의 밤」
> 와씰리 일리옌꼬브, 「훼찌쓰·쟈블리꼬브」
> 이리나 볼끄, 「세 사람」
> 보리스 뽈레보이, 「드디어 실현되였다」
> 알렉싼드르 쎄라휘모위치, 「즐거운 날」
> 표도르 크노레, 「어머니」
> 꼰쓰딴찐 씨모노브, 「세번째 부관」

『쏘련 단편 소설집 (2)』(평양 : 국립출판사, 1955)에는 모두 14편의 작품이 수록되어 있다. 수록 작품의 목록은 다음과 같다.

> 아나똘리 메드니꼬브, 「새광층」

미하일 부벤노브, 「밀림속의 불」

엘리 말그린, 「돌아온 가족」

이·이로스니꼬바, 「싸센까」

왈레찐 까따예브, 「깃발」

뱌체슬라브 꼬왈렙쓰끼, 「사랑의 원쑤」

와씰리 꾸다쉐브, 「나따샤」

일리야 에렌부르그, 「꼼무나원의 파이프」

웨라 인베르, 「대청소」

뱌체슬라브 씨시꼽, 「진기한 사건」

뽀뜨르 빠블렌꼬, 「약속의 힘」

미하일 쁘리스윈, 「꼬죠츠까」

울라지미르 리딘, 「나무가지」

브라지미르 빌리-벨로쩨르꼬브쓰끼, 「다섯딸라」

『쏘련 단편 소설집 (3)』(평양 : 국립출판사, 1956)에는 모두 9편의 작품이 수록되어 있다. 수록 작품의 목록은 다음과 같다.

아·므·고리끼, 「풍족과 부족」

보리쓰 뽈레보이, 「귀환」

와실리 랴흐브쓰끼, 「새 세대와 낡은 세대」

알렉싼드르 네웨로브, 「다시는 그렇게 살지 않기 위하여」

쎄묜 뽀드야체브, 「구한 일자리」

알렉싼드르 베크, 「언제나 우리와 함께」

와씰리 아르따마쯔끼, 「어느 한 녀성의 이야기」

게오르기 라도브, 「지도원」

왈렌찐 오웨츠낀, 「쓰뚜까치에 온 손님들」

지금까지 소련 시와 소설의 번역 양상을 살펴보았다. 시와 소설 못지 않게 중요한 것이 바로 문학이론의 번역이었다. 소련의 문학이론은 조선의 문학이론을 둘러싼 논의에 지대한 영향을 끼쳤다. 1954년 7월에 국립출판사에서 출간된 『쏘베트 문학에 있어서의 몇가지 문제』에 수록된 '편자의 말'을 통하여 당시 조선에서 소련의 문학이론에 관하여 가지고 있었던 기대와 관심을 확인할 수 있다.

> 본서는 주로 쏘련에 있어서 쏘련 공산당 제17차 당대회 이후 쏘베트 문학 앞에 제기될 제 과업들을 수행하기 위하여 쓰여진 일련의 논문들—
> 즉 쏘베트 문학이 생장 발전하여 온 과정에 있어서의 이·브·쓰딸린의 탁월한 지도와 쏘련 공산당이 취한 훌륭한 제반 대책을 서술한 론문들을 비롯하여 쏘베트 문학에 있어서의 특히 전형성, 풍자 및 사회주의 레알리즘 등등에 관하여 이 방면 권위자들의 집필에 의한 우수한 지도 론문들을 쏘련의 주요 문예잡지들에서 발취 번역하여 수록하였다.
> 이 책은 비단 전문 문학 예술인들 뿐만 아니라 광범한 일반 독자들에게 있어서나 주로 문학을 연구하는 사람에게 있어서 적지않은 도움이 되리라고 믿는다.
>
> 편자의 말, 1946년 6월[17]

다음으로 『제2차 조선 작가 대회 문헌집』(평양 : 문예출판사, 1956)에 수록된 번역 작가 박영근의 「번역 문학의 발전을 위한 제 문제」에서는 당시 활동했던 번역 작가들과 그때까지 단행본으로 출판된 번역 작품의 수를 확인할 수 있다. 박영근이 소개한 번역 작가들에는 서만일·강필주·변문식·최창섭·림학수·리순영 등이 있다. 그리고 박영근은

---

17) 『쏘베트 문학에 있어서의 몇가지 문제』, 평양 : 국립출판사, 1954.

"해방후 오늘까지 우리는 단행본으로 350권 이상의 번역 작품을 내놓았는바, 그중 53년 이후의 것은 200권 이상에 달하며 그 우수한 작품만을 렬거한다 하여도 비상히 방대한 명단을 펴게 된다"[18]고 밝히고 있다.

단행본으로 출판된 번역 작품들에 관한 상세한 정보가 없어서 아쉽기는 하지만, 박영근의 글을 통하여 당시 조선에서 번역 작품의 출판이 매우 활발하게 이루어졌음을 확인할 수 있다.

박영근의 글은 당시 활동했던 번역 작가들과 단행본으로 출판된 번역 작품의 수를 밝히고 있다는 점 이외에도 흥미로운 대목이 적지 않다. 특히 다음과 같은 관점은 높이 평가할 만하다.

> 세계 인민들이 위대한 혁명가들을 기념하듯이 위대한 작가를 기념하는 것은 그들에게 영원불멸한 작품이 있으며 그 작품이 인민 대중을 생활에 대한 사랑으로, 선과 아름다운 것을 위하여, 추악한 것에 대한 증오로 비할 바 없이 힘차게 고무하여 주기 때문인 것이다.
> 그런데 어째서 출판사들은 그러한 작가들의 작품을 출판하는 것을 주저하는가?
> 딴 나라 이야기이며 우리 시대와 다르며 현하 우리 혁명의 리익에 도움을 덜 주기 때문이라고 판단하는 사람이 있다. (…중략…) 자본주의 국가의 작품이라면 겁을 집어먹으며 서구라파 문학이라면 퇴폐 문학으로 아는 어리석은 사람이 있다. 세계 문학의 고귀한 성과들을 이렇게 원시적인 립장에서 근시안적인 소박한 리기주의의 견지로 본다는 것이 우리의 맑스-레닌주의 미학의 견지와는 아무런 공통성도 없음은 더 말할 필요조차 없을 것이다. 프로레타리아 문화가 하늘에

---

18) 박영근, 「번역 문학의 발전을 위한 제 문제」, 『제2차 조선 작가 대회 문헌집』, 평양 : 문예출판사, 1956, 160쪽.

서 떨어지지 않는다는 레닌의 말씀을 상기할 필요가 있다.

　미국, 불란서, 영국을 포함한 자본주의 국가의 진보적 작가들의 작품에 대해서도 우리는 귀중하게 대하고 출판하여야 하며 연구하여야 한다. 인도, 일본, 비르마, 인도네시아 등 아세아 각국과 아프리카 제국의 진보적 작품들을 번역 출판한다는 것은 평화를 위한 투쟁과 각국의 문화 교류와 아세아 인민들의 친선 단결에 있어서 거대한 의미를 갖는 것이다.[19]

　자본주의 국가의 작품이나 서구라파 문학이라고 할지라도 진보적인 작품이라면 모두 번역하여 출판해야 한다는 그의 주장은, 오늘날 조선문학의 상황에 비추어 볼 때 격세지감을 느끼지 않을 수 없게 한다. 오늘날이라면 상상도 할 수 없는 발언이 제2차 조선 작가 대회에서 나왔다는 점을 생각해 보면, 1950년대 조선문학이 얼마나 활기에 차 있었는지 알 수 있다.

　특히 미국, 불란서, 영국을 포함한 자본주의 국가는 물론이고 인도, 일본, 비르마, 인도네시아 등 아세아 각국과 아프리카 제국의 진보적 작품들도 번역 출판해야 한다는 주장에서는 동아시아적 관점, 더 나아가 세계문학적 관점까지 확인할 수 있다. 하지만 이러한 동아시아적 관점, 세계문학적 관점을 바탕으로 한 비교문학의 모색은 계속 이어지지 못하고 1970년대에 이르러 단절되고 말았다.

---

19) 박영근, 위의 글, 168~169쪽.

5. 비교문학과 시 창작

1940~1950년대 조선에서 비교문학에 관한 논의는 주로 이론 영역에서 이루어졌기 때문에 창작 영역에서 비교문학의 양상을 검토하는 것은 상당히 어려운 작업이다. 본문에서는 앞서 살펴본 바 있는 이정구의 「쏘베트 시문학과 우리 시인들」을 통하여 시 창작에 나타난 비교문학의 면모를 살펴보도록 하겠다.

먼저 농민시인 이싸꼽스끼(Mikhail Vasilievich Isakovskii, 1900~1973)의 시집을 읽고 느낀 감정을 노래한 박남수의 「이싸꼽스끼의 시집을 들고」를 살펴보기로 하자. 「쏘베트 시문학과 우리 시인들」에 소개된 박남수의 「이싸꼽스끼의 시집을 들고」는 아래와 같다.

한밤이 깊도록
전등아래 옷깃을 여미며
그대는 보이지 않는
어디에서 음성을 돋구고
나는 귀를 기울여
그대의 이야기를 조용히 들노라

오늘 그대의 노래를 들으며
이 나라 젊은 한 시인도
두 주먹을 불끈쥐고
이 나라를 이 나라 인민을
이 나라의 자라는 모습을 노래부르노라

별빛은 별빛을 돋구는

밤하늘을 치어보면서
나는 쏘베트 나라를
그 수도 모쓰크바를
또 그대 이싸꼽스끼를
그대와 아름다운 이야기를
나는 생각하노라

마냥 이 나라 민요인듯
그가락이 낯익고
거기에 움직이는 사람과 아름다운 자연이
내 고향에서 보는 그것처럼
가슴에 설래어 한밤을 지새우노라[20]

이정구는 위의 시가 "물론 박남수 씨 일개인의 이싸꼽스끼에 대한 감정은 아니"라고 하면서 "이 시는 실로 우리 조선 시인 전체가 이싸꼽스끼에 대하는 감정이며 우리들 조선 시인 전체가 어떻게 사회주의국가 쏘베트 시인들과 친근하며 어떻게 그들에게서 배우고 있는가를 말하여주는 것"이라고 평가했다.

박남수의 「이싸꼽스끼의 시집을 들고」가 한용운의 「타골의 詩(GARDENISTO)를 읽고」와 마찬가지로 외국 시인의 시를 읽고 느낀 감정을 노래한 것이라면, 김주회의 「공민증」은 마야꼽쓰끼(Vladimir Vladimirovich Mayakovskii, 1893~1930)의 「소베트 공민증」(1922)의 영향으로 창작된 시이다. 「쏘베트 시문학과 우리 시인들」에 소개된 마야꼽쓰끼의 「소베트 공민증」과 김주회의 「공민증」은 아래와 같다.

---

20) 박남수, 「이싸꼽스끼의 시집을 들고」, 이정구, 「쏘베트 시문학과 우리 시인들」, 『문학예술』 1950. 2, 문화전선사, 56~57쪽에서 재인용.

나는 승냥이 처럼
관료주의를 씹어버릴테다
위임장에 대한 존경이라곤 없다
어떤 종이장이건
될대로
다
되거라
그러나 이것만은…

나는
넓다란 바지 주머니 속에서
사본으로 된
고귀한
짐을 끄집어 내노라

자 읽어라
부러워 하라
나는
소련맹의
공민이다

마야꼽쓰끼, 「소베트 공민증」[21]

공민들이여
붉은 정열 고스란히
희열이 넘치는 가슴가슴마다

---

21) 마야꼽쓰끼, 「소베트 공민증」, 이정구, 「쏘베트 시문학과 우리 시인들」, 『문학예술』
1950. 2, 문화전선사, 60~61쪽에서 재인용.

다갈색 너의 공민증을
품고 나서라
길가에 낯선 손님이 있어
나에게 조선을 묻는다면
한발 내 딛은 가슴 넓게펴고
나는 대답하련다
슬픔과 가난은 이미 사라져간 하나의 추억

(…중략…)

만약 조국이 요구한다면
인민을 위하고 나라를 위하여
무엇하나 아까울 것 있겠는가
마지막 죽음이 찾는 순간에라도
우리는 조선의 공민임을
자랑할 뿐이다

김주회, 「공민증」[22]

이정구는 "마야꼽쓰끼의 자기 조국에 대한 이와 같은 사랑과 충성심
은 그것이 또한 그대로 시인들의 공화국에 대한 자랑과 충성으로 되는
것이니 우리 시인의 한사람인 김주회 씨는 같은 『공민증』이라는 시 속
에서 자기가 우리 조선 민주주의 인민 공화국의 공민의 한사람이 됨을
(…중략…) 자랑하고 있으며 또한 그렇게 자랑하기를 온 조선 공민에게
웨치고 있다"고 평가한다.

마야꼽쓰끼의 「소베트 공민증」에는 화자가 사회주의 국가 소련의 공

---

[22] 김주회, 「공민증」, 이정구, 「쏘베트 시문학과 우리 시인들」, 『문학예술』 1950. 2,
문화전선사, 61~62쪽에서 재인용.

민임을 자랑스럽게 생각한다는 내용이 담겨 있다. 이러한 내용은 "나는 승냥이 처럼 / 관료주의를 씹어버릴테다 / 위임장에 대한 존경이라곤 없다"고 선언하면서 자본주의 국가의 관료주의를 강한 어조로 비판한 뒤에 자랑스럽게 '소베트 공민증'을 꺼내어 놓음으로써 더욱 극적인 효과를 거둔다.

「소베트 공민증」의 화자가 노래하고 있는 것은 사회주의 국가 소련의 공민이자 "관료주의를 씹어버릴" 준비가 되어 있으며 "위임장에 대한 존경이라곤 없"는 자유로운 개인인 '나'이다. 조국을 자랑스럽게 생각한다는 내용이 담겨 있지만, 어디까지나 화자인 '나'가 중심에 놓이는 시라고 할 수 있다.

그에 반하여 김주회의 「공민증」은 「소베트 공민증」과 마찬가지로 화자가 조선의 공민임을 자랑스럽게 생각한다는 내용의 시이지만, "길가에 낯선 손님이 있어 / 나에게 조선을 묻는다면 / 한발 내 딛은 가슴 넓게펴고 / 나는 대답하련다 / 슬픔과 가난은 이미 사라져간 하나의 추억"이라고 노래하며 일제 식민 지배를 통해 강제되었던 슬픔과 가난을 극복하고 민족해방을 이룩한 '조국'을 노래하고 있다.

또한 "만약 조국이 요구한다면 / 인민을 위하고 나라를 위하여 / 무엇하나 아까울 것 있겠는가"라고 노래하며 조국에 대한 충성을 강조하고 있다. 「소베트 공민증」이 '나'의 노래라면, 「공민증」은 '조국'에 바치는 노래인 셈이다.

같은 인민민주주의 국가에서 창작된 시이지만, 소련 시의 화자에 비하여 조선 시의 화자가 '조국'에 대한 충성을 두드러지게 강조하고 있음을 확인할 수 있다. 이처럼 김주회의 「공민증」은 마야꼽쓰끼의 「소베트 공민증」과의 비교를 통하여 더 잘 이해될 수 있다. 바로 이러한 점을 통하여 비교문학의 필요성과 중요성을 확인할 수 있다.

6. 맺음말

지금까지 본문을 통하여 1940~1950년대 조선에서 이루어진 비교문학에 관한 논의들 가운데 주목을 요하는 논의들을 검토해 보았다. 먼저 조선에서는 민족문화를 구상하면서 '국민문화'의 '전통주의'와 '국수주의'를 배격함으로써 배타적 고립을 경계하고, "소련과의 국제적 친선을 도모"함으로써 보편성을 확보하고자 했음을 알 수 있었다. 또한 조선문학은 그 건설단계에서 제기된 '민족문화론'에서부터 소련문화예술과의 교류를 강조했음을 확인할 수 있었다.

다음으로 조선문학에서는 '해외문학파'와 '코스모포리타니즘'을 비판하면서 그에 덧붙여 당시 한국문단을 비판하기도 했다. 또한 비교문학에 있어서 '해외문학파'가 내세웠던 '코스모포리타니즘'이 아니라 프로레타리아 국제주의적 관점이 필요함을 강조하였다.

다음으로 박영근의 「번역 문학의 발전을 위한 제 문제」를 통하여 당시 조선에서 번역 작품의 출판이 매우 활발하게 이루어졌음을 확인할 수 있었다. 특히 미국, 불란서, 영국을 포함한 자본주의 국가는 물론이고 인도, 일본, 비르마, 인도네시아 등 아세아 각국과 아프리카 제국의 진보적 작품들도 번역 출판해야 한다는 박영근의 주장에서는 동아시아적 관점, 더 나아가 세계문학적 관점까지 확인할 수 있다.

마지막으로 박남수의 「이싸꼽스끼의 시집을 들고」와 김주회의 「공민증」을 통하여 소련문학이 조선의 시 창작에 어떤 영향을 주었는지를 살펴보았다. 특히 김주회의 「공민증」과 마야꼽쓰끼의 「소베트 공민증」
를 비교함으로써, 조선 시의 화자가 소련 시의 화자에 비하여 '조국'에
대한 충성을 두드러지게 강조하고 있음을 확인할 수 있었다.

앞서 언급한 바 있듯이 1956년 '8월종파사건' 이후 '천리마시대'가
도래하면서 조선에서는 더 이상 비교문학에 관한 논의가 진행되지 못
했다. 그러나 이미 1950년대에 단행본으로 350권 이상의 번역 작품을
내놓은 바 있을 만큼, 조선은 비교문학이 그 꽃을 피우기에 결코 나쁜
토양을 가지고 있지 않았다.

하지만 조선이 국제무대에서 고립되면서 조선문학 역시 비교문학을
배제하고 자체 내에서만 해명하고자 하는 배타적 고립으로 떨어지고
말았다. 이러한 조선문학의 배타적 고립은 주체문학23)과 선군문학24)으
로 이어지면서 외국문학과의 소통을 더욱 어렵게 만들고 있다.

---

23) 주체문학에 관하여서는 김정일, 『주체문학론』, 평양 : 조선로동당출판사, 1992를
   참조.
24) 선군문학에 관하여서는 사회과학원 주체문학연구소 편, 『총대와 문학』, 평양 : 사
   회과학출판사, 2004를 참조.

해방기 북한 연극인들의 연기법 논쟁

청산(淸算) 대상의 연기

김 정 수*

1. 시작하는 글

오늘 우리 남한에서 북한연극에 대한 연구는 점차 심도를 더하고 있다.

초기 북한연극의 소개 중심으로 시작한 연구는 현재 연극론, 문예이론, 희곡, 혁명연극 등으로 연구대상을 다양화하며 연구의 폭과 깊이를 확대시키고 있다. 북한 연극에 대한 남한의 연구가 소개에서 연극론으로, 연극론에서 공연적 측면으로 확대되고 있는 것이다.

그런데 현재까지 북한 연극의 연기(演技)가 본격적 연구 대상에서 유보되어 왔다는 점이 흥미롭다. 그 이유는 무엇일까.

첫째는 우리 연극학 연구가 연극을 공연적 관점보다는 문학적 관점에서 논의해 왔기 때문일 것이다. 북한의 희곡, 극작가, 연극론 등의 연구가 연기(演技)연구보다 양적으로 우세한 것은 이 같은 사실을 반영한다. 그리고 이것은 북한연극뿐 아니라 남한연극연구에도 동일한 현상이

---

* 단국대

라고 할 수 있다.

연극예술의 가장 본질적 요소는 배우와 관객이며, 배우가 관객 앞에서 전개하는 '어떤 행위', 즉 연기(演技)는 연극만의 특징이다. '연기는 느낌이며, 연기는 행동이며, 연기는 환상이며, 연기는 기술이며, 연기는 창조'[1]라는 말은 연극예술에서 연기가 가장 중요 요소임을 말해준다. 개인의 관점을 반영한 연극이든, 정책에 부응하는 수단으로서의 연극이든 연극이 무대에 올라간 이상 이것은 동일하다. 연기(演技)가 없는 연극은 성립할 수가 없기에 북한 연극의 연기에 대한 연구는 시급하고도 절실한 것이다.

둘째 이유는 연기예술의 특성 때문일 것이다. 연기(演技)는 무대에 창조되는 동시에 소멸된다. 직접 공연을 관람한 경우에도 관람 행위 자체가 주관적이기에 연기를 연구대상으로 놓는다는 것은 조심스러울 수밖에 없다. 또한 연기에 관한 자료가 남아있는 경우에도, 희곡이나 연극론에 비해 훨씬 미진하다는 것 역시 연구를 지연시키는 이유가 된다. 그러나 이 모든 것은 어려움일 뿐 불가능을 의미하지는 않는다.

최근 남한에서 우리 연극의 연기에 대한 기초연구는 활성화되고 있다. 한국문화예술위원회의 '구술로 만나는 한국예술사'사업을 예로 들 수 있는데, 이 사업의 구술자로 채택된 원로 연극인들은 1910년 신파극부터 우리 연극과 연기(演技)를 생생하게 증언한바 있다. 또한 2008년 『한국 근현대연극 100년사(史)』[2] 편찬위원회 연기분과는 연극인들과의 간담회를 개최하였다.[3] 원로 배우 백성희가 참가하여 적극적으로 악극연

---

1) Jerry L. Crawford, *Acting*(University of Nevada, 1984), p.3.
2) 한국 근·현대 연극 100년사 편찬위원회, 『한국 근·현대 연극 100년사』, 집문당, 2009.
3) 참석―고향미, 김의경, 명인서, 박미영, 백성희, 유인경, 이준희, 이항나, 채승훈, 2008년 8월 1일. 대학로 예가.

기에 대해 증언하였는데, 이 구술 역시 악극연기연구의 기초자료가 되고 있다. 이 같은 구술 자료와 기사에 실린 연극평, 선행연구자들의 개인인터뷰 자료,[4] 연기에 관한 북한문헌등을 종합하면 남한과 근대라는 공통분모를 가졌던 북한의 해방기 연기연구[5]는 충분히 가능한 것이다.

해방기 북한이 청산해야 할 연극대상을 주영섭은 조목조목 다섯 가지로 들고 있다. 1. 일제잔재의 청산, 2. 자연주의적 잔재의 청산, 3. 상업주의적 잔재의 청산, 4. 신파적 잔재의 청산, 5. 형식주의 청산이다.[6] 또한 신고송은 북한 연극계의 급선무는 무엇보다도 '형식주의적 연극인 소위 신파적 경향을 청산하는 것'이라고 거듭 밝힌다.[7] 주영섭과 신

---

4) 개인 인터뷰가 실린 논문으로는 송효숙, 「배우 백성희 연구」, 동국대학교 연극학 석사학위논문, 1999 ; 김방옥, 「한국 연극의 사실주의적 연기론 연구—그 수용과 전개양상을 중심으로」, 『한국연극학』 22, 2004 ; 노승희, 「해방전 한국연극연출의 발전양상연구」, 동국대학교 연극학 박사학위논문, 2004; 김정수, 「한국연극 연기에 있어서 화술표현의 변천양태연구—1900년대부터 1970년대까지」, 동국대학교 연극학 박사학위논문, 2007 등이 있다.

5) 이 글은 이석만의 견해에 따라 해방 5년사를 '해방기'로 설정하고자 한다. 이석만은 '해방기'라는 용어에 대해 다음과 같이 설명한다. "8·15 직후부터 6·25발발 직전까지에 이르는 소위 해방 5년사에 관한 용어로 사학계에서는 '미군정기'가 정설로 되어있고, 미군정기와 남한단독정부 수립 이후로 나누는 '해방기', '8·15 직후', '해방직후', '해방공간' 등의 용어가 있다. 그 중에서 역사적 혼돈기라는 중점을 둔 빈 공간으로서의 '해방 공간'이라는 용어가 많이 쓰이고 있다. (…중략…) 본고에서는 역사적 동질성을 담보한 보편적 범위로서의 '해방기'라는 용어를 선택하고자 한다. 이 '해방기'라는 용어는 문학 연구자들이 공통적으로 사용하는 용어이기도 하다. 이 시기를 8·15직후부터 남한 단독정부수립시기인 48년 8월 15일까지로 보는 해방 3년사와 8·15직후부터 6·25 발발 직전까지를 다루려는 해방 5년사가 있다. 여기에 8·15직후부터 53년 휴전협정 체결까지를 한 시기로 다루는 해방 8년사가 덧붙여지는 경우도 있다. 본고에서는 당대의 문학적 과제가 통일된 민족문학을 성취하는데 있었음을 감안할 때, 8·15직후부터 6·25발발 직전까지의 문학활동의 주체의식이 크게 다르지 않다고 보고 해방 5년사를 '해방기'로 설정하여 연구하고자 한다." 이석만, 『해방기 연극연구』, 태학사, 1996, 9~10쪽.

6) 주영섭, 「연출과 사실주의」, 『문학예술2』 1948년 7월호, 40~41쪽.

7) 신고송, 「쏘베트 연극에서 우리는 무엇을 배우는가」, 『문학예술9』 1949년 4월호, 66쪽.

고송의 언급을 종합하여 축약하면, 북한이 청산하고자 한 연기는 신파적 연기와 형식적 연기가 될 것이다.

이 글은 해방기 북한 연극계에서 제기된 청산대상 연기의 구명(究明)을 직접목적으로 하며, 청산하고자 한 연기(演技)를 토대로 북한이 지향하고자 한 연기에 접근하는 것을 간접목적으로 한다. 주지하다시피 해방기 북한의 문예이론은 '고상한 사실주의'이다. 그러나 이 글은 '사실주의'라는 사조적 개념으로 북한 연기에 접근하지 않을 것을 밝혀둔다. '사실주의 연기법'은 정의하기도 분분하며, 무엇보다 서구의 사조개념을 북한연기에 대입시키거나 연극예술을 문예이론에 종속시키는 것 자체가 무리일 수 있기 때문이다. 본문은 북한이 '어떠한 연기사조를 청산 또는 지향했는가'가 아니라 배우가 무대에서 '어떻게 말하고 움직이는 것을 청산했는가 또는 지향 했는가'에 초점을 두어 전개될 것이다. 그 과정에서 이론적이거나 관념적인 용어는 최대한 배제하기로 한다. 연기는 창작자/수용자(배우/관객)의 입장에서는 지극히 시청각적이고 물리적인 예술이기 때문이다. 이 외 무형예술인 연기를 글로 설명하는 한계를 극복하기 위해 배우들의 화술을 악보화 하였음을 밝혀둔다.8)

한국전쟁 이후 남한과 북한이 다름의 선상에 있다면, 해방기는 '다름'과 '같음'이 공존하는 시기일 것이다. 다름이 발아한, 동시에 같음이 존재한 해방기 북한의 연기연구가 남한과 북한이 대화하려는 하나의 시도로, 서로의 특징을 이해하려는 노력으로, 북한 연극의 의미화와 이론화를 위한 기초 작업으로 기여하기를 기대한다.9)

---

8) 본문의 악보는 음악에서의 악보와는 구분된다. 배우들의 화술을 이해하기 위한 한 방법으로 작성한 것이므로, 박자나 마디 표시는 기재하지 않았음을 밝힌다. 악보 작성자는 배인교(단국대학교 한국문화기술연구소, 연구교수)이다.

9) 북한문헌 인용시에는 북한의 맞춤법과 띄어쓰기를 따르기로 한다. 북한의 맞춤법과 띄어쓰기는 남한과 다소 상이하다. 일례로 연출가 나웅은 북한의 문헌에서 '라웅'

2. 신파의 청산—일본적 억양과 가부키적 연기 청산

북한에서 연기에 대한 언급 중 '신파연기'를 청산하자는 논의는 여러 곳에서 발견된다. 해방직후 북한 연극계에서 활발히 담론을 주도했던 신고송, 주영섭, 안영일 모두는 지면을 통해 신파연기를 청산의 제1 순위로 지목했다. 다음은 주영섭의 글이다.

> 야비(野卑)하고 저속(低俗)하고 영합(迎合)적이며 퇴폐적(頹廢的)인 일초 신파적 경향을 일소해야 할 것이다. 실로 우리 연극예술에 있어서 신파에서 얻을 것은 아무것도 없다. 조선연극유산에 있어서 가면극 인형극 구극 신극 프롤레타리아연극에서 계승(繼承)섭□할것은 많지만 신파에서 계승할 것은 없다.[10]

주영섭은 신파연기는 수준이 낮고 쇠퇴해갈 뿐 아니라 '야비'한 연기이기에 '청소'하듯 깨끗이 버려야 할 연기양식이라 주장한다. 북한에게 신파는 배울 것도 계승할 이유도 없는 연기인 것이다. '야비'와 '저속'이라는 표현이 다소 과격은 하지만 이 같은 견해는 해방기뿐 아니라 한국전쟁까지 북한 연극계의 공인된 관점으로 굳어졌다. 이를 입증하는 1952년 신고송의 글을 보기로 한다.

> '신파'는 현실에 대한 진실한 묘사 곧 현실의 혁명적 발전을 통하여 묘사한 대신에 비현실적 우연적 '사건성'과 '연극성'을 요구한다.

으로 기재되어 있다. 그러나 전체적인 맥락에서 살펴볼 때 해석과 이해에는 무리가 없어 보이기에 북한 문헌에 한해서 북한의 맞춤법을 따르고자 한다. 또한 모든 인용문헌에서의 밑줄은 본 연구자가 기재한 것임을 밝혀둔다.
10) 주영섭, 앞의 논문, 1948, 41쪽.

> 그러므로 '신파'는 현실성과 예술성과는 아무런 인연도 없으며 사상성에 대
> 하여는 돌아보지 않는다. '신파'에는 예술적 과장이 아니라 내용 없는 형식적
> 과장이 지배적이며 심각한 예술적 형상이 아니라 기교적 판박이가 지배적인
> 것이다.[11]

신파는 형식에만 치우친 과장된 연기이며, 진지한 예술이라기보다는
기교적이고 판박이인 연기, 그 이상은 아니라는 설명이다. 그렇다면 신
파라는 연기는 어떠한 화술과 움직임이었기에 이 같은 혹평을 받고 청
산의 1순위로 지목되었을까. 해방기 '신파'연기의 실체를 드러내기 위
해서는 1910년대부터 해방 전후까지의 신파연기 탐색이 필수적이다.

1910년대 신파연기는 "정말 같으면 아이고 라고 울지마는 일본식으
로 우는 소리를 짜 낸다"[12]는 기사가 말해주듯 일본식 연기와 밀접한
양식이었다. 1920년대 신파배우의 연기를 전해들은 이원경은 신파연기
를 보다 구체적으로 증언해준다. 증언의 핵심은 '일본어의 억양에 한국
말을 대입시킨 화술'이라는 것인데,[13] 보다 명료한 설명을 위해 그가
증언한 화술을 악보화하기로 한다.

악보 1)

오 하 이 오   고 자 이 마 - 쓰

11) 신고송, 「연극에 있어서 형식주의 및 자연주의적 잔재와의 투쟁」, 『문학예술』,
    1952 ; 이선영·김병민·김재용 편, 『현대문학비평자료집2-북한편』, 태학사, 1993.
12) 기사, 「눈물연극을 견한 내지부인의 감상(2)」, <매일신보> 1914년 6월 27일자.
13) 김정수, 앞의 논문, 2007, 32쪽.

이 악보는 일본어의 '오하이오 고자이마쓰'의 억양을 음표로 표시한 것이다. 악보작업은 화술에 대한 효과적 설명을 위한 편의상의 방법일 뿐이다. 실제 일본인의 억양이나, 각 개인의 화술은 이 악보와는 다르게 전개될 것이다. 주목하고자 하는 것은 우리 배우가 '안녕하십니까'의 대사를 일본어의 억양에, 예를 들면 악보 1과 같은 억양에 맞춘다면 부자연스러울 뿐 아니라 거부감을 줄 수밖에 없다는 점이다. 1929년에 신파연기에 대해 "그 과백(科白)이 부자연하고 과백의 음조가 우리의 과백의 음조가 아니며"[14]라는 홍해성의 글은 이 같은 거부감을 잘 말해준다. 때문에 "가장 불유쾌하고 불명예하며 치욕적인 시기에 지은 민족적 계급적 죄업을 속죄청산하기 위하야는 무자비한 비판과 장구하고 겸허(謙虛)한 노력이 필요"[15]했던 해방직후라면, 일본어 모방 화술은 북한에서 비난의 1순위일 수밖에 없는 것이다.

그런데 흥미로운 것은 신파화술의 음조가 우리의 것이 아니라는 말에 연이어 '과백의 어음(語音)의 흐름이 흡사히 불쌍한 돼지 짐승, 목에 칼을 받을 때 부르짖음 같다'라는 홍해성의 언급이다. 이 짧은 언급은 신파연기에 대한 또 다른 단서를 제공하기에 주목된다. '돼지가 목에 칼을 받을 때 부르짖음'이라면 단순 일본어의 억양이 아니라 그 이상의 기이한 화술을 암시하기 때문이다. 굳이 글로 옮기면 '돼지가 목에 칼을 받을 때 부르짖음'은 극렬한 외침이나 비명에 가까운 화술로 해석되기 때문이다.

보다 구체적 연기양태의 탐색이 중요한데, 다행히 서연호는 신파연기의 구체적 양태를 알려준다. "강약과 완급, 투박함과 섬세함, 거침과

---

14) 홍해성, 「극예술 운동과 문화적 사명－조선 민족과 신극운동」, <동아일보>, 1929년 10월 20일자.
15) 신고송, 「연극운동과 그 조직」, 『인민』 창간호, 1945년 12월호 ; 이선영 외, 앞의 책.

부드러움을 적절하게 조화시키는 가부키나 신파의 연기(일종의 定型)에 대하여 한국 신파는 자신을 드러내기 위한 과장된 연기와 즉흥성이 점차 체질화"16)된 연기라는 것이다. 서연호의 연구는 홍해성이 지적한 '기이한 화술'이란 곧 가부키나 일본신파에 상당히 닮아있음을 시사해준다. 뿐만 아니라 1950년 전후 우리 신파극을 직접 관람한 배우 오현경 역시 서연호와 같은 맥락에서 신파연기를 증언한다.17) 오현경이 시연(試演)한 대사의 일부를 악보로 작성해보기로 한다.

악보 2)

어   디   에   서   어   디   로

악보에서와 같이 화술은 일본어의 일상 억양이나 음조가 아니다. 오현경은 시연(試演)을 위해 턱을 약간 숙이고 목을 눌러 강한 힘을 주면서 발성한다. 때문에 화술은 발성 자체가 억눌리고, 음조의 격차가 큰 양태가 된다. 몸짓 역시 극히 비일상적이다. 오현경은 대사를 하면서 몸을 둥글려 왼쪽에서 오른쪽으로 반원을 긋는다. 이에 따라 머리 역시 둥글려지는데, 그 리듬에 맞추어 눈빛 역시 살짝 원을 그리며 강한 빛을 발한다. 따라서 오현경의 '거 가부키랑 똑같더라고'라는 회고는 서연호의 글과 같이 놓고 판단할 때 객관성을 획득한다.

확인할 것은 북한 역시 '신파'연기를 가부키식의 연기와 동일시 하였

---

16) 서연호, 『한국연극사─근대편』, 연극과 인간, 2004, 110~111쪽.
17) 김정수, 「한국적 움직임과 화술의 모색 : 1910년부터 1920년대까지」, 한국 근·현대 연극 100년사 편찬위원회, 『한국 근·현대 연극 100년사』, 집문당, 2009, 12~13쪽.

는가이다. 이를 위해서 북한이 언급하는 '신파극'을 살펴보기로 한다.

19세기말 일본에서 이른바 『구극』인 <가부끼>에 대치하여 나온 현대극 형식의 형식주의적 연극. <가부끼>는 16세기말 일본에서 나온 민족극 형식으로서 음악적 요소와 무용적 요소, 극적 요소가 결하보던 종합 예술형식이다. <가부끼>에서 배우들의 연기는 일정한 격식과 틀에 박힌 도식화된 것이었다. 신파극은 <가부끼>의 격식화된 틀에 박힌 도식화된 것이었다. 신파극은 <가부끼>의 격식화된 틀을 반대하여 새로운 형식의 극을 창조한다고 하였지만 신파극제창자들 대부분이 <가부끼>배우들에게서 교육을 받은 사정으로 하여 <가부끼>의 제한성에서 완전히 벗어나지 못하고 그의 격식화된 틀을 그대로 답습하였다. 신파극 배우들은 인물의 내면세계를 떠나 외적인 기교 일면만을 포구함으로써 류형화, 도식화된 신파연기의 특을 만들어냈다. 신파극에서는 등장인물들의 초상, 말투, 몸짓, 걸음새, 소리색갈, 웃음소리, 울음소리 등이 그의 성별과 년령, 신분과 직위에 따라 일정하게 격식화되어 있었다. (…중략…) 신파극의 형식적인 경향은 우리 나라에서의 사실주의 연극예술발전에 오랜 기간에 걸쳐 적지 않은 저애를 주었다. 우리 배우들의 화술형상에서 오래동안 내려오던 신파적인 낡은 특은 (…하략…)[18]

이 글은 1988년 북한의 『문학예술사전』에서 발췌한 것이다. 1988년의 관점에서 보는 신파극이기에 북한이 해방기에 바라보았던 신파극과 동일한가에 대해 의문이 있을 수 있다. 그러나 '신파극의 배우들이 일본 가부키 배우들에게 배운 틀이 있는 연기'가 '우리 배우들에게 영향을 주어 우리 연극예술발전에 저애를 주었다'는 설명은, 이 글에서 언급하는 신파연기가 해방 전후 우리 연극계에 존재했던 가부키식 연기

18) 과학백과사전종합출판사, 『문학예술사전(상) (하)』, 과학백과사전종합출판사, 1988, 1993.

임을 알 수 있게 해준다. 뿐만 아니라 1956년 신고송 역시 신파연기의
발생과 형식에 대해 『문학예술사전』과 동일하게 설명하며 "조선에서
반봉건 사상 투쟁에 약간의 역할을 수행하였으나 그것은 결국 일본 제
국주의 침략자들의 통치의 사상적 지반을 닦아주는 방조적 역할을 수
행하였고 조선 현대극 발전에 오랫동안 지장을 주었으며, 8·15 해방
후에까지도 우리 연극에 많은 해독적인 작용을 한 연극"[19]이라고 주장
한다. 또한 그는 1952년 "'신파'는 형식적으로 내용적으로 일본 제국주
의적 잔재"[20]라고 동일하게 언급한다. 이 같은 신고송의 글과 문학예술
사전의 설명은 북한이 언급하는 신파연기 역시 지금까지 살펴본 일본
가부키적 연기와 동일하다는 충분한 근거가 된다.

따라서 북한이 청산해야 할 연기로 지목한 신파연기는 ① 일본어의
억양에 한국어를 대입한 ② 가부키식의 억양과 기성(奇聲)의 ③ 가부키
식의 특정 포즈를 취하며 머리를 꺾는 ④이유 없이 몸을 둥글게 회전
하는 ⑤극 진행과 무관하게 눈빛을 번뜩이는 연기라고 하겠다.

3. 형식적 연기의 청산―서양적 연기와 감정적 연기 청산

신파연기와 더불어 북한이 청산하고자한 또 하나의 연기는 형식주의
연기였다. 북한은 신파 연기를 형식주의 연기의 일부로 간주하기에, 본
장에서는 신파를 제외한 형식주의 연기에 주목하고자 한다. 먼저 형식
주의에 대한 북한의 설명을 보기로 한다.

---

19) 신고송, 『연극이란 무엇인가』, 국립출판사, 1956, 70쪽.
20) 신고송, 앞의 논문, 1952.

문학예술작품의 형식과 내용을 분리시키고 절대화하는 반동적부르
주아문예사조.

(…중략…) 형식주의는 <u>작품의 내용을 무시하고 형식에 치우친</u> 봉건귀
족문학예술의 반사실주의적인 창작태도와 경향을 이어받아 19세기
말~20세기 초에 자본주의 여러 나라들에서 반동적인 문학예술사조
로서 널리 퍼졌다. <u>우리 나라에서는 1920~1930년대의 부르주아문학예술에
서 심하게 나타났다.</u> 형식주의는 오늘 미국을 비롯한 자본주의나라들과
남조선에 류포되어있는 반동적이며 퇴폐적인 문학예술의 주되는 사
조의 하나로 되고 있다. 21)

이 같은 설명을 연극의 장으로 옮기면, 형식주의 연기는 우리나라에
서 1920~1930년대 '부르주아 연극에서의 두드러진 현상'이 된다. 북한
은 형식주의 연기를 이 문헌이 발표된 1988년 남한의 연극에서도 발견
할 수 있다고 설명한다. 그러나 해방기 북한이 청산하고자 했던 '형식
적 연기'는 1950년 이전의 연기를 의미하므로, 본 장에서는 1950년까지
로 범위를 좁혀 논의를 전개하고자 한다. 1930년대 우리 연극계에서 전
개된 신극과 악극, 대중극의 연기를 면밀히 살펴본다면, 북한이 청산하
고자 한 형식주의 연기를 상당부분 드러낼 수 있을 것이다.

1) 그로테스크한 몸짓과 기계적 화술의 탈피

북한은 형식주의가 '예술지상주의, 기교주의와 밀접히 련관'되어 있
다고 주장하며 형식주의에는 '인상주의, 상징주의, 립체주의, 미래주의,
구성주의, 초현실주의, 추상파, 다다이즘' 등이 속한다고 설명한다.22)

---

21) 과학백과사전종합출판사, 앞의 책.
22) 과학백과사전종합출판사, 위의 책.

거칠게 말하면, 사실주의의 대안으로서의 모더니즘 연극형식이 북한이 청산하고자 한 형식주의 연기중 하나인 것이다.

1930년대 비사실주의, 또는 반사실주의와 관련된 연극은 극예술연구회의 번역극에서 찾아볼 수 있다. 극예술연구회는 2회 공연에서 표현주의 계열의 연극 <해전>을 과감히 무대에 올린바 있다. 기사는 이 작품에서 배우들이 무대에 비틀어 눕는 등 그로테스크한 형상을 연출하였다고 전한다.[23] 이러한 몸짓은 당시로서는 분명 파격적인 실험이었을 것이다. 연극계에서는 <해전>에 대한 의견이 분분했다. 낯선 실험극의 이해를 돕기 위해 박용철은 다음과 같은 감상법을 제시하기도 했다.

표현파극에 잇서서는 동작과 규환이 주가 되고 대사는 극의 진행에 반주쯤박게 되지 안는 것인데 이 해전과 가티 템포빠른 극에서 극의 전체를 감상하려 하지 안코 한갓 한개 한 개의 대사만을 주로 하다가 속히 지처 버려 일찍 도라간 관중들은 표현파극의 특색을 알아볼 긔회를 앗갑게도 노처 버렷고[24]

표현파극을 바로 감상하는 법은 대사의 기의에 초점을 맞추지 않는, 기표를 통해 전달되는 이미지의 감상이라는 것이다. 그러나 빠른 템포의 '조금도 알아들을 수 없는 대사'는 그 지루함으로 관객에게 '실로 고통'을 안겨주었다.[25] '보통 관중에게 상구경하는 맹인격'[26]이었다면 관객과의 공감대 형성에는 분명 실패인 것이다. 중요한 것은 북한에서 이 같은 연기는 '내용을 무시하고 형식을 절대화'하여 '진실한 생활의

23) <동아일보>, 1932년 6월 26일자.
24) 박용철, 「실험무대 제2회 시연 초일을 보고」, <동아일보>, 1932년 6월 30일자.
25) 박용철, 위의 논문.
26) 주영하, 「실험무대 시연. <해전> 극평」, <조선일보>, 1932년 7월 1일자.

내용'을 반영하지 않는 무의미한 연극이라는 점이다.[27] 현실과 거리가 먼 인물의 움직임, 특히 비틀린 몸짓 같은 그로테스크한 형상은 사람들의 사상과 의식을 마비시키는 독으로 간주되었기 때문이다.

그런데 이같이 그로테스크한 또는 서양적 제스츄어를 모방한 연기가 1930년대 대중극에서 간혹 나타났다는 점이 재미있다. 1930년대 후반 중앙무대의 공연평을 통해 이 같은 사실을 확인하기로 한다.

> 그러나 작품의 해석(解釋)이 정당했다고는 볼수 업서습니다. 『17세기기사도의 물어(物語)』가튼 감을 주엇습니다. 그리하야 크로테스크 하기도 그 극(極)에 달하엿습니다. 그런데 결점(缺點)은 부자연한 포-즈미를 치중(置重)한데도 잇다고 생각합니다. 예를 들면 1막의 『막절이(幕切り)』라던가 기타 역자(役者)의 일거일동입니다. 말하자면 이것은 다른 견지에서 보량이면 작자의 근본정신의 이메-지만에 집점(點)을 두엇슬뿐 기타는 흥미(興味)본위(本位)로 대중에게 영합(迎合)하려는 소극적(消極的)의도(意圖)엿는것도 가타습니다.[28]

이 글을 주목해야 하는 이유는, 박향민이 우리 대중극 극단의 번역극 공연에서 전개된 배우들의 제스츄어를 구체적으로 알려주기 때문이다. 그는 연기의 결점으로 '부자연한 포-즈미'를 거론한다. 이것은 극의 진행과 관계없이 배우가 어느 시점에서 '정지동작' 또는 '유형적 몸짓'을 보여주었음을 분명 시사한다. 또한 '이메-지만에 집점'을 두었다는 것은 시각적 이미지에 치중한 비현실적인 형상을 연출하였음을 의미한다. 이어지는 박향민의 글은 그 같은 연기를 한층 더 세밀하게 말해준다.

---

27) 과학백과사전종합출판사, 앞의 책.
28) 박향민, 「중앙무대 공연을 보고」, 『비판』 65, 1938년 9월 ; 양승국, 『한국근대연극 영화 비평자료집14』, 33~34쪽.

(…상략…) 더욱 삼막에 잇서서는 속칭 『노랑 목소리』 그대로의 신
파독백을 농(弄)하는데는 불쾌하였습니다. …(…중략…)… 그중 심(甚)
하게 극과 동떠러진─말한자면 『다그라스영화』처럼 불필요한 포-즈미를
시종여일하게 유의지속(留意持續)한 것입니다. 고로 성격이 각조(刻彫)
가 조곰도 나타나지 안케된 것입니다.[29]

물론 전부는 아니었겠지만, 대중극 배우들은 번역극에서 서양인의
화술을 그대로 모방하기도 했고, 인상적이었던 서양 배우의 제스츄어를
선택하여 반복적으로 보여주기도 했던 것이다. 결과적으로 작품의 등장
인물은 사라지고 서양영화배우가 무대 위에 구현된 것이다. 따라서 일
본 "<축지소극장>의 아오야마가 서양의 영화장면을 보여주면서 '여성
과 포옹하는 법', '키스하는 방법', '죽었을 때 넘어지는 법' 등을 지도
하였듯이 우리 연극인들도 서양인의 연기 관습을 지도하였을 수 있
다"[30]는 노승희의 견해는 충분히 타당하다.

그렇다면 화술에 있어서 '노랑목소리'는 어떠한 양태였을까. 1930년
대 극예술연구회의 번역극 중 화술과 관련된 기사를 보기로 한다.[31] 다
음은 이에 대한 박용철, 신고송의 글이다.

심리적 동요의 잔영이 표현되지 안코 말과 동작이 너무 직선적으로 경직
한 감이 잇섯다.[32]
기계적인 연기가 많았으며 극적 동작이 인공적이며 기계적이어서 부

29) 박향민, 위의 논문.
30) 노승희, 앞의 논문, 134쪽.
31) 김정수, 「한국적 움직임과 화술로의 진입」, 한국 근·현대 연극 100년사 편찬위원
    회, 『한국 근·현대 연극 100년사』, 집문당, 2009, 28~31쪽 참조.
32) 박용철, 「실험무대 제 2회 시연초일을 보고」, <동아일보>, 1932년 6월 30일~7월
    5일자.

<u>자연스러웠다. (…중략…) 신주민군의 홀레스타곱흐는 연기의 변화가 적</u>
<u>고 형에 틀어박힌 곳이 많다.</u>[33]

1930년대 극예술연구회는 특히 번역극에서 화술이나 동작이 '기계적, 직선적, 형에 틀혀 박힌 양식'이라는 평을 받았다. 당시 기사는 그 이유로 '얼굴이 뚱뚱한 사람'을 '뚱뚱한 얼굴을 가진 자'로 번역하는 번역의 미숙함을 지적한다.[34] 배우들이 우리에게 낯선 서양어순의 대사로 연기한 결과 '리듬상실의 대사와 동작'[35] '동작의 공식화'[36] '인형적 연기'[37]가 전개된 것이다. 이것을 단서로 화술을 악보화해보기로 한다.

악보 3)

이 악보의 대사는 특히 '어색한 번역'이 드러나는 박용철 번역의 <인형의 집>에서 발췌한 것이며[38] 음조는 '기계적, 직선적'이라는 평에 근거하여 작성한 것이다. 기계적, 직선적인 화술이라면 배우는 이 악보에서와 같이 동일한 음으로 3~4음절을 대사한 후, 음을 올리거나 내려 또 다시 3~4음절을 말하는 양태가 될 것이다. 정서나 의도에 따라 음조가 변하는 것이 아니라 정해진 틀에 음조를 대입하는 현상인데,

33) 신고송, 「실험무대의 검찰관」, <조선일보>, 1932년 5월 12일자.
34) 기사. 「극예술연구회 공연 관람기」, <신동아>, 1932년 6월 1일자.
35) 나웅, 「실험무대 제1회 시연 초일을 보고(2)」, <동아일보>, 1932년 5월 10일자.
36) 김광섭, 「고-고리의 검찰관가 실험무대(2)」, <조선일보>, 1932년 5월 14일자.
37) 나웅, 「극예술연구회 제5회 공연을 보고(중)」, <중앙일보>, 1933년 12월 8일자.
38) 박용철, 『박용철 전집2』, 동광당서점, 1937, 516쪽.

이러한 연기는 기계적인 인상을 주어 인형이 말하는 듯 들릴 수 있다. 주목할 것은 북한이 이 같이 틀 있는 연기를 형식주의로 간주하였다는 점이다. 다음은 이에 대한 라웅의 글이다.

> 이들은 더퍼놓고 관중에게 커다란 인상을 줄랴는 허망(虛妄)된 욕심에서 허위의 연기를 즉흥적으로 람조(濫造) 확장(擴張)하거나 낡은 무대에 있었든 것을 무비판적으로 답습(踏襲)하는데 있다고 생각한다. 이러한 연기는 산 인간감정에서 나온것이 아니라 비속한 외부적 모사에만 끝이는 것이므로 진실한 예술적 감동을 주지 못한다.[39]

이 글에서 연이어 라웅은 "현실의 환경과 조건에 맞는 산 감정을 분석 종합 체험"하려는 노력 없이 "안일한 류형적인 형태를 무의미하게 번복"하는 연기는 "배우가 관객에게 자기광고와 아첨(阿諂)에서 나온 것"이기에 "관객에게 혐오(嫌惡)의 감을 갖게 하는 것"으로 "예술의 적"이라고까지 단언한다. 주영섭 역시 "무대상의 일초 형식주의를 청산(淸算)해야 할 것"을 강조하면서 특히 "공식화한 연출 공식화한 연기를 일소(一掃)해야 한다"고 역설한다.[40] 공식(公式)이 있는 연기는 살펴보았듯이 곧 서양인의 연기관습, 인형이나 기계가 움직이고 말하는 듯한 연기가 되는 것이다.

따라서 북한이 청산하고자 한 형식주의 연기의 한 양태는 1930년대부터 1950년까지 특히 번역극에서 자주 나타났던 ①그로테스크한 움직임과 속사포 대사 ②서양인(서양배우)의 제스츄어 ③기계적(직선적) 화술이라고 하겠다.

---

39) 라웅. 「사실주의적 연출 연기 체제 수립을 위하여」, 『문학예술9』, 1949년 4월, 43쪽.
40) 주영섭, 앞의 논문, 1948, 41쪽.

2) 음악적 화술과 움직임, 감정 과잉 분출 연기의 극복

해방기 상업주의 연극 역시 북한 연극계에서 청산의 대상이었다. 신고송은 그 이유를 다음과 같이 설명한다.

> 연기자들의 일부는 우리가 가장 웅근(雄根)하고 진지한 태도로 국가창조의 대업에 갈력해야 할 이 시기에 가장 먼저 도모(圖謀)한 것이 '땐스홀'과 '카바레'의 창설에 의하야 경도(輕度)와 부박(浮薄)의 정신부터 심으랴 하였다.[41]

북한의 시각에서 상업주의 연극은 해방 후 '새 건설'이라는 거대한 국가적 흐름에 부응하지 못하는 연극이었다. 연극 정신의 부재, 주제의 빈곤에 대한 지적인데, 다음 악극단을 예로 들은 신고송의 글은 주목을 요한다.

> 악극단들은 일제末葉(말엽)의 퇴폐적인 가곡과 형식을 그대로 踏襲(답습)하야 저속한 무대를 보여주고 있었다. 평양의 건국좌 신생극단 삼천리악극단 평양가극단 동방가극단등과 신의주의 정춘무대 원산의 신성가극단 등이 그러한 것이었다.[42]

우리나라에서 악극단은 1930년대 초 권삼천의 '삼천가극단'(1929)과 '배구자 악극단'(1930)이 등장하면서 본격적으로 악극 시대를 열어갔는데 이들은 일본의 다카라스카 소녀가극단을 직접적으로 영향 받으며 조직된 것'이었다.[43] 따라서 우리 악극단이 창단 초기 일본가극단의 영

---

41) 신고송, 앞의 논문, 1945.
42) 신고송, 「연극동맹」, 『문학예술』, 1949년 8월호, 82쪽.

향을 받는 것은 불가피한 상황이었을 것이다. 신고송이 지적하듯 특히
노래에서 일본 가극풍이 구현되었을 가능성은 크다고 하겠다.

주목하고자 하는 것은 악극 배우들의 화술이다. 서항석이 정의하듯
악극은 "대사와 동작과 노래와 무용과 경음악으로 엮어가는 하나의 연
극"이다.44) 연기에서 노래와 '대사'의 혼용은 기정사실인데, 이중 노래
를 제외한 대사 부분을 살펴보기로 한다.

악극 배우들의 화술이 '신파적(가부키적-필자) 연기보다는 자연스러
운'45)양식이었다고 하는 오현경의 구술은 악극의 화술이 가부키식의
기성(奇聲)과는 다른 양태였음을 확실히 짐작케 한다. 백성희 역시 이와
유사한 증언을 한다.

> 리얼리티가 있다고 하면 가극배우가 가장 리얼하다. 노래를 하잖
> 아. "그랬습니다"하고 노래로 들어간다구. 음악하고 연결되기 때문에
> 독특한 조가 없어.46)

배우 백성희는 악극 배우와 신파극 배우의 화술이 달랐음을 강조하
며, 그 이유로 악극배우들이 독특한 조가 없음을 들고 있다. 오현경 역
시 악극의 연기는 가부키식의 연기보다 자연스러운 양식이었다고 전함
으로 백성희의 구술은 타당해 보인다. 그런데 가부키식의 화술이 아니
었다고 해도 악극이 어떠한 '조'를 갖지 않았다고 단정하기에는 무리가
따른다. 1950년 극협의 <원술랑>에 대한 다음 기사 때문이다.

---

43) 김성희, 『한국 현대극의 형성과 쟁점』, 연극과 인간, 2007, 360쪽.
44) 박노홍, 「한국악극사」, 『한국연극』, 1978년 6월, 59쪽.
45) 김정수, 앞의 논문, 2007, 106쪽.
46) 한국 근현대 연극 100년사 편찬위원회, 앞의 책, 58쪽.

(…상략…) 연기진에서 원술은(김동원) 높은 어조로 일관하야 억양
이 없이 뉴앙스가 없고 (…중략…) 공주 백성희는 어디까지나 악극형이
다.[47]

원영초는 극협 <원술랑>에서 배우들이 전개한 연기에 대해 조목조
목 거론하면서, 특히 백성희에 대해 '악극형'이라는 표현을 한다. 이것
은 당시 '악극형'이라고 통용되는 연기가 존재했음을 시사하는 중요 자
료이다. 그렇다면 악극이 독특한 조가 없었다는 백성희의 구술은 가부
키적 연기에 비해서 독특한 조가 없었다는 것으로, 또는 최소한 1950년
이후의 악극연기로 이해하는 것이 타당하다. 보다 객관적인 증언이 필
요한데, 다행히 이원경의 구술은 악극 배우들의 화술에 대한 중요 단서
를 제공한다.

…악극하는 사람은 음악을 가지고 대사를 하니까 연기력이 부족한 것
은 아니야. 능수능란한 것은 신파하는 사람과 같아. 악극 연기가 신파
(1930년대 대중극—필자)랑 어떤 뚜렷한 구분이 있는 것은 아니고.[48]

이원경의 구술이 중요한 이유는 악극의 화술을 둘로 가늠할 가능성
을 주기 때문이다. 하나는 음악이 동반된 화술이며, 다른 하나는 대중
극과 뚜렷한 구분이 없는 화술이라는 것이다. 하나씩 살펴보기로 한다.
첫째, 음악이 동반된 화술은 화술만으로 진행되는 연기에 비해 대사
에 음악적 여운이 남겨진다는 점을 주목할 필요가 있다. 노래 따로, 대

---

47) 원영초, 「국립극장인상기—원술랑을 보고」, <조선일보>, 1950년 5월 10일자.
48) 김정수, 앞의 논문, 2007, 105~106쪽. (이원경은 '신파'라는 용어를 신파극의 지칭
으로도, 대중극의 지칭으로도 혼합하여 사용한다. 따라서 인터뷰의 맥락상에서, 또
는 본 연구자가 재질문한 결과를 토대로 이원경이 언급하는 신파에 대해 ( ) 안에
보충설명을 하였다.)

사 따로가 아니라 백성희의 표현을 빌려 '대사 후 음악으로 들어가는' 방식이기 때문이다. 대사 자체가 일상 회화체보다는 자연스럽게 음악을 타는 방식일수밖에 없는 것이다. 그로 인해 백성희의 주장과 같이 독특한 조는 없을 수 있다. 그러나 이원경의 '대중극 배우들이 출렁거리는 듯한 화술을 전개'했다는[49] 구술과 같이 '조'가 없는 대신, 대사 자체가 노래인 듯한 인상을 주는 것은 불가피한 것이다. 물론 이와 함께 배우의 움직임 역시 일상적 움직임과는 다르게 전개될 것이다. 배우가 음악적 리듬을 타고 대사하면서 일상적 몸짓을 보여주는 것은 어렵기 때문이다. 따라서 원영초가 언급한 '악극형'이란 악극이 아닌 공연에서도 배우가 노래적인, 음악적 느낌이 흐르는 화술과 움직임을 보여준 양태라 하겠으며, 이 연기가 북한이 극복하고자 한 연기중 하나라 볼 수 있다.

둘째는, 악극과 대중극연기가 뚜렷한 구분이 없다는 전제하에 대중극 연기를 통해 악극연기를 살펴보는 것이다. 1930년대 대중극 공연은 1997년 CD로 복원되었기에 당시 배우들의 화술은 직접 확인이 가능하다.[50] CD에 수록된 대중극 공연을 들어보면, 배우들이 일상에 비해 빠른 화술을 일정한 악센트를 주어 전개함이 드러난다.[51] 그런데 정서적 측면에서 화술을 들어보면, 배우들의 화술이 전반적으로 상당히 감정적이라는 점이 즉시 발견된다. 이것은 대중극 화술에서 공통적으로 발견되는 현상이다. 녹음과 현장 공연은 차이가 있을 수 있지만, "극히 소수

49) 김정수, 위의 논문, 2007, 106쪽.
50) 유성기로 듣던 연극모음(1930년대), 신나라 레코드사, 1997.
51) 대중극 배우들의 빠른 화술은 녹음상의 문제일수 있다. 그런데 CD에 녹음된 것이라도 극예술연구회 배우들의 화술에 비해 대중극 배우들의 화술이 보다 빠름이 확인된다. 따라서 본 연구에서 대중극 배우들의 화술이 빠르다는 것은 극예술연구회 배우들에 비해 상대적으로 그렇다는 것임을 밝혀둔다.

의 작품을 제하고는 어느 것이나 기교에 잇서서는 볼만한 것이 잇스나 감상적인 것이 만타"[52])는 당시의 논평은 대중극에서 감정과잉의 연기가 전개되었음을 재 확인시켜준다. 또 다른 글을 보기로 한다.

> 그런데 나는 이 희곡을 읽고 또 이런 만흔 희곡의 상연을 보고 두 가지 일에 놀랏다. 첫재는 너무나 감상적이라는 것 (…중략…) 예술은 감정의 수단을 통하야 희곡사상을 전달하는 것이다. 그러나 그 감정이 과다하여 이성을 일헛슬때는 그것은 감상이 된다. 조선의 희곡은 다분히 이런 경향을 가지고 잇다. 이것이 작가의 흉중에서 처나온 것이라면 비록 감상적이라 할지라도 순수미가 잇슬 것이다. 그런 억지로 관객의 감정을 일으키랴고 하야 잇슬 수 업는 성격과 사건을 맨들어 울리면 그것은 「이래도 울지 안으랴 이래도 울지 안느냐」하는 격이 된다.[53]

이 글은 외국인의 입장에서 관극소감을 서술한 글이기에 우리 연기를 객관화해볼 수 있는 재미있는 자료이다. 1945년 村山知義는 조선의 배우들이 감정표현이 지나쳐 마치 관객을 향해 '이래도 울지 안으랴' 하며 눈물을 강요하는 듯한 인상을 받았다고 전한다. 이것은 언어의 한계를 갖는 외국인의 시각이기에 일면 더욱 정확할 수 있다. 기의에 대한 집중이 기표, 즉 연기의 물리적 측면과 분위기로 전환되기 때문이다. 물론 관극소감은 주관적일 수 있다. 그러나 1930년대 작품의 슬픔과 연민에 초점을 둔 "(…중략…) 불상하고도 박명한 며누리여−당신의 차즐 길은 결국 죽음박게 업섯든가요−누가−누가−그를 죽엿나.(임서방 작 「

---

52) 村山知義, <매일신보>, 1945년 4월 26일자. 유민영, 『한국근대연극사』, 단국대학교 출판부, 2000, 921쪽에서 재인용.

53) 村山知義, 「희곡계의 現狀」, <매일신보>, 1945년 5월 19일자. 유민영, 위의 책, 922쪽, 재인용.

누가 그 여자를 죽엿나.」"[54]라는 공연소개 기사 역시 감정자극의 연기가 유행하였음을 극명하게 말해준다. 따라서 이 모든 자료를 종합적으로 놓고 보았을 때, 대중극과 악극 배우들이 감정 분출적 연기에 주력했음은 분명한 사실이라고 하겠다.

이 같은 연기에 대한 가치판단은 이 글의 목적이 아니므로, 이상을 토대로 1930년대 악극과 대중극 배우들의 연기를 정리해보고자 한다. 1930년대 악극 배우들의 연기는 가부키적 억양과 기성(奇聲)과는 분명 구분된다. 그러나 '악극형'이라는 통용어가 있었듯이 악극배우들의 연기 특징은 분명 존재했으며, 그것은 음악의 여운이 있는 화술과 움직임이라 할 수 있다. 또한 악극과 대중극 배우들의 연기를 정서적 측면에서 파악해보면 감정 과잉적인, 또는 감정 분출적인 연기임이 발견된다. 북한은 거듭 반복하여 관객에게 커다란 인상을 주려는, 자기 과시적인, 현실에서 볼 수 없는 움직임과 말이 전개되는 연기를 형식주의로 비판한 바 있다. 따라서 악극, 대중극과 관련하여 북한이 청산하고자 했던 연기는 ①음악적 화술과 움직임 ② 감정 과잉 분출 연기로 수렴될 수 있다.

4. 대안으로서의 연기 ─
조선인의 움직임과 화술, 관찰과 논리의 연기

2장과 3장에서 밝힌 신파적 연기와 형식적 연기의 특징을 정리하면 ①일본어의 억양에 한국어를 대입한 ②가부키식의 억양과 기성 ③가부

---

54) 기사, <매일신보>, 1938년 8월 31일자.

키식의 특정 포즈를 취하며 머리를 꺾는 ④이유 없이 몸을 둥글게 회전하는 ⑤극 진행과 무관하게 눈빛을 번뜩이는 ⑥그로테스크한 움직임과 속사포 대사 ⑦서양인(서양배우)의 제스츄어 모방 ⑧기계적(직선적) 화술 ⑨음악적 화술과 움직임 ⑩감정 과잉 분출 연기가 된다.

이 10가지의 연기를 청산하고 북한이 그 대안으로 제시한 연기는 어떠한 연기였을까. 알려진 바와 같이 북한은 해방직후부터 사실주의 연기를 주장한 바 있다. 그러나 '사실주의 연기'는 정의하기 극히 광범위하고, 서구의 개념을 북한 연기에 대입시키는 것은 북한 연기 연구에 역작용이 될 수도 있다. 그렇다면 '사실주의 연기'로부터 시작하는 연역적 방법이 아니라 청산의 대상이 된 10가지 연기에 부정법을 대입하고 여기에 북한이 구현하고자 한 연기를 교차시키는 귀납적 방법이, 북한이 지향하는 연기에의 접근에 보다 효과적일 것이다. 예를 들면, 청산하고자 한 연기가 ①'일본어의 억양에 한국어를 대입한 연기'라면 부정법을 대입하여 ①'일본어의 억양이 <u>아닌</u>'과 같은 방식으로 '…<u>이 아닌 연기</u>'가 해방직후부터 북한이 도달하고자 한 연기가 되는 것이다.

이 같은 방식으로 10가지 연기를 좁혀보면, 북한연기의 지향점은 ① 일본적 또는 서양적 화술과 움직임이 아닌, ② 가부키식의 기성과 움직임이 아닌, ③ 노래하듯 출렁이는 화술이 아닌 ④ 감정 과잉 분출이 아닌 연기로 축약된다. 일면 이 결과가 수학적 부정과 합산으로 보일 수 있다. 그러나 ①과 ②는 북한의 사실주의 연기는 최소한 일본적이지도, 서양적이지도 않은 연기여야 함을 분명히 알려준다. 북한 연극계에서는 조선의 연극 수립과 무대 위에 조선인을 구현하는 것이 지상과제였던 것이다. 신고송의 글이다.

조선의 연극은 사상적으로는 재무장을 하고 <u>예술적으로는 백지(白紙)</u>
<u>로 환원(還元)하야</u> 출발함이 옳지 않을까. 우리는 아즉(피스카를)에게서
도 (메이엘흐리드)에게서도 (라이로프)에게서도 또는 (란체코), (스타니
스란스키이)에게서도 배혼 바도 없고 축지소극장과 신념의 아류는 있
었을지는 몰으나 조선연극으로써의 한 체계를 세울만한 주류도 없었
고 능력도 없었다.[55]

신고송은 우리 연극이 백지로 돌아가 처음부터 다시 시작해야 한다
고 주장한다. 일본을 통해 서양의 연출법과 연극이론이 수입되었으나,
당시 우리는 실천할 여건이 부족하기에 굳이 모방하려고 노력할 필요
가 없다는 것이다. 이것을 연기로 옮겨보면, 더 이상 외국의 연기스타
일 모방하지 말고 백지에서 출발해 조선의 연기를 구현하자는 의지에
다름 아니다. 그렇다면 북한이 조선의 "생활에서 언어를 듣고 경청하여
문학작품에서 언어를 탐구하고 자기의 직업에서 언어를 배울 것"[56]을
강조한 것은 필연이었을 것이다. 언어는 조선의 객관적 현실생활에서
나온 것이어야 하며, 우연이 아닌 산 언어에서 나오는 것이어야 했기
때문이다.[57] 이 같은 주장은 곧 인물의 형상화와 긴밀히 연관된다. 다
음은 인물형상화에 대한 라웅의 글이다.

현실적 인관관계와 극장 내에서 연기자들을 옳게 관찰함으로써 인
물창조에 있어서 옳지 못한 유형(類型) 내지(乃至) 기형(畸形)에 빠지
지 않고 새로운 타입의 전형적 인간을 형상화할 수 있는 것이다. (…
하략…)[58]

---

55) 신고송, 앞의 논문, 1945.
56) 신고송, 앞의 논문, 1948, 93쪽.
57) 라웅, 앞의 논문, 1949, 40쪽.
58) 라웅, 위의 논문, 37쪽.

북한에서 무대 위의 인물은 상상이나 외부의 모방이 아닌, 우리의 현
실에 존재하는 인간, 더 구체적으로 바로 옆의 연기자들과 같은 조선의
인물이어야 했다. 다시 말하면 조선인의 몸짓과 억양이 무대 위에 구현
되어야 하는 것이다. 한효의 주장과 같이 북한에서는 "조선 사람 특유
의 심성을 놓침없이 묘사"하는 희곡이 우수한 희곡이며[59] 올바른 연기
는 기본적으로 우리의 움직임과 우리 억양의 화술인 것이다.

이와 동시에 배우는 비현실적인 ③노래하듯 출렁이는 화술 ④감정
과잉 분출 연기에서도 벗어나야 했다. 다음은 라웅의 글이다.

> 연출가가 무대에서 인물은 명확한 성격을 부여하며 과장(誇張)한다
> 는 것을 잘못이해하고 왕왕히 연출자의 좁은 주관적 취미(趣味)에서
> 그 연기자에게 한 가지 특징만을 허위에 가차울 만치 <u>그 특징을 과장
> (誇張)함으로써 현실적인간이 아닌 기능적 기형(畸形)적 인간</u>을 만드는 수가
> 있다."[60]

북한에서 인물의 특징을 강조하기 위한 현실감 없는 연기, 즉 극적
믿음이 결여된 채 시청각적으로 관객의 관심을 끌고자 하는 연기는 기
형적 연기로 간주되었다. 충실한 연기란 "무대에서 정확하고 논리적이
고 일관적이며 맡은 역과 하나가 되어 생각하고 노력하고 실감하고 행
동하는 것"[61]이다. 따라서 관찰과 논리에 근거하여 동작과 인물을 창조
하라는 다음의 요청이 제기된 것은 필연이었을 것이다.

> (…상략…) <u>동작이란</u> 외부적 형식에만 끝이는 것이 아니고 내부적

---

59) 한효, 「예술축전의 희곡들」, 『문학예술』, 1949년 1월, 24쪽.
60) 라웅, 앞의 논문, 1949, 37쪽.
61) 라웅, 위의 논문, 45쪽.

활동이란 정신적 내용에 그 근저를 가지고 있다. 그러므로 연출가가 배우에게 동작을 지도할 때 그 동작이 <u>내부적 정당성</u>을 가지고 <u>논리적으로 일관(一貫)시켜야</u> 하며 <u>레알하게 하여야 한다</u>. (…중략…) <u>연기자의 최대 임무는 인물창조다</u>. 배우는 희곡의 인물을 계급적 입장에서 <u>현실에서 관찰하고 과학적으로 분석하고</u> 성격지어서 깊은 연기력으로 개괄(概括)하여 무대에 형상화하는 것이다.[62]

이 같이 북한에서 배우는 움직일 때, 형식에 먼저 근거하는 것이 아니라 움직임의 근거에 먼저 집중해야 했다. 배우는 자신이 왜 움직여야 하는지 스스로에게 물어 움직임의 정당성을 가져야 했고, 그것을 논리적으로 인물에 적용해야 하는 것이다. 인물창조에 있어서도 상상이 아닌 객관적 관찰을 통해 노동자는 노동자의 보편적 몸짓과 화술을, 부르주아는 부르주아의 보편적 몸짓과 화술을 연기의 출발점으로 삼아야 하는 것이다. 근거 없이 감정을 분출하는 화술이나 자기 과시적 연기는 반드시 지양되어야 하는 것이다.

이러한 연기가 북한의 사실주의 연기라 할 수 있다. 사실주의 연기를 간략히 '제4의 벽을 통해 무대를 보는듯한 환영을 주는 연기'로 정의하기로 하자. 북한이 이 같은 연기를 실현했는지에 대한 판단은 극장에 대한 자료가 뒷받침되어야 가능하다. 해방기 북한의 극장에 대한 구체적 자료가 아직 발견되지 않았기에 서양의 사실주의 연기 개념이 북한에서 실현되었는지에 대해 언급하는 것은 아직 성급할 수 있다. 그러나 사조적 정의가 아닌, 북한 배우들이 도달하고자 한 연기에 대해서는 충분히 말할 수 있다. 그것은 조선인의 움직임과 화술이며, 현실을 면밀히 관찰하여 인물에 논리적으로 연결시킨 연기인 것이다.

---

62) 라웅, 위의 논문, 42쪽.

5. 맺는 글

해방기 북한 연극, 특히 연기에서 가장 중요한 것은 일제와 서양적 잔재의 청산이다. 이 연기양식은 신파적인 연기와 형식주의적 연기로 환언할 수 있다. 무형예술인 연기(演技)의 양태를 밝히는 것은 분명 어려운 작업이지만, 북한의 문헌과 남한의 문헌, 인터뷰 자료를 통해 살펴보았을 때 신파적 연기는 ①일본어의 억양에 한국어를 대입한 ②가부키식의 억양과 기성(奇聲) ③가부키식의 특정 포즈를 취하며 머리를 꺾는 ④이유없이 몸을 둥글게 회전하는 ⑤극 진행과 무관하게 눈빛을 번뜩이는 연기이며, 형식주의적 연기란 ①그로테스크한 움직임과 속사포 대사 ②서양인(서양배우)의 제스츄어 ③ 기계적(직선적) 화술 ④음악적 화술과 움직임 ⑤감정 과잉 분출 연기임이 발견되었다.

그리고 이 같은 연기를 청산한 이후 북한이 도달하고자 한 연기는 ①일본적 또는 서양적 화술과 움직임이 아닌 ②가부키식의 기성과 움직임이 아닌 ③노래하듯 출렁이는 화술이 아닌 ④감정 과잉 분출이 아닌 연기가 된다. 논의를 조금 더 전개하면 이 4가지의 연기를 토대로 북한이 전개하고자 한, 또는 전개했던 연기는 결국 조선인의 움직임과 화술이라고 하겠다. 해방은 북한 연극인에게 연기의 지향점을 정립시켜주는 사건이었던 것이다.

이를 토대로 조금 더 생각해보기로 하자. 그렇다면 해방기 남북한 연극계에서 '다름'은 무엇이고, '같음'은 무엇이었을까. 서양적 연기의 청산, 즉 그로테스크한 움직임과 화술의 청산이 특히 북한에서 강조된 것은 사실이다. 따라서 북한에서의 서양(미국) 번역극 공연을 발견하는 것은 어렵다. 이에 비해 남한은 서양(미국) 번역극을 상당수 무대에 올린 바 있다. 극단 신협이 공연한 <목격자>(맥스웰 앤더슨), <검둥이는 서러

위>(헤이워드 부처), <애국자>(시드니 킹슬레이), <용사의 집>(아더 로레츠) 등을 그 예로 들 수 있다.[63] 그로 인해 북한이 그토록 청산하고자 한 서양적 움직임과 화술이 남한의 무대에서는 불가피하게 잔재했다고 할 수 있다. 이것이 해방기 남북한 연극계의 '다름' 중 하나일 것이다.

그러나 이것으로 해방기를 '다름'만에 치중하여 바라보는 것은, 우리 연극계의 사실을 사실로 남기려는 시도를 희석시킨다. '조선적 연기 수립' 의지는 분명 이 시기 남북한 연극인들 모두의 과제였기 때문이다. 일례로 남한 연극인의 대표라 할 수 있는 유치진 역시 해방이후 "하마터면 말살당할 뻔하였던 우리의 아름답고 바른말을 되찾고 배우자는"[64] 의도로 극작에 임했음을 밝힌바 있다. 그의 의지는 <자명고> 등의 역사극에서 고어를 모방한 대사, 즉 '-리이까?', '-나이다'로 실천되었다.[65] 이것은 남북한 연극인들 모두가 해방기에 우리의 말과 행동을 찾으려 주력했음을 시사한다. 또한 '일본적 연기의 청산'이 해방이후 북한연극계에서 갑자기 대두된 연기론이 아니었음도 주목할 필요가 있다. 본문에서 살펴보았듯이 일본의 가부키적 연기는 해방이전부터 우리 연극계의 식자층이 우려를 표한 양식이었다. 물론 식자층의 우려와는 별도로 우리 신파극과 대중극은 대중의 호응을 토대로 발전하였고, 존중되어야 할 의미와 미학을 갖고 있다. 다만 해방 이전, 좌우익 연극인 상당수가 가부키적 연기를 교정되어야 할 양식으로 간주했다는 사실이 중요하다. 이것은 해방기 남북한 연극계가 '다름'을 발아시키면서, 해방 이전의 '같음'을 유지하였음을 잘 말해주기 때문이다.

---

63) 정주영, 「극단 신협 사(史) 연구-1947년부터 1973년을 중심으로」, 동국대학교 연극영화학과 석사학위논문, 2004, 219~220쪽.
64) 유민영 편, 『동랑 유치진 전집9』, 서울예대출판부, 1993, 206쪽.
65) 『유치진역사극집』(개정판), 현대공론사, 1955, 150쪽.

북한 초기 음악계의 동향과 교성곡 〈압록강〉

배 인 교*

1. 들어가며

일본이 태평양전쟁에서 패망을 시인한 시점 이전에 이미 한반도의 지식인들 사이에서는 이념논쟁이 활발하였다. 그리고 일본 패망 이후 남과 북에 각각 미국과 소련의 군정이 들어오면서 이념과 사상은 논쟁을 넘어 지역적 고착을 야기하기에 이르렀다. 결국 1948년 9월, 북한은 인민공화국을 선포하였고, 이후 남과 북은 서로 다른 두 개의 정치체제가 대립하는 상황이 만들어졌으며, 현재 한국전쟁이 발발한지 60여 년이 흘렀다.

북한에서는 1945년 8월부터 한국전쟁 발발 이전의 약 5년 동안을 평화적 민주건설시기라고 규정하고 있으며, 앞에서 잠시 언급한 바와 같이 이 시기에는 남과 북에서 사상논쟁과 정치적 갈등이 반목되는 상황이었다. 이 시기의 음악계도 예외는 아니었다. 당시 남한 음악계의 중

* 단국대

심축이 서구 유럽과 미국이 주도하는 서양음악 쪽으로 급격히 기울면서 음악의 불균형 현상이 심화되어갔던 반면, 북한 음악계에서는 이 시기를 새로운 음악에 대한 희망과 기대가 가득 차 있었던 시기로 평가한다. 그 이유는 "부르주아적 반인민적 문화와 그 잔재를 배격하고 민주주의적이며 진보적인 문화의 전통의 진정한 계승자로 되면서 오직 인민이 주인으로 되는 문화[1]"가 비로소 시작되었다고 보고 있기 때문이다. '오직 인민이 주인으로 되는 문화'를 만들기 위해 북한에서는 기존의 부르주아 사상에 물든 문화를 척결하고 '당'이 음악문화 전반을 장악해갔으며, 점차 음악은 당의 요구에 철저히 복무하는 도구로 사용되었다. 따라서 북한에서 활동했던 작곡가들은 그 이전의 음악과는 다른 양상의 음악을 만들어야 했으며, 결국 평화적 민주건설시기는 그 어떤 시기보다도 실험적이고 다양한 음악을 많이 만들어 냈던 시기라고 할 수 있다.

이 글에서는 이 시기에 작곡된 실험적이면서 다양한 형태로 만들어진 음악 중 하나이며, 북한 교성곡(交聲曲)[2]의 효시인 김옥성의 1949년 작 <압록강>의 음악사적 의미를 검토해보려 한다. 그 이유는 교성곡 <압록강>의 노래가사가 바로 문학에서 수령형상화에 일조했다고 평가받는 조기천의 장편서사시 「백두산」이며, 문학 작품에서 음악 작품으로의 형상의 전환 과정에서 작곡가의 선택과 집중을 볼 수 있기 때문이다.

이를 위해 먼저 평화적 민주건설시기 북한 음악계의 동향을 검토해

---

1) 리히림, 「해방후 10년간의 조선음악」, 『해방후 조선음악』, 조선 작곡가 동맹 중앙위원회, 1956, 3쪽.
2) 교성곡은 칸타타(cantata)라고도 하며, 관현악 반주로 독창, 중창, 합창 등을 부르는 대규모의 성악곡이다.

보도록 하겠다. 다음으로 정치적 요구가 반영된 작품의 양상 중 북한문학계에서 인민들에게 김일성과 항일무장투쟁의 내용을 교양시키고 수령형상화 작업에 앞장섰던 조기천의 장편서사시 「백두산」이 교성곡 〈압록강〉으로 전환된 양상을 가사의 전용양상과 〈압록강〉에 대한 평가를 중심으로 고찰해보도록 하겠다. 단, 음악작품의 상세한 음악학적 악곡분석, 즉 작곡방식과 화성 등은 양악작곡연구자들의 역할로 돌리고, 본고에서는 간단한 악곡분석만을 하도록 하겠다.

2. 평화적 민주건설시기 북한 음악계의 동향

평화적 민주건설시기는 김일성을 중심으로 한 조선로동당이 사회 전반을 장악하면서 '당'이 인민들의 생활을 계획하고 지도하는 체제를 구축해 가던 시기이다. 이러한 정치적인 의도에 따라 음악계의 행보도 크게 벗어나지 않았다.

이 기간 동안 제시된 음악관련 주요 문건은 크게 음악인들의 조직완비와 작곡가들의 임무에 관한 문건으로 나눌 수 있다.

즉, 개별적으로 활동하던 음악인들을 조직적으로 묶어 놓음으로써 음악을 선전의 도구로 삼게 되었으며, 조직 속에서 작곡가들은 당의 요구를 충실하게 반영하여 창작활동을 할 것에 대한 임무를 규정해 놓은 것이다.

먼저, 조직완비에 관한 정책은 1946년 5월 24일 북조선 각 도인민위원회, 정당, 사회단체선전원, 문화인, 예술인대회에서 김일성이 한 연설인 〈문화인들은 문화전선의 투사로 되여야 한다[3]〉에 나타난다. 김일성은 이 교시에서 예술이 반드시 조직된 역량으로 민주주의 선정에서 강력한 무장을 해야 한다고 하면서 당의 이름으로 예술인들을 조직하기 시작하였다. 이에 음악계에는 1946년 3월에 북조선예술연맹이 설립된 후 산하 기관으로 북조선음악건설동맹이 조직되었으며, 이후 10월에는 북조선예술총연맹이 북조선문학예술총동맹으로 개편되면서 음악 역시 북조선음악동맹으로 개편되었다. 그리고 북조선음악동맹의 산하에 1946년 7월 북조선 교향악단의 조직을 필두로 북조선 가극단(1947년), 국립 합창단(1947년), 조선 고전악 연구소(1947년)가 만들어졌으며, 이후 1948년 2월에는 이 모든 단체을 통합하여 오페라 발레뜨 씸포니아 극장으로 국립 예술 극장이 조직되었다. 그리고 사회단체인 로동자 예술단, 농민 예술단, 청년 예술단이 조직되고 이후 모두 종합하여 노동자 예술단으로 발전되었다. 또한 부대 내 군무자들의 음악생활을 위하여 조선인민군협주단, 내무성협주단이 조직되었고, 방송합창단, 방송관현악단이 만들어졌다.

이렇게 1946년 10월에 북조선예술연맹에서 북조선문학예술총동맹으로 개편되면서 점차 조직적이고 당의 의지를 반영하는 단체로 변화되었다. 즉, 북조선예술연맹이 전문적인 작가와 예술인, 그리고 예술소조 핵심들을 망라한 대중적 조직이었던데 비해 북조선문학예술총동맹은 전문성이 강화된 전문예술가조직[4]이었다. 또한 예술연맹의 조직들이 지역단위로 분산적 활동을 하였던데 비해, 북조선문학예술총동맹은 중앙위원회와 각 도위원회로 조직을 개편하고 민주주의 중앙집권체제를

3) 김일성, 「문화인들은 문화전선의 투사로 되어야 한다─북조선 각 도인민위원회, 정당, 사회단체선전원, 문화인, 예술인대회에서 한 연설(1946년 5월 24일)」, 『김일성저작집2(1946. 1~1946. 12)』, 조선로동당출판사, 1979, 231~235쪽.
4) 리히림, 『해방후 조선음악』, 문예출판사, 1979, 25쪽.

구축함으로써 예술인들은 당의 문예정책을 관철시키기 위해 조직하고 동원하는 임무를 수행5)하게 되었다. 그리고 북조선예술연맹의 산하기관이었던 음악건설동맹에서 북조선문학예술총동맹의 북조선음악동맹으로 개편된 후 당의 지도하에 민주주의적 중앙 집권제를 확립하고, 광범한 음악 역량을 포함하던 것에서 점차 전문가들의 창조적 단체로 강화되었고, 이로 인해 연주 단체들은 기존의 레퍼토리를 따르되 광범한 대중들에게 새 노래를 마련해주어야 할 임무가 부여6)되었다. 결국 개별적으로 활동하던 음악인들을 조직적으로 묶어 놓음으로써 음악을 선전의 도구로 삼게 되었다고 볼 수 있다.

다음으로 작곡가들의 임무에 관한 문건인 1947년 9월 16일 북조선로동당 중앙위원회 제43차 상무위원회 결정서 <문학예술을 발전시키며 군중문화사업을 활발히 전개할데 대하여7)>에서는 조선 음악의 작곡가들에게 사실주의 작품들을 만들어 낼 것을 요구하였다.

결정서의 내용 중에서 예술가와 작곡가들에 대한 요구를 정리해 보면 대체로 네 가지로 요약된다. 첫 번째로, 예술가들 속에 남아 있는 일제의 잔재를 모두 청산하고 민주주의사상교양사업을 전개하여 모든 작가와 예술인들로 하여금 인민들의 현실생활을 생동하고 진실하게 반영한 문학예술작품을 많이 창작할 것을 요구하였다. 두 번째로는 인민들의 생활과 감정 등을 진실하게 반영하기 위해 작가나 예술가들이 현실에 깊이 들어가고 그 성과를 바탕으로 창작을 하는 사실주의적 창작방법을 구현해야 한다고 요구하였다. 세 번째로는 민족문화유산을 계승·

---

5) 리히림, 앞의 책, 1979, 25~26쪽.
6) 리히림, 앞의 글, 1956, 12쪽.
7) <문학예술을 발전시키며 군중문화사업을 활발히 전개할데 대하여—북조선로동당 중앙위원회 상무위원회에서 한 결론 1947년 9월 16일>, 『김일성저작집 3(1947. 1~1947. 12)』, 조선로동당출판사, 1979, 436~442쪽.

발전시키되 외국의 문화도 현실에 맞게 섭렵할 것과, 네 번째로 군중문
화사업을 활발히 전개하기 위하여 현실을 반영한 가요를 창작할 것을
요구하였다. 그리고 음악 분야에 대한 이러한 요구는 이 시기에 만들어
진 여러 작품에서 반영되었다. 따라서 이 시기에는 많은 가요들을 만들
어 보급하는 것이 시급하게 요구되었기에 작곡가들은 가요를 집중적으
로 창작함으로써 당 정책을 반영하였다. 이 시기에 나온 가요의 형태와
스타일에는 송가,[8] 행진곡,[9] 민요풍으로 된 노래,[10] 서정가요[11]가 있으
며, 이중 <인민 공화국 선포의 노래>는 "찬가의 면모를 가졌으면서도
한개의 불요 불굴한 투쟁의 빠포스가 흐르고 있다.[12]"는 평가를 내렸을
정도로 당시에 인민공화국을 선포한 것에 대한 의의를 반영한 것으로
보인다. 가요 외에 합창 부문에서 두각을 나타낸 곡은 김옥성 작곡의
칸타타 <압록강>이 있으며, 가극 분야에서는 <금강산 8선녀>와 <심
청전>, <춘향전>, <콩쥐와 팥쥐>[13] 등이 있다.

이상의 다양한 음악 사업이 이루어졌던 것과 동시에 음악계 내의 사
상투쟁이 진행되었다. 사상투쟁은 순수예술주의를 비판하는 과정에서
발생하였다. 바로 예술 지상주의자들이 주장했던 '소수를 위한 음악의
입장', 혹은 '음악을 위한 음악'에 대한 비판이며, 이는 음악계의 '응향'
사건으로 불려질만한 사건과 함께였다.

『해방후 조선음악』(1956)에 소개된 <소수를 위한 음악의 입장>을 살

---

8) <김일성 장군의 노래(1946)>, <애국가(1947)>, <빛나는 조국>, <인민 공화국 선
   포의 노래(1948)> 등.
9) <조국보위의 노래(1950)>, <보위행진곡(1949)>, <빨찌산의 노래> 등.
10) <밭갈이 타령」, <모내기노래>, <바다의 노래>
11) <산으로 바다로 가자>, <봄노래>, <비료 달구지>
12) 리히림, 앞의 글, 1956, 20쪽.
13) 1956년의 책에 보이는 <콩쥐와 팥쥐>는 1979년의 책에서는 작품명이 <꽃신>으
    로 바뀌어 등장한다.

펴보면, 이는 음악예술의 계급성과 민족성을 거부한 예술지상주의, 혹은 순수 예술주의의 입장이라고 설명[14]하고 있다. 그리고 1956년에 집 필된 리히림의 글 「해방후 10년간의 조선음악」에서는 민주건설시기에 당의 지도에 부응하지 않고 부르주아 음악을 주장했던 단체의 근원지를 원산에 있던 근화 음악단에서 파생한 남해남 악극단과 당의 주도 이전에 발생한 음악단체들로 보고, 이들이 당시 사실주의 작곡가들의 작품을 폄하하거나 과거의 낡고 퇴폐적인 레퍼토리를 연주하는 것을 문제 삼고 있다.

즉 〈소수를 위한 음악의 입장〉을 대변했던 이들은 정치성과 예술성을 결합시키고 인민이 즐겨 부르는 혁명적 행진곡들을 "학생의 노래"라고 비난하였으며, 혁명적군중가요들을 유치하고 천한 것이라고 비방 중상하고 인민성, 민족적 특성, 통속성을 구현한 가극작품을 천대하였으며, '성악에 대한 기악의 우위'를 주장하고 정치적 무관심성과 무사상성을 표명하며 북한 음악의 방향에 찬동하지 않았음[15]을 알 수 있다.

북한의 입장에서 이러한 반동적이고 퇴폐적인 사조와 단체는 척결의 대상이 될 수밖에 없었다. 또한 1946년 말부터는 제도개혁에 따른 의식개혁을 위해 '건국 사상 총동원 운동'이 제기되었으며, 이러한 흐름에서 발생한 사건이 바로 그해 말에 있었던 '『응향』 사건[16]'이다. 1946년 말의 '『응향』 사건' 이후 1947년 1월 15일부터 18일까지 진행된 북조

---

14) 리히림, 앞의 글, 1956, 28쪽.
15) 리히림, 앞의 글, 1956, 28~29쪽.
16) 응향 사건은 1946년 함경남도 원산의 원산문학가동맹이 출간한 광복 기념 시집 『응향(凝香)』에 얽힌 필화 사건이다. 당시 시집에 실려 있던 시 가운데 일부가 도피적, 패배적, 퇴상적이라는 이유로 1946년 12월 20일 북조선문학예술총동맹 상임위원회가 소집되면서 필화 사건으로 점화되었다. 이후 중앙상임위원회는 이 시집을 반동적인 것으로 규정한 결정서를 발표하였으며, 이는 『문화전선』 제3집(북조선문학예술총동맹, 1947)에 수록되었다.

선문학예술총동맹 제1차 확대상임위원회에서는 「민주 건국을 위한 노력과 투쟁을 고무하자」라는 결정서를 채택하였으며, 이 결정서에서 특히 강조된 것은 작가들이 고상한 예술을 창조하기 위해 공장·광산·농촌·어촌 등으로 들어가야 한다는 것이었다. 이 과정에서 영웅적 노력과 투쟁과 승리와 영광을 고상한 사실주의, 혹은 고상한 리얼리즘으로 구현해야 했으며, 결국 1947년 3월 이후 긍정적 주인공과 혁명적 낭만주의적 성격을 띤 사회주의적 리얼리즘(사실주의)이 유일한 창작 방법으로 확립되었다.[17]

당시 북한문학계에서 확인할 수 있는 이러한 경향과 변화는 음악계에도 영향을 미친 것으로 보인다. 즉, 음악계에서 있었던 사상투쟁인 <소수를 위한 음악의 입장>을 비판했던 예의 글을 통해, 음악가들도 반동적이고 퇴폐적인 사조를 몰아내고 고상한 예술을 창조하기 위해 현장으로 들어가야 하며, 현장을 기초로 한 사회주의적 사실주의의 방법론에 의해 만들어진 작품만이 고상한 음악이라는 인식이 만들어졌음을 알 수 있다.

3. 장편 서사시에서 교성곡으로, 형상의 전환

교성곡 <압록강>은 조기천의 1947년 작인 장편서사시 「백두산」을 그 모태로 하고 있다. 조기천의 약력을 간단히 살펴보면, 그는 함경북도 회령군에서 1913년에 출생하였으며, 옴스크고리끼 사범대학을 마친

---

17) 김재용, 「초기 북한문학의 형성 과정과 냉전 체제」, 『북한문학의 역사적 이해』, 문학과지성사, 1994, 95~99쪽.

후 조선사범대학에서 약 2년간 교원생활을 했던 무렵에 시를 창작하기 시작하였다. 해방 후 고향에 돌아와 조선신문의 문예부에서 일하면서 본격적으로 시를 창작하였으며, 한국전쟁 발발 후 종군작가로 활동하다가 1951년 7월 평양에서 전사하였다. 조기천은 1946년에 서정시 「두만강」을 발표하였으며, 1947년에는 그의 대표작이 되는 「백두산」을 발표하여 제1회 북조선 예술축전에서 1등상을 수상하였다.[18]

　〈압록강〉의 가사로 채택된 「백두산」은 1946년부터 1947년 사이에 있었던 '건국 사상 총동원 운동'과 '고상한 리얼리즘'의 영향 하에 만들어진 작품이다. 즉, 조기천은 문학이 사람들의 영웅적인 투쟁과 승리를 보여줌으로써 대중들을 교양하는 역할이 요구되던 당시에 김일성과 만주지역에서의 항일 유격 투쟁의 과정을 보여주기 위해 이 서사시를 썼다[19]고 할 수 있다.

　〈압록강〉의 가사 분석에 앞서 「백두산」의 구성과 내용을 살펴보도록 하겠다. 「백두산」은 머리시·1~7장·맺음시로 구성되었으며, 1946년부터 기획되어 1947년에 발표되기까지 6개월의 집필과정을 거쳐 완성되었다.

　먼저 머리시에서는 백두산의 위상과 백두산을 중심으로 벌어졌던 빨찌산들의 항일무장투쟁을 암시하며 시의 기본적 배경을 서술하고 있다. 그리고 1장에서는 홍산벌전투와 김대장으로 묘사되는 김일성과 또 다

18) 여지선, 「조기천의 「백두산」과 개작의 정치성」, 『우리말글』 36, 우리말글학회, 2006, 316쪽.
　여지선은 이 논문에서 조기천의 작품으로 「두만강」과 「백두산」외에 "가사작품인 〈압록강〉(1949)을 발표하기도"했다고 하였으나 〈압록강〉의 가사를 위해 조기천이 별도의 작업을 했는지는 확인되지 않는다. 다만 「백두산」의 시 일부를 김옥성이 발췌하여 〈압록강〉 작곡을 한 것으로 보이며, 이는 안함광의 평론을 비롯한 당시의 글에서도 확인할 수 있다.
19) 김재용, 같은 책, 103쪽.

른 소설적 주인공인 철호가 등장한다. 2장과 3장은 빨찌산인 철호와 그
를 흠모하며 그에게서 교육받는 꽃분이와의 활동과 사랑, 항일투쟁의
정신이 묘사되어 있다. 4장과 5장에서는 빨찌산부대의 고충과 철호를
따라 꽃분이가 함께 투쟁의 길을 떠나는 장면이 그려진다. 6장에서는
H시로 묘사되는 보천보전투장면이 긴박하게 서술되어 「백두산」의 클
라이맥스부분이 된다. 그리고 7장에서는 철호의 죽음과 남은 빨찌산들
의 결의가 표현되었으며, 마지막 맺음시에서는 백두산이 갖는 항일투쟁
의 역사적 의미와 민족적 의지를 표명하였다.

   이러한 내용으로 이루어져 있는 「백두산」의 시 중에서 교성곡 <압록
강>에 채택된 부분은 H시의 침투장면이 묘사된 제6장이며, 6장중에서
도 1부터 3까지만 채용하여 작곡하였다. 즉, 전체 4악장으로 이루어져
있는 교성곡 <압록강>의 1악장은 6장 1의 1행부터 17행의 시를 채택
하였으며, 2악장에서는 2의 1행부터 10행, 그리고 18행부터 29행을, 3
악장에서는 3의 3행부터 14행까지, 마지막 4악장에서는 3의 15행부터
21행, 22행부터 25행, 그리고 29행을 발췌하여 가사로 사용하였다. 그
러나 시의 순서대로 음악의 가사가 진행된 것은 아니다. 조기천의 「백
두산」 6장과 김옥성의 <압록강>의 가사를 비교해서 보면 <표 1>과
같다.

   1악장에 사용된 가사를 보면, "떼목 우의 초막에 깃들었느냐"의 시어
에서 '초막에'라는 시어가 탈락된 점과 의성어인 '아'가 추가되었음을
볼 수 있다. 또한 9행과 14행, 17행이 반복되었으며, 1행부터 5행까지 1
악장의 끝에서 다시 반복하면서 5행과 6행, 7행을 합쳐 '눈물겨운 떼목
이 내린다'로 1악장을 마무리 하고 있음을 볼 수 있다.

〈표 1〉〈압록강〉 1악장

행	조기천 「백두산」 6장 1		김옥성 〈압록강〉 가사
1	이 나라 북변의 장강-	1	이 나라 북변의 장강-
2	칠백 리 압록강 푸른 물에	2	칠백 리 압록강 푸른 물에
3	저녁해 비꼈는데	3	저녁해 비꼈는데
4	황혼을 담아 싣고	4	황혼을 담아 싣고
5	떼목이 내린다 떼목이 내린다.	5	떼목이 내린다 떼목이 내린다.
6	뉘의 눈물겨운 이야기	6	뉘의 눈물겨운 이야기
7	떼목 우의 초막에 깃들었느냐?	7	떼목 우에 깃들었느냐?
8	뉘의 한많은 평생 모닥불에 타서	8	뉘의 한많은 평생 모닥불에 타서
9	한줄기 연기로 없어지느냐?	9	한줄기 연기로 없어지느냐?
		9	한줄기 연기로 없어지느냐?
10	≪물피리 불며 울며 흘러 갈 제	10	물피리 불며 울며 흘러 갈 제
11	강 건너 천리길을 이미 떠난 몸	11	강 건너 천리길을 이미 떠난 몸
12	재 넘어 천리길을 이미 떠난 몸	12	재 넘어 천리길을 이미 떠난 몸
13	재 넘어 구름 따라 끝없이 간다	13	재 넘어 구름 따라 끝없이 간다
14	에헹 에헤용 끝없이 가요≫	14	에헹 에헤용 끝없이 간다
		14	에헹 에헤용 끝없이 간다네
15	웨 저노래 저다지 슬프단 말가,	15	저노래 어이 슬프단 말인가,
16	이 땅의 청청 밀림 찍어내리거니	16	아 이 땅의 청청 밀림 찍어내거니
17	그 노래 어이 슬프지 않으랴!	17	그 노래 어이 슬프지 않으랴!
		17	슬프지 않으랴
		1	이 나라 북변의 장강-
		2	칠백 리 압록강 푸른 물에
		3	저녁해 비꼈는데
		4	황혼을 담아 싣고
		5	떼목이 내린다 떼목이 내린다.
			눈물겨운 떼목이 내린다

〈표 2〉〈압록강〉 2악장

행	조기천 「백두산」 6장 2		김옥성 〈압록강〉 가사
1	황혼도 깊어지고	1	황혼도 깊어지고
2	물결도 차지고	2	물결도 차지고
3	서늘한 밤바람	3	서늘한 밤바람
4	강가에 감돌아돌 무렵	4	강가에 감돌아돌 무렵
			(3회 반복)
5	강 건너 바위 밑에서 휘-익	5	강 건너 바위 밑에서

행	조기천 「백두산」 6장 2		김옥성 〈압록강〉 가사
6	휘파람소리 나더니	6	휘파람소리 나더니
7	떼목에서도 모닥불이 번뜩번뜩	7	떼목에서 모닥불이 번뜩번뜩
			번뜩 번뜩 번뜩 번뜩 번뜩
8	내려가던 떼목이 돌아간다 돌아간다	8	내려가던 떼목이 돌아간다 돌아간다
9	머리는 저편 강가에	9	머리는 저편 강가
10	꼬리는 이편 강가에-	10	꼬리는 이편 강가
			떼목다리 이루었네
		1	황혼도 깊어지고
		2	물결도 차지고
		3	서늘한 밤바람
		4	강가에 감도네
18	군인들이 달아나온다	18	군인들이
19	달아나와선 떼목으로	19	떼목타고
20	압록강을 건너온다-	20	압록강을 건너온다-
21	빨찌산부대 압록강을 건너온다.	21	빨찌산이 압록강을 건너온다.
22	산밑에 그들이 숨었을 때	22	그들이 숨었을 때
23	그 떼목다리도 간데 없고	23	떼목다리 간데 없고
24	출렁-처절썩-	24	출렁-처절썩-
25	찬 물결만 강가에 깨여지는데	25	찬 물결만 강가에 깨지네
		25	찬 물결만 강가에 깨여지는데
26	멀리선-	26	떼목노래 멀리서 들려온다 들려온다
27	≪띄우리라 띄우리라	27	띄우리라 띄우리라
28	배를 무어 띄우리라	28	배를 무어 띄우리라
29	떼를 무어 띄우리라!≫	29	떼를 무어 띄우리라!
		27	띄우리라 띄우리라
		28	배를 무어 띄우리라
		29	떼를 무어 띄우리라!
		27	띄우리라 띄우리라
		28	배를 무어 띄우리라
		29	떼를 무어 띄우리라!

 2악장에서는 1악장에 비해 가사를 반복하는 경향이 강하다. 황혼도 깊어지고 물결도 차지고 서늘한 밤바람 강가에 감도는 풍경을 네 차례 반복하고 있으며, 이는 빨찌산이 떼목다리를 만들어 만주에서 한반도로 진격했던 장면을 긴장감을 주며 극적으로 묘사하기 위해 반복하고 있는 것으로 보인다.

〈표 3〉 〈압록강〉 3악장

행	조기천 「백두산」 6장 3 중 3~14행		행	김옥성 〈압록강〉 가사
3	살아서 살 곳 없고		3	살아서 갈 곳 없고
4	죽어서 누울 곳 없고		4	죽어서 누울 곳 없고
5	모두 다 잃고 빼앗겼으니		5	모두 다 잃고 빼앗겼으니
6	물어보자 동포여!		6	물어보자 동포여!
			6	물어보자 동포여!
			6	물어보자 동포여!
			6	물어보자 동포여!
7	가슴 꺼지는 한숨으로		7	가슴 꺼지는 한숨으로
8	이 강 건너 이방의 거친 땅에		8	이 강 건너 이방의 거친 땅에 거친땅에
9	거지의 서러운 첫걸음 옮기던 그날-		9	거지의 서러운 첫걸음 옮기던 그날-
10	그날부터 몇몇 해 지났느뇨?		10	그날부터 몇몇 해나 몇몇해나 지났느냐
11	강 우에 밤안개 젖은 안개 떠돈다-		11	강 우에 밤안개 젖은 안개 떠돈다-
12	이 강 넘은 백성의 한숨이나 아닌가		12	강넘어 백성의 한숨이나 한숨이나 아닌가
			12	강넘어 백성의 한숨이나 한숨이나 아닌가
13	물줄기는 솟아서 부서지고 또 부수지고-		13	물줄기는 부서지고 솟아서 부서진다
14	이 강 넘은 백성의 눈물이나 아닌가		14	강건너 백성의 눈물이나 눈물이나 아닌가
			3	살아서 갈 곳 없고
			4	죽어서 누울 곳 없고
			5	모두 다 잃고 빼앗겼으니
			6	물어보자 동포여!
			6	물어보자 동포여!

3악장에서는 「백두산」 6장의 3 중 3행부터 14행의 시를 사용하고 있는데, 6행의 "물어보자 동포여"를 네 번 반복하고 있으며, 3악장의 끝부분에서 3행부터 6행까지를 다시 한 번 반복하고 있다. 시어의 축약이나 삭제는 보이지 않으나 일부에서 시어의 변환이 보인다.

〈표 4〉 〈압록강〉 4악장

행	조기천 「백두산」 6장 3 중 15~30행	행	김옥성 〈압록강〉 가사
15	오오- 압록강! 압록강!	15	압록강! 압록강!
16	허나 오늘밤엔 그대 날뛰라	16	오늘밤엔 그대 날뛰라 그대 날뛰라
17	격랑을 일으켜	17	격랑을 일으켜
18	쾅-쾅 강산을 울리라.	18	강산을 울리라. 압록강 압록강
		17	격랑을 일으켜
		18	강산을 울리라. 압록강

행	조기천 「백두산」 6장 3 중 15~30행		김옥성 〈압록강〉 가사
19	이 나라의 빨찌산들이	19	이 나라 빨찌산들이
20	해방전의 불길을 뿌리려	20	해방의 불길을 뿌리며
21	그대를 넘어왔다-	21	그대를 넘어왔다- 압록강을 넘어왔다
			압록강 압록강
			압록강 압록강
22	애국의 심장을 태워 앞길 밝히며	22	애국의 심장을 태워 앞길 밝히며
23	의지를 갈아 창검으로 높이 들고	23	의지를 갈아 창검으로 높이 들고
24	이 나라의 렬사들이	24	이 나라의 렬사들이
25	조국땅에 넘어섰다.	25	조국땅에 넘어섰다.
26	압록강! 압록강!	26	압록강! 압록강!
27	격랑을 치여들고	27	격랑을 치여들고
28	쾅-쾅- 강산을 울리라!	28	쾅-쾅- 강산을 울리라!
29	거창한 가슴을 한 것 들먹이며	29	거창한 가슴을 한 것 들먹이며
30	와-와- 격전을 부르짖으라!	30	와-와- 격전을 부르짖으라!

〈압록강〉의 4악장에서는 「백두산」의 6장 3 중 15~30행의 시를 사용하였으며, 17~18행의 가사인 "격랑을 일으켜 강산을 울리라"를 두 번 반복하여 사용하였다. 또한 '압록강'의 도강(渡江)을 강조하기 위하여 '압록강'을 연이어 반복하고 있음을 볼 수 있다.

이와 같이 〈압록강〉에 사용된 가사를 보면, 극적인 요소를 부각시키기 위해 「백두산」의 절정부분인 제 6장의 시어 일부를 반복하기도 하고, 일부에서는 시어를 탈락시키거나 변화를 주면서 가사로 사용하고 있음을 볼 수 있다. 그러나 조기천의 「백두산」의 주요 등장인물 중 하나인 "김대장"이 〈압록강〉에서는 전혀 부각되지 않고 있으며, 항일혁명군들이 압록강을 넘어 국내로 진격하는 장면에 치중하여 곡이 씌어졌음을 확인할 수 있다.

4. 〈압록강〉에 대한 평가의 추이

교성곡 〈압록강〉을 작곡한 작곡가 김옥성(1916~1965)은 황해도 송화군 출신으로 독학으로 음악을 시작한 인물이다. 그는 해방직후에 군중가요를 창작하였으며, 1947년에 조선인민군협주단에 입대한 후 본격적인 작곡활동을 시작하였다. 그의 작품 중 북한 교성곡의 효시가 된 〈압록강〉은 한국전쟁 발발 전인 1949년에 작곡되었다.

〈압록강〉은 「백두산」의 시어를 남녀혼성합창과 제창, 그리고 남성중창과 여성중창, 독창, 레시타티브(recitative)로 형상하였는데, 악곡 전체에 흐르는 단조스케일과 저음의 선율의 진행, 그리고 외치는 듯한 혼성합창의 음색으로 인해 비장한 느낌이 만연한 곡이다.

부분적으로 살펴보면, 관현악으로 이루어진 전주에서는 1악장부터 4악장의 전체적인 분위기를 표현하였다. 그리고 각 악장들은 대체로 3부분형식으로 이루어져 있으며, A-B-A, 혹은 A-A′-B의 구조를 이룬다. 또한 1악장의 악상은 '느리게', 2악장은 '빠르게', 3악장은 '느리게', 4악장은 '조금 느리게 격동적으로'로 구성하고 있다. 전체적으로 비장하고 웅장한 감정 속에서 속도의 조절로 각 악장을 대비시키고 있으며, 4악장 피날레에서는 1악장 전주를 반복한 후 고음으로 음을 강조하면서 끝을 맺는다.

그런데 이러한 음악적 성격을 갖는 〈압록강〉에 대한 평가는 음악이 작곡된 1940년대말부터 현재까지 북한 내의 정치적 상황에 따라 변화되어왔다. 이에 〈압록강〉에 대한 시기별 평가의 양상과 평가의 의의를 살펴보도록 하겠다.

조기천이 1947년에 집필·완성한 전체 1,564행의 장편 서사시 「백두산」은 압록강 이북에서 활동했던 항일 빨찌산들의 활동과 인민들의 상황, 그리고 역사적 사건인 보천보전투를 소재로 하여 예술적으로 형상화하였다는 평가를 받는 작품[20]이다. 또한 소련을 후원세력으로 한 김일성이 자신을 중심으로 한 항일무장투쟁세력을 건국의 주역으로 부각시키고자 하는 정치적 의도로 「백두산」을 활용하였으며, 조기천의 「백두산」은 바로 김일성의 상징적인 주체를 확립해 가는 데 기여했다[21]고 평가하기도 한다.

그런데 조기천과 김옥성이 작품을 완성한 시기, 즉 1945년부터 북한 정치권에서 힘을 발휘하고 있었던 소련의 영향력은 상당했을 것임은 자명하다. 이는 1955년판 백두산의 속표지에 인쇄된 조기천의 헌사, 즉 "이 시편을 영웅적 해방군 쏘련 군대에 삼가 올리노라"[22]라고 쓴 부분에서도 알 수 있다.

이렇게 당시 소련의 영향은 정치권과 문학계뿐만 아니라 음악계에서도 지대한 영향을 미치고 있었다. 북한에서 새롭게 만들어 내야할 음악 양식과 스타일은 "민족 음악의 전통에 굳건히 립각하여 인민의 새로운 생활과 사상에 부합되는 음악의 새로운 쟌르들과 새로운 쓰찔"이며, "새 형의 애국주의, 혁명적 락관주의, 인민의 훌륭한 내면세계과 정신 도덕적 풍모, 조국의 아름다운 자연, 이 모든 것을 내용으로 한 생신한 음악 양식과 쓰찔들이 개화"해야 하는데, 이러한 음악의 근거, 혹은 모본이 된 음악이 바로 소비에트음악이라는 점이다. 그 이유는 소비에트 음악이 레닌의 원칙에 근거하여 소련 공산당의 향도 아래 성립되

---

20) 여지선, 같은 글, 316쪽.
21) 고현철, 「북한 정치사와의 상관성으로 살펴본 조기천의 1955년판 「백두산」」, 『국제어문』 제35집, 국제어문학회, 2005. 12, 264쪽.
22) 고현철, 위의 글, 236쪽에서 재인용.

었으며, 그것이 바로 인민을 위한 음악이고, 예술의 참된 본질을 발현
시키는 사회주의적 사실주의 창작방법에 의해 만들었기 때문이라는 것
이다.[23]

따라서 당시 음악계의 창작가들은 기본적으로 소비에트 음악에 대한
인식 속에서 당시 북조선의 음악계에서는 소련의 음악을 공부하는 모
임이 결성되어 소련의 작곡가와 음악스타일을 적용하는 문제를 고민[24]
하고 있었으며, 이러한 분위기에서 만들어진 김옥성의 〈압록강〉은 소
련 음악의 영향권 안에 들어갈 수밖에 없다. 이는 "조선 음악에서 오라
또리야–깐따따가 조선의 서사시적 현실을 반영하면서 김 옥성, 리 정언
등 작곡가들에 의하여 등장한 사실은 위대한 서사시적 현실을 경험하
고 반영한 쏘베트 오라또리야 깐따따의 영향과 분리하여 생각할 수 없
다[25]"는 글에서도 확인할 수 있다.

1947년 봄에 있었던 북한 평단의 「백두산」에 대한 평가가 엇갈렸던
것과는 달리 소련의 음악적 영향을 받아 작곡된 〈압록강〉에 대한 당
시 평단의 평가는 긍정적이다. 〈압록강〉에 대한 첫 번째 평가는 안함
광에 의해서 이루어졌다.

안함광의 1949년 예술축전에 새롭게 작곡된 곡을 평하는 글에서 "작
곡 부문에 있어서는 전체적으로 우리 민족 음악 수립 운동에서의 기본

---

23) 리히림, 「해방후 조선 음악과 조선 인민의 음악생활에 준 쏘베트 음악의 영향」, 『해
    방후 조선음악』, 1956, 248~251쪽.
24) "지금 조선 작곡가들의 손에서 연구되고 있는 로씨야의 고전 오페라, 씸포니야 작
    품들과 탁월한 쏘베트 작곡가들이 테·쏘쓰따꼬위츠의 씸포니야 제 5, 7, 10번과
    오라또리야 〈삼림의 노래〉, 유·쏴보린의 씸포니야–깐따따 〈꿀리꼬브 초원에
    서〉, 하챠투리얀의 심포니야 제2번과 〈가야네〉 등은 반드시 조선 음악 해당 부
    문에 적극적인 영향을 주리라는 것을 의심치 않게 하고 있다." 리히림, 위의 글,
    1956, 252쪽.
25) 리히림, 위의 글, 1956, 251~252쪽.

적 방향인 선율의 민족적 형식과 민주주의적 내용의 악상표현에로 노력 향상하고 있음을 볼 수가 있다."는 서두와 함께 "김옥성 씨 작곡 교성곡 <압록강>은 조기천씨 작 「백두산」에서 발췌한 작품으로 큰 스케일과 민족해방 투쟁에 있어서 승리의 내일에로 지향하는 우렁차고 힘찬 빨찌산의 모습을 잘 표현[26]"하였다고 쓰고 있다.

안함광이 「백두산」은 현실에 기초하지 않은 혁명적 낭만주의를 표현했다는 평가와 달리 <압록강>은 민족해방투쟁과 힘찬 빨치산의 모습을 보여주었다는 평가를 내리고 있는 것으로 보아 아마도 「백두산」에 대한 안함광과 조기천의 논쟁과 이를 중재한 김창만의 전거[27]가 있었기 때문일 것으로 추측된다.

전후 <압록강>에 대한 평가는 계속해서 긍정적이다. 먼저 <압록강>과 창작 시기와 가장 가까운 1956년 「해방후 10년간의 조선 음악」에서 김옥성 작곡의 칸타타 <압록강>을 '모범적인 합창 음악'으로 평가하면서 전체 4악장의 곡 중 1악장과 4악장의 형상이 선명하고 성실하다고 보았다. 이와 관련된 글을 인용하면 아래와 같다.

　　제1악장에서 『이 나라 북변의 장강 칠백리 압록강』은 민족의 눈물이 난다. (…중략…)
　　제1악장의 중간 부분에서의 남성 독창은 특히 거대한 랑만으로 관

---

26) 안함광, '예술축전의 성과와 교훈―1949년도 예축을 보고」, 『안함광 평론선집 4―문학과 현실』, 박이정, 1998, 280~281쪽.
　　김재용·이현식 편의 『안함광 평론선집 4』에 실려있는 안함광의 글에는 '김옥성'을 '전옥성'이라 하고 '교성곡'을 '교향곡'이라고 적어 놓았는데, 오타인 것인지 원문이 그러했는지 확인할 수 없으나 오기이다.
27) 1947년 봄, 「백두산」을 둘러싼 논쟁은 안함광이 여러 가지 장점에도 불구하고 "현실에 기초하지 않은 혁명적 낭만주의"라고 지적한 것에 대해 조기천이 비판하였으며, 논쟁이 계속되자 결국 당의 문예 정책을 책임지고 있었던 김창만이 개입하여 일방적으로 안함광의 잘못을 비판했던 일련의 논쟁을 말한다.

철되여 있으며 그것은 한 많은 평생을 회고하는 엄숙하고 비장한 정서로 일관된 제 1악장 속에서도 전반부와 반복되는 후반부와의 사이에서 작품 형상의 가장 높은 위치를 차지하여 빛나고 있다. (…중략…)

제4악장은 김일성 원수가 지도한 빨찌산 부대들이 압록강을 건너오는 정경을 묘사하였는바 악곡은 노한 격랑처럼 격정과 흥분에 쌓인다.

제1악장과 제4악장은 형상의 뚜렷한 대조를 보이면서도 작품의 음조를 통하여 심리의 추리는 자연을 커다란 힘으로 성격화하고 있는 것이다.28)

또한 〈압록강〉은 전쟁시기와 전후 복구시기에 창작된 다양한 칸타타와 오라토리오에 커다란 영향을 미쳤다고 보았다. 이후의 작곡가들은 〈압록강〉에서 보여준 테마와 음악적 스타일, 즉 위험에 직면한 조국에 대한 인민들의 애국주의와 이러한 현실 속에서 영웅적으로 싸우는 조선 인민의 투쟁의 모습을 배운 셈이며, 이후 윤영기의 「어랑천」, 황순현의 「보천보의 횃불」, 김영배의 「백두산」, 리 정언의 「조선은 싸운다」와 같은 칸타타 작품들이 나오게 되었다는 것이다. 또한 작품의 극적 구성과 주인공이 겪는 사건, 심리, 사상 등을 묘사하기 위해 칸타타를 레시타티브 독창, 합창, 관현악 등으로 구성함으로써 청중들에게 작품의 사상을 전달하는데 큰 역할을 하였으며, 대중들은 칸타타 장르에 익숙하게 되었다29)고 보았다.

1956년의 평가를 종합해보면, 거대한 역사적 전변과 인민의 투쟁을 보여주기 위한 음악 양식으로 칸타타가 적합하였으며, 김옥성이 작곡한 〈압록강〉을 시작으로 칸타타가 발전하기 시작하였는데, 이러한 칸타

---

28) 리히림, 같은 글, 1956, 23~24쪽.
29) 리히림, 같은 글, 1956, 51~52쪽.

타의 음악적 구성과 스타일은 소련의 영향으로 이루어졌다는 보고 있음을 알 수 있다.

이후 <압록강>은 북한 음악계에서 계속 연주되었으며, 김옥성이 병으로 사망한 다음해인 1966년에 『김옥성작곡집 2』가 출판되었다. 이 작품집에는 박은용이 쓴 김옥성의 생애와 활동이 있으며, 가요곡과 독창곡, 중창곡, 합창곡, 교성곡, 동요곡 등이 실려있는데, 교성곡 부분에 <압록강>전편이 수록되어 있다.

박은용은 「김옥성의 생애와 활동」에서 "교성곡 <압록강>은 사상-주제에서뿐만 아니라 음악적형상에 이르기까지 전투적합창 쟌르로 전변시켜 놓은 작품이라는데 본질적 의의[30]"가 있으며, "불후의 명곡으로 된 교성곡 <압록강>[31]"이라고 평가하였다. 또한 박은용은 1956년의 것과는 달리 제2악장을 강조하면서 혁명성과 전투성뿐만 아니라 서정까지 나타나는 것으로 보고 있다. 즉, "교성곡 <압록강> 제1악장에서 성숙하기 시작한 그의 서정의 리상은 계속 심화발전하여 나갔다. 교성곡 <압록강>의 서정은 구성지고 심각한 것으로써 혁명투사들의 조국에 대한 생각과 그들의 고결한 정신적 풍모 등을 진실하게 전달하였다[32]"면서, <압록강>에 나타나는 혁명성과 조국애를 강조하였다.

이러한 박은용의 평가를 10년 전의 것과 비교해 보면, 이전 시기의 전투성이나 혁명성을 강조했던 것에 더하여 "서정"이 추가되고, 소련의 역할이 제외된 것과 함께 "불후의 명곡"이라는 평가를 더해 놓았음을 볼 수 있다.

---

30) 박은용, 「김옥성의 생애와 창작활동」, 『김옥성 작곡집』 제2집, 조선문학예술총동맹출판사, 1966, 6쪽.
31) 박은용, 같은 글, 5쪽.
32) 박은용, 같은 글, 7쪽.

1960년대 후반에는 주체사상이 완성되어 공고화되었으며, 이후 북한의 모든 저술들에서 주체사상의 창시자라는 김일성의 우상화에 애쓰는 정황을 발견할 수 있다. 음악부문에서도 마찬가지였다. 유일사상체제와 김일성우상화 작업이 완성되었던 1970년대 후반인 1979년, 리히림은 1956년에 쓴 「해방후 10년간의 조선음악」을 보완하여 『해방후 조선음악』을 저술하였는데, 이 책에서 서술된 〈압록강〉에 대한 평가를 찾아보면 다음과 같다.

그는 우선 음악 형식에서 교성곡은 혁명전통과 영웅서사시적 현실을 가진 상황에 적합한 종류로 보고 있으며, 대표적인 작품으로 〈압록강〉을 들고 있다. 또한 교성곡 〈압록강〉은 장편서사시 「백두산」에 기초하여 김일성이 조직 영도한 항일무장투쟁시기 항일유격대의 조국진군모습을 4개 악장의 웅장한 규모를 가진 교성곡 형식에 반영한 작품이며, 작품의 규모에서 웅장하고 영웅 서사시적일뿐 아니라 그 형상에서 음악적 표현의 성실성과 묘사의 진실성을 보여주었기에 근로자들의 사회주의적 애국주의교양에 이바지하고 있으며, 전시와 전후시기 교성곡 장르의 선구적 역할을 수행하였다고 평가[33]하였다.

이를 보면, 전체적인 기조는 1956년의 것과 비슷하나, 1956년의 것이 작품의 형상적 특징과 교성곡 장르의 개척에 주안점을 두었다면, 1979년의 서술은 전에 보이지 않던 영웅, 즉 항일무장투쟁을 조직하고 영도했던 김일성의 활동과 형상이 음악에 잘 표현되어 있기 때문에 현 시대가 요구하는 사회주의적애국주의의 교양을 가능하게 하였다고 본 것이다. 즉, 1950년대와 1970년대의 동일저자에 의한 〈압록강〉의 평가에서 우리는 변화된 정세를 반영한 북한의 평단의 변화를 확인하게 된다.

---

33) 리히림, 『해방후 조선음악』, 문예출판사, 1979, 51~52쪽.

이후 <압록강>에 대한 평가는 80년대 말과 90년대 초반에 출판된『문학예술사전』에서 찾을 수 있다. 1988년의 서술[34]과 1993년의 서술[35]은 대체로 비슷하다. 즉, 1악장부터 4악장까지 선율의 주제와 가사를 중심으로 서술하고 있는데, 곡 전체의 형상적 측면에서 보았을 때 1악장과 3악장에서는 조국의 비운과 압록강의 웅장한 모습을 서정적으로 묘사하고 있으며, 2악장과 4악장에서는 조국 광복을 위한 항일유격대원들의 불요불굴의 투지와 영웅성을 구현하면서 전투적인 형상을 드러내고 있다고 보았다. 이 두 글에서는 총 4악장의 교성곡 <압록강>에 대한 음악적 평론을 각 악장별, 그리고 악장 내의 세부 주제별로 세세하게 서술해 놓았으며, 그 내용은 1950년대 서술과 대체로 일치한다.

그러나 이 두 서술의 차이는 먼저 전체적인 내용면에서 1988년의 내용이 좀 더 확대되어 있다는 점이며, 1993년의 것은 1988년의 내용을 축소해서 실어놓았다는 점이다. 또한 부분적으로 1993년의 서술에서 특이한 점이 발견되는데, 1악장의 서술에 "민족적선률이 뜨겁게 흐른다"는 점과 마지막에서 "교성곡 <압록강>은 종래의 극음악창작원칙에 의하여 쓰인 것으로 하여 일정한 제한성은 있으나" 인민들을 항일혁명전통으로 교양하는데 이바지하였던 작품으로 설정한 것이다. 즉 1990년대의 내용은 그 이전의 것에 비해 민족적 선율이 부각되고 있으며, 교성곡의 장르적 제한성을 제기하고 있다는 점이 특이하다.

필자의 분석에 의하면 <압록강>에서 민족적 선율이나 감성이 드러나는 부분은 1993년『문학예술사전』이 밝힌 바와 같이 1악장이나, 사전에서 제시된 것처럼 1악장의 두 번째 부분에서가 아니라 첫 번째 마

34)『문학예술사전』, 과학백과사전출판사, 1988.
35)『문학예술사전』, 과학백과사전종합출판사, 1993.

지막 부분에서부터 민족적 선율이 시작된다. 즉, 가사로 볼 때 1악장 제 5행의 "떼목이 내린다" 중 "내린다"에 해당하는 제 29마디와, 남성 독창으로 불리는 10행부터 17행까지 이어지는 1악장의 둘째부분인 제 53~86마디의 선율에서 민족적 선율이나 민족적 감성이 나타난다. 그리고 그 선율 진행의 양상은 종지형의 느낌이 나는 "라–도–시–라", 혹은 "라–라–미–라"의 음형이며, 육자배기토리의 선율형을 느리게 사용함으로써 비장하고 숙연한 느낌을 갖게 한다.

악보 1) 제29마디   악보 2) 제66-67마디

악보 3) 제84-86마디 (라-라미-라 음형)

〈그림 1〉 라–도시–라 음형

이렇게 93년의 서술이 그 이전과는 달리 민족적 선율이 부각된 이유를 추측해보면, 아마도 1980년대 후반부터 이론으로 제기된 조선민족제일주의의 영향으로 보인다. 음악과 무용 등의 분야에서 민족적 성향을 강조하는 경향이 90년대부터 시작되며, 그것이 〈압록강〉에 까지 미쳐 그 이전에는 볼 수 없었던 민족적 선율에 대한 곡 해석과 평가가 내려지고 있는 것이다.

그러나 이렇게 장엄한 혁명적 사실을 부각시켰을 뿐만 아니라 영웅 서사시적 형상을 가장 잘 부각시킬 수 있는 장르가 교성곡이었다고 말하면서도 교성곡의 장르적 제한성을 제시했다는 점은 암시하는 바가 크다. 즉, 이들이 말한 교성곡의 장르의 제한성이란 가사가 절가형식이 아니며, 아리아나 대화창 등으로 이루어진 선율이 매우 까다롭고 따라 부르기 어렵기 때문에 인민들의 감정과 구미에 맞지 않다36)는 것이다.

여기에 더하여 교성곡을 대체할만한 장르인 '합창과 관현악'이 1980년대 초에 혁명영화 <조선의 별>의 주제가를 창작하는 과정에서 만들어졌다. 합창과 관현악은 음악의 가사가 철저하게 북한 음악의 기본형태인 절가형식을 취하고 있으며, 이로 인해 합창과 관현악은 인민들이 쉽게 받아들일 수 있는 인민성과 통속성을 확보하고 있다37)고 하였다.

이와 같이 교성곡이 부르기 어려울 뿐만 아니라 교성곡을 대체할 합창과 관현악 장르가 개척되었기 때문에 1993년 10월초에 평양모란봉극장에서 있었던 <김옥성 음악회>에는 김일성이 곡도 좋고 내용도 좋다는 교시38)를 내렸던 교성곡 <압록강>은 연주되지 않고, 오로지 중창과 합창곡, 그리고 전시가요가 연주되었다.

이러한 정황을 살펴보면, 북한 음악에서 절가형식 확립되어 고착된 1980년대 이후부터 교성곡 <압록강>은 북한에서 연주되지 못했던 것으로 추측된다. 그러나 1990년대 후반부터 평양에서 개최된 윤이상음악회에서 윤이상 작곡의 교성곡 <나의 땅, 나의 민족이여>가 연주되면서 교성곡에 대한 부정적 견해는 줄어든 것으로 보인다. 이는 2001년

---

36) 류신정, 「합창과 관현악곡은 우리 나라에서 탐구하고 발견한 새로운 형식의 성악 종류이다」, 『조선예술』 1993년 제11호, 18쪽.

37) 류신정, 같은 글, 18쪽.

38) 은영남, 「(수기) 위대한 사랑속에 그는 가장 행복한 작곡가로 남아있습니다」, 『조선예술』 1993년 제5호, 53쪽.

강정순이 쓴 김옥성의 명곡창작비결에 관한 글에서 확인된다. 즉, "평화적민주건설시기에 창작한 교성곡 〈압록강〉은 광복후 작곡가들이 수령을 어떻게 받들어 모셔야 하는가를 실천적 모범으로 보여준 뚜렷한 실례이다. 조기천의 장편서사시 「백두산」에 기초하여 창작한 교성곡 〈압록강〉은 위대한 수령님의 령도밑에 발휘된 항일혁명투사들의 고상한 정신세계를 음악작품에 담아 우리 음악계에 울린 첫 서사시적수령송가작품이다[39]"라고 평가하고 있는 것이다.

지금까지 1949년 평론가 안함광의 평가에서 시작하여 2001년 강정순에 이르기까지 교성곡 〈압록강〉에 대한 시기별 평가의 추이를 정치상황과 연관해서 살펴보았다. 〈압록강〉이 조기천의 장편서사시 「백두산」을 가사로 채택하였다는 점과 북한에서 교성곡의 시초가 되었다는 점, 그리고 혁명적인 항일무장투쟁의 서사를 그려냈다는 점에서 긍정적인 평가가 지속되었었다. 그러나 합창과 관현악이라는 장르의 개발과 성악부문에서 절가를 기본 형식으로 채택하면서 교성곡은 장르의 제한성이 있다는 평가를 받았고 이에 따라 김옥성의 교성곡 〈압록강〉은 연주되지 않고 점차 잊혀져가고 있었다. 그러나 윤이상의 교성곡이 연주되면서 북한 교성곡 장르의 시초가 된 김옥성의 〈압록강〉이 다시 부각되었던 것을 확인할 수 있다. 또한 1950년대에는 소련 음악의 영향력을 상정하였던 것에 비해 종파투쟁에서 김일성파의 승리와 1960년대 주체사상의 완비 등 기반이 다져진 후 소련의 역할은 더 이상 중요한 논점이 되지 못했던 것도 알 수 있었다. 이에 더하여 1990년대에는 음악에서의 민족주의가 요구되면서 〈압록강〉에서도 그 이전의 평가에서 거론되지 못했던 "민족적 선율"이 서술된 것을 볼 수 있었다.

---

39) 강정순, 「명곡창작의 비결은 어디에 있는가」, 『조선예술』 2001년 제3호, 64쪽.

5. 나가며

1947년 조기천의 장편서사시 「백두산」을 바탕으로 1949년 작곡된 김옥성의 <압록강>은 전작이 수령형상화의 시초가 된 문학작품이라는 평가처럼 이 역시 항일무장투쟁의 내용을 교양하고 수령형상화에 앞장섰다는 평가를 받는 음악작품이다.

본고에서는 북한 교성곡의 최초 작품인 김옥성 작곡의 <압록강>의 음악사적 의미를 파악하기 위해, <압록강> 창작 당시의 시대적 상황과 음악계의 분위기를 살펴보았으며, 가사의 전용양상과 이 작품에 대한 시대적 평가의 추이를 알아보고자 하였다.

김옥성이 <압록강>을 작곡하던 시기인 평화적민주건설시기에는 새로운 유형의 음악을 개척해야 한다는 시대적 요구와 함께 기존의 부르주아 음악가들에게서 보이던 반동적이며 퇴폐적인 사조를 몰아내고 사회주의적 사실주의 방법론에 의해 만들어진 작품만이 고상한 음악이라는 인식이 있었음을 알 수 있다.

다음으로 장편서사시 「백두산」에서 교성곡 <압록강>으로의 형상의 전환 양상을 보기 위해 <압록강>의 가사를 분석해 보았다. 가사는 「백두산」의 시 중에서 보천보전투를 묘사하는 항일 빨치산들이 압록강을 넘어 국내로 진격하는 장면을 표현한 6장에 집중되었으며, 이중에서도 전반부에 해당하는 1부터 3의 시를 채택하여 전체 4악장의 가사에 유용하였음을 보았다. 또한 시어를 가사에 직접 사용하기보다는 음악적 구성에 맞게 시어를 반복하거나 일부 삭제를 하였음을 알 수 있었다.

마지막으로 교성곡 <압록강>에 대한 시기별 평가의 추이를 정치상황과 연관해서 살펴보았다. <압록강>이 조기천의 장편서사시 「백두산」

을 가사로 채택하였다는 점과 북한에서 교성곡의 시초가 되었다는 점, 그리고 혁명적인 항일무장투쟁의 서사를 그려냈다는 점에서 긍정적인 평가가 지속되었었다. 그러나 합창과 관현악이라는 장르의 개발과 성악 부문에서 절가를 기본 형식으로 채택하면서 교성곡은 장르의 제한성이 있다는 평가를 받았고 이에 따라 김옥성의 교성곡 〈압록강〉은 연주되지 않고 점차 잊혀져가고 있었다. 그러나 윤이상의 교성곡이 연주되면서 북한 교성곡 장르의 시초가 된 김옥성의 〈압록강〉이 다시 부각되었던 것을 확인할 수 있다. 또한 1950년대에는 소련 음악의 영향력을 상정하였던 것에 비해 종파투쟁에서 김일성파의 승리와 1960년대 주체사상의 완비 등 기반이 다져진 후 소련의 역할은 더 이상 중요한 논점이 되지 못했던 것도 알 수 있었다. 이에 더하여 1990년대에는 음악에서의 민족주의가 요구되면서 〈압록강〉에서도 그 이전의 평가에서 거론되지 못했던 "민족적 선율"이 서술된 것을 볼 수 있었다.

출전: 「김옥성작곡집」제2집, 조선문학예술총동맹출판사, 1966

교 성 곡
압 록 강
(Ⅰ)

조 기천 작사   김 옥성 작곡

사보 : 양영진

북한 초기 미술과 소련 미술의 교류

1945~1953년간 북한문예지 미술 비평 텍스트를 중심으로

홍 지 석*

1. 서론

이 글에서는 1945년에서 1953년에 이르는 기간, 북한에서 발표된 미술비평 문헌들을 중심으로 소련과 초기북한미술의 관련 양상을 검토하고자 한다. 주지하다시피 이 시기 북한미술은 소련미술과 떼어놓고 생각할 수 없다. 다른 모든 분야와 마찬가지로 이 시기 북한미술은 소련미술에 대한 학습과 체화를 통해 변화와 성장의 동력을 얻었다. 이 기간 중 소련은 북한의 정치, 사회, 문화의 모든 영역에 관여하며 막대한 영향을 미쳤다. 북한을 점령했던 소련군은 1948년 12월 25일 공식적으로 철수했지만 1949년 3월 17일 '조소경제문화협정'이 체결되면서 소련, 북한의 밀접한 유대는 한층 공고해졌고 6·25전쟁을 거쳐 적어도 1950년대 후반까지 이러한 관계는 지속됐다. 이 기간 중 평양을 중심으로 한 북한미술계는 새로운 사회주의 미술 건설이라는 과제에 몰두했

---

* 단국대

고 이에 따라 미술의 제도와 형식, 내용에는 큰 변화가 일어났다. 이러한 변화에 가장 큰 영향을 미친 것이 바로 소련미술이다. 또한 이 시기 소련미술로부터 받은 영향은 직간접으로 이후 소위 주체미술의 형성에 큰 영향을 미쳤다. 1956년 제1차 전연맹 소비에트미술가 대회에서 당시 조선미술가동맹 중앙위원회 위원장이었던 정관철은 이렇게 회고했다. "사회주의 레알리즘에 있어서 당신들이 거둔 거대한 성과들에 대한 우리 조선미술가들의 연구섭취는 …강력한 사상적 무기로서 옳게 이바지하게 하였습니다."[1]

　1945년에서 1953년까지 소련과 북한미술의 관련 양상은 일단 '북한미술의 소비에트화'에 초점을 맞춰 검토할 필요가 있다. 당시 북한미술가들은 능동적, 자발적으로 소련미술을 학습하는데 열중했고 이를 통해 미술에서 낡은 과거의 잔재를 청산하고 사회주의로 지칭되는 새롭고 보편적인 미술의 흐름에 동참하고자 했다. 결과적으로 북한미술의 소련미술 학습과 체화는 유럽(소련)중심의 미술 이론과 개념의 일방적 수용이라는 양상을 띠게 됐다. 말하자면 그것은 서구중심적인 레드오리엔탈리즘(red orientalism)[2]의 틀에서 진행된 타자화의 성격을 갖는다. 물론 이 기간에 북한미술계가 전통 내지는 민족미술을 도외시했던 것은 아니다. 하지만 당시 북한미술계의 전통, 민족형식에 대한 탐구와 성찰은 소비에트 문예이론이 허용하는 틀에서 행해졌다. 예컨대 '조선미술유산'에서 소련(소비에트 미학)이 요구하는 특성을 찾아내고 이를 우수한 민족미술로 내세우는 식이다. 그런 의미에서 이 시기 북한미술의 '전통' 담론

---

1) 정관철, 「제1차 전련맹 쏘베트 미술가 대회에서 한 조선미술가동맹 중앙위원회 위원장 정관철 동지의 축사」, 『조선미술』 제3호, 1957, 16쪽.
2) 이 용어는 금인숙의 논문에서 가져온 것이다. 금인숙, 「마르크스주의 사회과학에서의 오리엔탈리즘」, 『담론21』 제9집 제3호, 2006, 138쪽.

은 소비에트화와 무관하지 않다.

이러한 전제 하에 이 글에서는 『조쏘친선』, 『조쏘문화』, 『문화전선』, 『문학예술』 등 1945년에서 1953년 사이 발간된 북한문예지에 실린 미술비평을 검토하여 북한미술의 소비에트화 과정을 드러내 보이고자 한다. 이러한 문헌위주의 검토 방법은 많은 한계를 지니나 당시 제작된 북한미술 작품을 확인하는 일이 현실적으로 거의 불가능하다는 점에서 당면 주제에 접근하는—현재로서는—사실상 유일한 방법이다. 문헌 검토는 크게 두 가지 방향에서 순차적으로 이뤄질 것이다. 하나는 소련과 북한미술의 제도적 관련 양상에 대한 검토다. 여기서는 문예(미술)정책, 제도나 인적 교류 양상이 중점적으로 다뤄질 것이다. 다른 하나는 소비에트가 요구한 작품 형식과 내용, 전통미술에 대한 태도가 북한미술에 수용, 체화되는 양상에 대한 검토다. 이는 당시 소련 문예정책의 기치였던 '사회주의 리얼리즘'이 북한미술에 수용, 체화되는 과정에 대한 검토가 될 것이다.

우리 학계에서 초기 북한미술과 소련미술의 관련 양상을 다룬 선행연구로는 이구열 『북한미술 50년』(2001), 최열 『한국현대미술의 역사 1945~1961』(2006), 조은정 「한국전쟁기 북한에서 미술인의 전쟁 수행 역할에 대한 연구」(2008), 문영대, 김경희 『러시아 한인 화가 변월룡과 북한에서 온 편지』(2004)가 있다. 이 연구들은 남북한과 러시아 자료들을 활용해 북한미술 전체, 또는 부분적 맥락 속에서 초기북한미술의 위상과 역할을 논한다는 장점이 있지만 자료의 한계로 인해 북한과 소련 미술의 관련 양상은 극히 제한적인 수준에서 언급하는 한계가 있다.[3]

---

3) 이구열, 『북한미술 50년』, 돌베개, 2001 ; 최열, 『한국현대미술의 역사』, 열화당, 2006 ; 조은정, 「한국전쟁기 북한에서 미술인의 전쟁 수행 역할에 대한 연구」, 『미술사학보』 제30집, 2008 ; 문영대·김경희, 『러시아 한인 화가 변월룡과 북한에서

이 글은 열거한 선행연구들을 참조하면서 이들 연구에서 다루지 못한 자료들[4]을 추가하여 특히 소련미술과의 영향관계에 초점을 두는 방식으로 초기북한미술에 관한 선행연구 내용을 보충, 심화하는 방식을 취하게 될 것이다.

2. 북한―소련미술의 제도적 관련 양상

먼저 초기북한과 소련미술의 제도적 관련 양상을 살펴보기로 하자. 새로운 미술은 새로운 제도의 수립을 요구할 것이다. 초기 북한 미술에서 새로운 제도는 소련의 선례를 철저히 모방하는 방식으로 구축됐다. 이는 미술을 아우르는 문예 전반의 정책으로부터 개개 인적교류에까지 일반적으로 나타나는 현상이다. 먼저 문예정책 전반의 관련 양상을 보자. 캐서린 버더리(Katherine Verdery)가 지적한대로 소련과 동유럽 사회주의 국가에서 문화는 '상징―이데올로기적 통제(symbolic―ideological control)'의 중요한 수단이었다. 즉 문화는 국가의 취약성을 은폐하는 기능을 수행한다. 사회주의 국가는 그 자신이 늘 주장하듯 강력하고 부유하지 않다. 그러나 강력하고 부유한 이미지를 간직할 필요가 있다. 따라서 사회주의 국가는 구성원들의 노동에 경제적 인센티브를 줄이고 대신 이

온 편지』, 문화가족, 2004.
4) 이 자료의 대부분은 통일부 북한자료센터와 국립중앙도서관 지식정보통합검색
 (dibrary)에서 구했다. 국립중앙도서관 지식정보통합검색(http://www.dibrary.net)은
 미국국립문서기록관리청(National Archives and Records Administration) 소장 해외
 한국관련기록물의 영인수집본 CD-ROM과 원문 DB를 일반에 공개 중인데 여기에
 는 『조쏘친선』, 『조쏘문화』, 『문화전선』 등 초기 북한 문예관련 자료 원본이 상당
 수 포함돼 있다.

데올로기적 인센티브를 늘려간다.[5] 이는 '문화'의 역할이 될 것이다. 초기 북한의 경우도 마찬가지였다. 찰스 암스트롱(Charles K. Armstrong)에 따르면 1947년 북한은 인민위원회 예산의 20%를 문화에 사용했다.[6] 문화에 대한 접근방식 역시 북한은 소련의 방식을 따랐다. 암스트롱에 따르면 소련 문화정책의 가장 큰 특징 가운데 하나는 문화를 경제와 유사한 방식으로 다룬다는 점이다. 예컨대 "여기에는 중앙 집중적 계획이 있었고, 명시적 할당(quotas)이 있었으며 전쟁과도 같은 '캠페인'이 있었다"[7]는 것이다. 초기 북한 역시 이러한 접근을 충실하게 계승했다. 이는 1945년에서 1949년까지 4년간 '미술동맹'의 성취를 정량적 수치로 표현하는 정관철의 다음과 같은 언급에서 분명히 드러난다.

해방후 미술운동의 초창기에 있어서 북조선의 미술가들이 조국건설을 위하여 그야말로 열성을 다하여 분투하였다. 1946년에 있어서는 25만점의 선전벽화, 2만여점의 포스타-, 7만여점의 만화, 도표, 기념탑, 아-취초안 제작과 26회에 궁한 미술전람회와 그 전시회에 전시된 작품 2천 1백점을 들수 있는 것이다.[8]

이렇게 단기간에 많은 작품을 제작하기 위해서는 효율적인 제작공정의 관리와 그 전제로서 표준화된 규범이 요청된다. 규범에 따라 작업하는 화가와 조각가는 전선에 투입된 병사처럼, 또는 건설현장에 투입된

---

5) Katherine Verdery, *National ideology under socialism : identity and cultural politics in Ceaus*escu's Romania*, University of California Press, 1991, pp.83~87.
6) Charles K. Armstrong, 김연철, 이정우 역, 『북조선탄생』, 서해문집, 2006, 263쪽.
7) Charles K. Armstrong, "The Cultural Cold War in Korea, 1945~1950," The *Journal of Asian Studies*, Vol. 62, No. 1., 2003, p. 82.
8) 정관철, 「미술동맹 4년간의 회고와 전망」, 『문학예술』 제8호, 1949, 87쪽. 이하에서 직접인용의 경우 수정 없이 원문 그대로를 옮겨놓는 방식을 취하기로 한다.

노동자나 기술자처럼 작업한다. 그래서 초기 북한의 대표적인 문예잡지
의 이름은 『문화전선』이나 『문화건설』이다. 문화전선에서 그리고 문화
건설의 현장에서 미술가는 전통적 예술가이기를 중단하고 스탈린이 요
구한 '인간 영혼을 다루는 기술자'로 변모한다. 보리스 그로이스(Boris
Groys)에 따르면 1930년대~1940년대를 풍미했던 스탈린 시대의 문예는
표준화를 추구하며 개인주의와 미술가의 '고유한 방법'을 경멸한다. 미
술가의 고유한 방법이 아니라 '구성의 객관적인 법칙이 중요한 것이
다.9) 북한의 경우는 당시 서울에서 활동하던 이쾌대가 북한 해주지역
을 방문하고 『신천지』 1947년 2월호에 기고한 방문기를 통해 상황을
짐작할 수 있다. 그는 이 글에서 북한에서 단기간에 한꺼번에 그려진
김일성과 스탈린, 레닌의 초상화 대부분을 미술적인 일개의 작품으로
보기 어렵다고 하면서 "미술인이 목표로 하는 예술적인 욕구를 말살까
지는 아니나 거진 거세당하는 경우가 많다"고 평가한다. 이는 소련사람
들의 영향을 받은 탓이다.

> 그래서 작화하신 분들께 무러보았드니 말하기를 蘇聯사람에게 배
> 웠노라고 한다. 즉 광목, 펭키 이두가지만가추면 무엇이든지 그려낼
> 수있다는것이다. (蘇聯사람들은 특히 최소의것을 가지고 최대의효과
> 를 목적한다는 그노력을추궁한다고 합니다) 그럼으로 간단한 화구를
> 가지고 그 과용여하에 따라서 얼마든지조흔결과를 가져올수있다는
> 것이다.10)

---

9) Boris Groys, 오원교 역, 「아방가르드 정신으로부터 사회주의 리얼리즘의 탄생」, 『유
토피아의 환영 : 소비에트문화의 이론과 실제』, 한울, 2010, 122쪽. 보리스 그로이
스는 1930년대 정식화된 사회주의 리얼리즘이 이처럼 개인의 고유한 방법을 배제
하고 표준화를 강조한 것을 1920년대 아방가르드 정신의 유산으로 간주한다.
10) 이쾌대, 「북조선미술계 보고」, 『신천지』 2월호, 1947, 103쪽.

이쾌대의 언급으로부터 우리는 당시 북한미술인들이 '개인의 예술적 욕구'를 중시하던 과거의 예술가 개념에서 벗어나 효율과 효과, 정량화된 성과를 중시하는 기술자로 변모하는 과정을 본다. 이는 소비에트의 요구에 따라 인간을 사회주의식으로 개조하는 절차의 일부다. 그리고 당시 북한에서 사회주의식 인간 개조는 소련적 삶의 양식의 수용, 모방과 불가분의 관계였다. 암스트롱에 따르면 1945년에서 1950년 사이에 70여 편에 달하는 러시아, 소비에트 문학작품이 번역됐다. 러시아어는 공식적인 제2언어가 됐다. 1947년에는 고급중학교에 1948년에는 초급 중학교에 러시아어가 필수과목이 됐고 1949년에는 김일성대 입학을 위한 언어가 영어에서 러시아어로 대체됐다.11) 이와 더불어 북한에서 삶의 양식은 점차 소련적 삶의 양식을 닮아가게 됐다. 와다 하루끼의 말대로 "여학생들이 머리에 붙이고 다니는 커다란 리본과 허리 아래를 석탄 소독액으로 회게 칠한 가로수 등은 소련에서 흔히 볼 수 있는 것들"이었고 "길가의 건물들은 1층에 상점이나 도시가 들어서고 2층 이상이 아파트로 지어졌는데 이것도 소련식"이었던 것이다.12) 또 화가들은 에츄드(습작), 리수노크(데생), 나브로소크(초벌그림), 몰벨트(이젤)같은 단어들을 일상적으로 사용하게 됐다.13) 이러한 현상은 당시 북한 지도부의 의도와 맞물리는 것이었다. 1949년 2월 '조소경제문화협정' 체결에 참여했던 교육상 백남운은 "쏘련은 과연 인류 역사상의 가장 선진적인 유일의 사회주의 쏘베트국가"이며 "쏘련의 역사적 행정은 우리

11) Charles K. Armstrong, "The Cultural Cold War in Korea, 1945~1950," *The Journal of Asian Studies*, Vol. 62, No. 1., 2003, pp.82~83.
12) 와다 하루키, 서동만·남기정 역, 『북조선 : 유격대국가에서 정규군 국가로』, 돌베게, 2002, 135쪽.
13) 문영대·김경희, 『러시아 한인 화가 변월룡과 북한에서 온 편지』, 문화가족, 2004, 57~101쪽.

인민공화국의 민주 발전의 역사적 방향의 지표"인 까닭에 북한 인민은 "쏘련 인민의 새 인간 타이프를 배워야 할 것"[14]이라고 주장했다. 이제 북한 문예가 "쏘련 인민의 새 인간 타이프"를 배우는 과정을 살펴보기로 하자.

1) 〈조쏘문화협회〉와 『조쏘친선』/『조쏘문화』

소련과 초기 북한의 문화교류를 위한 핵심 채널은 1945년 11월에 북한에 설립된 '조쏘문화협회'(1956년 '조쏘친선협회'로 변경)다.[15] 암스트롱에 따르면 이 협회는 〈쏘소련 대외문화 교류협회 VOKS〉[16]의 산하기관이다. 1949년 후반 '조쏘문화협회'의 회원 수는 (당시 협회 주장에 따르면) 130만 명으로 당시 북한에서 가장 큰 조직가운데 하나였다. 6·25전쟁 당시 미군이 입수한 〈1949년 1월 4일 북조선조쏘문화협회 제 도기관선거회의 결정서〉[17]는 이 협회의 지향성을 극명하게 보여주는 자료다. 아래는 그 내용 가운데 일부다.

　　첫째로 지도일꾼을 우수한 동무로 선거하여 조쏘문화협회를 높은

---

14) 백남운(1950), 『쏘련인상』, 선인, 2005, 9~10쪽.

15) Charles K. Armstrong, "The Cultural Cold War in Korea, 1945~1950," *The Journal of Asian Studies*, Vol. 62, No. 1., 2003, p.83.

16) 당시 북한 문예계의 VOKS에 대한 인식은 예컨대 이태준의 소련기행문에서 확인할 수 있다. 그는 이렇게 말한다. "쏘련에는 〈복쓰〉라고 하는 대외문화협회가 있었다. 세계 각국을 상대로 문화적으로 친선운동을 하는 기관인데…" 이태준, "우리는 쏘련에서 이렇게 환영받았다", 『인민』 조쏘친선특집호, 1948, 96쪽. 이 글의 다른 부분에서 확인가능한 VOKS의 활동으로는 외부 사회주의 국가 문예인들을 위한 번역 및 통역, 소련 체류활동 지원 활동 등이 있다.

17) "북조선 조쏘문화협회 서흥군 신막면 은현리 회의록 1호,"(1949년 1월 23일) 미국 국립문서기록관리청 소장자료 2007년도 영인자료 ; 전자자료(국립중앙도서관, 2007).

수준에 강화시켜야 할 것이다. 그러기 위해서 위원장 곽종운, 부위원
장 리경화 동무를 만장일치로 천거한다.

둘째로 쏘련인민과 조선인민간의 영구불변의 친선을 더욱더 강화
하기 위하야 세계에 가장 선진적 쏘련문화를 섭취할 것이다.

셋째로 조쏘양국간에 친선을 도모하며 조쏘문화협회를 강화하기
위하여서는 하루 속히 미회원을 집결시켜야 할 것이다. 그러기 위해
서 수선 선전원은 물론 전체회원은 일상 군중 앞에 쏘련군의 결정적
인 역할과 제반민주개혁의 원조자이며 친근한 벗이라는 의의를 잘
인식시켜야 할 것이다.

현재 확인 가능한 조쏘문화협회의 가장 두드러진 활동은 기관지『조
쏘친선』,『조쏘문화』의 발간과 단행본(조쏘문고)[18] 발간 사업이다.[19]『조
쏘친선』에는 소련과 북한 논자들이 집필한 문학, 예술, 대중문화, 과학,
기술, 정치 등 다양한 분야의 글이 실려 있다. 이 글들은 목적은 암스트
롱이 지적한대로 "양국 간 문화교류를 증진하고 지배국 소련의 긍정적
인 이미지를 선전하기 위한 것"[20]이었다. 즉『조쏘친선』에는 소비에트

---

18) 이 가운데 몇 가지를 열거하면 다음과 같다. 꼬르넬리 젤린스끼, 리휘창 역,『파제
예브 론』, 평양 : 조쏘문화협회중앙위원회, 1949 ; 르·느네예브 외, 전치봉 편역,『쓰
딸린과 문학예술』, 평양 : 조쏘문화협회중앙위원회, 1950 ; 아·쥬다노브 外, 이득
화 역,『잡지 "별" 및 레닌그라드에 관한 쥬다노-브의 보고』, 평양 : 조쏘문화협회
중앙본부, 1947.

19) VOKS 및 조쏘문화협회의 활동상에 관한 국내 주요 연구성과로는 강인구, 「1948
년 평양 소련문화원의 설립과 소련의 조소문화교류 활동」,『한국사연구』 제90집,
1995 ; 강인구, 「북조선에서 소련군 철수 이후 소연방대외문화교류협회의 활동」,『숭
실사학』 제9집, 1996 ; 임유경, 「조소문화협회의 출판,번역 및 소련방문 사업 연구
-해방기 북조선의 문화·정치적 국가기획에 대한 문제제기적 검토」,『대동문화연
구』 제66집, 2009가 있다. 특히 강인구의 두 편의 논문은 러시아연방 국립중앙문
서보관소에서 구한 소련자료들을 토대로 하고 있다는 점에서-비록 미술관련 언
급이 매우 적지만-북한문헌과의 비교검토에 매우 유용하다.

20) Charles K. Armstrong, "The Cultural Cold War in Korea, 1945~1950," *The Journal
of Asian Studies*, Vol. 62, No. 1., 2003, p.83.

의 낙관적 전망, 긍정적인 미래상, 기술입국의 장래가 구현돼 있다. 위에서 인용한 결정서에서 보듯 북조선 인민은(그리고 북조선 문예는) 그 "선진적 문화를 섭취하고", 소비에트의 전망을 공유한다.

일례로 『조쏘친선』 1949년 10월호에는 '항공'을 주제로 한 세 편의 글이 실렸다. 므·뻬트로브의 「쏘베트동맹은 세계항공기록을 가진 나라」, 브·쓰딸린의 「쏘베트의 항공」, 혁호의 「쏘련국방항공화학건설 후일회」가 그것이다. 이 가운데 므·뻬트로브의 글은 세계 항공기록을 갈아치우는 소위 '쓰딸린적 매'를 찬양한다. "비행기 루드의 75시간 동안의 비행…뿌르꼬미예브 및 페도셰옌꼬의 성층권 비행"이 그것이다.[21] 이지연이 지적한대로 이러한 '항공열병'은 사회주의 리얼리즘 문학예술의 '상승' 추구와 밀접한 연관이 있다. 즉 "사회주의 리얼리즘 소설들은 영웅의 아래로부터 위를 향하는 여정을 그린 성장소설이 되며", "피라미드형의 레닌 묘가 세워지고 그러한 레닌 묘 위로는 마치 그것을 흡수해 수직으로 자라나는 나무와도 같이 스탈린 형상이 서게" 된다.[22] 비행과 연관된 '수직/상승의 이미지는 초기 북한 문예의 중요한 모티프 가운데 하나다. 1948년에 오장환이 쓴 詩 「비행기 위에서」의 마지막 구절은 이렇다.

구름우에 나르는 비행기 / 비행기는 안온히 / 푸로페라 소리뿐 / 창공에 유연히 펼쳐지는 / 씨비리의 대자연이여! / 사회주의 새나라의 빛나는 건설들이여![23]

---

21) 므·뻬트로브, 구일선 역, 「쏘베트동맹은 세계항공기록을 가진 나라」, 『조쏘친선』 제10호, 1949, 31쪽.
22) 이지연, 「권력의 재현적 공간으로서의 소비에트예술과 삶」, 『유토피아의 환영 : 소비에트문화의 이론과 실제』, 한울, 2010, 269~283쪽.
23) 오장환, 「비행기위에서」, 『문학예술』 제6호, 1949, 61쪽.

오장환이 비행기 안에서 사회주의 건설을 찬양한 것과 때를 같이 해서 사회주의 신도시 평양에는 수직/상승의 이념을 구현한 건물과 기념비가 들어서게 될 것이다. 예컨대 김일성이 "해방된 우리 인민이 자체의 힘과 기술로 건설한 첫 현대적 건물"[24)]이라고 자평했던 김일성종합대학 본관 건물은 그러한 특성을 압축해서 보여준다. 여기서 돌출된 중심부는 층수를 높여 수직성을 부각시켰다. 오늘날 북한에서는 이 건물을 "해방된 조국의 앞날을 떠메고 새것을 지향하며 힘차게 전진하는 청년지식인들의 희망과 포부를 조형적으로 훌륭히 형상화했다"[25)]고 평가한다. 한편 1947년 8월 15일에 평양시 모란봉 언덕에 '해방탑'이 들어섰다.

해방탑은 북한 최초의 기념비 건축−조각이다. 이 탑은 조선인민혁명군 대원들과 소련 군대의 위훈을 길이 전하는 일종의 추모탑으로 만들어졌다. 그것은 "붉은 군대의 위훈과 조쏘친선의 상징물"[26)]이다. 이 탑은 1층~3층 탑신과 그 위에 소비에트를 상징하는 오각별 표식으로 구성된다. 탑신 정면에는 '해방탑'이라는 글귀가 새겨졌다. 전체 외관은 높이 30m의 뾰족탑 형식에 날개 기단을 결합시킨 형태다.[27)] 이는 "나래치며 하늘로 솟아오르듯 기쁨과 감격에 넘치는 인민들의 감정을 형상한"[28)] 것이다.

---

24) 김일성, 「훌륭한 민족간부를 더 많이 양성하자 : 김일성 종합대학 새 교사 준공식에서 한 연설(1948년 10월 10일)」, 『김일성저작집 4』, 평양 : 조선로동당출판사, 1979, 450쪽.

25) 김경호 외, 『평양건설전사 2』, 평양 : 과학백과사전종합출판사, 1997, 60쪽.

26) 리경심, 「해방탑의 건축형성에 대하여」, 『조선건축』 제3호, 1990, 74쪽.

27) 오대형 · 하경호, 『당의 령도밑에 창작건립된 대기념비들의 사상예술성』, 평양 : 조선미술출판사, 1989, 277쪽.

28) 량연국, 『조선조각사 2』, 평양 : 조선미술출판사, 1991, 31쪽.

〈그림 1〉『조쏘친선』1949년 11호 표지　　　〈그림 2〉〈해방탑〉전경

　　요컨대 '조쏘문화협회'와 그 기관지『조쏘친선』,『조쏘문화』는 일종
의 '상징적－이데올로기적 통제'의 일환으로 새로운 이미지－모티프를
부각시킨다. 이 새로운 이미지－모티프는 소비에트의 선진적 삶의 양식
과 직접 맞닿아 있었다. 또 많은 경우 새롭게 제작될 문예 작품들은 그
이미지－모티프들을 직접 차용한다. 그런 의미에서『조쏘친선』에 개재
된 글들에 대한 독해는 미술을 포함한 초기 북한문예의 이해에 매우
중요하다.

　　2) 미술 분야의 인적 교류 : 전람회, 강연회, 유학생

　　"쏘련 인민의 새 인간 타이프"를 배우는 일은 실질적인 인적교류를
필요로 할 것이다. 실제로 북한과 소련은 1946년 일 년에 150명의 북한

유학생을 3~5년 간 소련에 유학 보내는 프로그램을 만들었다. 1949년 후반에 소련에는 600명 이상의 북한 유학생이 있었다.[29] 앞서 인용한 백남운의 글에는 1949년 조소문화협정 체결에 관한 스탈린과 김일성의 대화가 인용돼 있다. 여기서 김일성은 "쏘련학자 파송, 조선유학생 파견, 연구사업 지도 기술자 급 예술문화견학단 조직 등의 문제"[30]를 해결해줄 것을 스탈린에게 요청한다. 이는 1949년 2월 체결된 <조소문화경제협정>에서 "양국 간 경험교환을 촉진시킬 것"을 규정한 제4조에 반영됐다.[31] 이제 미술 분야의 구체적인 인적교류에 대해서 살펴보기로 하자. 북조선미술가동맹 중앙위원회 의장이었던 정관철이 1949년과 1957년에 발표한 두 편의 글을 토대로 1945년에서 1950년대 초에 진행된 양국 간의 작품 및 작가, 교육 인적교류의 중요한 양상은 일단 다음과 같이 두 가지로 정리할 수 있다.

(1) 모쓰끄바지구 미술가 전람회 : 1947년에 메드베쪼브, 나람숀 두 소련 작가에 의해 모쓰끄바지구 미술가 전람회가 열렸다. 평양, 원산, 청진 지구에서 수개월간 열린 이 전시회에는 다수의 소련작가들이 제작한 5백호에 달하는 대작부터 엽서 규모의 작은 소묘, 판화 작품들 100여점이 선보였다. 이 전람회의 의의를 정관철은 이렇게 서술한다. "새로 성장하기 시작한 공화국 북반부의 미술가들에게 작품을 통하여 구체적인 교시를 베풀어 주었을 뿐만아니라 그후의 북조선미술운동이 급속도로 본격적인 궤도에 올으게된 획기적인 의의를 가졌든 것이

---

29) Charles K. Armstrong, "The Cultural Cold War in Korea, 1945~1950," *The Journal of Asian Studies*, Vol. 62, No. 1., 2003, pp.83~84.
30) 백남운(1950), 『쏘련인상』, 선인, 2005, 85쪽.
31) 백남운(1950), 『쏘련인상』, 선인, 2005, 204쪽.

다"32)

(2) 소련 미술가의 강연회 및 좌담회 : 1949년 평양시 문화회관에서 마카로브의 강연이 있었다. 여기서는 레뷔단, 레-삔, 슈-리코브 등 근대 러시아의 비판적 사실주의자들에 대한 내용이 다뤄졌다. 또 같은 해에 쏘련맹 문화사절단으로 온 스딸린상 수상작가 크·이·휘노게노프를 중심으로 한 좌담회가 열렸다.33) 정관철에 따르면 이 좌담회에서는 창작활동의 많은 문제가 검토, 해명됐다. 예컨대 이 좌담회의 결과 연필 데생의 중요성에 대한 새로운 인식을 얻게 되어 이를 국립미술학교의 교육과정에 반영했다는 것이다.34) 1957년 정관철은 이 시기 소련미술가의 교육활동을 다음과 같이 요약한다.

　　1948년 조선에 파견된 쏘련 화가 아·이와노브 및 마까로브는 조선미술가들의 실기 련마 사업을 직접 지도하여 주었으며 1949년에 쏘련 문화대표단의 일원으로 래조한 이·휘노게노브는 조선미술가들의 작품에 대하여 구체적 분석과 지도를 주었으며 1953년에 쏘련으

---

32) 정관철, 「민족미술의 우수한 특성을 화면에」, 『문학예술』 제10호, 1949, 63쪽.
33) 이는 당시 소련 자료에서도 확인할 수 있다. 화가 카. 이. 피노겐노브는 소연방교육아카데미위원장 카이로브, 작가 아.아.뻬르벤체브, 지리학자 베.테. 자이치코브 등과 함께 조소문화협회 3차대회에 참석하기 위해 대표단을 구성하여 1949년 4월 25일에서 5월 10일까지 북한에 머물렀다. 『프라우다』 1949년 4월 30일. 강인구, 「북조선에서 소련군 철수 이후 소연방대외문화교류협회의 활동」, 『숭실사학』 제9집, 1996, 102쪽 재인용.
34) 정관철, 「민족미술의 우수한 특성을 화면에」, 『문학예술』 제10호, 1949, 64쪽. 소련측 자료에 따르면 피노겐노브는 당시 북한에서 5.1절을 기념 전시회를 관람하고 참석한 화가들을 위해 '예술에서 사회주의 사실주의방법론'을 강연했고 5월 3일에는 미술학교를 방문하여 교장인 문학수와 화가 양성방법을 논의했다고 한다. 강인구, 「북조선에서 소련군 철수 이후 소연방대외문화교류협회의 활동」, 『숭실사학』 제9집, 1996, 159~160쪽 참조.

로부터 파견된 화가 변월룡 동지는 약 1년여에 걸쳐 미술대학 교수
사업에서 획기적인 방조를 주었을 뿐만아니라 우리 나라 사회주의
사실주의 미술 발전에 크게 공헌하였다.35)

그리고 여기에 소련 유학생들을 덧붙일 수 있을 것이다. 하지만 이
내용에 대해서 참고할만한 글은 당시 북한문헌에서 찾지 못했다. 이에
관해서는 조은정의 최근 연구(2008)를 참조할 수 있다. 조은정은 2007년
러시아 방문 때 이클림 레핀대학교 교수로부터 구한 자료 및 변월룡
서신을 엮은 『러시아 한인화가 변월룡과 북한에서 온 편지』(2004), 북한
에서 리재현이 쓴 『력대미술가편람』(1999)을 참조하여 미술분야의 소련
유학생 문제를 검토한다.36) 이러한 선행연구에 따르면 레핀대학이나 수
리코프미술대학을 포함해 소련미술교육기관에서 유학한 북한 유학생
가운데 확인 가능한 명단은 박경란, 지청룡, 김린권, 김재홍 등 네 사람
이다.37) 또 1955년 2월에 정관철이 변월룡에게 보낸 편지에서 "레닌그
라드와 모스크바에 있는 우리 미술 공부하는 학생들"을 언급하는 것으
로 미루어 좀 더 많은 유학생이 있었으리라고 추정할 수 있다. 조은정
은 졸업기록이 없는 유학생들로 리재학, 백병순, 김창균 등의 이름을
열거한다. 언급된 소련 유학생 가운데 박경란, 지청룡, 김재홍은 귀국
후 평양미술대학에서 미술교육을 담당했고 지청룡의 경우에는 평양미
술대학 학부장까지 역임한 기록이 있다.38) 특히 김재홍은 1990년대까

---

35) 정관철, 「위대한 10월 혁명과 우리나라 사실주의 미술의 발전」, 『조선미술』 제5호,
1957, 6쪽.
36) 문영대, 김경희, 『러시아 한인화가 변월룡과 북한에서 온 편지』, 문화가족, 2004 ;
리재현, 『조선력대미술가편람(증보판)』, 평양 : 문학예술종합출판사, 1999.
37) 조은정, 「한국전쟁기 북한에서 미술인의 전쟁 수행 역할에 대한 연구」, 『미술사학
보』 제30호, 2008, 103쪽.
38) 조은정, 「한국전쟁기 북한에서 미술인의 전쟁 수행 역할에 대한 연구」, 『미술사학

지 북한에서 미술교육자, 이론가로 활발히 활동했다.[39] 이는 적어도 소
련 유학생들이 초기 북한의 미술 교육, 즉 미술 분야에서 "쏘련 인민의
새 인간 타이프"육성에 중요한 역할을 담당했다는 것을 시사한다.

지금까지 우리는 정책, 제도의 차원에서 소련과 초기 북한의 미술 교
류 양상을 살펴보았다. 그 교류의 목표는 궁극적으로 백남운이 언급한
대로 북한미술인들을 "쏘련 인민의 새 인간 타이프"로 변형시키는 일
이 될 것이다. 그렇다면 소비에트화된 새로운 타입의 미술가─기술자들
은 어떤 작품을 제작할 것인가? 다음 장에서는 초기 북한미술이 작품의
형식과 내용 면에서 소련 문예를 흡수, 체화하는 과정을 검토하게 될
것이다.

3. 소련 사회주의 리얼리즘 학습

앞서 서술한 대로 초기 북한미술가들은 북한으로 파견된 소련 작가
들이나 <모쓰끄바지구 미술가 전람회> 등을 통해 북한 내에서도 소련
미술을 실질적으로 학습할 기회가 있었다. 백남운이나 이태준의 소련기

보』 제30호, 2008, 102~107쪽 참조.

39) 리재현에 따르면 김재홍은 1932년 전라남도 광주에서 태어나 6·25 전쟁기에 월
   북했다. 전쟁시기에 열린 군무자예술축전에서 화선악단의 지휘자로 명성을 떨친
   일을 계기로 허재복과 함께 소련 음악대학에 유학했으나 전공을 바꾸어 레닌그라
   드 레핀미술대학 이론학부를 1958년에 졸업했다. 귀국한 후 1958년 9월부터 평양
   미술대학 미술리론학부 교원, 강좌장을 지냈다. 1950년대 후반부터『조선미술』등
   에 외국미술을 소개하는 글을 발표하기 시작했다. 주요 저서로『세계미술사』
   (1965),『조선미술사(현대편)』(1980, 1989),『주체의 미학관과 조형미』(1992),『주체
   의 미론』(1993) 등이 있다. 또 1990년대 초반에는 김정일이 집필했다는『김정일미
   술론』의 문예지 해설을 도맡기도 했다.

행문에서 보듯 당시 북한 주류인사들은 대부분 소련 방문 기회가 있었고 그 일정에는 항상 소련국립미술관(모스크바), 동궁박물관(레닌그라드, 에르미타쥬 미술관) 등이 포함돼 있었다.40) 또 1950년 후반에는 많은 미술가들이 소련과 동유럽 사회주의국가를 직접 방문할 기회를 얻기도 했다.41) 하지만 여러 사정상 초기 북한미술가들의 소련미술 학습은 주로 문예잡지에 게재된 작품사진이나 비평문들에 대한 독해를 통해 이뤄졌다. 정관철에 따르면 소련에서 발간된 많은 서적 가운데 미술가들의 일상적 탐구대상이 된 것은 '요그뇨-크'와 '이쓰크-트'報다. "그 서적중에 소개된 작품들을 분석연구함으로써 많은 영향을 받아왔다"42)는 것이다. 이와 더불어 앞서 소개한 『조쏘친선』, 『조쏘문화』 외에 북조선 문학예술총동맹 기관지 『문화전선』과 『문학예술』, 6·25전쟁 이후에는 조선미술가동맹 중앙위원회 기관지 『미술』, 『조선미술』 등에 실린 소련 및 동유럽 미술 관련 글들은 당시 북한미술가들의 중요한 학습대상이었다. 여기에는 북한미술계 인사가 직접 집필한 글과 소련의 미술비평을 한글로 번역한 글들이 두루 포함된다. 이제 그 가운데 1953년 이전에 발표된 글들을 위주로 북한미술계가 소련미술의 내용과 형식을 받아들이는 과정을 확인해보기로 하자.

---

40) 일례로 백남운은 1949년 소련 방문시 '쏘련국립미술관'에서 자신이 직접 본 인상적인 작품들을 길게 열거한 후 이렇게 부연한다. "특히 진보적인 미술가들의 작품은 혁명 사상과 전투생활을 묘사한 점에 있어서 예술과 혁명사업이 결부되어 있는 점이 단적으로 표현되어 있는 것이다. 그러므로 혁명과정에 있어서 예술의 사명이 무엇인지를 직관적으로 알려주고 있다" 백남운(1950), 『쏘련인상』, 선인, 2005, 94쪽.

41) 이러한 정황을 알려주는 글로는 정현웅, 「불가리야 기행」, 『조선미술』 창간호, 1957 ; 정관철, 「제1차 전련맹 쏘베트미술가 대회 조선 미술가 동맹 중앙위원회 위원장 정관철 동지의 축사」, 『조선미술』 제3호, 1957 ; 선우담, 「내가 만나본 쏘련의 미술가들」, 『조선미술』 제3호, 1957 등이 있다.

42) 정관철, 「민족미술의 우수한 특성을 화면에」, 『문학예술』 제10호, 1949, 63쪽.

1) 전형성, 낙관성, 새로운 주제들

이 글이 다루는 1945년에서부터 1953년간 소련미술에는 1934년 제1
차 주소비에트연방작가회의에서 스탈린의 뜻에 따라 안드레이 즈다노
프(Andrey Aleksandrovich Zhdanov)와 막심 고리키등에 의해 정식화된 사회
주의 리얼리즘이 교조적, 일원적 영향력을 행사하고 있었다. 그런 의미
에서 앞서 언급한 전람회나 강연 등은 소련식 사회주의 리얼리즘 미술
이 북한에 이식되는 과정으로 보는 것이 옳다. 이러한 이식은 단계를
밟아 순차적으로 진행됐다. 우선 사회주의 리얼리즘의 역사성을 이해시
키기 위해 그 전단계로서 19세기말 러시아의 비판적 리얼리즘에 대한
내용이 부각된다. 이에 대해서는 러시아 비평가 게트쯔베르그의 글을
김시학이 번역한 「로씨야 인민의 위대한 미술가 브·이·쑤리코브」라
는 글이 유용하다. 『문학예술』 창간호(1948)에 실린 이 글은 서두에서
"로씨야미술의 투쟁의 방향 즉 비판적리알리즘의 기초를 닦아놓았던"
러시아 이동파에 대해서 논하고 있다. 게트쯔베르그에 의하면 '비판적
리알리즘'은 "19세기 로씨야의 봉건적귀족사회의 질서와 …반인민적 관
료주의를 비판하는 리알리즘"[43]이다. 이와 더불어 1949년에 소개된 「혁
명적 미술가 일리야-레삔」(『조쏘문화』, 1949년 제9호) 역시 19세기말 러시
아 리얼리즘의 대가인 일리야 레삔을 소개한 글이다. 또 북한에서 열린
최초의 쏘련미술가 강연(1949)은 "레뷔단, 레-삔, 슈-리코브 근대로씨야
의 위대한 미술가이며 비판적 사실주의자들의 작품에 대한 강연"[44]이
었던 것이다. 그렇다면 이 글과 강연에서는 비판적 리얼리즘의 어떤 측

---

43) 게트쯔베르그, 김시학 역, 「로씨야 인민의 위대한 미술가 브·이·쑤리코브」, 『문
   학예술』 창간호, 1948, 81쪽.
44) 정관철, 「민족미술의 우수한 특성을 화면에」, 『문학예술』 제10호, 1949, 63~64쪽.

면이 강조됐을까?

　게트쯔베르그의 글을 보자. 수리코프를 다룬 글에서 게트쯔베르그는 수리코프가 어떤 방식으로 특정 상황에 놓인 인물의 심리와 감정을 묘사했는지를 세세히 공들여 묘사한다. 예컨대 다음 구절들을 보자.

　　　<베르조와에서의 멘시코브>는 자기의 일가를 다리고 조그만 농가에 앉아 있는 멘시코브를 표현한 것이다. 멘시코브를 그림에 있어서 쑤리코브는 그 심리학적 성격묘사를 하는데 성공하였다. 얼른보기에 멘시코브는 고요하게 의자에 앉아있는것처럼 보이나 무릎위에 놓인 왼손의 신경적으로 깍진 주먹은 감정의 곤혹과 격정과 그를 제지하는 ○석같은 의지력을 표현하고 있다. 퇴위된 군주의 발밑에는 그가 이전에 젊은 왕자 뾰드르 2세에게 출가시키려고 생각하였든 큰 딸이 앉아있다. 병에 걸려 죽어가는 비극적으로 격동(激動)된 이 여자는 추위를 타며 외투를 뒤집어쓰고있다. (…중략…) 비좁은 실내는 멘시코브가 유형을 당하고 있다는 사실을 더 명확하게 표현하여준 것이며 동시에 그의 거체가 일층 더 크게 보인 것이다. 그는 마치 우리속에 갇힌 사람처럼 보인다.(p.83)

인용한 구절은 수리코프가 몰락 귀족인 멘시코브를 어떻게 묘사했는지를 설명하고 있다. 그가 보기에 수리코프는 멘시코프의 심리학적 성격묘사에 성공했다. "왼손의 신경적으로 깍진 주먹"의 묘사나 "우리속에 갇힌 사람"처럼 보이게끔 비좁은 실내에 커다란 몸을 배치하는 화면구성이 성공의 비결이다. 이는 인물 묘사에 '전형성'을 부가하는 방법이다. 다른 구절을 보자.

〈그림 3〉 바실리 수리코프(Vasily Surikov), 〈베르조와에서의 멘시콥〉(1883)

〈그림 4〉 바실리 수리코프, 〈친위병들을 사형하는 아침〉(1881)

<친위병들을 사형하는 아침>에서 쑤리코브는 사형직전의 광경을 그렸다. 작품의 주인공들은 친위병들이다. 분노의 항의, 뾰드르에 대한 증오심 절망 또는 침묵의 슬픔 등이 친위병들의 얼굴과 눈속에 그들의 애처와 모친 또는 자손들의 얼굴과 눈속에 표시되어 있다. 친위병들의 대부분은 용감한 인물들이다. 그들의 가슴속에는 불굴한 폭동자의 증오심이 품어있다.(82쪽)

이 구절은 인물묘사의 전형성, 그리고 친위병(비지배층)의 예정된 승리와 멘시콥(지배층)의 필연적 몰락이라는 낙관적 역사인식을 부각시킨다. 이렇게 과거 러시아 비판적 리얼리즘에서 계승할 요소는 인물묘사의 '전형성'과 '역사에 대한 낙관적 태도'다. 또 다른 글, 「혁명적 미술가 일리야-레삔」에서는 이러한 원칙이 보다 명확히 천명된다.

레-삔의 미술의 락관주의는 자기그림을 그당시 사실주의적 그림과는 놀라우리만치 판이한 것으로 만들었다. 로시야 미술이 일상생활속에서 주제들을 찾아 그리기 시작하였을 그시기에 있어서 레-삔은 벌써 전형화된 영상들을 창조하였으며 그 전형화된 영상들에 충분하고 웅장한 입김을 불어넣었다.[45]

이렇게 비판적 리얼리즘의 '전형성'과 '낙관성'을 확인하는 일은 사회주의 리얼리즘의 역사성을 강조하기 위한 불가피한 과정이다. 하지만 고리키의 표현을 빌면 "19세기 비판적 리얼리즘의 역할을 상세히 분석하는 일은 본 강연의 테두리를 벗어나는 일"[46]이었을 것이다. 즉 소련

45) 쏘베트년감, 오수복 역, 「혁명적 미술가 일리야-레삔」, 『조쏘문화』 제9호, 1949, 53쪽.
46) Maksim Gor'kij(1934), 정재경 역, 「소비에트 문학에 관하여」, 『사회주의현실주의의 구상』, 태백, 1989, 38쪽.

미술의 전도자들은 비판적 리얼리즘의 '전형성'과 '낙관성'을 확인하는 짧은 절차를 밟은 후 곧장 동시대 소련의 사회주의 리얼리즘미술을 북한에 이식하는 절차에 돌입한다. 이와 더불어 북한 미술가들은 다음과 같은 스탈린의 요구, 곧 "미술가의 과제는 더 이상 삶을 재현하는 것이 아니라 삶을 변형하는 것"[47]이라는 요구에 맞닥뜨리게 된다. 그 요구에 응답하는 일이란 구체적으로 다음과 같은 즈다노프의 요구를 따르는 일이다.

> 작품의 주인공들은 우리나라에서 새로운 생활의 적극적 건설자이다. 바로 노동자, 집단농장 농부, 당 요원, 경제운영자. 꼼소몰, 개척자들이 바로 그들이다. 그들이 우리 소비에트 문학의 기본전형들이며 주인공이다. …우리 문학은 낙관적이다. …생활을 현학적으로, 죽은 것으로, 단순하게 '객관적 현실'로 서술하는 것이 아니라 혁명적으로, 발전하는 현실로서 서술하기 위한 것이다. 이 때 진실에 충실하고 역사적으로 구체적인 예술적 서술은 노동하는 인간들을 사회주의 정신에서 이데올로기적으로 개조하고 교육시키는 과제와 결부되지 않을 수 없다.[48]

인용한 글에서 즈다노프는 새로운 사회주의 리얼리즘이 다뤄야 할 주제, 주제를 묘사하는 방식, 그러한 주제 묘사가 목표하는 바를 분명히 명시하고 있다. 북한미술가들에게 이를 위한 실천적 지침을 제공해준 글은 1949년 『문학예술』 제3호에 실린 아·롬므의 글 「쏘련의 풍속화」[49]

---

47) Boris Groys, 오원교 역, 「아방가르드 정신으로부터 사회주의 리얼리즘의 탄생」, 『유토피아의 환영 : 소비에트문화의 이론과 실제』, 한울. 2010, 123쪽.

48) Andrey A. Zhdanov(1934), 조만영 역, 「소비에트 문학, 가장 풍부한 사상을 담은 가장 선진적인 세계문학」, 『사회주의현실주의의 구상』, 태백, 1989, 21~22쪽.

49) 이 글은 『쏘베트문학』 불문판, 1947년 3월호에 실린 것을 이휘창이 번역한 것이

다. 이 글은 동시대 소련 사회주의 리얼리즘 미술을 북한에 처음으로 본격 소개한 글이다. 이 글은 앞에서 인용한 즈다노프의 발언을 충실히 반복하고 있다. 아·롬므에 따르면 소련의 젊은 화가들은 "새로운 사회의 건설자들인 동시대인들의 동경", "인간의 고상한 사명과 품위에 대한 그들의 신념", "활동적이고 창조적인 그들의 생활"을 표현하는 것을 자기들의 주요한 과업으로 생각한다.[50] 그가 보기에 소련 회화는 "노동, 문화, 기술, 과학의 모든 영역에 있어서 쏘베트인간들의 웅대한 활동의 증좌"이며 "사회생활에 있어서의 진보적제원칙들의 승리를 위한 그들의 투쟁의 증좌"이다.[51] 이러한 "사회주의 레알리즘회화의 새로운 분야"는 그가 보기에 "제재와 주제와 양식의 절대적인 새로움과 인물들의 정신력, 그리고 생활과 노동에 대한 그들의 새롭고 낙천적인 개념"[52]이라는 특징을 갖는다.

이러한 원칙을 밝힌 다음 아·롬므는 그 사례를 열거하기 시작한다. 즉 그는 제빈, 아르노브, 와씰리에브, 츄이꼬브, 슈마리노브, 오진쪼브, 게라씨모브, 플라스또브, 쳅쪼브, 류빈스타인 등 당시 소련 사회주의 리얼리즘 미술가들을 열거하고 그들의 작품 주제와 제작방식, 제작태도를 부연하는 방식으로 논의를 전개한다. 이를 통해 그는 오랜 기간 소련의 미술가와 비평가들이 고심하여 만들어낸 규범화된 코드들을 북한미술

다. 이휘창은 동경유학생 출신의 문인으로 1930년대 문예지『단층』동인으로 활동했다. 그는 동경 유학 시절 '아테네 프랑세'를 다녀 프랑스어를 할 줄 알았고 1946년 세계노동연맹 회장, 루이 사이양(Louis Saillant)의 평양 방문시 그의 글과 연설을 번역, 통역하는 일로 외무부에 취직했다. 이후 그는 불문으로 된 소비에트 문건을 번역하는 일에 매달렸다.「한국전쟁 60년(5) 한국인 6명의 증언」,『경향신문』2010. 5. 4. 참조.
50) 아·롬므, 이휘창 역,「쏘련의 풍속화」,『문학예술』제3호, 1949, 69쪽.
51) 아·롬므, 이휘창 역,「쏘련의 풍속화」,『문학예술』제3호, 1949, 70쪽.
52) 아·롬므, 이휘창 역,「쏘련의 풍속화」,『문학예술』제3호, 1949, 71쪽.

가들 앞에 열거한다. 그 코드란 보리스 그로이스의 표현을 빌면 "아주 다양한 삶의 영역을 포괄하는 진정한 소비에트 인간의 특징적인 외양, 행위, 그리고 정서적 반응에 대한 뚜렷하고 상당히 복잡한 코드"[53]로서 "어떤 자세가 고고하지 않고 고무적이며 정적이지 않고 차분하게 늠름한가"를 자세히 보여준다. 예컨대 게라씨모브의 <꼴호즈의 향연>(1937, 그림 5)에 대한 아 · 롬므의 평은 이렇다.

> 게라씨모브는 숙고되고 평형있는 구도를 창조하여 거기에서는 이 예술가의 눈에 2차적이며 우연적인 것들은 모두가 배제되는 것이다. 일상생활의 주제에로 향하면서 그는 그것을 기념물적인 면위에 올려세우려고 노력한다. <꼴호즈의 향연>의 인물들인 사회주의적생활의 이 노년의 건설자들은 그들의 자긍의 감정과 평정한 희열과 情○○ 衝動을 가지고 있는 것이다. 아마도 꼴호즈경제생활의 성과를 총결짓고 있는 듯한 ○활자인물에게는 열렬한 신념이 보이며 묵묵히 쏠려서 듣고 있는 청중인물들에게 미치는 정력이 보인다. 색채의 배치, 광선의 결정체와도 같은 순결감, 자색조로 흐르는 색조와 황금색조 경작된 전원 위에 흐르는 태양광선의 반사, 은빛같은 백설들, 이러한 미소적인 자연은 화면을 넘쳐흐르는 행복의 이데-를 표명하는데 공헌하고 있다.[54]

이렇게 특정 상황에서 특정인물(의 심리와 감정)을 묘사하는 방법을 세세하게 논하는 형태의 글은 동시대 사회주의 리얼리즘 비평의 뚜렷한 특성이다. 이러한 접근방식은 북한미술 비평에도 그대로 계승됐다. "이런 상황에서는 인물은 이렇게, 인물들의 배치는 저렇게, 색채의 처

---

53) Boris Groys, 오원교 역, 「아방가르드 정신으로부터 사회주의 리얼리즘의 탄생」, 『유토피아의 환영 : 소비에트문화의 이론과 실제』, 한울, 2010, 125~126쪽.
54) 아 · 롬므, 이휘창 역, 「쏘련의 풍속화」, 『문학예술』 제3호, 1949, 80~81쪽.

리는 이렇게…" 하는 식의 서술은 오늘날 『조선예술』에 게재된 미술비평 글에서도 그리 어렵지 않게 찾아볼 수 있다. 여하튼 아·롬므의 글에서 처음 소개된 소련 사회주의 리얼리즘의 원칙들은 이후 논자와 지면을 달리하여 반복, 강조된다. 일례로 『조쏘친선』 1953년 1호에 게르만 네도시윈이 글이 번역 소개됐다. 그는 여기서 '사회주의 레알리즘'의 핵심 주제로 "로동자와 꼴호즈원들의 로동, 쏘베트 어린이들의 생활, 력사의 잊을 수 없는 페지들, 나라의 지도자들, 쏘베트인텔리겐챠의 대표자들, 쏘베트련맹 영웅 및 사회주의 로력 영웅들의 초상"을 열거한 후 "자기 인민의 감정을 표현하는 미술가는 행복하다"고 주장한다. 그가 보기에 사회주의 레알리즘 예술은 선전이다. 즉 "성실한 로동의 시, 애국주의, 청년 남녀의 순결한 사랑, 사회적, 민족적 억압에 대한 증오, 모성의 순결한 기쁨"에 대한 선전이다.[55]

아·롬므와 네도시윈의 글이 요구하는 바는 당시 북한미술에 철저하게 반영됐다. 예컨대 정관철이 1945년에서 1949년간 미술동맹의 성과로 내세우는 작품 목록에는 소련 비평가들이 요구한 작품 주제가 그대로 반영돼 있다. 아래는 그 목록이다.

> 김하건 <사리원 방직공장> / 박영익 <심지에 불을 달아라>(아오지 탄광) / 한상익 <단강도>(성진제강소) / 리수억 <카-바이트 공장>(본궁화학) / 정보영 <해주기계제작소> / 정관철 <모내기>(불이농장) / 최연해·선우담 <김일성 장군> / 김주경 <김장군 전적>[56]

---

55) 게르만 네도시윈, 「사회주의 레알리즘에 대하여」, 『조쏘친선』 1호, 1953, 50~53쪽.
56) 정관철, 「미술동맹 4년간의 회고와 전망」, 『문학예술』 제8호, 1949, 87~88쪽.

〈그림 5〉 세르게이 게라시모프(Sergei Gerasimov), 〈콜호즈의 향연〉(1937)

초기 북한미술가들이 소련으로부터 배운 것은 주제뿐만이 아니다. 그들은 그 주제에 접근하는 방식 역시 소련으로부터 배운 바를 따랐다. 네도시원의 말대로 미술가들에게 "예술의 목적들과 창작활동의 과업들에 대한 리해"[57]가 중시될 것이다. 이제 북한 미술가들은 그러한 '리해'를 바탕으로 능동적으로 자기가 그려야 할 것, 그리고 그것을 표현하는 방식을 파악하는 태도를 견지해야 한다. 이에 대해서는 1949년 모쓰끄바 지구 미술가 전람회에 대한 정관철의 진술이 적절한 예시가 될 것이다.

그중에서도 특별한 북조선미술가들의 시선을 끈 작품으로 례를 들면 쓰딸린계관작가 네・아・날빈드얀씨의 "신문을 든 꼬레쯔인"이란 작품이 있는데 그화폭에 묘사된 것은 부드러운 외광이 들어오는 창가에서 신문을 읽고있는 로인을 취급한 것인데 그 뒤로 돌아앉은 로

―――――――――――
57) 게르만 네도시원, 「사회주의 레알리즘에 대하여」, 『조쏘친선』 1호, 1953, 50쪽.

인은 부르면 금시 고개를 돌려 반문할 듯한 실감을 주며 로인이 입은
의복으로 보아 꼬레쯔인이란 것을 알 수 있고 신문을 쥔 손을 보면
그가 로동자임을 짐작할 수 있으며 오랜 세월을 문맹자로 살아오다
가 사회주의국가 쏘련의 빛나는 문화혜택을 입어 신문을 읽게된 인
간 모습이 정확한 수법을 통하여 력력히 표현되어 있었든 것이다.58)

〈그림 6〉 정관철, 〈모내기〉(불이농장, 1947)

　'사회주의 리얼리즘 미술'에 대한 소련의 요구와 그것을 내화 내지는
체화하려는 북한 작가들의 노력을 통해 북한미술은 표준화, 통일화(획일
화), 코드화라는 소련 사회주의 리얼리즘미술의 일반적인 특성을 공유
하게 된다. 이는 서두에서 언급한 바, 표준화/분업화에 의거한 미술작품
의 대량 생산, 곧 1년에 '25만점의 선전벽화' 제작의 기반이 됐을 것이
다.59) 주목을 요하는 것은 당시 북한에서 소련미술을 '사회주의 리얼리

---

58) 정관철, 「민족미술의 우수한 특성을 화면에」, 『문학예술』 제10호, 1949, 63쪽.

즘 미술'이 아니라 '고상한 리얼리즘 미술'로 지칭했다는 점이다. 그들
은 '사회주의 리얼리즘'이라는 용어를 알고 있었으면서도(예컨대 아·롬
므의 글에는 '사회주의적 레알리즘의 시기'[60]라는 표현이 등장한다) 그것을 쓰
지 않고 대신 고상한 리얼리즘이라는 용어를 썼다.

> 북조선 미술동맹중앙위원회를 중심으로 강력한 통일성으로 일관된
> 미술운동의 발족은 우리 조국에 미술사상에 근본적 편전을 가저오게
> 된 고상한 사실주의 립각점에서 값높은 미술작품을 생산할수있는
> 계기를 지었든 것이며 (…중략…) 선진국가 쏘련의 우수한 작품들은
> 인민의나라 쏘련의 문화적 우월성과 고상한 리알리즘의 창작방법에
> 대한 가장 구체적인 교실을 북조선미술가들에게 베프러준 감격깊은
> 전람회였다.[61]

인용문에서 정관철이 언급한 '고상한 리알리즘'이란 김재용에 따르
면 1947년 신년사에서 김일성이 사용한 "사상적, 정치적, 예술적으로
고상한 작품'에 연원을 둔 것으로 1947년에서 1948년 간 문학비평에서

---

59) 북한 문헌으로 확인하기 어려운 이 시기 북한 미술의 이면은 월남작가 박성환의
다음과 같은 회고를 통해 미루어 짐작할 수 있을 것이다. "그때는 이미 작가들에
게 넌 이걸 그려라, 넌 저걸 그려라 하고 지명이 내려왔어요. 내겐 둑을 막아 간척
지사업하는 인민을 그려라는 소재가 주어졌어요. 그래서 100호 크기의 작품을 내
놓았는데 이 작품이 즐겁게 일하는 인민의 모습을 그린 것이 아니라 노예처럼 그
렸다해서 말썽이 되었습니다. 그리고 작가가 직접 제작의도를 설명하라는 거였어
요. 그래서 자연과 투쟁하는 사람을 그렸다, 정치만화나 선전그림이 아니라 순수
예술로서 명랑한 색채를 사용했고 당의 지시에 맞게 그렸는데 왜 그러냐고 주장
했지요. 그래서 결국은 이 문제가 중앙미술동맹까지 올라갔는데 거기서 선우담이
라고 해주고보 때 은사였고 선전(鮮展)에서 총독부상을 수상했던 분이 문제가 있
더라도 사상적으로 지도하면 되지 않겠느냐 해서 무마가 되었습니다." 박성환, 「해방
직후 이북미술계의 삽화」, 『계간미술』 44호, 1987년 겨울, 50~51쪽.
60) 아·롬므, 이휘창 역, 「쏘련의 풍속화」, 『문학예술』 제3호, 1949, 70쪽.
61) 정관철, 「미술동맹 4년간의 회고와 전망」, 『문학예술』 제8호, 1949, 87~88쪽.

일반적으로 사용된 용어다.[62] 김재용은 당시 북한의 '고상한 리얼리즘'을 "긍정적 주인공에 기초한 혁명적 낭만주의"[63]로 규정한다. 그러나 적어도 미술 분야에 국한시켜 보자면 그 때 그들이 배운 것은 분명 '사회주의 리얼리즘'으로 지칭되는 소련의 미술이다. 실제로 1957년 초기 북한미술을 회고하는 정관철의 글에는 '고상한 리얼리즘'이 사라지고 그 자리에 '사회주의 리얼리즘'이라는 단어가 등장한다.[64] 그런 의미에서 고상한 리얼리즘이라는 개념은 사회주의 리얼리즘과 구별되는 독자적 개념이라고 할 수 없다. 그렇다면 사회주의 리얼리즘으로 지칭해야 할 것을 굳이 고상한 리얼리즘으로 지칭했던 이유는 무엇일까? 이에 대해서는 당시 북한 체제의 사회, 정치적 문맥을 고려한 해석이 필요할 것이다.

2) 조선 민족형식과 사회주의 리얼리즘

초기 북한미술의 소련 사회주의 리얼리즘 학습 검토에서 중요한 또 하나의 주제는 북한(조선) 고유의 민족형식을 '사회주의 리얼리즘' 내지는 '소비에트화'와 어떻게 관련지어 이해하고 다룰 것인가의 문제다. 즉 소비에트국제주의(인터내셔널리즘)와 민족주의의 양립 가능성이 문제가 된다는 것이다. 주목을 요하는 것은 암스트롱이 지적한대로 초기 북한에서 "문화영역에 관련된 사람들 다수가 소련-북한 간 우호와 자율적인 조선의 문화적 정체성 사이에 모순이 존재한다고 보지 않았다"는

---

62) 김재용, 『북한문학의 역사적 이해』, 문학과지성사, 1994, 99~101쪽.
63) 김재용, 『북한문학의 역사적 이해』, 문학과지성사, 1994, 107쪽.
64) 정관철, 「위대한 10월 혁명과 우리나라 사실주의 미술의 발전」, 『조선미술』 제5호, 1957, 5쪽.

점이다. 당시 북한에서 "소련의 영향과 북한의 민족주의가 양립할 수 없을 이유가 없었다"는 것이다.[65]

여기에는 사정이 있다. 당시 소련 문예정책의 중요한 지침서 가운데 하나는 스탈린의 저서 『맑스주의와 민족문제』(1913)였다. 여기서 스탈린은 제2인터내셔널의 코스모폴리타니즘에 반대하며 레닌주의 인터내셔널리즘을 내세운다. 레닌주의 인터내셔널리즘은 민족주의 내지는 민족형식을 용인하는 국제주의로 스탈린 시대 소련 문예의 기본원리가 됐다. 이러한 원리는 초기 북한 문예 정책에도 그대로 반영됐다. 일례로 1949년에 로동당출판사는 『이·브·쓰딸린의 저서 『맑스주의와 민족문제』에 관하여』를 출간했다. 이 책은 1948년 4월 7일 스탈린의 연설을 인용하는 것으로 시작한다.

　　각 민족들은 대소를 막론하고 그 질적특수성을 가지고 있으며 또한 한민족에만 속하고 다른 민족들에는 없는 다 같이 오직 그에게만 있고 다른 민족에는 속하지 않는 특이한 면을 가지고 있다고 쏘베트 사람들은 생각한다. 이러한 특수성은 각 민족이 세계문화의 총보고 (總寶庫)에 집어넣어 그리고 세계문화를 보충하며 그의 내용을 풍부히 하는 하나의 기여인 것이다.[66]

스탈린의 연설 내용은 소련의 사회주의 국가 문예정책에 그대로 반영됐다. 『이·브·쓰딸린의 저서 『맑스주의와 민족 문제』에 관하여』는 사회주의 리얼리즘의 입안자로 알려진 즈다노프의 다음과 같은 발언을 인용하는 것으로 마무리된다.

---

65) Charles K. Armstrong, 김연철·이정우 역, 『북조선탄생』, 서해문집, 2006, 298쪽.
66) 저자 미상, 『이·브·쓰딸린의 저서 『맑스주의와 민족 문제』에 관하여』, 평양 : 로동당출판사, 1949, 2쪽.

국제주의, 그것은 모든 대소민족들의 권리를 존중히 여기는 것이다. "만일 국제주의의 기초 위에 타민족에 대한 존중이 이루어진다면 자민족을 존중히 여기지않고 사랑하지않고서는 국제주의자로 될수없다." 1948년 1월에 전동맹공산당(볼세위끼) 중앙위원회에서의 쏘베트 음악활동가회의에서 즈다노프는 이렇게 말하였다.[67]

이러한 배경에서 소련 사회주의 리얼리즘의 기본테제는 널리 알려진 "내용에서 사회주의적이고 형식에서 민족적인 것"이 됐던 것이다.[68] 이는 초기 북한미술에도 마찬가지로 적용됐다. 초기 북한미술에는 '소비에트적 생활과 노동'이라는 주제 못지않게 '민족 미술'도 매우 중요한 주제가 됐다. 그러나 이것은 보편화 내지는 소비에트화에 맞서 특수─조선의 민족형식을 내세운 것이 아니다. 그것은 어디까지나 개개민족의 질적 특수성을 찾을 것을 강조했던 스탈린과 즈다노프의 요구에 대한 응답이었다. 이에 대해서는 (평양미술대학의 전신인) 평양미술전문학교 초대 교장과 학장을 역임한 김주경이 『문화전선』 제3호(1947)에 발표한 「조선미술유산의 계승문제」가 좋은 예시가 된다. 김주경에 따르면 "현하(現下)조선은 진보적민주주의를 기반으로하는 세계재건의 위업실천의 한 자주적분담책무자"로서 '조선의 민주정권수립'과 '민주적경제건설'과 함께 '민족문화 신건설'을 지향한다.[69] 특히 그는 민족문화 신건설을 위해서는 "우리의 선조로부터 끼쳐오는 문화유산을 옳게 계승"하는 것이 중요하다고 역설한다. 이는 궁극적으로 민족미술의 장단점을 검토

---

67) 저자 미상, 『이·브·쓰딸린의 저서 『맑스주의와 민족 문제』에 관하여』, 평양 : 로동당 출판사, 1949, 92쪽.

68) Boris Groys, 오원교 역, 「아방가르드 정신으로부터 사회주의 리얼리즘의 탄생」, 『유토피아의 환영 : 소비에트문화의 이론과 실제』, 한울, 2010, 131쪽.

69) 김주경, 「조선미술유산의 계승문제」, 『문화전선』 제3호, 1947, 45쪽.

하는 가운데 "조선민족의 뚜렷한 예술적 특성을 찾는"일이 될 것이
다.70) 그리고 그러한 발굴의 순간 "이때에 느끼는 우리의 튼튼한 희망
과 자긍심은 분명히 우리의 혁명적 과업을 더 한층 위대하게 실현시키
는 원동력이 될 수 있을 것"71)이다.

이러한 김주경의 인식은 스탈린-즈다노프의 관점을 따르고 있다.
결국 김주경이 조선미술유산의 검토로부터 얻고자 하는 바는 스탈린이
요구했던 바, '세계문화의 총보고(總寶庫)'에 이바지할 수 있는 조선미술
의 특수성을 찾는 일이기 때문이다. 그렇다면 "독자적이고 우수한 조선
적 개성'이란 무엇인가?

김주경에 따르면 조선미술유산의 가치를 대표하는 것은 주로 '공예
와 조각' 분야에서 찾을 수 있다. 반면 "회화 방면에 있어서는 가치면
이 그다지 크게 나타나지 못했다"는 것이 그의 생각이다. 이렇듯 공예
와 조각이 부각되는 것은 그 제작태도에서 '시종일관하는 성실성', '성
심성의', '맺고 끊는 맛'을 찾아볼 수 있기 때문이다. "지나(支那)에서는
찾아볼 수 없는 아름다운 석탑비, 석불상(신라), 동경 같은 것이 다 그러
한 예"이다.72) 한편 신라의 불상은 위압적 표정과 악마성을 부각시킨
일본의 불상과 달리 '관용성', '온정의 피'을 부각시킨다. 이는 조선민
족문화를 새롭게 건설하려는 시기에 있어 계승해야 할 덕목이다. 여기
에 더해 색채와 기능 면에서도 조선미술은 우수한 장점을 지니고 있다.
그가 보기에 '색채적 생명'은 "우월한 세계를 명료화시킴으로써 만인이
함께 즐기고 새로운 희망과 역량을 자아내는" 역할을 수행한다. 조선의
공예가 그 예일 것인데 여기에는 "자연스럽고 순진한" 선과 형의 묘사

---

70) 김주경, 「조선미술유산의 계승문제」, 『문화전선』 제3호, 1947, 45쪽.
71) 김주경, 「조선미술유산의 계승문제」, 『문화전선』 제3호, 1947, 46쪽.
72) 김주경, 「조선미술유산의 계승문제」, 『문화전선』 제3호, 1947, 49쪽.

에 색채가 명쾌하게 결합되어 맑고 깨끗한 특징이 나타난다. 그리고 그 것은 바로 "조선인민의 성격의 반영"인 것이다[73]

이렇게 색채를 강조하는 입장은 곧장 수묵화에 대한 비판과 상통한 다. 김주경이 보기에 그것은 '혼탁 또는 암흑의 세계'다. 과거 조선의 회화는 지나(支那)회화의 형식을 그대로 지지하여 색채적 발전을 이루지 못했다. 그런 의미에서 김주경은 "공예방면보다는 회화가 뒤떨어진 발 전을 보여왔다"고 평가한다. 하지만 유채(유화)를 수용한 동시대 북한미 술은 과거 수묵 위주의 회화가 지녔던 한계를 극복한다.

> 그러나 현대에 이르러 유채화가 세력을 잡아온 이후로는 조선화단 은 확실히 조선적인 명료한 색감과 아울러 그 다감하고 예민하고 또 다정한맛까지도 찬연히 발휘해오고 있다. 이는 무엇보다도 기뻐해야 할 다행한일이다.[74]

이와 더불어 소재면에서도 과거 조선 회화는 한계를 지니고 있다. 김 주경이 보기에 과거 회화에서 구현된 세계, 곧 "산간에서 바둑을 두는 신선의 세계'란 것은 인민이 생활하는 세계가 아니라 '상제(上帝)의 세 계', 또는 '종교의 세계'다. 이런 이유로 그것은 관념적, 공상적, 파쇼적 세계에 닿아있다. 이런 시각에서 그는 소위 동양화의 세계가 근본적으 로 개혁될 필요가 있다고 주장한다. "대체로 묵화법이란 것은 인류의 지능이 아직 미개한 단계에 있던 원시공산시대, 즉 즉 색채의 제조술이 발달되지 못했던 고대시기의 부득이한 방법이었음에 불과한 것이고 그 제조공업이 발달한 현금에 있어서도 여전히 원시적 방법만을 지지한다

---

73) 김주경, 「조선미술유산의 계승문제」, 『문화전선』 제3호, 1947, 50쪽.
74) 김주경, 「조선미술유산의 계승문제」, 『문화전선』 제3호, 1947, 51쪽.

는 것은 적어도 문화를 운운하는 자로서 취할바 길이 아닌 봉건그대로의 방법임은 더 말할 것이 없을 것이다."75)

지금까지 검토한 김주경의 글은 「조선미술유산의 계승문제」를 다룬 것이다. 적어도 제목 상으로 이 글은 보편성에 맞서 특수성을 내세우는 글로 보인다. 하지만 그 내용을 확인하면 우리는 그것이 조선미술유산에서 소비에트적 특성 내지는 사회주의 리얼리즘미술이 요구하는 바를 찾는 것임을 알게 된다. 그런 까닭에 김주경의 '조선미술유산론'은 야나기 무네요시, 고유섭 등 해방 이전의 미학, 미술사학자들이나 해방 후 남한의 미학, 미술사가(예컨대 김원룡, 조요한 등)들의 조선미(朝鮮美) 담론과 큰 차이를 보인다. 말하자면 그것은 특수에서 보편을 찾는 작업이다. 그가 조선미술유산에서 찾은 고유한 특성들—시종일관하는 성실성, 새로운 희망과 역량을 자아내는 색채적 특성, 맑고 깨끗한 특성—이란 결국 사회주의 리얼리즘 미술이라는 새로운 미술이 추구하는 바, 그것이기 때문이다.

4. 결론

지금까지 우리는 1945년에서 1953년 사이 초기북한과 소련미술의 관련 양상을 다각도로 검토했다. 그리고 그러한 검토를 통해 적어도 1953년 이전의 북한 미술은 제작태도, 작가관, 작품의 형식과 내용, 제도, 미술사 서술의 전 영역에서 소련 미술의 영향을 강하게 받고 있었다는 사실을 확인할 수 있었다. 물론 그러한 수용이 맹목적이거나 추수적이

---

75) 김주경, 「조선미술유산의 계승문제」, 『문화전선』 제3호, 1947, 55쪽.

었다고 단언할 수는 없을 것이다. 암스트롱이 말한 대로 이 시기 북한의 문화생산은 소련을 맹목적으로 모방한 것 이상이었을지도 모른다. 그에 의하면 당시 북한의 대중문화와 선전에서 보인 민족주의 메시지와 민족해방과 독립에 대한 강조는 당시 소련의 어떤 '위성국가'들보다도 두드러지고 선명한 것이었다. 그가 보기에 이러한 요인들은 훗날 북한이 소련으로부터의 자율성과 고유성을 확보하는 기초가 됐다.76)

실제로 이후 북한미술은 소련미술의 영향을 점진적으로 배제하는 방식으로 전개됐다. 가장 두드러진 변화는 북한 사회주의 리얼리즘미술의 기원을 외부(소련)가 아닌 내부에서 찾으려는 움직임이다. 즉 1950년대 후반부터는 카프미술, 또는 소위 항일혁명미술에서 북한 사회주의 리얼리즘의 기원을 찾는 시도가 본격화됐다.77) 이와 맞물려 사회주의 리얼리즘의 전사로서 비판적 리얼리즘을 18세기, 또는 19세기 조선미술에서 찾는 일이 시도됐다. 처음에 그것은 '쏘련 군대의 결정적 역할'을 인정하는78) 수준에서 전개됐으나 이후에는 (북)조선에서 사회주의 리얼리즘의 내재적 발전을 강조하는 경향이 현저해졌다. 자연스럽게 1945년에서 1953년까지의 북한미술에 미친 소련미술의 영향은 북한미술 담론에서 점차 흐릿해졌다. 이런 관점에서 앞서 김주경의 글에서 긍정적 발전으로 간주됐던 '유채'의 득세가 1950년대말~1960년대초에 비판되고 상황이 역전되어 조선화가 대세가 되어, 급기야는 "조선화를 토대로 하여 우리의 미술을 더욱 발전시켜나가자"는 원칙79)이 확립되는 과정은

---

76) Charles K. Armstrong, 김연철·이정우 역, 『북조선탄생』, 서해문집, 2006, 298쪽.
77) 이에 대해서는 홍지석, 「북한미술의 기원-카프미술, 항일혁명미술, 그리고 조선화」, 『한민족문화연구』 제34집, 2010, 281~312쪽 참조.
78) 정관철, 「위대한 10월 혁명과 우리나라 사실주의 미술의 발전」, 『조선미술』 제5호, 1957, 5쪽.
79) 김일성, 「우리의 미술을 민족적 형식에 사회주의적 내용을 담은 혁명적인 미술로

시사적이다. 이렇듯 '조선화'를 부각시키는 것은 서구적 회화인 유채(유화)에 대한 거부, 더 나아가 서구(소련)형식에 대한 거부감의 표현일 것이기 때문이다. 초기북한미술을 주도했던 정관철은 1978년에 다음과 같은 반성문조의 글을 제출하기까지 했다.

> 전후시기였다. 이 때만 하여도 우리 미술가들속에는 조선화의 우월성을 옳게 가려보지 못하고 서양화만 숭상하던 나머지 거의 유화를 그리거나 그것을 본따려고 하였고 인민들이 좋아하건 말건 다른 나라의 그림을 마구 들여오거나 남의것을 그려붙이는 등 생각할수록 한심한 일들을 꺼리낌없이 저질렀었다.[80]

그러나 그럼에도 불구하고 1945년에서 1950년대에 북한미술에 미친 소련미술의 영향은 북한미술의 형성에 절대적인 의의를 갖는다고 말해야 할 것이다. 무엇보다 사회주의 리얼리즘이 요구했던 '전형성'과 '낙관성'은 이후 북한미술의 내용과 형식에 (과도하다고 할 정도로) 철저하게 관철된다. 윤범모가 "어둠이 없는 밝음" 또는 "어둠을 방기한 화사한 세계"[81]라고 칭했던 북한미술의 특성은 초기북한미술에 미친 소련의 영향을 배제하고서는 생각할 수 없는 세계다. "경치좋은 산천초목이나 아름다운 새와 그밖의 짐승과 같은 자연"이 아니라 "사람들의 생활과 투쟁을 묘사한 인물화"를 그려야 한다는 소위 주체시대 김일성의 발언[82] 역시 그 기원을 소련 사회주의 리얼리즘에 두고 있다. 이와 더

발전시키자」, 평양 : 사회과학출판사, 1974, 4~5쪽.

80) 정관철, 「우리 미술이 걸어온 승리와 영광의 길」, 『조선예술』 제9호, 1978, 35쪽.

81) 윤범모, 「조선화-선명성과 간결성, 함축과 집중의 세계」, 『한국미술에 삼가 고함』, 현암사, 2005, 271쪽.

82) 김일성, 「우리의 미술을 민족적 형식에 사회주의적 내용을 담은 혁명적인 미술로 발전시키자」, 평양 : 사회과학출판사, 1974, 6쪽.

불어 효율과 효과, 정량화된 성과를 중시하는 기술자로서의 예술가상
역시 소련의 영향 아래 있던 초기북한미술에서 형성된 것이다. 이렇듯
형성기 북한미술을 소련과의 관련에서 관찰하는 일은 그것을 하나의
세계사적 현상으로 이해하는 시각을 제공해준다. 즉 북한미술의 형성과
정은 당시 세계를 반분하던 두 세계 중 하나에서 일어났던 거대한 미
술사적 흐름의 하나로 이해할 필요가 있다.

원문출처

김성수 「통일문학 담론의 반성과 분단문학의 기원 재검토」, 『민족문학사연구』 43호, 민족문학사학회, 2010. 8.

유임하 「북한 초기문학과 '소련'이라는 참조점－조소문화 교류, 즈다노비즘, 번역된 냉전논리」, 『한국어문학연구』 57집, 한국어문학연구학회, 2011. 8.

이상숙 「『문화전선』을 통해 본 북한시학 형성기 연구」, 『한국근대문학연구』 23호, 한국근대문학회, 2011. 4.

오창은 「해방기 북조선 시문학과 미학의 정치성」, 『어문논집』 제48집, 중앙어문학회, 2011. 11.

오태호 「'『응향』 결정서'를 둘러싼 해방기 문단의 인식론적 차이 연구」, 『어문논집』 제48집, 중앙어문학회, 2011. 11.

남원진 「리찬의 「김일성장군의 노래」의 '개작'과 '발견'의 과정 연구」, 『한국문예비평연구』 32집, 한국현대문예비평학회, 2010. 8.

남원진 「한설야의 <모자>와 해방기 소련에 대한 인식 연구」, 『현대소설연구』 47호, 한국현대소설학회, 2011. 8.

김민선 「해방기 자전적 소설의 고백과 주체 재생의 플롯－채만식, 「민족의 죄인」 이기영 「형관」 연구」, 『우리어문연구』 40집, 우리어문학회, 2011. 5.

마성은 「1940~1950년대 조선 비교문학에 관한 고찰」, 『한국학연구』 제24집, 인하대학교 한국학연구소, 2011. 5.

김정수 「북한 연극계에서 제기된 청산대상 연기에 관한 연구 : 해방직후부터 한국전쟁 이전까지를 중심으로」, 『정신문화연구』 제33권 제2호 통권 119호, 한국학중앙연구원, 2010. 6.

배인교 「북한 교성곡의 효시 <압록강>」, 『한국문화기술』 통권 제10호, 단국대학교 한국문화기술연구소, 2010. 12.

홍지석 「초기 북한과 소련의 미술 교류－1945~1953년 간 북한문예지 미술 비평 텍스트를 중심으로」, 『중소연구』 35집, 2011.